Für meine Jungs,
die durch die Wälder streiften,
auch wenn sie es nicht durften.

Wo Gott einen Tempel hat,
hat der Teufel eine Kapelle.
Robert Burton

Die Kindheit zeigt den Mann
wie der Morgen den Tag.
John Milton

1

NORA ROBERTS

Abendstern

Von Nora Roberts bei Blanvalet lieferbar:

Mitten in der Nacht · Das Leuchten des Himmels · Ein Haus zum Träumen · Im Sturm der Erinnerung · Im Schatten der Wälder · Die letzte Zeugin · Ein dunkles Geschenk · Die Stunde der Schuld · Am dunkelsten Tag (geb. Ausgabe)

Die Irland-Trilogie: Töchter des Feuers · Töchter des Windes · Töchter der See

Die Templeton-Trilogie: So hoch wie der Himmel · So hell wie der Mond · So fern wie ein Traum

Die Sturm-Trilogie: Insel des Sturms · Nächte des Sturms · Kinder des Sturms

Die Insel-Trilogie: Im Licht der Sterne · Im Licht der Sonne · Im Licht des Mondes

Die Zeit-Trilogie: Zeit der Träume · Zeit der Hoffnung · Zeit des Glücks

Die Ring-Trilogie: Grün wie die Hoffnung · Blau wie das Glück · Rot wie die Liebe

Die Nacht-Trilogie: Abendstern · Nachtflamme · Morgenlied

Die Blüten-Trilogie: Rosenzauber · Lilienträume · Fliedernächte

Die Sternen-Trilogie: Sternenregen · Sternenfunken · Sternenstaub

Entdecken Sie auch J. D. Robb, die andere Seite der Nora Roberts:

Rendezvous mit einem Mörder · Tödliche Küsse · Eine mörderische Hochzeit · Bis in den Tod · Der Kuss des Killers · Mord ist ihre Leidenschaft · Liebesnacht mit einem Mörder · Der Tod ist mein · Ein feuriger Verehrer · Spiel mit dem Mörder · Sündige Rache · Symphonie des Todes · Das Lächeln des Killers · Einladung zum Mord · Tödliche Unschuld · Der Hauch des Bösen · Das Herz des Mörders · Im Tod vereint · Tanz mit dem Tod · In den Armen der Nacht · Stich ins Herz · Stirb, Schätzchen, stirb · In Liebe und Tod · Sanft kommt der Tod · Mörderische Sehnsucht · Ein sündiges Alibi · Im Namen des Todes · Tödliche Verehrung · Süßer Ruf des Todes · Sündiges Spiel · Mörderische Hingabe · Verrat aus Leidenschaft · In Rache entflammt · Tödlicher Ruhm · Verführerische Täuschung · Aus süßer Berechnung · Zum Tod verführt · Das Böse im Herzen · So tödlich wie die Liebe · Mörderspiele. Drei Fälle für Eve Dallas · Mörderstunde. Drei Fälle für Eve Dallas · Mörderlied. Vier Fälle für Eve Dallas

Nora Roberts ist J. D. Robb:

Ein gefährliches Geschenk

Nora Roberts

Abendstern

Roman

Aus dem Amerikanischen
von Margarethe van Pée

blanvalet

Die Originalausgabe erschien 2007
unter dem Titel »Bloodbrothers« bei Jove Books, The Berkley
Publishing Group, a division of Penguin Group (USA) Inc., New York.

MIX
Papier aus verantwortungsvollen Quellen
FSC® C014496

Klimaneutral*
Druckprodukt
ClimatePartner.com/14044-1912-1001

Penguin Random House Verlagsgruppe FSC® N001967

4. Auflage
Neuveröffentlichung Juni 2015 bei Blanvalet Verlag,
einem Unternehmen der
Penguin Random House Verlagsgruppe GmbH, München

Dieses Werk wurde vermittelt durch die Literarische Agentur
Thomas Schlück GmbH, 30827 Garbsen.
Redaktion: Regine Kirtschig
LH · Herstellung: sam
Druck und Einband: GGP Media GmbH, Pößneck
Printed in Germany
ISBN: 978-3-7341-0163-2

www.blanvalet.de

PROLOG

Hawkins Hollow
Provinz Maryland
1652

Es kroch durch die Luft, die schwer wie nasse Wolle über der Lichtung hing. Durch die Nebelschwaden, die lautlos über den Boden waberten, glitt sein Hass. In der Hitze der Nacht kam es auf ihn zu.

Es wollte seinen Tod.

Während es sich seinen Weg durch die Wälder bahnte, die Fackel zum leeren Himmel gereckt, während es durch Flüsse watete, um das Dickicht herum, in dem sich die kleinen Tiere aus Angst vor seinem Geruch versteckten, wartete er. Höllenrauch.

Ann und das Leben, das sie in ihrem Leib trug, hatte er weggeschickt, in Sicherheit. Sie hatte nicht geweint, dachte er, während er die Kräuter, die er ausgewählt hatte, verstreute. Nicht seine Ann. Aber er hatte den Kummer in ihrem Gesicht gesehen, in den tiefen dunklen Augen, die er in diesem Leben und in allen anderen davor geliebt hatte.

Sie würde die drei Kinder gebären, aufziehen und unterrichten. Und von ihnen würde es, wenn die Zeit gekommen war, wieder drei geben.

Die Macht, die er besaß, würde er an sie weitergeben, an seine Söhne, die ihren ersten Schrei tun würden, lange nachdem diese Nacht vorüber war. Um ihnen die Waffen zu hinterlassen, die sie brauchten, riskierte er alles, was er hatte, alles, was er war.

Er vermachte ihnen sein Blut, sein Herz und seine Vision.

In dieser letzten Stunde würde er alles tun, um sie mit dem auszustatten, was sie brauchten, um die Last zu tragen und sich aufrecht ihrem Schicksal zu stellen.

Seine Stimme war stark und klar, als er Wind, Wasser, Erde und Feuer anrief. Die Flammen in der Feuerstelle flackerten, und das Wasser in der Schale brodelte.

Er legte den Opferstein auf das Tuch. Sein dunkles Grün war rot gesprenkelt. Er hatte diesen Stein in Ehren gehalten, wie alle vor ihm. Jetzt goss er Macht hinein, wie jemand Wasser in einen Becher gießt.

Er zitterte und schwitzte, und je stärker der Lichtring um den Stein wurde, umso schwächer wurde sein Körper.

»Für euch«, murmelte er, »Söhne der Söhne. Drei Teile von einem. In Treue, in Hoffnung, in Wahrheit. Ein Licht, vereint, um die Dunkelheit zu überwinden. Hier ist mein Gelübde. Ich werde nicht ruhen, bis das Schicksal erfüllt ist.«

Mit dem Athame, dem heiligen Dolch, ritzte er seine Handfläche, so dass sein Blut auf den Stein, ins Wasser, in die Flamme fiel.

»Blut meines Blutes. Hier harre ich aus, bis du zu mir kommst, bis du loslässt, was wieder in die Welt entlassen werden muss. Mögen die Götter dich behüten.«

Einen kurzen Augenblick empfand er Trauer. Nicht um sein Leben, dessen Sandkörner durch das Glas rannen. Er hatte keine Angst vor dem Tod. Keine Angst vor dem, was nicht der Tod war. Er trauerte nur darum, dass er in diesem Leben seine Lippen nie wieder auf Anns Mund drücken würde. Dass er die Geburt seiner Kinder, die Kinder seiner Kinder nicht erleben würde. Er trauerte, weil er das kommende Leid nicht aufhalten konnte, auch in früheren Leben nicht hatte aufhalten können.

Er verstand, dass er nicht das Instrument, sondern nur das Gefäß war, das nach den Bedürfnissen der Götter gefüllt und geleert wurde.

Also stand er, erschöpft von seinem Werk, voller Trauer über den Verlust, vor der kleinen Hütte, neben dem großen Stein, um seinem Schicksal entgegenzutreten.

Es kam in Gestalt eines Mannes, aber er war nur eine Hülle. So wie sein eigener Körper eine Hülle war. Er nannte sich Lazarus Twisse, ein Ältester der »Gottesfürchtigen«. Er und seine Anhänger hatten sich in der Wildnis dieser Provinz niedergelassen, nachdem sie mit den Puritanern in England gebrochen hatten.

Im Schein ihrer Fackel musterte er sie jetzt, diese Männer und die eine, die kein Mann war. Sie waren in die Neue Welt gekommen, um Freiheit zu finden, dachte er, und doch verfolgten und vernichteten sie jeden, der ihrem engen, für sie einzig möglichen Weg nicht folgte.

»Du bist Giles Dent.«

»Der bin ich«, sagte er, »in dieser Zeit und an diesem Ort.«

Lazarus Twisse trat vor. Er trug den formellen schwarzen Rock der Ältesten. Sein hoher Hut mit der breiten Krempe ließ sein Gesicht im Dunkeln, aber Giles konnte seine Augen sehen, und in seinen Augen sah er den Dämon.

»Giles Dent, du und die Frau mit Namen Ann Hawkins seid angeklagt und für schuldig befunden der Zauberei und der dämonischen Praktiken.«

»Wer klagt uns an?«

»Bringt das Mädchen!«, befahl Lazarus.

Sie zogen sie nach vorne, ein Mann an jedem Arm. Sie war klein und zierlich, und ihr Gesicht war wachsweiß vor Angst. Man hatte ihr die Haare geschoren, und sie blickte ihn ängstlich an.

»Hester Deale, ist das der Mann, der dich verführt hat?«

»Er und seine Frau haben Hand an mich gelegt.« Sie sprach wie in Trance. »Sie haben unzüchtige Handlungen an meinem Körper vorgenommen. Sie kamen als Raben an mein Fenster, flogen nachts in mein Zimmer. Sie hielt mir den Hals zu, so dass ich nicht sprechen oder um Hilfe rufen konnte.«

»Kind«, sagte Giles sanft, »was haben sie mit dir gemacht?«

Voller Angst blickte sie ihn an. »Sie bezeichneten Satan als ihren Gott und opferten einen Hahn, dem sie den Hals durchschnitten. Sie zwangen mich, sein Blut zu trinken. Ich konnte sie nicht aufhalten.«

»Hester Deale, schwörst du Satan ab?«

»Ich schwöre ihm ab.«

»Hester Deale, schwörst du Giles Dent und der Frau Ann Hawkins ab?«

»Ich schwöre ihnen ab.«

Tränen liefen ihr über die Wangen. »Ich schwöre ihnen ab, und ich bete zu Gott, dass er mich erlösen möge. Ich bete zu Gott, dass er mir verzeiht.«

»Das tut er«, flüsterte Giles. »Du hast keine Schuld.«

»Wo ist die Frau Ann Hawkins?«, wollte Lazarus wissen, und Giles blickte ihn mit seinen klaren grauen Augen an.

»Du wirst sie nicht finden.«

»Tritt beiseite. Ich werde dieses Haus des Teufels betreten.«

»Du wirst sie nicht finden«, wiederholte Giles. Einen Moment lang richtete er seinen Blick auf die Männer und die wenigen Frauen, die hinter Lazarus standen.

Er sah Tod in ihren Augen und mehr noch, den Hunger danach. Das war das Werk des Dämons.

Nur in Hesters Augen sah er Angst oder Schmerz. Er nahm alles, was er geben konnte, und richtete seine Gedanken auf sie. *Lauf weg!*

Er sah, wie sie zusammenzuckte, zurücktaumelte, und wandte sich wieder zu Lazarus.

»Wir kennen einander, du und ich. Schick die anderen weg, lass das Mädchen frei, dann tragen wir es unter uns aus.«

Einen Augenblick leuchteten Lazarus' Augen rot auf. »Du bist erledigt. Verbrennt den Hexer!«, schrie er. »Verbrennt des Teufels Haus und alles, was darin ist!«

Sie kamen mit Fackeln und Knüppeln. Giles fühlte, wie die Schläge auf ihn einprasselten, und er spürte die Wut des Hasses, die die schärfste Waffe des Dämons war.

Sie zwangen ihn in die Knie und steckten die Holzhütte in Brand. Wahnsinnige Schreie gellten in seinem Kopf.

Mit letzter Kraft griff er nach dem Dämon in dem Mann, dessen dunkle Augen rot leuchteten, als er sich von Hass, Furcht und Gewalt nährte. Er spürte, wie er triumphierte, so sicher seines Sieges und des Festmahls.

Er riss an ihm, durch die raucherfüllte Luft. Er hörte den Dämon vor Wut und Schmerz schreien, als die Flammen in sein Fleisch bissen. Und er hüllte ihn damit ein, als das Feuer sie verzehrte.

Mit dieser Vereinigung brach der Brand erst richtig los, erfasste und vernichtete alle Lebewesen im Tal.

Einen Tag und eine Nacht lang brannte es, wie der Bauch der Hölle.

1

Hawkins Hollow
Maryland
6. Juli 1987

In der hübschen Küche des hübschen Hauses in der Pleasant Avenue bemühte sich Caleb Hawkins, ruhig zu bleiben, während seine Mutter ihm Proviant für eine Campingtour einpackte.

In der Welt seiner Mutter brauchten zehnjährige Jungen frisches Obst, selbst gebackene Hafermehlplätzchen (die allerdings so übel nicht waren), ein halbes Dutzend hart gekochte Eier, eine Tüte Ritz-Cracker, mit Erdnussbutter bestrichen und zusammengeklappt, ein paar Sellerie- und Karottenstifte (iiih!) und herzhafte Sandwiches mit Schinken und Käse.

Außerdem noch eine Thermosflasche mit Limonade, einen Stapel Papierservietten und zwei Schachteln Pop-Tarts fürs Frühstück.

»Mom, wir verhungern da nicht«, beklagte er sich, als sie vor dem offenen Küchenschrank stand und überlegte, was sie noch vergessen haben könnte. »Wir sind doch nur bei Fox im Garten.«

Das war eine Lüge, und er verknotete sich fast die Zunge dabei. Aber wenn er ihr die Wahrheit sagte, würde sie ihn nie gehen lassen. Und, Mann, er war doch schon zehn. Beziehungsweise, er wurde es morgen.

Frannie Hawkins stemmte die Hände in die Hüften. Sie war eine zierliche, attraktive Blondine mit sommerblauen Augen und einer flotten Dauerwelle. Sie hatte drei Kinder, Cal war ihr Jüngster und ihr einziger Junge. »Lass mich noch mal in deinen Rucksack sehen.«

»Mom!«

»Liebling, ich will nur sichergehen, dass du nichts vergessen hast.« Ungerührt zog Frannie den Reißverschluss an Cals Rucksack auf. »Frische Unterwäsche, sauberes Shirt, Socken, gut, gut, Shorts, Zahnbürste. Cal, wo ist das Pflaster, das du mitnehmen sollst, und das Autan gegen die Insekten?«

»Mann, wir fahren doch nicht nach Afrika.«

»Das ist egal«, erwiderte Frannie und streckte gebieterisch den Zeigefinger aus, damit er die Sachen holte. In der Zwischenzeit zog sie eine Karte aus ihrer Tasche und steckte sie in den Rucksack.

Er war – nach acht Stunden und zwölf Minuten heftiger Wehen – genau eine Minute nach Mitternacht zur Welt gekommen. Jedes Jahr trat sie um zwölf an sein Bett, sah ihm eine Minute lang beim Schlafen zu und küsste ihn dann auf die Wange.

Jetzt wurde er zehn, und sie konnte dieses Ritual nicht einhalten. Ihre Augen brannten plötzlich, und sie wandte sich ab, um ihre makellose Küchentheke zu wienern, als sie ihn wiederkommen hörte.

»Jetzt habe ich aber alles, oder?«

Fröhlich lächelnd drehte sie sich um. »Okay.« Sie

strich ihm über seine kurzen, weichen Haare. Er war als Baby so blond gewesen, aber seine Haare wurden immer dunkler, vermutlich würden sie hellbraun.

So wie ihre ohne die Hilfe von Clairol.

Frannie schob ihm seine Brille mit dem dunklen Rahmen auf die Nase. »Denk daran, dich bei Miss Barry und Mr O'Dell zu bedanken, wenn du ankommst.«

»Ja.«

»Und noch einmal, bevor du morgen wieder weggehst.«

»Ja, Ma'am.«

Sie nahm sein Gesicht in die Hände, blickte durch die dicken Linsen in die Augen, die vom gleichen ruhigen Grau wie die Augen seines Vaters waren. »Benimm dich anständig«, sagte sie und küsste ihn auf die Wange. »Viel Spaß.« Sie küsste ihn auf die andere Wange. »Und herzlichen Glückwunsch zum Geburtstag, mein Baby.«

Normalerweise war es ihm schrecklich peinlich, wenn sie ihn *Baby* nannte, aber in diesem Moment gab es ihm ein gutes Gefühl.

»Danke, Mom.«

Er nahm den Rucksack auf den Rücken und ergriff den schweren Picknickkorb. Wie sollte er mit dem schweren Ding bloß die ganze Strecke bis nach Hawkins Wood radeln?

Die Jungs würden ihn bestimmt auslachen.

Er schleppte den Korb in die Garage, wo sein Fahrrad ordentlich an einem Gestell an der Wand hing. Mit zwei Gummiseilen von seinem Vater sicherte er den Picknickkorb auf dem Gepäckträger.

Dann sprang er auf sein Fahrrad und fuhr die kurze Einfahrt hinunter.

Fox zog das letzte Unkraut aus seinem Teil des Gemüsegartens und sprühte ihn mit der Brühe ein, die seine Mutter jede Woche zusammenmixte, um das Wild und die Kaninchen fernzuhalten. Die Kombination aus Knoblauch, rohem Ei und Cayennepfeffer stank so entsetzlich, dass er den Atem anhielt, als er sie auf die Reihen mit Busch- und Stangenbohnen, Karotten, Radieschen und Kartoffeln verteilte.

Er trat einen Schritt zurück, holte tief Luft und betrachtete sein Werk. Seine Mutter war ziemlich streng in puncto Gartenarbeit. Ihr ging es darum, dass man die Erde respektierte und mit der Natur im Einklang war und so.

Allerdings ging es auch ums Essen, weil eine sechsköpfige Familie ernährt werden wollte – und auch jeder, der vorbeikam. Deshalb verkauften sein Dad und seine ältere Schwester Sage an ihrem Stand Eier, Ziegenmilch, Honig und selbstgemachte Marmelade.

Er blickte zu seinem jüngeren Bruder Ridge hinüber, der zwischen den Gemüsereihen lag und mit dem Unkraut spielte, statt es auszureißen. Weil seine Mutter drinnen gerade damit beschäftigt war, seine Babyschwester zum Mittagsschlaf hinzulegen, war er für Ridge verantwortlich.

»Komm schon, Ridge, zieh das blöde Unkraut raus. Ich will endlich los.«

Ridge blickte seinen Bruder aus verträumten Augen an. »Warum kann ich denn nicht mitkommen?«

»Weil du erst acht bist und noch nicht einmal zwischen den blöden Tomaten Unkraut jäten kannst.« Verärgert begann Fox, selbst zu jäten.

»Kann ich wohl.«

Wie Fox gehofft hatte, begann Ridge mit Feuereifer zu arbeiten. Fox richtete sich auf und rieb sich die Hände an den Jeans ab. Er war groß und dünn, mit dichten braunen Haaren, die in Wellen um sein kantiges Gesicht fielen. Seine goldbraunen Augen leuchteten zufrieden auf, als er die Sprühflasche in die Hand nahm.

Er stellte sie neben Ridge. »Vergiss nicht, alles einzusprühen.«

Er ging quer durch den Garten, vorbei an den drei Mauerstücken und dem eingestürzten Kamin, den Überresten der alten Steinhütte in der Ecke des Gemüsegartens, die jetzt völlig von Geißblatt und wilder Trichterwinde überwuchert waren.

Er ging am Hühnerhaus mit den Hennen vorbei, am Ziegengehege, wo die beiden Ziegen gelangweilt herumstanden, und am Kräutergarten seiner Mutter, der direkt am Haus lag, das seine Eltern fast ausschließlich allein gebaut hatten. Die Küche war groß, überall standen Einmachgläser, Dosen mit Wachs und Schalen mit Dochten herum.

Fox wusste, dass sie für die meisten Leute in Hollow komische Hippies waren, aber das war ihm egal. Sie kamen ganz gut klar, und die meisten Leute kauften ihre Produkte gerne, Eier und Gemüse oder die Handarbeiten seiner Mutter. Sie engagierten auch seinen Vater, wenn es irgendwo etwas zu bauen gab.

An der Spüle wusch er sich rasch die Hände, bevor

er sich in der großen Speisekammer nach etwas Essbarem umsah, das *nicht* gesund war.

Keine Chance.

Er müsste zum Supermarkt fahren – am besten zu dem am Stadtrand –, um Little Debbies und Nutter Butters zu kaufen.

Seine Mutter kam herein und warf ihren langen braunen Zopf, der über ihrer bloßen Schulter lag, zurück. »Fertig?«

»Ich ja. Ridge beinahe.«

Joanne trat ans Fenster. Automatisch hob sie die Hand, um ihrem Sohn über die Haare zu streichen.

»Ich habe Carob-Brownies und Gemüseburger, wenn du was mitnehmen möchtest.«

»Äh, nein danke. Ich brauche nichts.«

Er wusste, dass sie wusste, dass er Fleisch und weißen Zucker zu sich nehmen würde. Aber sie würde ihm keine Vorwürfe machen. Mom ließ einem in dieser Beziehung alle Freiheit.

»Viel Spaß.«

»Ja, bestimmt.«

»Fox?« Sie stand an der Spüle, und ein Sonnenstrahl fiel auf ihre Haare. »Herzlichen Glückwunsch zum Geburtstag.«

»Danke, Mom.« Er lief hinaus und schwang sich auf sein Fahrrad, um das Abenteuer zu beginnen.

Der alte Mann schlief noch, als Gage seine Vorräte in seinen Rucksack packte. Gage konnte ihn durch die dünnen Wände der vollgestopften kleinen Wohnung über dem Bowl-a-Rama schnarchen hören. Der alte

Mann putzte dort die Böden, die Klos und was Cals Vater sonst noch so für ihn zu tun hatte.

Er wurde zwar morgen erst zehn Jahre alt, aber Gage wusste, warum Mr Hawkins den Alten beschäftigte, warum sie mietfrei hier wohnen konnten, wobei sein Vater angeblich als Hausmeister für das Gebäude fungierte. Sie taten Mr Hawkins leid – vor allem Gage, weil er der mutterlose Sohn eines alten Säufers war.

Er tat auch anderen Leuten leid, und das ging Gage gegen den Strich. Bei Mr Hawkins allerdings nicht. Er ließ sich sein Mitleid nie anmerken. Und wenn Gage auf der Bowlingbahn half, dann bezahlte Mr Hawkins ihn in bar. Er steckte ihm das Geld heimlich zu, mit einem verschwörerischen Zwinkern.

Er wusste, ach zum Teufel, jeder wusste, dass Bill Turner seinen Sohn von Zeit zu Zeit verprügelte. Aber Mr Hawkins war der *Einzige*, der Gage jemals gefragt hatte, was er wollte. Ob er die Polizei oder die Fürsorge holen sollte oder ob Gage lieber eine Zeit lang bei ihm und seiner Familie wohnen wollte?

Die Polizei und die Sozialarbeiter hatte er nicht gewollt. Sie machten alles nur noch schlimmer. Und er hätte zwar alles dafür gegeben, in dem schönen Haus bei Leuten zu wohnen, die ein anständiges Leben führten, aber er hatte Mr Hawkins nur gebeten, seinen alten Herrn bitte, bitte nicht zu feuern.

Er bekam weniger Prügel, wenn Mr Hawkins seinem Vater Arbeit gab. Außer natürlich, wenn Bill auf Sauftour ging und sich zuschüttete. Wenn Mr Hawkins wüsste, wie schlimm es in solchen Zeiten tatsächlich war, würde er wohl doch die Polizei rufen.

Also erzählte er es ihm nicht, und er lernte, Prügel wie die von gestern Abend gut zu verstecken.

Gage bewegte sich vorsichtig, als er aus dem Vorrat seines Vaters drei kalte Bier nahm. Die Striemen auf seinem Rücken und seinem Hintern waren noch wund und brannten wie Feuer. Er hatte mit den Schlägen gerechnet. Das passierte immer um seinen Geburtstag herum. Und am Todestag seiner Mutter wurde er auch immer verprügelt.

Das waren die beiden großen, traditionellen Termine. Zu anderen Zeiten kamen die Schläge überraschend. Aber wenn sein Vater Arbeit hatte, beschränkte er sich auf Knuffen und Schubsen.

Gage brauchte nicht besonders leise zu sein, als er das Schlafzimmer seines Vaters betrat. Wenn Bill Turner seinen Rausch ausschlief, hätte ihn höchstens der Einsatz der Feuerwehr geweckt.

Im Zimmer stank es nach Schweiß und kaltem Rauch, Gage verzog das Gesicht. Er nahm die halbvolle Schachtel Marlboro von der Kommode. Der alte Mann würde sich bestimmt nicht mehr daran erinnern, dass er noch Zigaretten gehabt hatte, das war also kein Problem.

Ohne Gewissensbisse öffnete er die Brieftasche seines Vaters und nahm sich drei einzelne Dollar und einen Fünfer heraus.

Er betrachtete seinen Vater, während er sich die Scheine in die Hosentasche stopfte. Bill lag breitbeinig auf dem Bett, ausgezogen bis auf die Boxershorts, und schnarchte mit offenem Mund.

Der Gürtel, mit dem er seinen Sohn am Abend zuvor

bearbeitet hatte, lag neben seinem Hemd, seiner Jeans und seinen schmutzigen Socken auf dem Fußboden.

Einen Moment lang, einen winzigen Moment lang, stieg das wilde Verlangen in Gage auf, den Gürtel zu ergreifen und ihn fest über den nackten, schwabbeligen Bauch seines Vaters klatschen zu lassen.

Wie würde dir das wohl gefallen?

Aber dort auf dem Tisch, neben dem überquellenden Aschenbecher und der leeren Bierflasche stand das Bild von Gages Mutter, die ihn anlächelte.

Die Leute sagten, er sähe aus wie sie – die dunklen Haare, die grünen Augen, der volle Mund. Zuerst war es ihm peinlich gewesen, mit einer Frau verglichen zu werden. Aber in der letzten Zeit, seit das Foto von ihr die deutlichste Erinnerung an sie war, da er ihre Stimme nicht mehr hören oder sie riechen konnte, gab es ihm Kraft.

Er sah aus wie seine Mutter.

Manchmal stellte er sich vor, der Mann, der sich die meisten Abende sinnlos betrank, wäre nicht sein Vater.

Sein Vater wäre klug, tapfer und wagemutig.

Aber dann blickte er seinen Alten an und wusste, dass das Blödsinn war.

Er zeigte seinem Vater den Stinkefinger, als er das Zimmer verließ. Seinen Rucksack musste er in der Hand tragen. Bei den Striemen auf dem Rücken war nicht daran zu denken, ihn umzuhängen.

Er ging über die Außentreppe nach unten und hinters Haus, wo sein altes Fahrrad angekettet stand.

Trotz seiner Schmerzen musste er grinsen.

Für die nächsten vierundzwanzig Stunden war er frei.

Sie wollten sich am westlichen Stadtrand treffen, wo der Wald bis an die Straße reichte. Der Junge aus der Mittelschicht, das Hippie-Kind und der Sohn des Säufers.

Sie hatten alle drei am gleichen Tag Geburtstag, am siebten Juli. Cal hatte seinen ersten Schrei im Kreißsaal des Washington County Hospitals ausgestoßen, während seine Mutter keuchte und sein Vater weinte. Fox war im Schlafzimmer des alten Farmhauses direkt in die wartenden Hände seines lachenden Vaters geschlüpft, während Bob Dylan sang »Lay, Lady, Lay« und lavendelduftende Kerzen flackerten. Und Gage war in einem Krankenwagen, der die Maryland Route 65 entlangraste, zur Welt gekommen.

Gage war als Erster da. Er stieg ab und schob sein Fahrrad zwischen die Bäume, wo niemand es sehen konnte.

Dann setzte er sich auf den Boden und zündete sich seine erste Zigarette an diesem Tag an. Ihm wurde immer ein bisschen übel davon, aber der Akt des Anzündens entschädigte einen dafür.

Er saß da und rauchte und stellte sich vor, er befände sich auf einem Gebirgspfad in Colorado oder im heißen südamerikanischen Dschungel.

Irgendwo, nur nicht hier.

Er hatte gerade den dritten Zug genommen und vorsichtig inhaliert, als er ein weiteres Fahrrad näher kommen hörte.

Fox schob Blitz durch die Bäume. Sein Fahrrad hieß so, weil sein Vater Blitze auf die Stangen gemalt hatte. In dieser Hinsicht war sein Dad ganz schön cool.

»Hey, Turner.«

»O'Dell.« Gage streckte ihm die Zigarette entgegen. Sie wussten beide, dass Fox sie nur nahm, weil er sonst als Weichei gegolten hätte. Er nahm einen schnellen Zug und reichte sie Gage dann zurück. Gage wies mit dem Kinn auf die Tasche am Lenker von Blitz. »Was hast du dabei?«

»Little Debbies, Nutter Butters und TasteKake Pie, Apfel und Kirsche.«

»Toll. Ich habe drei Dosen Bud für heute Abend.«

Fox fielen fast die Augen aus dem Kopf. »Kein Scheiß?«

»Nein, kein Scheiß. Mein Alter war voll. Das merkt der gar nicht. Ich habe auch noch was anderes. Das *Penthouse* vom letzten Monat.«

»Nicht dein Ernst!«

»Er versteckt es immer unter der schmutzigen Wäsche im Badezimmer.«

»Lass mal sehen.«

»Später. Wenn wir das Bier trinken.«

Sie blickten auf, als Cal mit seinem Fahrrad über den unebenen Weg kam. »Hey, Schweinekopf«, begrüßte Fox ihn.

»Hey, Arschlöcher.«

Nach dieser freundschaftlichen Begrüßung schoben sie ihre Fahrräder tiefer in den Wald hinein.

Als sie die Fahrräder sicher abgestellt hatten, packten sie ihre Vorräte aus.

»Himmel, Hawkins, was hat deine Mom dir denn alles eingepackt?«

»Wenn du Hunger bekommst, beschwerst du dich bestimmt nicht mehr.« Cals Arme konnten das Gewicht kaum noch tragen. Er warf Gage einen finsteren Blick zu. »Warum nimmst du eigentlich deinen Rucksack nicht auf den Rücken und hilfst mir?«

»Weil ich ihn trage.« Aber er klappte doch den Deckel des Korbes zurück und schob ein paar der Tupperware-Dosen in seinen Rucksack. »Pack auch welche ein, O'Dell, sonst brauchen wir noch den ganzen Tag, um zu Hester's Pool zu kommen.«

»Scheiße.« Fox zog eine Thermosflasche heraus und stopfte sie in seinen Rucksack. »Ist es jetzt leicht genug für dich, Sally?«

»Halt's Maul. Ich habe den Korb und meinen Rucksack.«

»Ich habe den Einkauf aus dem Supermarkt und meinen Rucksack.« Fox nahm seinen teuersten Besitz vom Fahrrad. »Du trägst das Radio, Turner.«

Gage zuckte mit den Schultern und ergriff den Ghettoblaster. »Dann suche ich auch die Musik aus.«

»Aber kein Rap«, erwiderten Cal und Fox unisono, aber Gage grinste nur und drehte so lange am Sender, bis er Musik nach seinem Geschmack fand.

Stöhnend machten sie sich auf den Weg zur Schlucht.

Das Laub war so dicht, dass die Sommerhitze hier im Schatten der hoch aufragenden Pappeln und Eichen nicht so schlimm war.

»Gage hat ein *Penthouse*«, verkündete Fox. Als Cal

ihn nur verständnislos anstarrte, fügte er erklärend hinzu: »Die Zeitschrift mit den nackten Frauen, Blödmann.«

»Oh, oh.«

»Na, komm schon, Turner, hol sie raus!«

»Erst wenn wir unser Lager aufgeschlagen haben und das Bier aufmachen.«

»*Bier!*« Instinktiv warf Cal einen furchtsamen Blick über die Schulter, als ob auf einmal seine Mutter hinter ihm stünde. »Du hast Bier?«

»Drei Dosen«, bestätigte Gage. »Zigaretten auch.«

»Ist das nicht toll?« Fox boxte Cal in den Arm. »Das wird der beste Geburtstag, den wir je hatten.«

»Ja«, stimmte Cal ihm zu. Insgeheim jedoch starb er vor Angst. Bier, Zigaretten und Bilder von nackten Frauen. Wenn seine Mutter das jemals herausfand, bekäme er Stubenarrest, bis er dreißig wäre. Und da hatte er noch nicht einmal mitgezählt, dass er sie angelogen hatte und durch den Hawkins Wood marschierte, um beim ausdrücklich verbotenen Heidenstein zu zelten.

Wahrscheinlich würden sie ihn in sein Zimmer einsperren, bis er in hohem Alter starb.

»Mach dir nicht in die Hose.« Gage nahm den Rucksack in die andere Hand. »Das ist doch alles cool.«

»Ich mache mir nicht in die Hose.« Aber Cal zuckte doch zusammen, als ein fetter Eichelhäher aufflog und wütend keckerte.

2

Hester's Pool war in Cals Welt ebenfalls verboten, was nur einer der Gründe war, warum er und seine Freunde den Teich unwiderstehlich fanden.

In dem schlammigen braunen Wasser, das von dem Bach Antietam gespeist wurde und tief im dichten Wald lag, spukte es angeblich, weil dort irgendein Puritaner-Mädchen ertrunken sein sollte.

Seine Mutter hatte auch von einem Jungen erzählt, der dort ertrunken war, als sie noch ein Kind war, und das war für sie ein Grund, Cal absolut zu verbieten, jemals dort zu schwimmen. Angeblich lauerte der Geist des Kindes immer noch dort und wartete nur darauf, ein anderes Kind zu sich in die Tiefe zu ziehen, damit er jemanden zum Spielen da unten hatte.

Cal war in diesem Sommer schon zweimal dort geschwommen, ganz zitterig vor Angst und Aufregung. Und jedes Mal hätte er schwören können, dass knochige Finger über seine Knöchel strichen.

Die Uferregion war dicht mit Rohrkolben und den wilden orangefarbenen Lilien bewachsen, die seine Mutter so gerne hatte. Farne bedeckten den steinigen Abhang und Ranken mit Beeren, deren Saft beinahe wie echtes Blut aussah.

Als sie das letzte Mal hier gewesen waren, hatte er eine schwarze Schlange gesehen, die sich den Abhang am Ufer hochgeschlängelt hatte.

Fox stieß einen Schrei aus und ließ seinen Rucksack

fallen. In Sekundenschnelle hatte er sich Schuhe, T-Shirt und Jeans ausgezogen und schoss wie eine Kanonenkugel ins Wasser, ohne auch nur einen Gedanken an Schlangen oder Geister zu verschwenden.

»Kommt schon, ihr Schwächlinge.« Fox tauchte und glitt wie ein Seehund durch den Teich.

Cal setzte sich und schnürte seine Converse All Stars auf. Seine Socken steckte er sorgfältig hinein. Dann blickte er zu Gage, der nur dastand und übers Wasser blickte, in dem Fox jubelnd plantschte.

»Gehst du nicht rein?«

»Ich weiß noch nicht.«

Cal zog sein Shirt aus und faltete es, aus reiner Gewohnheit. »Es steht aber auf der Liste. Wir können es erst ausstreichen, wenn wir es alle getan haben.«

»Ja, ja.« Aber Gage rührte sich nicht, als Cal sich bis auf die Unterhose auszog.

»Wir müssen alle hineingehen und die Götter herausfordern und so.«

Achselzuckend streifte Gage seine Schuhe ab. »Mach schon weiter. Bist du ein Homo oder was? Willst du mir beim Ausziehen zugucken?«

»Iiih.« Cal setzte seine Brille ab und legte sie in einen Schuh. Dann holte er tief Luft, insgeheim froh darüber, dass er alles nur noch verschwommen sah, und sprang.

Das Wasser war kalt, und Cal war kaum aufgetaucht, als Fox ihm auch schon Wasser ins Gesicht spritzte, so dass er praktisch nichts mehr sehen konnte. Gerade, als sich seine kurzsichtigen Augen ein bisschen an die Umgebung gewöhnt hatten, sprang Gage ins Wasser, und wieder war er blind.

»Mann!«

Gages Kraulstil wühlte das Wasser auf, deshalb brachte sich Cal erst einmal in Sicherheit. Von den dreien war er der beste Schwimmer. Fox war schnell, aber er hielt nicht lange durch, und Gage, na ja, Gage attackierte das Wasser, als müsse er dagegen kämpfen.

Cal fürchtete schon, eines Tages die Lebensrettungstechniken anwenden zu müssen, die sein Vater ihm beigebracht hatte, um Gage vor dem Ertrinken zu retten.

Er stellte sich gerade vor, wie Gage und Fox ihn dankbar und bewundernd anblickten, als eine Hand sich um seinen Knöchel schloss und ihn unter Wasser zog.

Obwohl er *wusste*, dass es Fox war, klopfte Cal das Herz bis zum Hals, als das Wasser über ihm zusammenschlug. Panik stieg in ihm auf. Es gelang ihm, sich loszureißen, und als er sich abstieß, um wieder nach oben zu gelangen, sah er links eine Bewegung.

Es – sie – glitt durch das Wasser auf ihn zu. Ihre Haare hingen um ihr bleiches Gesicht, und ihre Augen waren tiefschwarz. Als sie die Hand ausstreckte, um nach ihm zu greifen, öffnete Cal den Mund zu einem Schrei und schluckte Wasser.

Gelächter ertönte, als er auftauchte, es hallte blechern wie die Musik aus dem alten Transistorradio, das sein Vater manchmal benutzte. Keuchend schwamm er zum Rand des Teiches.

»Ich habe sie gesehen, ich habe sie gesehen, im Wasser, ich habe sie gesehen«, stieß er hervor, während er den Abhang hinaufkrabbelte.

In seiner Fantasie kam sie wie ein Hai auf ihn zu, mit offenem Mund und messerscharfen Zähnen.

»Raus! Kommt raus aus dem Wasser!« Rutschend und keuchend zog er sich hoch. Er sah seine Freunde, die im Teich Wasser traten. Fast schluchzend beugte er sich über seinen Schuh, um seine Brille aufzusetzen. »Sie ist im Wasser! Ich habe sie *gesehen!* Kommt raus, schnell!«

»Oooh, der Geist! Helft mir, helft mir!« Mit gespieltem Gurgeln sank Fox unter Wasser.

Cal sprang auf und ballte die Fäuste. Wut und Entsetzen mischten sich in seiner Stimme. »Verdammt noch mal, kommt raus!«

Gages Grinsen erlosch. Er kniff die Augen zusammen und packte Fox am Arm, als dieser lachend wieder auftauchte.

»Wir gehen raus.«

»Ach, komm! Er ist doch bloß sauer, weil ich ihn getunkt habe.«

»Er meint es ernst.«

Das drang auch bis zu Fox durch, der sich misstrauisch umblickte und gehorsam ans Ufer schwamm.

Gage folgte ihm so sorglos paddelnd, dass Cal unwillkürlich dachte, er wollte herausfordern, dass etwas passierte.

Als seine Freunde sich ans Ufer zogen, sank Cal zu Boden. Er zog die Knie an, presste die Stirn darauf und begann zu zittern.

»Mann.« Fox, der tropfnass in seiner Unterwäsche vor ihm stand, trat von einem Fuß auf den anderen. »Ich ziehe nur ein bisschen an dir, und du rastest aus. Wir haben doch nur gespielt.«

»Ich habe sie gesehen.«

Fox hockte sich hin und schob sich die nassen Haare aus der Stirn. »Kumpel, du siehst ohne diese Coke-Flaschenböden gar nichts!«

»Halt den Mund, O'Dell!« Gage hockte sich ebenfalls hin. »Was hast du gesehen, Cal?«

»*Sie*. Ihre Haare schwammen um sie herum, und ihre Augen, oh, Mann, ihre Augen waren so schwarz wie die von dem Hai in *Der weiße Hai*. Sie hatte ein langes Kleid an, mit langen Ärmeln und so, und sie streckte die Hand aus, als wollte sie nach mir greifen …«

»Mit ihren knochigen Fingern«, warf Fox spöttisch ein.

»Sie waren nicht knochig.« Cal hob den Kopf. Wut und Angst standen in seinen Augen. »Das hatte ich auch gedacht, aber sie sah so … so wirklich aus. Gar nicht wie ein Geist oder ein Skelett. Oh, Mann, o Gott, ich habe sie wirklich gesehen, das ist nicht erfunden.«

»Oh, Mann.« Fox wich etwas vom Teich zurück und fluchte, als er sich den Arm an den Dornenranken aufriss. »Scheiße, jetzt blute ich auch noch.« Er riss ein Büschel Gras aus und wischte sich das Blut ab, das aus den Kratzern tropfte.

»Auf gar keinen Fall.« Cal sah, wie nachdenklich Gage das Wasser betrachtete. »Keiner geht da mehr rein. Außerdem kannst du gar nicht gut genug schwimmen, um es zu versuchen.«

»Warum hast du sie als Einziger gesehen?«

»Das weiß ich nicht, aber das ist mir auch egal. Ich will hier nur noch weg.«

Cal sprang auf und ergriff seine Hose. Bevor er hineinschlüpfen konnte, fiel sein Blick auf Gages Rücken. »Ach, du liebe Scheiße. Dein Rücken sieht ja übel aus.«

»Mein Alter war gestern Abend betrunken. Es ist nicht so schlimm.«

»Mann.« Fox trat um ihn herum, um es sich ebenfalls anzusehen. »Das muss doch wehtun.«

»Das Wasser war schön kühl.«

»Ich habe meine Erste-Hilfe-Tasche …«, begann Cal, aber Gage unterbrach ihn.

»Ich habe doch gesagt, es ist nicht schlimm.« Er zog sich sein T-Shirt über den Kopf. »Wenn ihr zwei nicht den Mut habt, noch einmal ins Wasser zu gehen, dann können wir eigentlich auch weitergehen.«

Fox verteilte Little Debbies und nahm eine Dose Coke aus dem Sixpack, das er im Supermarkt gekauft hatte. Weil der Zwischenfall im Teich und die Striemen auf Gages Rücken zu wichtig waren, redeten sie nicht davon. Stattdessen zogen sie sich an und machten sich kauend auf den Weg.

Auf halber Strecke überlegte Cal, was er eigentlich gesehen hatte. Warum war er der Einzige gewesen? Warum war ihr Gesicht im schlammigen Wasser so klar gewesen? Er hatte doch noch nicht einmal die Brille aufgehabt. Wieso hatte gerade er sie gesehen? Mit jedem Schritt, den er sich weiter vom Brunnen entfernte, fiel es ihm leichter, sich einzureden, dass er sich alles nur eingebildet hatte.

Er würde es zwar im Leben nicht zugeben, aber vielleicht war er wirklich nur ausgerastet.

Die Hitze trocknete seine feuchte Haut, und er begann zu schwitzen. Wie mochte Gage es wohl aushalten, dass ihm das T-Shirt am Rücken klebte? Mann, diese Striemen waren so rot und dick, das musste doch einfach wehtun. So schlimm wie dieses Mal war es noch nie gewesen. Er wünschte, Gage ließe sich von ihm Salbe daraufschmieren.

Wenn es sich nun entzündete? Wenn er nun eine Blutvergiftung bekam und anfing zu fantasieren, während sie auf dem Weg zum Heidenstein waren?

Dann würde er Fox losschicken, um Hilfe zu holen, ja genau, das würde er tun – Fox würde Hilfe holen, während er bei Gage blieb und die Wunden versorgte und ihm zu trinken gab, damit er nicht – wie hieß das noch mal? – dehydrierte.

Natürlich wären sie alle dran, wenn sein Dad sie abholen käme, aber auf jeden Fall würde Gage geholfen.

Vielleicht würde Gages Vater ja ins Gefängnis kommen. Und was würde dann passieren? Müsste Gage dann ins Waisenhaus?

Der Gedanke jagte ihm beinahe so viel Angst ein wie die Frau im Teich.

Sie machten Rast und setzten sich in den Schatten, um sich eine von Gages gestohlenen Marlboros zu teilen. Cal wurde davon immer schwindelig, aber er fand es ganz nett, mit seinen Freunden hier im Wald zu sitzen, während hinter ihnen Wasser über die Steine plätscherte und um sie herum die Vögel zwitscherten.

»Wir könnten ja hier unser Lager aufschlagen«, sagte Cal mehr zu sich selbst.

»Auf keinen Fall.« Fox boxte ihm an die Schulter. »Wir werden am Heidenstein zehn. Der Plan wird jetzt nicht mehr geändert. Es dauert keine Stunde mehr, bis wir da sind, oder, Gage?«

Gage starrte durch die Bäume. »Ja. Wir kämen schneller voran, wenn ihr Typen nicht so viel mitgebracht hättet.«

»Du hast die Little Debbies auch gegessen«, rief Fox ihm ins Gedächtnis.

»Ja, klar. Also ...« Er drückte die Zigarette aus und legte einen Stein über die Kippe. »Auf die Pferde, Soldaten!«

Niemand kam hierher. Cal wusste, dass das nicht stimmte, weil es zumindest in der Jagdsaison hier von Jägern wimmelte.

Aber man hatte das *Gefühl*, dass niemand hierherkam. Das hatte er auch schon bei den beiden anderen Malen, als sie zum Heidenstein gegangen waren, so empfunden. Aber da waren sie früh am Morgen aufgebrochen und vor zwei Uhr wieder zurück gewesen.

Jetzt jedoch war es auf seiner Timex fast vier. Trotz des kleinen Kuchens knurrte ihm der Magen. Am liebsten hätte er in seinem Rucksack nachgeschaut, was seine Mutter ihm alles eingepackt hatte, aber Gage trieb sie an, weil er unbedingt zum Heidenstein wollte.

Die Erde in der Lichtung wirkte verbrannt, als ob ein Feuer dort alles in Asche gelegt hätte. Sie war fast perfekt kreisförmig, umgeben von Eichen und dem Gestrüpp von Beerensträuchern. In der Mitte war ein einzelner Felsblock, der etwa einen halben Meter aus der Erde ragte und oben abgeflacht war wie ein kleiner Tisch.

Manche sagten auch Altar dazu.

Die Leute sagten aber auch, der Heidenstein sei einfach nur ein Stein, der aus der Erde ragte, und der Boden hätte die Farbe, weil sich dort Mineralien oder ein unterirdischer Wasserlauf, vielleicht sogar Höhlen befänden.

Andere jedoch wiesen auf die ursprüngliche Ansiedlung Hawkins Hollow hin und auf die Nacht, in der dreizehn Personen genau auf dieser Lichtung bei lebendigem Leib verbrannt waren.

Hexerei, sagten einige, und andere sprachen von Teufelsanbetung.

Eine weitere Theorie war, dass eine Bande unfreundlicher Indianer sie getötet und ihre Leichen anschließend verbrannt hatte.

Auf jeden Fall ragte der hellgraue Stein wie ein Monument aus der dunklen Erde.

»Wir haben es geschafft.« Fox ließ Rucksack und Tasche zu Boden sinken und vollführte einen kleinen Freudentanz um den Stein herum. »Ist das cool? Ist das cool? Niemand weiß, wo wir sind. Und wir haben die ganze Nacht Zeit, um alles zu tun, was wir wollen!«

»Alles, was wir mitten im Wald tun wollen«, fügte Cal hinzu. Ohne Fernseher oder Kühlschrank.

Fox warf den Kopf in den Nacken und stieß einen weithin hallenden Schrei aus. »Siehst du? Keiner kann uns hören. Wir könnten von Mutanten oder Ninjas angegriffen werden, und keiner könnte uns hören.«

Das, stellte Cal fest, beruhigte ihn nicht gerade. »Wir müssen Holz für ein Lagerfeuer sammeln.«

»Der Pfadfinder hat recht«, erklärte Gage. »Ihr zwei sammelt Holz, und ich lege das Bier und die Coke-Dosen in den Bach, damit sie kühler werden.«

Auf seine ordentliche Art organisierte Cal zunächst den Lagerplatz. Das Essen in eine Ecke, Kleidung in eine andere und auch die Werkzeuge auf einen eigenen Platz. Mit seinem Pfadfindermesser und dem Kompass in der Tasche machte er sich dann auf, um Zweige und kleine Äste zu sammeln. Die Dornenranken zwickten und kratzten ihn, als er sich hindurchdrängte, aber da er die Arme voller Holz hatte, bemerkte er nicht, dass ein paar Tropfen Blut am Rand des Kreises zu Boden fielen.

Er merkte auch nicht, dass das Blut leicht brodelte, rauchte und von der ausgetrockneten Erde aufgesogen wurde.

Fox stellte den Ghettoblaster an, und zu den Klängen von Madonna, U2 und Bruce Springsteen bauten sie das Zelt auf. Dann errichteten sie nach Cals Anweisungen den Holzhaufen, den sie allerdings, solange die Sonne noch schien, nicht anzündeten.

Verschwitzt und schmutzig setzten sie sich auf den Boden und plünderten den Picknickkorb. Es hatte sich gelohnt, den schweren Korb die ganze Strecke über zu schleppen, dachte Cal, als das vertraute Essen seinen Bauch füllte.

Satt und zufrieden legten sie sich anschließend auf den Rücken und schauten in den Himmel.

»Glaubt ihr wirklich, dass diese Leute genau hier gestorben sind?«, fragte Gage.

»Darüber gibt es Bücher in der Bücherei«, erwiderte Cal. »Aus ›unbekannter Ursache‹ ist hier ein Feuer ausgebrochen. Und dabei sind die Leute verbrannt.«

»Warum waren sie denn gerade hier, an so einem komischen Ort?«

»Wir sind doch auch hier.«

Gage grunzte nur.

»Meine Mom hat gesagt, die ersten Weißen, die hier gesiedelt haben, waren Puritaner.« Fox blies eine riesige rosa Blase mit dem Kaugummi, den er im Supermarkt gekauft hatte. »So eine Art radikale Puritaner. Sie haben hier zwar religiöse Freiheit gesucht, aber eigentlich bedeutete für sie frei nur, wenn alles so war, wie sie es wollten. Mom sagt, in vielen Religionen sind die Menschen so. Ich kapiere das nicht.«

Gage wollte es ihm erklären. »Viele Leute sind gemein, und selbst wenn sie es nicht sind, denken die meisten doch, sie sind besser als du.« Er merkte das jedenfalls ständig, so wie die Leute ihn ansahen.

»Aber glaubst du, dass es Hexen und so waren, und die Leute haben sie damals auf dem Scheiterhaufen verbrannt?« Fox rollte sich auf den Bauch. »Meine Mom sagt, Hexe zu sein ist auch eine Religion.«

»Deine Mom ist bescheuert.«

Weil Gage es gesagt hatte und weil er es scherzhaft gemeint hatte, grinste Fox. »Wir sind alle bescheuert.«

»Ich würde sagen, jetzt ist der richtige Zeitpunkt für ein Bier.« Gage stand auf. »Wir teilen uns eins, damit die anderen noch kälter werden.« Cal und Fox wechselten einen Blick.

»Hast du schon mal Bier getrunken?«, wollte Cal wissen.

»Nein. Du?«

»Machst du Witze? Ich darf ja selbst Coke höchstens bei besonderen Gelegenheiten trinken. Und wenn wir jetzt betrunken werden und in Ohnmacht fallen oder so?«

»Mein Dad trinkt manchmal Bier. So gefährlich scheint es nicht zu sein.«

Sie schwiegen, als Gage mit der tropfenden Dose zurückkam. »Okay. Das ist zur Feier des Tages, weil wir ab Mitternacht keine Kinder mehr sind.«

»Vielleicht sollten wir es erst um Mitternacht trinken«, warf Cal ein.

»Das zweite trinken wir nach Mitternacht. Es ist … es ist wie ein Ritual.«

Es knallte laut, als er die Lasche abriss, fast wie ein Schuss, dachte Cal erschrocken. Das Bier roch sauer, und er fragte sich, ob es wohl auch so schmecken würde.

Gage hielt die Dose hoch, dann senkte er sie und trank einen tiefen Schluck.

Er konnte seine Reaktion nicht ganz verbergen und verzog leicht das Gesicht, als habe er etwas Fremdes, Unangenehmes geschluckt. Seine Wangen röteten sich, und er keuchte kurz auf.

»Es ist immer noch ziemlich warm, aber es …« Er hustete einmal. »Es geht voll ab. Jetzt ihr.«

Er reichte Fox die Dose. Achselzuckend nahm Fox sie entgegen und ahmte Gages Art zu trinken nach. »Uuh. Das schmeckt wie Pisse.«

»Hast du schon mal Pisse getrunken?«

Fox schnaubte nur und reichte Cal die Dose. »Du bist dran.«

Cal musterte die Dose. Ein Schluck Bier würde ihn bestimmt nicht umbringen. Also holte er tief Luft und trank einen Schluck.

Mit gekreuzten Beinen saßen sie auf der Lichtung und ließen die Dose von Hand zu Hand wandern.

Cal hob sich der Magen, aber schlecht war ihm eigentlich nicht. Auch sein Kopf hob sich, aber irgendwie fühlte sich alles lustig an. Und das Bier machte die Blase voll. Als er aufstand, schwankte die ganze Welt, und er lachte hilflos, als er auf einen Baum zutaumelte.

Er zog sich den Reißverschluss herunter und zielte, aber der Baum bewegte sich immer weiter.

Fox war gerade dabei, eine der Zigaretten anzuzünden, als Cal zurückkam. Sie reichten auch sie herum, bis Cals knapp zehnjähriger Magen revoltierte. Er kroch davon, um sich zu übergeben; als er wieder zu den anderen zurückkam, legte er sich flach auf den Rücken, schloss die Augen und wartete, bis das Drehen aufhörte.

Er kam sich vor, als würde er wieder im Teich schwimmen und langsam unter Wasser gezogen werden.

Als er wach wurde, dämmerte es schon.

Vorsichtig richtete er sich auf. Er fühlte sich ein wenig hohl im Magen und im Kopf, aber nicht, als ob er sich noch einmal übergeben müsste. Fox lag schlafend am Stein. Er kroch auf allen vieren zur Thermosflasche und spülte den Geschmack nach Erbrochenem und Bier aus seiner Kehle. Noch nie war er für die Limonade seiner Mutter so dankbar gewesen.

Danach ging es ihm ein bisschen besser. Er rieb sich die Augen und sah, dass Gage den Holzhaufen anstarrte, den sie noch anzünden müssten.

»Morgen, Sally.«

Müde lächelnd trat Cal auf ihn zu.

»Ich weiß nicht, wie ich das Ding zum Brennen kriegen soll. Ich habe mir gedacht, dass es langsam Zeit wäre, aber ich brauche einen Pfadfinder dazu.«

Cal nahm die Streichhölzer, die Gage ihm reichte, und zündete den trockenen Laubhaufen an, den er unter das Holz geschichtet hatte. »Das müsste eigentlich funktionieren. Es ist fast windstill, und hier in der Lichtung kann das Feuer nicht übergreifen. Wir müssen nur morgen, bevor wir aufbrechen, dafür sorgen, dass es aus ist.«

»Ja, klar. Geht es dir einigermaßen?«

»Ja. Ich glaube, ich habe das meiste ausgekotzt.«

»Ich hätte das Bier nicht mitnehmen sollen.«

Cal zuckte mit der Schulter und blickte zu Fox. »Wir sind doch okay, jetzt brauchen wir uns jedenfalls nicht mehr zu fragen, wie es schmeckt. Wir wissen ja jetzt, dass es wie Pisse schmeckt.«

Gage lachte ein bisschen. »Ich habe mich gar nicht gemein gefühlt.« Er ergriff ein Stöckchen und stocherte in den kleinen Flammen. »Ich wollte wissen, ob das passiert, und ich habe gedacht, mit dir und Fox könnte ich es ja ausprobieren.«

»Und wie hast du dich gefühlt?«

»Mir hat der Kopf wehgetan. Immer noch. Mir ist zwar nicht schlecht geworden, aber ich hätte mich auch am liebsten übergeben. Dann habe ich eine Coke getrunken, danach ging es mir besser. Warum trinkt er bloß so viel, wenn es ihm dabei immer so geht?«

»Ich weiß nicht.«

Gage ließ den Kopf auf die Knie sinken. »Er hat geheult, als er gestern Abend auf mich losgegangen ist. Gesabbert und geheult, als er mich mit dem Gürtel verprügelt hat. Warum sollte sich jemand so fühlen wollen?«

Cal legte seinem Freund den Arm um die Schultern, wobei er aufpasste, dass er nicht die Striemen berührte. Er wünschte, er wüsste, was er sagen sollte.

»Wenn ich alt genug bin, haue ich ab. Vielleicht gehe ich zur Army oder heuere auf einem Frachter an.«

Gages Augen glänzten, als er den Kopf hob, und Cal blickte weg, weil er wusste, dass es Tränen waren. »Du kannst immer bei uns wohnen, wenn du willst.«

»Wenn ich dann zurückginge, wäre es nur noch schlimmer. Aber in ein paar Stunden bin ich zehn. Und in ein paar Jahren bin ich genauso groß wie er, größer vielleicht. Dann lasse ich ihn nicht mehr an mich heran. Da kannst du Gift drauf nehmen.« Gage rieb sich übers Gesicht. »Komm, wir wecken Fox auf. Heute Nacht wird nicht geschlafen.«

Fox stöhnte und grummelte, stand aber auf, um pinkeln zu gehen und sich eine Dose Coke aus dem Bach zu holen. Sie aßen noch ein paar kleine Muffins. Und schließlich sahen sie sich gemeinsam die Ausgabe von *Penthouse* an.

Cal hatte schon nackte Brüste gesehen. Wenn man wusste, wo man nachgucken musste, konnte man sie sich in der Bücherei im *National Geographic* anschauen.

Aber die hier waren anders.

»Hey, Jungs, habt ihr schon mal daran gedacht, es zu machen?«, fragte er seine Freunde.

»Ja, klar«, antworteten beide.

»Wer es als Erster macht, muss den beiden anderen alles darüber erzählen. Auch, wie es sich anfühlt«, fuhr Cal fort. »Und wie es geht. Alles. Ihr müsst schwören.«

Ein Schwur war heilig. Gage spuckte auf seinen Handrücken, die anderen beiden taten es ihm nach und legten nacheinander ihre Hände auf seine.

»Wir schwören«, sagten sie gleichzeitig.

Sie saßen am Feuer, während am Himmel die Sterne herauskamen und tief im Wald ein Käuzchen schrie.

Der lange, anstrengende Marsch, Geistererscheinungen und das Bier waren vergessen.

»Wir sollten das jedes Jahr an unserem Geburtstag machen«, erklärte Cal. »Auch wenn wir alt sind, dreißig oder so. Wir sollten uns immer hier treffen.«

»Bier trinken und nackte Mädchen angucken«, fügte Fox hinzu. »Ihr müsst …«

»Nicht«, unterbrach ihn Gage. »Ich kann nicht schwören. Ich weiß ja gar nicht, ob ich dann überhaupt noch hier bin. Oder ob ich jemals zurückkomme.«

»Dann treffen wir uns da, wo du bist. Auf jeden Fall werden wir immer die besten Freunde sein.« Daran würde sich nie etwas ändern, dachte Cal und leistete im Stillen seinen eigenen, persönlichen Schwur darauf. Er blickte auf seine Armbanduhr. »Es ist bald Mitternacht. Ich habe eine Idee.«

Er zog sein Pfadfindermesser heraus, ließ es aufspringen und hielt die Klinge ins Feuer.

»Was hast du vor?«, fragte Fox.

»Ich sterilisiere es. So was Ähnliches wie reinigen.« Es wurde so heiß, dass er es hastig zurückzog und auf seine Finger pustete. »Gage hat doch das mit dem Ritual gesagt. Zehn Jahre sind eine Dekade. Wir kennen uns fast schon die ganze Zeit. Wir sind am gleichen Tag geboren. Es macht uns … anders«, sagte er. »Irgendwie besonders oder so. Wir sind die besten Freunde. Wir sind wie Brüder.«

Gage blickte auf das Messer, dann sah er Cal an. »Blutsbrüder.«

»Ja.«

»Cool.« Fox streckte bereits die Hand aus.

»Um Mitternacht«, sagte Cal. »Wir sollten es um Mitternacht machen und auch ein paar Worte dazu sagen.«

»Wir legen einen Eid ab«, sagte Gage. »Dass wir unser Blut mischen, äh, drei für einen? So was in der Art. In Treue.«

»Das ist gut. Schreib es auf, Cal.«

Cal zog Papier und Bleistift aus seinem Rucksack. »Wir schreiben die Wörter auf und sagen sie gemeinsam. Dann schneiden wir in unsere Handgelenke und pressen sie zusammen. Ich habe sogar Pflaster dabei, wenn wir das brauchen.«

Cal schrieb die Worte auf, für die sie sich entschieden, und Fox legte mehr Holz aufs Feuer, so dass die Flammen hochzüngelten.

Kurz vor Mitternacht standen sie erwartungsvoll am Heidenstein, drei Jungen, deren Gesichter vom Feuer und von den Sternen beleuchtet wurden. Auf Gages Nicken hin begannen sie feierlich ihren Eid zu sprechen.

»Wir sind vor zehn Jahren geboren, in derselben Nacht, zur selben Zeit, im selben Jahr. Wir sind Brüder. Am Heidenstein schwören wir uns ewige Treue, Aufrichtigkeit und Brüderlichkeit. Wir mischen unser Blut.«

Cal hielt die Luft an, als er die Klinge über sein Handgelenk zog. »Aua.«

»Wir mischen unser Blut.« Fox biss die Zähne zusammen, als Cal ihm ins Handgelenk schnitt.

»Wir mischen unser Blut.« Gage verzog keine Miene, als die Klinge in sein Fleisch schnitt.

»Drei für einen und einer für drei.«

Cal streckte seinen Arm aus, Fox und Gage pressten ihre Handgelenke an seinen Schnitt. »Brüder im Geiste, in Gedanken. Blutsbrüder für alle Zeit.«

Wolken zogen über den Vollmond und verdeckten die Sterne. Ihr Blut vermischte sich und tropfte auf die verbrannte Erde.

Ein heulender Windstoß fuhr über die Lichtung, und das kleine Lagerfeuer loderte zu einer hohen Flamme auf. Die drei wurden hochgeschleudert und zu Boden geworfen wie von einer riesigen Faust.

Als Cal den Mund öffnete, um zu schreien, spürte er, wie sich etwas in ihn hineinschob, sich schmerzhaft in ihm ausbreitete und ihm das Herz abdrückte.

Es wurde stockdunkel, eine eisige Kälte legte sich auf ihn. Der Wind heulte wie ein Tier, wie ein Monster, das es nur in Büchern gab. Die Erde bebte.

Aus der eisigen Dunkelheit kam etwas. Etwas Riesiges und Schreckliches.

Blutrote Augen voller … Hunger. Es blickte ihn an. Als es lächelte, glitzerten seine Zähne wie Silberschwerter.

Cal dachte, er müsste sterben, und es würde ihn mit einem einzigen Bissen verschlingen.

Als er wieder zu sich kam, hörte er sein eigenes

Herz schlagen. Er hörte die Schreie und Rufe seiner Freunde.

Seiner Blutsbrüder.

»Jesus, Jesus, was war das? Hast du das gesehen?«, rief Fox mit dünner Stimme. »Gage, o Gott, deine Nase blutet.«

»Deine auch. Etwas ... Cal. Gott, Cal.«

Cal lag flach auf dem Rücken. Auf seinem Gesicht spürte er warmes Blut. Aber er fühlte sich zu betäubt, um Angst zu haben. »Ich kann nichts sehen«, krächzte er. »Ich kann nichts sehen.«

»Deine Brille ist kaputt.« Fox kroch zu ihm. »Ein Glas ist zerbrochen. Mann, deine Mom bringt dich um.«

»Kaputt.« Zitternd zog Cal die Brille von der Nase.

»Etwas. Etwas war hier.« Gage packte Cal an der Schulter. »Es ist irgendwas passiert, ich habe in mir was gespürt. Dann ... hast du es gesehen? Hast du das Ding gesehen?«

»Ich habe seine Augen gesehen«, sagte Fox, und seine Zähne klapperten. »Wir müssen hier weg. Wir müssen hier weg.«

»Wohin?«, fragte Gage. Er hob Cals Messer vom Boden auf und packte es fest. »Wir wissen doch nicht, wohin es gegangen ist. War es eine Art Bär? War es ...?«

»Das war kein Bär.« Cals Stimme war auf einmal ganz ruhig. »Es war das, was hier schon immer war. Ich kann es sehen ... Ich kann es sehen. Früher einmal sah es aus wie ein Mann, wenn es wollte. Aber es war keiner.«

»Mann, hast du dir den Kopf gestoßen?«

Cal wandte sich zu Fox. Seine Augen waren fast schwarz. »Ich kann es sehen, und den anderen auch.«

Er öffnete die Hand, an der er den Schnitt vorgenommen hatte. Auf der Handfläche lag ein grüner Stein mit roten Flecken. »Das war seiner.«

Fox öffnete ebenfalls die Hand und Gage auch. Jeder hatte ein identisches Drittel des Steins in der Hand. »Was ist das?«, flüsterte Gage. »Wo zum Teufel kommt das her?«

»Ich weiß nicht, aber es gehört jetzt uns. Äh, einer für drei, drei für einen. Ich glaube, wir haben irgendetwas herausgelassen. Und damit ist auch noch etwas anderes befreit worden. Etwas Böses. Ich kann es sehen.«

Er schloss einen Moment lang die Augen, dann öffnete er sie wieder und blickte seine Freunde an. »Ich kann es sehen, aber nicht mit meiner Brille. Ich kann ohne sie sehen. Es ist nicht verschwommen. Ich kann ohne Brille sehen.«

»Warte.« Zitternd zog Gage sein T-Shirt hoch und drehte ihnen den Rücken zu.

»Mann, sie sind weg.« Fox fuhr mit den Fingern über Gages glatten Rücken. »Die Striemen. Sie sind weg. Und ...« Er hielt sein Handgelenk hoch, wo der flache Schnitt schon fast verheilt war. »Heilige Kuh, sind wir jetzt etwa Superhelden?«

»Es ist ein Dämon«, sagte Cal. »Und wir haben ihn herausgelassen.«

»Scheiße.« Gage starrte in den dunklen Wald. »Herzlichen Glückwunsch zum Geburtstag.«

3

Hawkins Hollow
Februar 2008

In Hawkins Hollow, Maryland, war es kälter als in Juno, Alaska. Cal liebte es, solche Details zu wissen, auch wenn er im Moment in Hollow war, wo ihm im feuchten, kalten Wind beinahe die Nase abfror.

Seine Nasenspitze war so ziemlich das Einzige, was aus seiner Vermummung herausragte, als er mit einem Kaffee zum Mitnehmen in der Hand die Hauptstraße entlang zum Bowl-a-Rama ging.

Drei Tage in der Woche frühstückte er in Ma's Pantry, und mindestens einmal in der Woche ging er zum Abendessen zu Gino's.

Sein Vater glaubte daran, dass man die Gemeinschaft der lokalen Händler unterstützen musste, und jetzt, da sein Vater sozusagen im Ruhestand war und Cal die Führung der Geschäfte übernommen hatte, versuchte er, der Tradition der Hawkins zu folgen.

Er kaufte im Geschäft am Ort ein, obwohl der Supermarkt außerhalb der Stadt preiswerter war. Wenn er einer Frau Blumen schicken wollte, widerstand er der Versuchung, das mit ein paar Mausklicks am Computer selbst zu erledigen, und ging stattdessen in den Flower Pot. Wenn möglich engagierte er lokale Handwerker.

Abgesehen von der Zeit auf dem College hatte er immer in Hollow gelebt. Es war seine Stadt.

Seit seinem zehnten Geburtstag durchlebte er alle sieben Jahre erneut den Alptraum, der den Ort heimsuchte. Und alle sieben Jahre half er danach beim Aufräumen.

Er schloss die Tür zum Bowl-a-Rama auf, verriegelte sie jedoch hinter sich wieder. Die Leute neigten dazu, auch außerhalb der Öffnungszeiten einfach hereinzuspazieren, wenn die Tür nicht verschlossen war.

Früher war er lockerer damit umgegangen, bis in einer schönen Nacht, als er gerade mit Allysa Kramer Strip-Bowling spielte, plötzlich drei Halbwüchsige aufgetaucht waren, die gedacht hatten, dass vielleicht der Videoshop noch auf hätte.

Die Lektion hatte er gelernt.

Er ging an der Empfangstheke, der Sechs-Bahnen-Anlage, dem Schuhverleih und dem Grill vorbei und lief die Treppe in den ersten Stock hinauf, wo sich das Büro seines Vaters, ein winziges Klo und eine riesige Lagerfläche befanden.

Er stellte den Kaffee auf den Schreibtisch, zog sich die Handschuhe aus, Schal, Kappe, Jacke und Daunenweste.

Dann fuhr er seinen Computer hoch, schaltete das Satellitenradio ein, trank seinen ersten Schluck Kaffee und machte sich an die Arbeit.

Das Bowlingcenter, das Cals Großvater in den 40er Jahren des zwanzigsten Jahrhunderts eröffnet hatte, hatte drei Bahnen und ein paar Flipper gehabt. In den sechziger Jahren war es erweitert worden, und dann wieder, als Cals Vater es Anfang der Achtziger übernommen hatte.

Jetzt war es, mit seinen sechs Bahnen, der Spiele-Passage und dem privaten Partyraum der angesagte Treffpunkt in Hollow.

Dank Grandpa, dachte Cal, als er die Partyreservierungen für den nächsten Monat überflog. Noch größeren Anteil daran hatte allerdings Cals Vater, der die Bowlingbahn in einen Familientreffpunkt verwandelt und seinen Erfolg dazu genutzt hatte, andere Geschäftszweige aufzubauen.

Die Stadt trägt unseren Namen, sagte Jim Hawkins gerne. *Respektiert den Namen, respektiert die Stadt.*

Cal tat beides, sonst wäre er schon lange hier weggegangen.

Er arbeitete seit ungefähr einer Stunde, als es an die Tür klopfte.

»Entschuldigung, Cal. Ich wollte nur Bescheid sagen, dass ich hier bin. Heute früh ist ja geschlossen, da habe ich gedacht, dass ich rasch die Toiletten streiche.«

»Okay, Bill. Hast du alles, was du brauchst?«

»Ja, klar.« Bill Turner, der seit fünf Jahren, zwei Monaten und sechs Tagen trocken war, räusperte sich. »Hast du eigentlich was von Gage gehört?«

»Nein, seit zwei Monaten nicht.«

Gefährliches Gebiet, dachte Cal, als Bill bloß nickte.

»Ich fange dann mal an.«

Cal blickte ihm nach. Da konnte er nichts machen, sagte er sich. Und er mischte sich besser auch nicht ein.

Wogen fünf Jahre ohne Alkohol all die Prügel, die

Schläge und Flüche auf? Das konnte er nicht beurteilen.

Er blickte auf die dünne Narbe, die diagonal über sein Handgelenk verlief. Seltsam, wie schnell diese kleine Wunde geheilt war, und doch war die Narbe geblieben – die einzige Narbe, die er hatte. Seltsam auch, dass so etwas Kleines die Stadt alle sieben Jahre sieben Tage lang in die Hölle verwandelte.

Ob Gage wohl diesen Sommer zurückkommen würde wie jedes siebte Jahr? Cal konnte nicht in die Zukunft sehen, diese Gabe besaß er nicht, aber er wusste, wenn er, Gage und Fox einunddreißig wurden, wären sie in Hollow alle zusammen.

Sie hatten einen Eid abgelegt.

Er erledigte seine Arbeit und schrieb dann noch schnell eine E-Mail an Gage.

Hey. Wo bist du? In Vegas? Mozambique? Duluth? Ich treffe mich jetzt gleich mit Fox. Eine Schriftstellerin kommt nach Hollow, um die Geschichte, die Legende und was man so als Anomalien bezeichnet, zu recherchieren. Wir kriegen das schon allein geregelt, aber ich dachte, ich sage es dir lieber.
Wir haben minus 5 °C, gefühlt allerdings minus zehn.
Ich wünschte, du wärst hier und ich weit weg.
Cal

Irgendwann würde er antworten, dachte Cal, als er die E-Mail abschickte und dann den Computer herunterfuhr. In fünf Minuten oder in fünf Wochen, aber antworten würde Gage auf jeden Fall.

Er schlüpfte wieder in seine dicken Wintersachen. Er war ein großer, schlanker Mann, wie sein Vater. Seine übergroßen Füße hatte er auch von Dad geerbt.

Die dunkelblonden Haare hatte er von seiner Mutter. Allerdings wusste er das nur, weil er frühe Fotos von ihr gesehen hatte. In seiner Erinnerung war sie immer schon goldblond gefärbt.

Seine Augen waren von einem scharfen, gelegentlich stürmischen Grau. Seit seinem zehnten Geburtstag brauchte er keine Brille mehr.

Als er jetzt den Parka zuzog und sich die Kapuze aufsetzte, dachte er, dass er die Jacke eigentlich nur brauchte, um sich behaglich zu fühlen. Seit über zwanzig Jahren hatte er nicht einmal mehr einen Schnupfen gehabt. Keine Grippe, keinen Virus, keinen Heuschnupfen.

Mit zwölf war er vom Apfelbaum gefallen und hatte sich den Arm gebrochen. Der Schmerz hatte ihm den Atem geraubt.

Aber als er über den Rasen zum Haus gelaufen war, hatte er gespürt, wie der Knochen – ebenfalls unter Schmerzen – wieder zusammenwuchs.

Seiner Mutter hatte er erst gar nichts davon erzählt, erinnerte er sich jetzt, als er in den peitschenden Wind hinaustrat. Warum sollte er sie aufregen?

Rasch legte er die drei Blocks zu Fox' Büro zurück. Er grüßte alle, die ihm über den Weg liefen, blieb allerdings nicht stehen, um sich zu unterhalten. Es mochte ja sein, dass er sich keine Lungenentzündung holte, aber er hatte den Winter einfach restlos satt.

Grauer, eisverkrusteter Schnee lag in einem schmutzigen Band am Straßenrand, und die Farbe des Himmels passte dazu. Zwar hatten einige der Häuser Valentins-Herzen und Kränze an Türen und Fenstern, aber dadurch wirkten die kahlen Gärten und die nackten Bäume auch nicht fröhlicher.

Im Februar zeigte sich Hollow nicht von seiner besten Seite, fand Cal.

Rasch lief er die Stufen zur Veranda des alten Stadthauses hinauf. Auf dem Schild neben der Tür stand: Fox B. O'Dell, Anwalt.

Wenn Cal es sah, zuckte er immer noch überrascht und amüsiert zusammen. Selbst nach fast sechs Jahren fiel es ihm schwer, sich an den Gedanken zu gewöhnen.

Der langhaarige Hippie war wahrhaftig Jurist geworden!

Hinter der Theke am Empfang stand Alice Hawbaker. Schlank, adrett in ihrem dunkelblauen Kostüm mit der weißen Schleifenbluse, ihrem weißen Pagenkopf und der nüchternen Bifokalbrille. Mrs Hawbaker leitete die Kanzlei wie ein Border Collie seine Herde.

Sie sah so lieb und hübsch aus, aber wenn man sich nicht anpasste, biss sie einem in den Knöchel.

»Hey, Mrs Hawbaker. Mann, da draußen ist es vielleicht kalt. Es sieht so aus, als bekämen wir noch mehr Schnee.« Er wickelte sich den Schal ab. »Ich hoffe, Sie und Mr Hawbaker haben es kuschelig warm.«

»Uns genügt es.«

Etwas in ihrer Stimme ließ ihn aufblicken, als er sich die Handschuhe von den Händen streifte. Als er sah, dass sie geweint hatte, trat er instinktiv näher. »Ist alles okay? Ist ...«

»Es ist alles in Ordnung. Fox hat gerade Zeit. Er ist in seinem Büro und schmollt, Sie können also gleich durchgehen.«

»Ja, Ma'am. Mrs Hawbaker, wenn ich irgendetwas …«

»Gehen Sie einfach durch«, sagte sie noch einmal und beugte sich über die Telefonanlage.

Hinter dem Empfangsbereich befanden sich eine Toilette und eine Bibliothek. Dahinter lag Fox' Büro hinter gepolsterten Türen. Cal machte sich nicht die Mühe anzuklopfen.

Fox blickte auf, als die Tür aufging. Er wirkte mürrisch.

Er saß hinter seinem Schreibtisch und hatte die Füße, in Wanderstiefeln, auf die Platte gelegt. Er trug Jeans und ein Flanellhemd über einem weißen T-Shirt. Seine braunen Haare fielen wellig um sein scharf geschnittenes Gesicht.

»Was ist los?«

»Das kann ich dir sagen. Meine Assistentin hat mir gerade gekündigt.«

»Was hast du denn gemacht?«

»Ich?« Fox schob sich vom Schreibtisch ab und bückte sich, um eine Dose Coke aus seinem kleinen Kühlschrank zu nehmen. Kaffee hatte ihm noch nie geschmeckt. »Versuch es mal mit *wir*, Bruder. Wir haben in einer schicksalhaften Nacht am Heidenstein gezeltet und die Sau rausgelassen.«

Cal ließ sich auf einen Sessel sinken. »Sie hat gekündigt, weil …«

»Sie hat nicht nur gekündigt. Sie verlassen Hollow,

sie und Mr Hawbaker. Ja, genau aus diesem Grund.« Er trank durstig. »Das hat sie zwar nicht als Grund genannt, aber das ist der Grund. Sie sagte, sie hätten beschlossen, nach Minneapolis zu ziehen, um nahe bei ihrer Tochter und den Enkelkindern zu sein, aber das ist Quatsch. Warum soll eine Frau, die auf die siebzig zugeht und mit einem uralten Knacker verheiratet ist, auf einmal alles aufgeben und nach Norden ziehen? Sie haben schließlich noch ein Kind, das am Rand von D.C. wohnt, und sie haben viele Freunde hier. Ich hätte ihr am liebsten auf den Kopf zugesagt, dass es Blödsinn ist.«

»Wegen etwas, was sie gesagt hat, oder weil du ihre Gedanken gelesen hast?«

»Erst das eine, dann das andere. Gib mir nicht die Schuld.« Fox fuchtelte mit der Coke-Dose herum und knallte sie dann auf den Schreibtisch. »Ich stochere doch nicht zum Spaß herum. Der Hurensohn.«

»Vielleicht ändern sie ja ihre Meinung noch.«

»Sie wollen nicht gehen, aber sie haben Angst zu bleiben. Sie haben Angst, dass es wieder passiert – was ich ihr bestätigen konnte –, und sie wollen es einfach nicht noch einmal durchmachen. Ich habe ihr eine Gehaltserhöhung angeboten – als ob ich es mir leisten könnte –, habe ihr vorgeschlagen, sie könnte den ganzen Juli freihaben, und habe durchblicken lassen, ich wüsste, was dahintersteckte. Aber sie gehen. Bis zum ersten April bleibt sie noch hier, damit sie eine neue Kraft einarbeiten kann. Cal, ich weiß nicht, was ich ohne sie machen soll. Von den meisten Sachen, die sie macht, habe ich keine Ahnung. Sie macht sie einfach.«

»Du hast ja noch Zeit bis April, vielleicht fällt uns etwas ein.«

»Wir haben in zwanzig Jahren noch keine Lösung dafür gefunden.«

»Ich meinte eigentlich dein Büroproblem. Aber es stimmt schon, über das andere habe ich auch eine Menge nachgedacht.« Er stand auf, trat ans Fenster und blickte über die stille Seitenstraße. »Wir müssen dem ein Ende setzen. Dieses Mal müssen wir es schaffen. Vielleicht nützt es ja was, wenn wir mit der Schriftstellerin sprechen, wenn jemand es sich anschaut, der nichts damit zu tun hat.«

»Das gibt doch nur Probleme.«

»Vielleicht, aber die gibt es so oder so. Noch fünf Monate. Wir sind mit ihr im Haus verabredet.« Cal blickte auf seine Armbanduhr. »In vierzig Minuten.«

»Wir?« Fox blickte ihn einen Moment lang verständnislos an. »Ist das heute? Ich habe es Mrs H nicht gesagt, jetzt habe ich in einer Stunde einen Termin.«

»Warum benutzt du denn nicht deinen verdammten BlackBerry?«

»Weil er meiner simplen Erdenlogik nicht folgt. Vereinbar einen neuen Termin mit der Schriftstellerin. Nach vier Uhr kann ich.«

»Ist okay, ich werde schon allein mit ihr fertig. Wenn sie mehr wissen will, lade ich sie zum Abendessen ein, also halt dir den Abend frei.«

»Pass auf, was du ihr sagst.«

»Ja, ja, ich mache das schon. Aber wir passen schon viel zu lange auf. Vielleicht sollten wir mal ein bisschen wagemutiger werden.«

»Du hörst dich an wie Gage.«

»Fox … ich habe schon wieder diese Träume.«

Fox stieß die Luft aus. »Und ich hatte gehofft, es ginge nur mir so.«

»Als wir siebzehn waren, begannen sie eine Woche vor unserem Geburtstag, dann, mit vierundzwanzig, über einen Monat vorher. Und jetzt sind es noch fünf Monate. Es wird jedes Mal stärker. Ich habe Angst, dass dieses Mal das letzte Mal für uns und für die Stadt sein könnte, wenn wir keinen Weg finden.«

»Hast du mit Gage gesprochen?«

»Ich habe ihm eben eine Mail geschickt, aber über die Träume habe ich ihm nichts geschrieben. Das kannst du machen. Finde heraus, ob er auch schon welche hat, und hol ihn nach Hause, Fox. Ich glaube, wir brauchen ihn hier. Bis zum Sommer können wir dieses Mal nicht warten. Ich muss jetzt los.«

»Pass mit dieser Schreiberin auf«, rief Fox ihm nach. »Du musst mehr herausholen, als du preisgibst.«

»Ich mache das schon«, wiederholte Cal.

Quinn Black lenkte ihren Mini Cooper zu der Ausfahrt, vorbei an der üblichen Ansammlung von Wendy's, McDonald's, Pancake House und KFC am Autobahnkreuz.

Ein Viertelpfünder wäre jetzt nicht schlecht, mit richtig gesalzenen Pommes und einem Diet Coke, damit sie nicht ganz so ein schlechtes Gewissen bekam. Aber da sie damit ihr Gelübde brechen würde, nur einmal im Monat Fast Food zu essen, würde sie sich jetzt nicht nachgeben.

»Na, bist du nicht tugendhaft?«, sagte sie zu sich mit einem wehmütigen Blick in den Rückspiegel, in dem die goldenen Bögen verschwanden.

Wegen ihrer Vorliebe für schnelles, fettiges Essen hatte sie als Teenager und mit Anfang zwanzig zahllose fade Diäten, unbefriedigende Nahrungsergänzungen und Videos mit Wundertrainings ausprobiert. Irgendwann schließlich hatte sie sich selber für blöde erklärt, alle Bücher und Artikel über Diäten und Wunderkuren weggeworfen und angefangen, vernünftig zu essen und Sport zu treiben.

Sie hatte ihren gesamten Lebensstil geändert.

Aber, Mann, diese Viertelpfünder vermisste sie mehr als ihren Exverlobten.

Aber das war ja eigentlich normal.

Sie blickte auf das Navigationsgerät an ihrem Armaturenbrett und warf dann einen Blick auf die Wegbeschreibung, die sie nach Caleb Hawkins' E-Mail ausgedruckt hatte. Bis jetzt stimmte alles überein.

Sie griff nach dem Apfel, den sie als Zwischenmahlzeit vorgesehen hatte. Äpfel machten satt, dachte Quinn, als sie hineinbiss. Sie waren gesund, und sie schmeckten gut.

Und sie waren keine Viertelpfünder.

Um sich von den verführerischen Gedanken abzulenken, überlegte sie, was sie sich von dem ersten Interview mit einem der Protagonisten in dem seltsamen kleinen Ort Hawkins Hollow versprach.

Nein, es war nicht fair, den Ort seltsam zu nennen, rief sie sich ins Gedächtnis. Sie musste objektiv bleiben. Vielleicht ergab sich bei ihren Recherchen eine solche Bezeichnung, aber bevor sie nicht alles mit eigenen Augen gesehen und sich selbst überzeugt hatte, durfte sie mit solchen Etiketten nicht leichtfertig umgehen. Vor allem musste sie sich erst einmal diesen Heidenstein ansehen.

Sie liebte es, in allen Ecken von Kleinstädten herumzustochern, unter allen Dielenböden und in allen Kellern nach Geheimnissen und Überraschungen zu suchen, sich den Klatsch anzuhören und den örtlichen Legenden und Sagen zu lauschen.

Sie hatte sich mit einer Serie von Artikeln über eigenartige, abgelegene Orte für eine kleine Zeitschrift namens *Umleitungen* einen Namen gemacht. Da ihr professioneller Appetit genauso gut entwickelt war wie ihr körperlicher, hatte sie den Sprung gewagt und ein Buch über dieses Thema geschrieben. Dabei hatte sie sich allerdings auf eine einzige Stadt in Maine konzentriert, in der angeblich die Geister von Zwillingsschwestern spukten, die 1843 in einer Pension umgebracht worden waren.

Die meisten Kritiker hatten das Ergebnis als »spannend« und »unterhaltsam« bezeichnet, einige allerdings hatten es auch »absurd« und »unübersichtlich« gefunden.

Als Nächstes schrieb sie ein Buch über eine Kleinstadt in Louisiana, wo der Nachfahre einer Voodoo-Priesterin Bürgermeister und Heiler war. Außerdem, das hatte Quinn entdeckt, war er ein äußerst erfolgreicher Zuhälter.

Aber Hawkins Hollow – das fühlte sie einfach – wäre größer, besser und nahrhafter.

Sie konnte es kaum erwarten, ihre Zähne hineinzuschlagen.

Nach und nach wichen die Fast-Food-Ketten und Reihenhäuser größeren Rasenflächen, größeren Häusern und Feldern, die unter dem grauen Himmel schliefen.

Die Straße schlängelte sich dahin, es ging bergauf, bergab und dann wieder geradeaus. Sie sah ein Schild für das Antietam Schlachtfeld, etwas, das sie irgendwann auch noch einmal erforschen wollte. Sie hatte kleinere Hinweise auf Zwischenfälle im Bürgerkrieg in der Gegend um Hawkins Hollow gefunden.

Sie wollte mehr wissen.

Als ihr Navigationsgerät und Calebs Anweisungen ihr vorschrieben abzubiegen, tat sie das und fuhr an kahlen Bäumen, vereinzelten Häusern und Farmen vorbei, die sie mit ihren Scheunen, Silos und den weiß eingezäunten Weiden immer zum Lächeln brachten.

Beim nächsten Mal würde sie sich eine Kleinstadt im Mittleren Westen aussuchen. Eine Farm, auf der es spukte, oder vielleicht den weinenden Geist einer Kuhmagd.

Die Anweisung, erneut abzubiegen, hätte sie fast ignoriert, als sie das Zeichen für Hawkins Hollow (gegr. 1648) sah. Sie wäre viel lieber in den Ort gefahren, anstatt zu Caleb Hawkins' Haus abzubiegen. Aber sie hasste es, zu spät zu kommen, und wenn sie erst einmal anfing, sich die Stadt anzuschauen, dann würde sie bestimmt zu ihrem ersten Termin zu spät kommen.

»Bald«, gelobte sie sich und bog in die Straße ein, die

am Wald entlangführte, in dessen Tiefen sich der Heidenstein verbarg.

Ein Schauer lief ihr über den Rücken. Seltsam, es fühlte sich an wie Angst und nicht wie die Vorfreude, die sie normalerweise zu Beginn eines neuen Projekts empfand.

Mit leisem Unbehagen blickte sie zu den dunklen, kahlen Bäumen. Dann richtete sie ihren Blick wieder auf die Straße – und trat mit voller Wucht auf die Bremse, weil etwas vor ihrem Wagen entlanghuschte.

Sie meinte, ein Kind gesehen zu haben – o Gott, o Gott –, es konnte auch ein Hund gewesen sein. Aber da war nichts. Nichts außer ihr selbst und ihrem wild schlagenden Herzen.

»Bestimmt eine optische Täuschung«, murmelte sie, aber sie glaubte es eigentlich selbst nicht.

Sie startete das Auto, das bei der Vollbremsung ausgegangen war, und fuhr an den Straßenrand. Dort nahm sie ihr Notizbuch, notierte die Zeit und schrieb sich genau auf, was sie meinte gesehen zu haben.

Kleiner Junge, etwa zehn Jahre. Lange schwarze Haare, rote Augen. Er BLICKTE mich direkt an. Habe ich geblinzelt? Die Augen geschlossen? Dann wieder geöffnet und schwarzen Hund, nicht Jungen gesehen. Dann puff. Nichts mehr da.

Autos fuhren an ihr vorbei, als sie noch ein paar Minuten dasaß und wartete, bis sich ihr Herzschlag wieder beruhigt hatte und das Zittern langsam nachließ.

Kurz überlegte sie, ob sie umdrehen und zum nächsten McDonald's fahren sollte, um ihre Nerven mit Fett und Kohlehydraten zu beruhigen.

»Ach, was«, sagte sie laut. »Reiß dich zusammen, Quinn. Du hast in deinem Leben schon mehr Gespenster gesehen.«

Sie fuhr wieder los. Die Straße war schmal und kurvig, und sie konnte sich vorstellen, dass sie im Frühling und im Sommer wunderschön zu fahren war. Aber jetzt, unter diesem grauen Himmel, bedrängten die kahlen Bäume die Straße beinahe, als hätten nur sie das Recht, hier zu leben.

Das Gefühl verstärkte sich noch, weil gerade kein anderes Auto vorbeikam, und als Quinn das Radio einschaltete, kam ihr die Musik viel zu laut vor.

Fast hätte sie die Abzweigung in den Kiesweg verpasst.

Warum wohnte eigentlich jemand freiwillig hier?, fragte sie sich. Alles war braun, grau und trüb, und die einzigen Geräusche kamen von der Natur.

Sie holperte über eine kleine Brücke und folgte dann der ansteigenden Straße.

Dort lag das Haus, genau wie angekündigt.

Es stand auf einer kleinen Anhöhe, und der Abhang vor dem Haus war in Terrassen unterteilt, die mit Sträuchern bewachsen waren. Im Frühling bot das Ganze sicher einen spektakulären Anblick.

Rasen gab es keinen, es war sicher klug von Hawkins, stattdessen mit Mulch um die Sträucher und Bäume zu arbeiten, weil es wohl anstrengend wäre, hier zu mähen und Unkraut zu jäten. Die Terrasse, die sich vorne, an den Seiten und wahrscheinlich auch hinten am Haus erstreckte, gefiel ihr ebenso gut wie die erdigen Töne des Steins und die großen Fenster.

Das Haus sah so aus, als gehörte es hierhin.

Sie hielt neben einem betagten Chevy Pick-up, stieg aus und schaute sich um.

Sie verstand sofort, warum jemand hier wohnen wollte. Es war zwar zweifellos ein wenig unheimlich, vor allem für jemanden, der eine Neigung zu solchen Dingen hatte, aber es besaß auch beträchtlichen Charme. Sie konnte sich ohne Weiteres vorstellen, an einem Sommerabend mit einem kalten Getränk auf der Terrasse zu sitzen und die Stille zu genießen.

Bevor sie sich zum Haus begeben konnte, ging die Haustür auf.

Das Gefühl des Déjà-vu war überwältigend. Er stand in der Tür zur Hütte, und Blutflecken breiteten sich wie rote Blumen auf seinem Shirt aus.

Wir können nicht mehr bleiben.

Klar und deutlich vernahm sie die Worte im Kopf.

»Miss Black?«

Erschrocken fuhr sie zusammen. Da war keine Hütte, und der Mann, der auf der Terrasse seines hübschen Hauses stand, hatte keine Blutflecken auf dem Hemd. In seinen Augen standen auch nicht Liebe und Trauer.

Und doch musste sie sich einen Moment lang an ihren Wagen lehnen, um wieder zu Atem zu kommen. »Ja, hallo. Ich war … ich habe gerade das Haus bewundert. Es ist toll.«

»Danke. Hatten Sie Probleme, es zu finden?«

»Nein, nein. Ihre Wegbeschreibung war perfekt.« Es war natürlich lächerlich, diese Unterhaltung hier draußen in der eisigen Kälte zu führen. Dem fragenden Blick nach zu urteilen, den er ihr zuwarf, schien er das genauso zu sehen.

Sie trat auf die Stufen zur Veranda zu.

Er sah absolut niedlich aus, dachte sie, als sie langsam wieder in die Realität zurückkehrte. Diese zerzausten Haare und die grauen Augen. Das schiefe Lächeln und der lange, schlanke Körper in Jeans und Flanellhemd. Man fühlte sich als Frau direkt verführt, ihm ein VERKAUFT-Schild um den Hals zu hängen.

Sie trat auf ihn zu und streckte ihm die Hand entgegen. »Quinn Black. Danke, dass Sie sich Zeit für mich nehmen, Mr Hawkins.«

»Cal.« Er ergriff ihre Hand und schüttelte sie. Dann wies er auf die Tür. »Kommen Sie, wir gehen besser aus dem Wind.«

Sie betraten ein Wohnzimmer, das männlich, aber behaglich zugleich war. Das großzügige Sofa und die Sessel vor der großen Fensterfront luden zum Sitzen ein. Tische und Lampen waren wahrscheinlich nicht antik, sahen aber so aus, als stammten sie aus Familienbesitz. Es gab sogar einen kleinen steinernen Kamin mit einem dazugehörigen Hund, der davor schlief.

»Geben Sie mir Ihren Mantel.«

»Liegt Ihr Hund im Koma?«, fragte Quinn, weil das Tier sich nicht rührte.

»Nein. Lump hat ein aktives, anstrengendes Innenleben, das lange Perioden der Ruhe erfordert.«

»Ah, ich verstehe.«

»Möchten Sie einen Kaffee?«

»Ja, das wäre wunderbar. Und darf ich Ihre Toilette benutzen? Es war eine lange Fahrt.«

»Die erste Tür rechts.«

»Danke.«

Sie trat in eine kleine, makellos saubere Gästetoilette.

»Okay, Quinn«, flüsterte sie. »Jetzt geht es los.«

4

Er hatte ihre Bücher gelesen; er hatte ihre Autorenfotos studiert, sie gegoogelt. Cal war nicht der Typ, der mit jedem beliebigen Journalisten oder Reporter über Hollow und sich selbst redete.

Er hatte ihre Bücher und Artikel unterhaltsam gefunden. Offensichtlich mochte sie Kleinstädte, und ihm hatte ihr Interesse an Legenden und unheimlichen Vorfällen gefallen.

Ihm hatte auch die Tatsache gefallen, dass sie immer noch gelegentlich für das Magazin schrieb, bei dem sie sich ihr Studium verdient hatte. Das war ein Zeichen von Loyalität.

Auf dem Autorenfoto sah sie spektakulär aus, mit langen honigblonden Haaren, strahlend blauen Augen und einem ganz leichten, absolut niedlichen Überbiss.

Aber die Wirklichkeit übertraf das Foto.

Nein, eigentlich schön war sie nicht, dachte er jetzt, während er ihr Kaffee einschenkte. Er musste sie sich noch einmal genauer anschauen. Aber eins war ihm jetzt schon klar: Sie strahlte Energie und Sex aus.

Vielleicht lag das an ihrer Figur, die auf dem Foto auch nicht so deutlich herausgekommen war. Die Lady hatte hervorragende Kurven.

Aber es war ja schließlich nicht so, als ob er noch nie eine Frau mit einer tollen Figur gesehen hätte, bekleidet oder unbekleidet. Warum stand er jetzt eigentlich hier in seiner Küche und konnte auf einmal keinen klaren Gedanken mehr fassen, bloß weil eine attraktive, voll bekleidete Frau in sein Haus gekommen war? Wohlgemerkt aus professionellen Gründen.

»Himmel, werd endlich erwachsen, Hawkins!«

»Wie bitte?«

Er zuckte zusammen. Sie stand hinter ihm und lächelte ihr strahlendes Lächeln.

»Haben Sie mit sich selbst geredet? Das mache ich auch. Die meisten Leute halten einen dann für verrückt.«

»Weil sie lieber wollen, dass wir mit ihnen reden.«

»Ja, das stimmt wahrscheinlich.« Quinn schob ihre langen blonden Haare zurück.

Cal sah, dass er recht hatte. Sie war nicht schön. Die Oberlippe war ein wenig zu üppig, die Nase leicht schief und die Augen viel zu groß. Aber hübsch traf es auch nicht, genauso wenig wie süß.

Ihm fiel nur *heiß* ein, aber dann kam er bloß wieder auf dumme Gedanken.

»Ich habe Sie gar nicht gefragt, wie Sie Ihren Kaffee trinken.«

»Oh. Mit einem Schuss Milch, bitte. Haben Sie fettarme?«

»Nein, wozu soll das gut sein?«

Sie lachte und trat an die Glasfront, die – wie sie angenommen hatte – auf die rückwärtige Terrasse hinausführte. »Wahrscheinlich haben sie dann auch keinen Süßstoff? Diese kleinen rosa, blauen oder gelben Döschen?«

»Getroffen. Ich könnte Ihnen richtige Milch und richtigen Zucker anbieten.«

»Das könnten Sie.« Sie war doch schließlich auch brav gewesen und hatte einen Apfel gegessen, oder? »Und ich könnte annehmen. Darf ich Ihnen noch eine neugierige Frage stellen? Ist Ihr Haus immer so sauber und aufgeräumt, oder haben Sie das extra meinetwegen gemacht?«

Er holte die Milch aus dem Kühlschrank. »*Aufgeräumt* ist ein Mädchenwort. Ich ziehe *organisiert* vor. Außerdem …« Er reichte ihr einen Kaffeelöffel für den Zucker. »… außerdem könnte jederzeit meine Mutter unangemeldet vorbeikommen. Und wenn es dann hier nicht sauber wäre, bekäme ich Ärger.«

»Wenn ich meine Mutter nicht einmal in der Woche anrufe, befürchtet sie, der Axtmörder hätte mich in Stücke gehackt.« Quinn gab einen Löffel Zucker in ihren Kaffee. »Nett, oder? Diese lang anhaltenden, elastischen familiären Bindungen.«

»Ich finde das schön. Sollen wir uns im Wohnzimmer an den Kamin setzen?«

»Perfekt. Wie lange wohnen Sie schon hier? Hier in diesem Haus, meine ich«, fügte sie hinzu und folgte ihm aus der Küche.

»Zwei Jahre.«

»Sie haben wohl für Nachbarn nichts übrig?«

»Nachbarn sind gut und schön, und ich bin auch häufig in der Stadt, aber ab und zu brauche ich die Stille.«

»Ja, das geht mir auch so.« Sie setzte sich auf einen der Sessel und lehnte sich zurück. »Es überrascht mich nur, dass nicht noch andere Leute auf dieselbe Idee wie Sie gekommen sind und sich hier Häuser gebaut haben.«

»Ein paarmal war davon schon die Rede, aber es ist nie etwas daraus geworden.«

Er ist verschlossen, dachte Quinn. »Warum?«

»Es stellte sich als finanziell nicht besonders attraktiv heraus.«

»Aber Sie wohnen doch hier?«

»Meinem Großvater gehörte das Land, einige Hektar vom Hawkins Wald. Er hat es mir hinterlassen.«

»Und dann haben Sie sich hier ein Haus gebaut.«

»So ungefähr. Es hat mir hier gefallen.« Es lag nahe am Wald, wo alles angefangen hatte. »Ich bin mit ein paar Leuten aus der Baubranche befreundet, wir haben das Haus mehr oder weniger gemeinsam gebaut. Wie schmeckt der Kaffee?«

»Großartig. Kochen Sie auch?«

»Meine Spezialität ist Kaffee. Ich habe Ihre Bücher gelesen.«

»Wie fanden Sie sie?«

»Gut. Wenn sie mir nicht gefallen hätten, wären Sie wahrscheinlich nicht hier.«

»Das hätte mir meine Arbeit sehr erschwert. Sie sind ein Hawkins, ein Nachfahre des Gründers der Ansiedlung, aus der letztendlich die Stadt wurde. Und einer der Protagonisten in den unerklärlichen Vorfällen, die sich in der Stadt ereignet haben. Ich habe gründlich recherchiert«, sagte sie und griff in den Beutel, der ihr als Tasche und als Aktenkoffer diente. Sie holte einen Minirecorder heraus und legte ihn auf den Tisch.

Ihr Lächeln war voller Energie, als sie ihr Notizbuch auf den Schoß legte und eine leere Seite aufschlug. »Also, Cal, erzählen Sie mir, was in der Woche vom siebten Juli neunzehnhundertsiebenundachtzig, vierundneunzig und zweitausendeins passiert ist.«

Das Aufnahmegerät machte ihn nervös. »Sie kommen gleich auf den Punkt, was?«

»Ja, ich möchte gerne Bescheid wissen. Der siebte Juli ist Ihr Geburtstag. Auch der Geburtstag von Fox O'Dell und Gage Turner. Die beiden sind im gleichen Jahr wie Sie geboren und ebenfalls beide in Hawkins Hollow aufgewachsen. Ich habe in einem Artikel gelesen, dass Sie, O'Dell und Turner am elften Juli neunzehnhundertsiebundachtzig die Feuerwehr gerufen haben, als die Grundschule brannte, und dass Sie Marian Lister, die sich zu dieser Zeit im Gebäude befand, das Leben gerettet haben.«

Sie blickte ihm beim Sprechen direkt in die Augen. Er fand es interessant, dass sie nicht auf ihre Aufzeichnungen zurückgreifen musste und anscheinend auch keine Unterbrechung im Blickkontakt brauchte.

»Ursprünglich hat man Sie wohl verdächtigt, das Feuer selbst gelegt zu haben, aber es wurde nachgewiesen, dass Miss Lister dafür verantwortlich war. Sie erlitt Verbrennungen zweiten Grades an fast dreißig Prozent ihres Körpers und eine Gehirnerschütterung. Sie und Ihre Freunde, drei zehnjährige Jungen, schleppten sie heraus und verständigten die Feuerwehr. Miss Lister war damals eine fünfundzwanzigjährige Grundschullehrerin, nicht vorbestraft und geistig gesund. Sind diese Informationen korrekt?«

Sie kannte alle Fakten, stellte Cal fest. Jedenfalls soweit die Fakten bekannt waren. Aber sie spiegelten nicht das Entsetzen wider, das sie empfunden hatten, als sie in die brennende Schule eindrangen und die nette Miss Lister irre kichernd durch die Flammen rennen sahen. Als sie sie einholten, brannten ihre Kleider bereits lichterloh.

»Sie hatte einen Nervenzusammenbruch.«

»Offensichtlich.« Immer noch lächelnd zog Quinn die Augenbrauen hoch. »Es gab in dieser Woche auch zahlreiche Notrufe wegen gewalttätigen Verhaltens, mehr jedenfalls, als jemals sonst in Hawkins Hollow verzeichnet wurden. Es gab zwei Selbstmorde, vier Selbstmordversuche, zahlreiche Überfälle, drei Vergewaltigungen und einen versuchten Totschlag. Häuser und Geschäfte wurden verwüstet. Keine – buchstäblich keine – der Personen, die an den Ereignissen beteiligt waren – kann sich wirklich daran erinnern. Es gab Spekulationen, dass die Stadt an einer Massenhysterie, an Halluzinationen oder einer unbekannten Infektion, die durch Lebensmittel oder Wasser übertragen wurde, litt. Was glauben Sie?«

»Ich glaube, ich war zehn Jahre alt und hatte eine Scheißangst.«

Sie schenkte ihm ein kurzes, sonniges Lächeln. »Ja, wahrscheinlich.« Dann wurde sie wieder ernst. »Neunzehnhundertvierundneunzig, als in der Woche des siebten Juli erneut ein Ausbruch stattfand, waren Sie siebzehn. Drei Personen wurden ermordet, eine von ihnen im Stadtpark erhängt, aber niemand meldete sich als Zeuge oder als Mittäter. Es gab weitere Vergewaltigungen, Selbstmorde, zwei Häuser brannten bis auf die Grundmauern nieder. Es gab Berichte, dass Sie, O'Dell und Turner einige der Verwundeten und Verletzten im Schulbus ins Krankenhaus transportiert haben. Ist das korrekt?«

»Ja, so weit schon.«

»Ich möchte gern noch weiter gehen. Zweitausendeins …«

»Ich kenne das Muster«, unterbrach Cal sie.

»Alle sieben Jahre«, sagte Quinn und nickte. »Sieben Nächte lang. Tagsüber – das habe ich bei meinen Recherchen herausgefunden – passiert wenig. Aber von Sonnenuntergang bis Sonnenaufgang ist die Hölle los. Es ist wohl kaum ein Zufall, dass so etwas alle sieben Jahre passiert, angefangen bei Ihrem Geburtstag. Diejenigen, die der schwarzen oder weißen Magie anhängen, betrachten die Sieben als magische Zahl. Sie sind am siebten Tag des siebten Monats neunzehnhundertsiebenundsiebzig zur Welt gekommen.«

»Wenn ich könnte, würde ich dafür sorgen, dass es aufhört. Wenn ich das könnte, würde ich nicht mit Ihnen sprechen. Ich rede mit Ihnen, weil Sie vielleicht Erklärungen finden oder wenigstens dabei helfen können.«

»Dann sagen Sie mir, was passiert ist, sagen Sie mir, was Sie tatsächlich wissen, glauben oder spüren.«

Cal stellte seine Kaffeetasse ab und blickte sie an. »Nicht beim ersten Treffen.«

Cleverer Bursche, dachte sie anerkennend. »Gut. Nächstes Mal lade ich Sie zuerst zum Abendessen ein. Aber was hielten Sie denn davon, wenn Sie jetzt den Fremdenführer spielten und mich zum Heidenstein brächten?«

»Dafür ist es schon zu spät. Es ist ein zweistündiger Marsch von hier. Wir würden es nicht vor der Dunkelheit hin und zurück schaffen.«

»Ich habe keine Angst vor der Dunkelheit.«

Seine Augen wurden sehr kühl. »Die würden Sie noch bekommen. In diesem Wald gibt es Orte, die niemand nach Einbruch der Dunkelheit aufsucht, zu keiner Jahreszeit.«

Ein Schauer lief ihr über den Rücken. »Haben Sie jemals einen Jungen gesehen, ungefähr in dem Alter, in dem Sie siebenundachtzig waren? Einen Jungen mit dunklen Haaren. Und roten Augen.« Sie bemerkte, dass Cal blass wurde. Anscheinend hatte sie einen Nerv getroffen. »Sie haben ihn gesehen.«

»Warum fragen Sie danach?«

»Weil ich ihn gesehen habe.«

Cal sprang auf, trat ans Fenster und starrte hinaus. Das Licht war bereits schwächer als noch vor einer Stunde.

Sie hatten nie jemandem von dem Jungen – oder dem Mann, je nachdem, welche Gestalt der Dämon annahm – erzählt. Ja, er hatte ihn gesehen, und nicht nur während der einen höllischen Woche alle sieben Jahre.

Er hatte ihn in seinen Träumen gesehen. Er hatte ihn aus den Augenwinkeln oder zwischen den Bäumen gesehen. Oder an seinem Schlafzimmerfenster in der Dunkelheit – das grinsende Gesicht an die Scheibe gepresst.

Aber niemand, niemand außer ihm, Fox oder Gage hatte ihn je zwischendurch gesehen.

Warum dann sie?

»Wann und wo haben Sie ihn gesehen?«

»Heute, kurz bevor ich von der Pagan Road abgebogen bin. Er ist mir fast vors Auto gelaufen. Er kam praktisch aus dem Nichts. Ich weiß, dass die Leute das immer sagen, aber es stimmt wirklich. Ein Junge, aber dann war es auf einmal kein Junge mehr, sondern ein Hund. Und dann gar nichts mehr. Er war plötzlich einfach weg.«

Er hörte sie aufstehen, und als er sich umdrehte, kam sie mit strahlendem Lächeln auf ihn zu. »Und so etwas macht Sie glücklich?«

»Nein, eher aufgeregt. Da hatte ich doch wahrhaftig eine Begegnung mit einem unerklärlichen Phänomen. Es hat mir natürlich Angst eingejagt, aber solche Dinge machen mich auch ganz aufgeregt.«

»Ja, das sehe ich.«

»Ich wusste ja, dass hier etwas Großes vor sich geht, aber es gleich am ersten Tag bestätigt zu bekommen, das ist doch der ganz große Wurf.«

»Bis jetzt habe ich nichts bestätigt.«

»Das hat Ihr Gesicht schon erledigt.« Sie ergriff den Recorder und schaltete ihn ab. Heute würde er ihr nichts mehr erzählen. Caleb Hawkins war anscheinend ein vorsichtiger Mann. »Ich muss in die Stadt, im Hotel einchecken und mich ein wenig im Ort umschauen. Soll ich Sie nicht heute Abend schon zum Essen einladen?«

Sie bewegte sich schnell, und er ließ sich lieber Zeit. »Wollen Sie sich nicht erst einmal ein bisschen eingewöhnen? Über Abendessen können wir uns in ein paar Tagen unterhalten.«

»Ich liebe es, wenn ein Mann schwer zu bekommen ist.« Sie steckte den Recorder und ihr Notizbuch in ihren Beutel. »Bringen Sie mir bitte meinen Mantel?«

Sie musterte ihn, als sie hineinschlüpfte. »Wissen Sie, als Sie bei meiner Ankunft aus dem Haus kamen, hatte ich ein ganz seltsames Gefühl. Ich dachte, ich würde Sie kennen, hätte Sie früher schon einmal gekannt. Sie hätten schon einmal auf mich gewartet. Es war ein unglaublich starkes Gefühl. Haben Sie auch so etwas gespürt?«

»Nein. Aber vielleicht war ich abgelenkt, weil ich gedacht habe, sie sieht besser aus als auf dem Foto.«

»Wirklich? Das ist nett, weil ich auf diesem Bild großartig aussehe. Danke für den Kaffee.« Sie blickte zu dem Hund, der immer noch schnarchte. »Bis später, Lump. Arbeite nicht so viel.«

Er brachte sie hinaus. »Quinn«, sagte er, als sie die Treppe hinunterging. »Versuchen Sie bitte auf keinen Fall, den Heidenstein auf eigene Faust zu finden. Sie kennen den Wald hier nicht. Ich bringe Sie irgendwann diese Woche dorthin.«

»Morgen?«

»Morgen kann ich nicht, da habe ich einen vollen

Terminkalender. Übermorgen, wenn Sie es so eilig haben.«

»Ich habe es immer eilig.« Sie ging zu ihrem Auto. »Um wie viel Uhr?«

»Wenn es das Wetter erlaubt, hier um neun.«

»Das ist doch mal ein Termin.« Sie öffnete die Wagentür. »Übrigens, das Haus passt zu Ihnen. Mir gefällt es.«

Er blickte ihr nach, als sie davonfuhr – die seltsame, sexy Quinn Black.

Lange stand er noch da und beobachtete, wie das Licht schwächer wurde.

Cal rief Fox an und verabredete sich mit ihm im Bowlingcenter. Da auf Bahn eins und zwei um die Meisterschaft gespielt wurde, konnten er und Fox sich ihr Essen am Grill holen.

Außerdem war im Bowlingcenter der Geräuschpegel so hoch, dass sie sich ungestört unterhalten konnten.

»Lass uns mal für einen Moment wieder ins Land der Logik zurückkehren.« Fox trank einen Schluck Bier. »Vielleicht hat sie es ja erfunden, um dir eine Reaktion zu entlocken.«

»Woher hätte sie denn wissen sollen, was sie erfinden muss?«

»Während der sieben Tage gibt es Leute, die ihn sehen. Vielleicht hat sie ja davon Wind bekommen.«

»Das glaube ich nicht, Fox. Ein paar haben davon geredet, dass sie etwas gesehen haben – einen Jungen, einen Mann, eine Frau, einen Hund, einen Wolf ...«

»Eine Ratte, so groß wie ein Dobermann«, erinnerte sich Fox.

»Ja, danke, dass du mir das wieder ins Gedächtnis rufst. Aber niemand hat ihn jemals vor oder nach den sieben Tagen gesehen. Niemand außer uns, und wir haben es keinem erzählt.« Cal runzelte die Stirn.

»Nein. Glaubst du, ich renne herum und verkünde, ich sähe Dämonen mit roten Augen? Mir würden ja die Klienten weglaufen.«

»Sie ist clever. Warum sollte sie behaupten, etwas gesehen zu haben, was sie nicht gesehen hat? Außerdem hat es sie mitgenommen. Also, wir gehen mal davon aus, dass es stimmt. Dann ist der Bastard stärker, als wir angenommen haben. So stark, dass er aus den sieben Tagen in die Zeit dazwischen gelangen kann.«

Fox brütete über seinem Bier. »Das gefällt mir nicht.«

»Die zweite Möglichkeit könnte sein, dass sie irgendwie damit zusammenhängt. Mit einem von uns, mit der Stadt, mit den Vorfällen am Heidenstein.«

»Das hört sich schon besser an. Jeder ist irgendwie damit verbunden. Wenn du dich anstrengst, kannst du alle möglichen Leute damit in Verbindung bringen.« Nachdenklich ergriff Fox sein zweites Stück Pizza. »Vielleicht ist sie ja eine entfernte Verwandte. Ich habe jede Menge Kusinen, und du auch. Gage hat nicht ganz so viele, aber es gibt auch ein paar.«

»Möglich. Aber warum sollte eine entfernte Kusine mehr sehen als unsere unmittelbare Familie? Und sie würden es uns sagen, Fox. Sie wissen besser und deutlicher als alle anderen, was auf uns zukommt.«

»Reinkarnation. Das ist zwar nicht besonders logisch, aber in der Familie O'Dell ist es ein großes Thema. Vielleicht war sie ja damals dabei, als es passierte. In einem anderen Leben.«

»Ich halte alles für möglich. Aber warum ist sie dann gerade jetzt hier? Und hilft es uns, der Sache ein Ende zu setzen?«

»Um das herauszufinden, braucht es mehr als ein bisschen Plaudern am Kamin. Du hast vermutlich nichts von Gage gehört?«

»Noch nicht. Er wird sich schon melden. Ich gehe übermorgen mit ihr zum Stein.«

»Du bist aber schnell, Cal.«

Cal schüttelte den Kopf. »Wenn ich nicht sobald wie möglich mit ihr dorthin gehe, versucht sie es alleine. Und wenn etwas passieren würde … wir können die Verantwortung nicht übernehmen.«

»Aber wir sind so oder so verantwortlich.« Stirnrunzelnd beobachtete er Don Myers von Myers Plumbing, der gerade unter jubelndem Beifall einen Seven-Ten-Split geworfen hatte. Mit seinen dreihundertzwanzig Pfund legte er einen Freudentanz hin, was nicht gerade ein erhebender Anblick war.

»Du machst weiter«, sagte Fox leise, »Tag für Tag, machst deinen Job, lebst dein Leben. Isst Pizza, kratzt dir den Arsch, hast Sex. Aber du weißt ganz genau, im Grunde wartest du nur darauf, dass der Dämon zurückkommt. Dass manche der Leute, die du jeden Tag auf der Straße siehst, die nächste Runde vielleicht nicht überleben. Vielleicht auch wir nicht. Was auch immer.« Er stieß mit Cal an. »Jetzt haben wir noch fünf Monate, um uns etwas zu überlegen.«

»Ich kann ja versuchen, noch mal zurückzugehen.«

»Erst wenn Gage hier ist. Wir können das nur gemeinsam riskieren. Es lohnt sich nicht, Cal. Die anderen Male hast du auch nichts erreicht und nur jede Menge Prügel eingesteckt.«

»Jetzt bin ich älter und klüger. Und ich glaube, wenn sich der Dämon jetzt zeigt – in unseren Träumen und so wie bei Quinn –, dann kostet es ihn Energie.«

»Nicht ohne Gage. Das ist … Hmmm«, sagte er und blickte über die Schulter seines Freundes. »Frische Blumen.«

Cal drehte sich um und sah Quinn hinter Bahn eins stehen. Mit nachdenklichem Gesichtsausdruck beobachtete sie Myers, der anmutig wie ein Nilpferd mit Schuhen seinen Wurf machte.

»Das ist Quinn.«

»Ja, ich habe sie erkannt. Ich habe die Bücher auch gelesen. Sie sieht noch schärfer aus als auf dem Foto, und das war schon ziemlich scharf.«

»Ich habe sie zuerst gesehen.«

Fox schnaubte und warf Cal einen spöttischen Blick zu. »Mann, es geht nicht darum, wer sie zuerst gesehen hat, sondern wen *sie* zuerst sieht. Wenn ich all meinen Charme spielen lasse, bist du unsichtbar.«

»Red nicht so einen Scheiß. Mit deinem Charme könntest du nicht mal eine Vierzig-Watt-Birne zum Leuchten bringen.«

Cal erhob sich, als Quinn auf sie zukam.

»Also, deshalb habe ich heute Abend eine Absage bekommen«, sagte sie. »Pizza, Bier und Bowling.«

»Der Hawkins Hollow Hattrick. Ich habe heute Abend Dienst. Quinn, das ist Fox O'Dell.«

»Der Zweite im Dreierbund.« Sie schüttelte Fox die Hand. »Jetzt bin ich doppelt froh, dass ich beschlossen habe, mir mal die angesagten Lokale in der Stadt anzuschauen. Haben Sie etwas dagegen, wenn ich mich zu Ihnen setze?«

»Nein, keineswegs. Können wir Sie zu einem Bier einladen?«, fragte Fox.

»Ja, gerne, aber … lieber ein leichtes.«

Cal begab sich hinter die Theke. »Ich kümmere mich darum. Möchten Sie dazu etwas essen? Pizza?«

»Oh.« Sehnsüchtig blickte sie die Pizza auf dem Tresen an. »Hmm, Sie haben wohl nicht zufällig Vollkornpizza mit fettreduziertem Mozzarella?«

»Gesundheitsapostel?«, fragte Fox.

»Nein, im Gegenteil.« Quinn biss sich auf die Unterlippe. »Ich ändere gerade meinen Lebensstil. Oh, verdammt, das sieht echt gut aus. Vielleicht schneiden Sie mir so ein Stück noch mal halb durch?« Sie zeigte es mit der Handkante an.

»Kein Problem.«

Cal nahm einen Pizzaschneider und ließ ihn über ein Stück Pizza gleiten.

»Ich liebe Fett und Zucker wie eine Mutter ihr Kind«, sagte Quinn zu Fox. »Und ich versuche, vernünftiger zu essen.«

»Meine Eltern sind Vegetarier«, sagte Fox. »Ich bin mit Tofu und Alfalfa groß geworden.«

»Gott. Das ist ja traurig.«

»Deshalb hat er auch bei jeder Gelegenheit bei mir zu Hause gegessen und sein ganzes Taschengeld für Süßigkeiten wie Little Debbies ausgegeben.«

»Little Debbies sind aber auch göttlich.« Sie lächelte Cal zu, als er ihr ein Bier auf die Theke stellte. »Ihre Stadt gefällt mir. Ich bin ein bisschen spazieren gegangen, aber da es so kalt war, bin ich wieder in das wirklich reizende Hotel Hollow zurückgekehrt, habe mich auf meine Fensterbank gesetzt und dem Treiben vom Zimmer aus zugeschaut.«

»Ja, es ist hübsch hier«, erwiderte Cal. »Vielleicht ein bisschen ruhig in dieser Jahreszeit.«

»Hmm«, antwortete sie bloß, weil sie mit ihrem schmalen Pizzadreieck beschäftigt war. Seufzend schloss sie die Augen. »Oh, ist die gut. Ich hatte gehofft, auf der Bowlingbahn würde sie nicht so gut schmecken.«

»Doch, wir sind ganz okay. Gino's gegenüber ist allerdings noch besser, und er hat auch mehr Auswahl.«

Sie öffnete die Augen und blickte in sein lächelndes Gesicht. »Es ist gemein, so etwas zu einer Frau zu sagen, die ihre Essgewohnheiten ändern will.«

Cal beugte sich ein wenig vor, und Quinn konnte auf einmal keinen klaren Gedanken mehr fassen. Er hatte ein hinreißendes Lächeln, bei dem ihr ganz schwach wurde.

Bevor er jedoch etwas sagen konnte, rief ihn jemand, und er riss seine grauen Augen von ihrem Gesicht los. »Bin gleich wieder da«, sagte er.

»Na.« Quinn atmete tief durch und wandte sich Fox zu. »Endlich allein«, sagte sie zu ihm. »Also, Sie, Cal und der abwesende Gage Turner sind Freunde seit Ihrer Kindheit.«

»Eigentlich seit wir Babys waren. Im Uterus schon sozusagen. Cals und Gages Mutter lernten sich in einem

Lamaze-Kurs kennen, den meine Mutter gab. Ein paar Monate nach den Entbindungen gab es noch einmal ein Kurstreffen, und da stellten sie fest, dass wir alle zur gleichen Zeit zur Welt gekommen waren.«

»Also gründeten sie spontan einen Mommy-Club.«

»Nein, ich weiß nicht. Sie haben sich wohl ganz gut verstanden, obwohl sie eigentlich von verschiedenen Planeten kamen. Freundinnen waren sie nicht direkt, aber eben freundlich zueinander. Meine und Cals Eltern verstehen sich immer noch ganz gut, und Cals Dad hat Gages Vater Arbeit gegeben, als niemand in der Stadt ihn eingestellt hätte.«

»Warum nicht?«

Fox überlegte kurz und trank einen Schluck Bier. »Es ist eigentlich kein Geheimnis«, sagte er dann. »Er hat getrunken. Jetzt ist er seit einer ganzen Weile schon trocken. Ungefähr seit fünf Jahren. Ich glaube, Mr Hawkins hat ihm Arbeit gegeben, weil er einfach gutherzig ist, hauptsächlich hat er es natürlich wegen Gage gemacht. Auf jeden Fall kann ich mich nicht erinnern, dass wir drei jemals keine Freunde waren.«

»Gab es bei Ihnen denn nicht die unvermeidlichen Trennungen und das ›du magst ihn lieber als mich‹?«

»Wir haben uns gestritten – das tun wir ab und zu immer noch.« Taten das nicht alle Brüder, dachte Fox. »Aber im Großen und Ganzen waren wir immer eine Einheit. Uns kann nichts trennen. Und dieses ›du magst ihn lieber als mich‹ – das machen nur Mädchen.«

»Aber Gage lebt nicht mehr hier.«

»Gage lebt eigentlich nirgendwo. Er ist der geborene Vagabund.«

»Und Sie?«

»Ich habe schon an die Großstadt gedacht, es für kurze Zeit sogar mal ausprobiert.« Er blickte zu den Bowlingbahnen. »Aber ich mag Hollow. Meistens mag ich sogar meine Familie. Außerdem hat sich herausgestellt, dass ich gerne in einer Kleinstadt Anwalt bin.«

Das war wohl die Wahrheit, dachte Quinn. Allerdings nicht die ganze. »Haben Sie auch das Kind mit den roten Augen gesehen?«

Fox stellte abrupt das Bierglas hin, aus dem er gerade trinken wollte. »Na, das ist ja vielleicht eine Überleitung.«

»Vielleicht. Aber das war keine Antwort.«

»Darüber muss ich auch erst noch mal nachdenken.«

»Sie sind sich nicht sicher, ob Ihnen die Idee gefällt, mit mir darüber zu reden, was hier vor sich geht.«

»Ich bin mir nicht sicher, wozu es gut sein soll. Also wäge ich ab.«

»Das ist Ihr gutes Recht.« Sie blickte auf, als Cal zurückkam. »Nun, danke für das Bier und das Stück Pizza. Ich sollte mich jetzt wohl wieder in mein schönes Hotelzimmer zurückziehen.«

»Spielen Sie Bowling?«, fragte Cal.

»Nein, absolut nicht.« Quinn lachte.

»Oh, oh«, sagte Fox leise.

Cal trat um die Theke herum und versperrte Quinn, die gerade von ihrem Barhocker gleiten wollte, den Weg. Prüfend betrachtete er ihre Stiefel. »Siebeneinhalb, richtig?«

»Äh …« Sie folgte seinem Blick. »Ganz genau. Sie haben ein gutes Augenmaß.«

»Bleiben Sie hier.« Er tippte ihr auf die Schulter. »Ich bin gleich wieder da.«

Quinn blickte ihm stirnrunzelnd hinterher, dann blickte sie Fox an. »Er holt mir doch jetzt nicht etwa Bowlingschuhe?«

»Doch, bestimmt. Sie haben sich über die Tradition lustig gemacht, und er wird Ihnen erklären, dass sie vor fünftausend Jahren begonnen hat.«

»Ach du lieber Himmel.« Mehr fiel Quinn dazu nicht ein.

Cal kam mit einem Paar Bowlingschuhen in Braun und Cremefarben wieder. Außerdem hatte er noch ein Paar braune dabei, die offensichtlich ihm gehörten. »Bahn fünf ist frei. Willst du mitmachen, Fox?«

»Ich muss leider noch einen Schriftsatz fertig machen. Aber ich komme gerne irgendwann auf das Angebot zurück. Bis später dann, Quinn.«

Cal steckte die Schuhe unter den Arm und reichte Quinn die Hand. »Wann waren Sie das letzte Mal beim Bowling?«, erkundigte er sich, als er sie zu der freien Bahn führte.

»Ich glaube, mit vierzehn. Wir waren eine ganze Clique, und es lief gar nicht gut, weil das Objekt meiner Zuneigung, Nathan Hobbs, nur Augen für die unablässig kichernde und schon ziemlich gut entwickelte Missy Dover hatte.«

»Sie können sich doch nicht den Spaß verderben lassen, nur weil Sie damals Liebeskummer hatten.«

»Aber das Bowlen selbst hat mir auch nicht gefallen.«

»Das war damals.« Cal drückte sie auf eine Holzbank

und setzte sich neben sie. »Heute Abend wird es Ihnen besser gefallen. Haben Sie schon jemals einen Strike geworfen?«

»Reden wir immer noch vom Bowling? Nein.«

»Das werden Sie machen, nichts ist besser als das Gefühl beim ersten Strike.«

»Was ist mit Sex mit Hugh Jackman?«

Er blickte auf. »Sie hatten Sex mit Hugh Jackman?«

»Nein, aber ich könnte wetten, dass mir das besser gefallen würde, als zehn Pins mit einem einzigen Wurf umzuwerfen.«

»Okay. Aber ich setze zehn Dollar dagegen, dass Sie nach Ihrem ersten Strike auch das ganz hoch oben auf der Erregungsskala ansetzen werden.«

»Es ist höchst unwahrscheinlich, dass ich irgendetwas werfen werde, das auch nur im Entferntesten einem Strike ähnelt. Und außerdem könnte ich ja einfach lügen.«

»Das tun Sie nicht. Und jetzt ziehen Sie Ihre Schuhe an, Blondie.«

5

Es war gar nicht so lächerlich, wie sie angenommen hatte. Lustig, ja, aber das gefiel ihr.

Die Kugeln waren schwarz gefleckt – die kleinen ohne drei Grifflöcher. Man musste sie die lange polierte Bahn entlangschieben, auf die Kegel mit dem roten Hals zu, die Cal als Duck Pins bezeichnete. Er beobachtete sie, als sie an die Wurflinie trat, ausholte und warf.

Die Kugel hüpfte ein paar Mal, bevor sie in die Seitenrinne rutschte.

»Okay.« Sie drehte sich zu ihm um und warf die Haare zurück. »Sie sind dran.«

»Sie haben jedes Mal drei Versuche.«

»Juhu!«

Er grinste sie an. »Wir arbeiten jetzt erst einmal an Ihrer Wurftechnik.« Er trat mit einer Kugel in der Hand auf sie zu und reichte sie ihr. »Halten Sie sie mit beiden Händen fest«, wies er sie an. »Und jetzt machen Sie mit dem linken Fuß einen Schritt vorwärts, beugen die Knie, als wollten Sie sich mit vorgestrecktem Oberkörper hinhocken.«

Er stellte sich dicht hinter sie und drückte mit seinem Oberkörper ihren Rücken nach vorne. Quinn drehte sich um und blickte ihn an.

»Das ist Ihre Methode, um Frauen anzumachen, was?«

»Absolut. Fünfundachtzig Prozent Erfolgsquote. Sie müssen auf den vorderen Pin zielen. Um die anderen kümmern wir uns später. Jetzt schwingen Sie den rechten Arm zurück und wieder vor, wobei die Finger auf den vorderen Pin zeigen. Lassen Sie jetzt die Kugel einfach Ihren Fingern folgen.«

»Hmmm.« Aber sie versuchte es. Dieses Mal landete die Kugel nicht gleich in der Seitenrinne, sondern blieb so lange auf der Bahn, dass zwei Pins rechts außen umgeworfen wurden.

»Schon besser.«

»Zwei Kugeln, zwei Pins. Einen Freudentanz muss ich deswegen nicht gerade aufführen.«

»Da ich gerne Ihren Freudentanz sehen möchte, werde ich Ihnen helfen, noch besser zu werden. Sie müssen mehr aus der Schulter werfen. Nettes Parfüm«, stellte er fest, bevor er ihr noch eine Kugel holte.

»Danke.« Schritt, beugen, schwingen, loslassen, dachte sie. Es gelang ihr, den letzten Pin umzustoßen.

»Okay.« Er drückte auf den Startknopf, das Gitter kam herunter, und mit viel Gepolter wurden die Pins weggeschoben, um Platz für ein neues Dreieck zu machen.

»Sie hat alle umgeworfen.« Quinn nickte zu der Frau auf der Bahn nebenan, die sich gerade gesetzt hatte. »Aber besonders aufgeregt wirkte sie nicht.«

»Mrs Keefafer? Sie bowlt zweimal die Woche und tut immer völlig abgeklärt. Aber nur nach außen, das können Sie mir glauben. Innerlich führt auch sie Freudentänze auf.«

»Wenn Sie das sagen.«

Er rückte Quinns Schultern zurecht und drückte ihre Hüften in die richtige Position. Sie verstand durchaus, warum er so eine hohe Erfolgsquote hatte. Nach zahllosen Versuchen schaffte sie es schließlich, mehrere Pins auf einmal umzuwerfen.

Um sie herum toste der Lärm von den anderen Bahnen, das leise Donnern der Kugeln, die über die glatte Fläche rollten, Jubelrufe von Spielern und Zuschauern. Es roch nach Bier und Wachs und dem klebrigen orangefarbenen Käse, der zu den Nachos serviert wurde, die jemand auf einer der benachbarten Bahnen gerade kaute.

Zeitlos amerikanisch, dachte sie und entwarf im Geiste bereits einen Artikel über die Erfahrung. Ein jahrhundertealter Sport – das musste sie recherchieren –, gute, saubere Familienunterhaltung.

Sie hatte das Gefühl, dass sie es relativ schnell begriff, warf allerdings manchmal absichtlich daneben, damit Cal ihre Haltung korrigieren konnte.

Dabei überlegte sie, dass sie in ihrem Artikel vielleicht doch eher erwähnen sollte, wie sexy Bowling war. Unwillkürlich musste sie grinsen.

Dann passierte es. Sie ließ die Kugel los, und sie rollte auf der Mitte der Bahn entlang. Überrascht trat sie einen Schritt zurück und drückte die Hände an den Kopf.

»Oh. Oh. Sehen Sie nur! Sie wird …«

Es gab einen Krach, und dann flogen die Pins in alle Richtungen.

»Oh, mein Gott!« Quinn hüpfte hoch. »Haben Sie das gesehen? Haben Sie …« Außer sich vor Freude drehte sie sich um. Er grinste sie an.

»Oh, Sie Bastard«, murmelte sie. »Ich schulde Ihnen zehn Dollar.«

»Sie lernen schnell. Möchten Sie es noch einmal probieren?«

Sie trat auf ihn zu. »Ich glaube, ich habe mich … verausgabt. Aber ich komme gerne an einem anderen Abend für Lektion Nummer zwei vorbei.«

»Ja, das wäre schön.« Sie setzten sich nebeneinander und zogen die Bowlingschuhe aus. »Ich bringe Sie ins Hotel.«

»Gut. Danke.«

Er holte seine Jacke und sagte zu dem Jungen hinter der Schuhtheke: »Ich bin in zehn Minuten wieder da.«

»Es ist so still«, sagte Quinn, als sie nach draußen kamen. »Hören Sie doch nur, wie still es ist.«

»Der Lärm beim Bowlen gehört zum Spaß dazu, und die Ruhe danach ist die Belohnung.«

»Wollten Sie jemals etwas anderes machen, oder sind Sie schon mit dem glühenden Wunsch auf die Welt gekommen, eine Bowlingbahn zu führen?«

»Einen Familienvergnügungspark«, korrigierte er sie. »Wir haben ein ganzes Center – Flipper, Skeeball, Videospiele und einen Bereich für Kinder unter sechs. Bei uns kann man private Partys geben – Geburtstagspartys, Junggesellenpartys, Hochzeitsempfänge …«

»Hochzeitsempfänge?«

»Ja, klar. Bar-Mizwas, Jubiläen, Unternehmensfeiern.«

Das gab definitiv eine Menge für einen Artikel her, dachte sie. »Viele Arme an einem einzigen Körper.«

»Das könnte man so sagen.«

»Warum sind Sie nicht verheiratet und ziehen die nächste Generation groß?«

»Bisher bin ich der großen Liebe noch nicht begegnet.«

»Ah.«

Trotz der klirrenden Kälte war es ein schöner Spaziergang. Cal passte seine Schritte mühelos ihren an, und der Atem stand ihnen weiß vor dem Mund.

Er hatte so eine lockere Art und hinreißend schöne Augen, und es gab entschieden Schlimmeres, als sich die Füße in Stiefeln abzufrieren, die eher schick als praktisch waren.

»Kann ich Sie morgen erreichen, wenn mir eine drängende Frage einfällt, die ich Ihnen unbedingt stellen muss?«

»Ich bin unterwegs«, erwiderte er. »Aber ich kann Ihnen meine Handynummer geben, wenn …«

»Warten Sie.« Sie kramte in ihrer Tasche und zog ihr Handy heraus. Im Gehen drückte sie auf ein paar Tasten. »Sagen Sie.«

Er rasselte seine Nummer herunter. »Eine Frau, die nicht nur in den Tiefen ihrer Tasche sofort findet, was sie sucht, sondern auch noch mit elektronischen Geräten umgehen kann, erregt mich.«

»Ist das etwa eine sexistische Bemerkung?«

»Nein. Meine Mutter weiß immer, wo alles ist, aber die Fernbedienung begreift sie nicht. Meine Schwester Jen kann mit allen technischen Dingen umgehen, ist aber nicht in der Lage, irgendetwas unter zwanzig Minuten Suchen zu finden, meine andere Schwester, Marly, findet nichts und lässt sich sogar von ihrem elektrischen Dosenöffner einschüchtern. Und Sie, Sie können alles.«

»Ich war schon immer die reinste Sirene.« Sie steckte ihr Handy wieder in die Tasche und stieg mit ihm die Treppe zum Hotel hinauf. »Danke für Ihre Begleitung.«

»Gern geschehen.«

Es war einer dieser Momente, das spürte sie ganz deutlich. Sie fragten sich beide, ob sie sich nur die Hand schütteln oder der Neugier nachgeben und einen Kuss wagen sollten.

»Lassen Sie uns lieber auf der sicheren Seite bleiben«, beschloss sie. »Ich muss zugeben, Ihr Mund gefällt mir, aber wenn ich jetzt damit anfange, vergesse ich am Ende, weshalb ich hierhergekommen bin.«

»Es ist zwar sehr schade, aber Sie haben recht.« Er steckte die Hände in die Taschen. »Also sage ich nur gute Nacht. Ich warte noch, bis Sie hineingegangen sind.«

»Gute Nacht.« Sie ging die Stufen zur Eingangstür hinauf und drückte sie auf. Dann blieb sie noch einmal stehen und schaute ihn an. Das Licht der altmodischen Straßenlaterne fiel auf sein Gesicht.

O ja, dachte sie, es ist wirklich sehr schade.

»Bis bald.«

Er wartete, bis sich die Tür hinter ihr geschlossen hatte, dann trat er zwei Schritte zurück und blickte zu den Fenstern im ersten und zweiten Stock hinauf. Sie hatte gesagt, ihr Zimmer ginge auf die Hauptstraße, aber er wusste nicht genau in welchem Stockwerk.

Kurz darauf ging das Licht in einem Fenster im ersten Stock an. Also war Quinn sicher in ihrem Zimmer.

Er drehte sich um und war noch keine zwei Schritte gegangen, als er den Jungen sah. Er stand auf dem Bürgersteig und trug keinen Mantel, keine Mütze, nichts zum Schutz gegen den scharfen Wind. Seine langen Haare lagen reglos um sein Gesicht.

Seine Augen glühten unheimlich rot, als er die Zähne fletschte und knurrte.

Cal hörte das Geräusch in seinem Kopf und erstarrte.

Er ist nicht wirklich, sagte er sich. Noch ist er nur eine Projektion, wie in Träumen. Aber selbst im Traum konnte er einen verletzen beziehungsweise denken lassen, man habe sich verletzt.

»Geh dorthin zurück, wo du hergekommen bist, du Bastard«, sagte Cal so klar und ruhig, wie es ihm möglich war. »Es ist noch nicht deine Zeit.«

»*Wenn es so weit ist, werde ich euch verschlingen, euch alle und alles, was euch kostbar ist.*«

Die Lippen bewegten sich nicht, sondern blieben in dem teuflischen Grinsen erstarrt.

»Wir werden ja sehen, wer hier vernichtet wird.« Cal trat noch einen Schritt auf den Dämon zu.

Da brach das Feuer aus. Es schoss aus dem Bürgersteig wie eine Barriere. Bevor Cal noch registrieren konnte, dass es weder heiß war noch brannte, war er bereits zurückgetaumelt und hatte abwehrend die Hände gehoben.

Das Gelächter hallte in seinem Kopf, so wild wie die Flammen. Dann brach beides ab.

Auf der Straße war es wieder still, als sei nichts passiert. Er hatte zahlreiche Tricks im Ärmel, dachte Cal. Zahlreiche Tricks.

Er zwang sich dazu weiterzugehen, bis er an die Stelle kam, wo das Feuer ausgebrochen war. Ein beißender Geruch lag in der Luft. Er erkannte ihn sofort.

Schwefel.

Oben in dem Zimmer mit dem Vierpfostenbett und der dicken Steppdecke, in dem sie sich unglaublich wohlfühlte, setzte Quinn sich an den hübschen Schreibtisch mit seinen geschwungenen Beinen und der polierten Schreibfläche, um die Notizen und Eindrücke des Tages in ihren Laptop einzugeben.

Es gefiel ihr, dass frische Blumen im Zimmer standen und dass in einer kleinen blauen Schale frisches Obst lag. Das Badezimmer war mit einer entzückenden Wanne mit Klauenfüßen und einem schneeweißen Waschbecken mit Standsockel eingerichtet. Es gab dicke, flauschige Handtücher, zwei Stück Seife und elegante Minifläschchen mit Shampoo, Körperlotion und Duschgel.

Statt der langweiligen, in Massen produzierten Poster hingen Originalgemälde und Fotos an den Wänden, die man bei Artful, einem Laden in der South Main, käuflich erwerben konnte, wie eine diskrete Notiz auf dem Schreibtisch vermerkte.

Das Zimmer war heimelig und gemütlich, bot aber zugleich auch Internetanschluss. Sie nahm sich vor, beim nächsten Mal, wenn sie im April und im Juli wieder hierherkam, ebenfalls dieses Zimmer zu buchen.

Für ihren ersten Tag, der ja zudem noch der Anreisetag war, hatte sie bereits eine ganze Menge erledigt. Sie hatte zwei von drei Protagonisten kennen gelernt und würde zum Heidenstein geführt. Zumindest oberflächlich hatte sie sich auch schon in der Stadt ein wenig umgeschaut. Und sie hatte die geheimnisvolle (und bisher nicht identifizierte) Kraft anscheinend bereits persönlich erlebt.

Außerdem würde sie für ihre Freunde bei *Umleitungen* einen Artikel über Bowling schreiben.

Nicht schlecht, wenn man noch bedachte, dass sie im Hotel Salat mit gegrilltem Hühnchen gegessen hatte und nicht der Versuchung erlegen war, sich über eine ganze Pizza herzumachen. Und sie hatte einen Strike geworfen.

Deprimierender fand sie da schon den Gedanken, dass sie auch der Versuchung widerstanden hatte, den äußerst attraktiven Caleb Hawkins zu küssen.

Hatte sie es in dieser Hinsicht mit ihrer Professionalität vielleicht zu weit getrieben?

Als sie in ihren Flanellpyjama geschlüpft war, zwang sie sich zu fünfzehn Minuten Pilates (okay, zehn) und weiteren fünfzehn Minuten Yoga, bevor sie sich schließlich unter die fabelhafte Steppdecke kuschelte.

Sie nahm ihr Buch vom Nachttisch und las noch ein paar Seiten, bis ihr schließlich die Augen zufielen. Kurz nach Mittenacht legte sie das Buch beiseite und schaltete das Licht aus.

Kurz darauf war sie eingeschlafen.

Quinn erkannte den Traum als Traum. Sie hatte die bunte Welt ihrer Traumlandschaften immer schon genossen. Sie empfand sie als Abenteuer ohne jede körperliche Anstrengung. Als sie sich auf einmal auf einem schmalen Pfad durch einen dichten Wald befand, in dem lediglich der Mondschein silbrig durch das Laub schimmerte, dachte sie: Oh, Mann, das ist ja toll.

Sie glaubte heiseres, verzweifeltes Flüstern zu hören, aber die Worte waren nicht zu verstehen.

Die Luft glitt wie Seide um sie, während sie durch den wabernden Nebel auf die Stimmen zuging. Ein einzelnes Wort flog durch die Nacht auf sie zu, plötzlich klar und deutlich zu verstehen. *Bestia.*

Immer wieder hörte sie es, während sie dem Weg folgte. Sexuelles Verlangen stieg in ihr auf, breitete sich in ihr aus.

Zwei oder drei Mal schien die Luft *Beatus* zu murmeln, und im Traum beschleunigte sie ihre Schritte.

Aus den Bäumen schwang sich eine schwarze Eule in die Luft, und Quinn erschauerte. Sogar im Traum empfand sie Angst.

Im kalten Wind sah sie hingestreckt auf dem Weg ein goldenes Rehkitz. Blut sickerte aus seinem Hals in die Erde.

Ihr Herz krampfte sich vor Mitleid zusammen. So jung und so süß, dachte sie, als sie darauf zutrat. Wer mochte denn so etwas getan haben?

Einen Moment lang hob sich der Schleier von den toten Augen des Kitzes, und sie leuchteten golden. Sie blickten sie so traurig und weise an, dass ihr die Tränen kamen.

Die Stimme wurde deutlicher, jedoch nicht über die Luft, sondern in ihrem Kopf, sie hörte ganz deutlich ein einzelnes Wort: *devoveo*.

Dann waren die Bäume auf einmal kahl, Eis hüllte Stamm und Äste ein, und das silberne Mondlicht würde grau. Sie stand vor einem kleinen Teich. Das Wasser war so schwarz wie Tinte, als ob es jedes Licht in seine Tiefen saugen würde.

Am Teich saß eine junge Frau in einem langen braunen Kleid. Sie hatte die Haare kurz geschoren, und die Stoppeln standen wild in alle Richtungen ab. Sie füllte sich die Taschen ihres Kleides mit Steinen.

Hallo, rief Quinn. *Was tust du da?*

Das Mädchen reagierte nicht, und als Quinn näher trat, sah sie, dass Tränen und Wahnsinn in seinen Augen standen.

Oh, bitte, tu das nicht. Geh nicht ins Wasser. Warte. Warte einfach. Red mit mir.

Das Mädchen wandte ihr den Kopf zu, und erschreckt blickte Quinn in ihr eigenes Gesicht. *Er weiß nicht alles*, sagte die Wahnsinnige. *Er kannte dich nicht.*

Sie breitete die Arme aus, und ihr Körper, beschwert durch die Steine, sank ins Wasser. Der Teich schluckte sie wie ein wartendes Maul.

Quinn sprang hinein – was hätte sie sonst tun sollen? Sie holte tief Luft und wappnete sich gegen die Kälte, die sie erwartete.

Dann erschien ein Lichtblitz, ein Brüllen, das vielleicht Donner war oder etwas Lebendiges und Hungriges. Sie lag auf den Knien auf einer Lichtung, wo ein Stein aus der Erde ragte wie ein Altar. Feuer loderte um sie herum, hüllte sie ein, aber sie spürte nichts von seiner Hitze.

In den Flammen sah sie zwei Gestalten, eine schwarz, eine weiß, die sich wie zwei wilde Tiere ineinander verbissen hatten. Mit einem schrecklichen Geräusch tat sich die Erde auf und verschluckte alles.

Schreiend klammerte sie sich an den Stein, um nicht ebenfalls in die Tiefe gezogen zu werden. Er brach in drei gleiche Teile, und sie stürzte, stürzte in den offenen Schlund.

Als sie erwachte, lag sie in dem zerwühlten Bett, die Hände um den Bettpfosten geschlungen, als ob ihr Leben davon abhinge.

Ihr Atem ging keuchend, und das Herz schlug ihr bis zum Hals.

Ein Traum, das war nur ein Traum, sagte sie sich, aber sie brachte es nicht über sich, den Bettpfosten loszulassen.

Sie drückte die Wange an das Holz und schloss die Augen, bis das Zittern langsam nachließ.

»Das war vielleicht ein Traum«, murmelte sie.

Der Heidenstein. Dort war sie am Ende des Traums gewesen, da war sie sich ganz sicher. Sie hatte ihn schon auf Bildern gesehen. Kein Wunder, dass sie so schrecklich davon geträumt hatte. Und der Teich … hatte sie bei ihren Recherchen nicht auch etwas über eine Frau gefunden, die im Teich ertrunken war? Sie hatten ihn nach ihr benannt. Hester's Pond. Nein, Pool. Hester's Pool.

Ja, das war eine Höllentour gewesen. Noch einmal wollte sie das nicht erleben.

Sie blickte auf ihren Reisewecker und sah, dass es zwanzig nach drei war. Drei Uhr morgens, dachte sie, war die tote Zeit, die schlimmste Zeit, um in der Nacht wach zu sein. Am besten würde sie jetzt weiterschlafen. Sie würde sich ein Glas Wasser holen und dann wieder ins Bett gehen.

Für den ersten Tag hatte sie genug Aufregung.

Sie stand auf, brachte das Bett wieder einigermaßen in Ordnung und drehte sich dann um, um ins Badezimmer zu gehen.

Ihr Schrei war lautlos. Er gellte in ihrem Kopf, drang aber nicht aus ihrem Mund.

Der Junge grinste obszön durch das dunkle Fenster.

Sein Gesicht, seine Hände waren nur wenige Zentimeter von ihr entfernt an die Scheibe gepresst. Er fuhr sich mit der Zunge über die scharfen weißen Zähne, und seine roten Augen leuchteten.

Ihre Beine gaben nach, aber sie hatte Angst, dass er wie ein wildes Tier über sie herfallen würde, wenn sie zu Boden sinken würde.

Stattdessen hob sie die Hand zum uralten Zeichen gegen das Böse. »Verschwinde«, flüsterte sie. »Lass mich in Ruhe!«

Der Dämon lachte. Sie hörte das furchtbare Geräusch, sah seine Schultern vor Vergnügen beben. Er drückte sich mit einer geschmeidigen Bewegung von der Scheibe ab, hing einen Moment lang über der schlafenden Straße, und dann … schrumpfte er zu einem schwarzen Punkt und war verschwunden.

Quinn sprang ans Fenster und zog die Vorhänge zu. Erst dann sank sie an der Wand zu Boden.

Als sie das Gefühl hatte, wieder aufstehen zu können, zog sie auch an den anderen Fenstern die Vorhänge vor. Anschließend trank sie zwei Gläser Wasser, erst danach ging es ihr ein wenig besser.

»Du kannst mich mal, du kleiner Bastard«, sagte sie zu dem verschlossenen Fenster. Mit ihrem Laptop setzte sie sich auf den Boden – unterhalb des Fensterbretts fühlte sie sich einfach sicherer – und begann alles aufzuschreiben, was sie von ihrem Traum noch in Erinnerung hatte.

Als sie erwachte, drang das Tageslicht durch das cremefarbene Leinen der Vorhänge. Ächzend stand sie auf.

Es war natürlich dumm, dass sie den Laptop nicht ausgeschaltet hatte, nachdem sie die Ereignisse der Nacht festgehalten hatte. Außerdem wäre sie auch besser wieder in das große, bequeme Bett gegangen, statt sich einfach auf dem Boden zusammenzurollen. Aber seltsamerweise war sie überhaupt nicht auf den Gedanken gekommen.

Jetzt stellte sie den Computer wieder auf den hübschen Schreibtisch und steckte ihn ein, um die Batterien aufzuladen. Vorsichtig – schließlich war es auch heller Tag gewesen, als sie den Jungen zum ersten Mal gesehen hatte – trat sie an das erste Fenster und schob den Vorhang beiseite.

Die Sonne strahlte von einem wolkenlosen blauen Himmel. Frisch gefallener Schnee bedeckte die Straße und die Dächer der Häuser.

Ein paar Geschäftsleute schaufelten bereits Schnee vor ihren Läden, und Autos fuhren über die geräumte Straße. Ob wohl heute wegen des Schnees die Schule ausfiel?

Ob der Dämonenjunge wohl heute Unterricht hatte?

Spontan beschloss Quinn, ihren malträtierten Körper in der Klauenfußwanne zu verwöhnen. Zum Frühstück würde sie Ma's Pantry ausprobieren. Vielleicht konnte ihr dort ja irgendjemand bei Obst und Müsli die Legenden von Hawkins Hollow erzählen.

6

Cal sah sie hereinkommen in ihren hohen Stiefeln, den ausgewaschenen Jeans und ihrer hellroten Kappe. Sie hatte sich einen bunten Schal umgewunden, und ihr Mantel stand offen, so dass er ihren Pullover sehen konnte, der die Farbe von reifen Blaubeeren hatte.

Sie hatte entschieden etwas Strahlendes an sich, dachte er.

Er beobachtete sie, während sie sich im Lokal umblickte. Sie arbeitet schon, dachte er. Vielleicht hörte sie ja nie auf. Obwohl sie sich erst seit Kurzem kannten, war er sich ziemlich sicher, dass ihr Verstand ständig arbeitete.

Schließlich erblickte sie ihn. Sie lächelte strahlend und trat auf ihn zu.

»Morgen, Caleb.«

»Morgen, Quinn. Kann ich Sie zum Frühstück einladen?«

»Ja, gerne.« Sie blickte auf seinen Teller und schnüffelte genießerisch an seinem Stapel Pfannkuchen mit Butter und Sirup. »Die schmecken wahrscheinlich fantastisch.«

»Die besten in der Stadt.« Er spießte ein Stück auf und streckte es ihr hin. »Möchten Sie mal probieren?«

»Beim Probieren bleibt es bei mir meistens nicht. Es ist wirklich schlimm.« Sie ließ sich auf einen Hocker an der Theke gleiten und wandte der Kellnerin ihr lächelndes Gesicht zu, während sie ihren Schal abwickelte. »Guten Morgen. Ich hätte gerne Kaffee, und haben Sie etwas wie Müsli, auf das man Obst geben könnte?«

»Ja, wir haben Special K, und ich könnte Ihnen zwei Bananen hineinschneiden.«

»Perfekt.« Sie streckte die Hand über die Theke. »Ich bin Quinn.«

»Die Schriftstellerin aus PA.« Die Kellnerin nickte und schüttelte Quinn die Hand. »Meg Stanley. Nehmen Sie sich vor dem hier in Acht«, fügte sie hinzu und zeigte auf Cal. »Diese stillen Typen sind die Gefährlichsten.«

»Dafür sind wir nicht so Stillen oft schneller.«

Meg lachte und schenkte Quinn einen Kaffee ein. »Es ist von Vorteil, wenn man flink auf den Füßen ist. Ich hole Ihnen Ihr Müsli.«

»Warum«, fragte Cal und steckte sich einen weiteren Bissen Pfannkuchen in den Mund, »isst jemand freiwillig so ein trockenes Zeug zum Frühstück?«

»Das habe ich mir so angewöhnt. Das heißt, ich gewöhne mich immer noch daran. Aber wie ich mich kenne, werde ich letztendlich den Pfannkuchen erliegen, wenn ich weiter hierherkomme. Gibt es in der Stadt ein Sportstudio?«

»Im Keller vom Gemeindezentrum gibt es ein kleines Gymnastikstudio. Man muss Mitglied sein, aber ich kann Sie so hineinschleusen.«

»Tatsächlich? Es ist ja ganz schön praktisch, Sie zu kennen, Cal.«

»Ja, das ist wohl so. Wollen Sie nicht lieber doch Pfannkuchen bestellen und anschließend ein bisschen trainieren?«

»Nein, heute nicht, aber trotzdem danke.« Sie ergriff ihre Kaffeetasse mit beiden Händen und studierte ihn durch den leichten Dampf, der von dem Getränk aufstieg. »So, und da wir jetzt unser zweites Date haben …«

»Wieso habe ich das erste verpasst?«

»Sie haben mich zu Pizza und Bier eingeladen und sind mit mir auf die Bowlingbahn gegangen. Nach meiner Definition ist das ein Date. Und jetzt laden Sie mich zum Frühstück ein.«

»Müsli mit Bananen. Ich schätze preiswerte Frauen.«

»Ja, das kann ich gut verstehen.« Sie musste lachen. »Aber da wir jetzt schon mal hier zusammensitzen, möchte ich Ihnen gerne ein Erlebnis erzählen.«

Meg brachte ihr eine Keramikschüssel mit Müsli und in Stücken geschnittener Banane. »Ich habe mir gedacht, Sie hätten gerne die fettarme Milch.«

»Danke, das ist sehr aufmerksam von Ihnen.«

»Kann ich Ihnen sonst noch etwas bringen?«

»Nein, im Moment nichts, Meg. Danke«, sagte Cal.

»Melden Sie sich, wenn etwas fehlt.«

»Eine Erfahrung?«, wiederholte Cal, als Meg wegging.

»Ich hatte einen Traum.«

Angespannt hörte er zu, als sie ihm mit ruhiger Stimme jedes Detail des Traums erzählte, den sie in der Nacht zuvor hatte.

»Ich wusste, dass es ein Traum war«, schloss sie. »Das weiß ich immer, selbst wenn ich mittendrin bin. Für gewöhnlich finde ich selbst die unheimlichen Träume aufregend, eben weil sie nicht real sind. Mir ist nicht wirklich ein zweiter Kopf gewachsen, oder ich springe nicht in echt mit einer Handvoll roter Luftballons aus dem Flugzeug. Aber dieser Traum … mir war tatsächlich kalt, ich spürte, wie ich zu Boden gestürzt bin. Heute Morgen habe ich blaue Flecken an meinem Körper entdeckt, die vorher noch nicht da waren. Wie soll man sich im Traum verletzen, wenn es nur ein Traum ist?«

In Hawkins Hollow ging das. »Sind Sie denn aus dem Bett gefallen, Quinn?«

»Nein, ich bin nicht aus dem Bett gefallen.« Irritiert blickte sie ihn an. »Ich bin aufgewacht und habe mich an den Bettpfosten geklammert, als sei er mein Liebhaber. Und all das, weil ich diesen kleinen rotäugigen Bastard wiedergesehen habe.«

»Wo?«

Sie schwieg und aß einen Löffel Müsli. »Haben Sie jemals *Brennen muss Salem* von Stephen King gelesen?«

»Ja. Kleinstadt, Vampire. Toll.«

»Können Sie sich an die Szene mit den kleinen Jungs, den Brüdern erinnern? Einer ist in einen Vampir verwandelt worden und besucht seinen Bruder eines Nachts.«

»Nichts ist grausiger als Kindervampire.«

»Nicht viel. Jedenfalls hängt das Vampirkind draußen am Fenster. Es hängt da einfach und kratzt an der Scheibe. Genauso war es. Er hatte sich ans Glas gedrückt, und ich war da oben im ersten Stock. Dann hat er eine elegante Rolle rückwärts gemacht und sich in Luft aufgelöst.«

Cal legte seine Hand auf ihre und rieb sie leicht, damit sie wieder warm wurde. »Sie haben meine Nummer zu Hause und meine Handynummer. Warum haben Sie mich nicht angerufen, Quinn?«

Sie aß noch einen Bissen und hielt Meg lächelnd ihre Tasse entgegen, damit sie ihr Kaffee nachschenkte. »Cal, ich rufe nicht einfach morgens um halb vier einen Mann an, mit dem ich einmal zum Bowling war. Ich bin auf den Spuren des Geistes einer Voodoo-Queen durch Sümpfe in Louisiana gewatet; ich habe alleine eine Nacht in einem Spukhaus an der Küste von Maine verbracht und einen Mann interviewt, der angeblich von mindestens dreizehn Dämonen besessen war. Und dann gab es noch diese Werwolf-Familie in Tallahassee. Aber dieser Junge …«

»Sie glauben doch gar nicht an Werwölfe und Vampire, Quinn.«

Sie blickte ihn direkt an. »Mein Geist ist so offen wie ein Laden, der vierundzwanzig Stunden geöffnet hat, und unter den Umständen sollte das bei Ihnen genauso sein. Allerdings glaube ich nicht, dass das Ding ein Vampir ist. Ich habe ihn schließlich mitten am helllichten Tag gesehen. Aber ein Mensch ist es auch nicht. Irgendwie gehört er zum Heidenstein. Er hat etwas mit den Vorkommnissen alle sieben Jahre zu tun. Dieses Jahr ist er früh dran, oder?«

Ja, dachte er, ihr Verstand arbeitete anscheinend ständig, und er war so scharf wie ein Rasiermesser. »Das ist hier nicht gerade der beste Ort, um ausführlich darüber zu sprechen.«

»Sagen Sie mir, wo.«

»Ich habe gesagt, dass ich Sie morgen zum Stein

bringe, und das tue ich auch. Dann erzähle ich Ihnen mehr Details. Heute geht es nicht«, fügte er hinzu. »Ich habe einen vollen Terminkalender, und morgen ist es sowieso besser. Heute und morgen soll die Sonne scheinen, und es soll wärmer werden.« Er zog sein Portemonnaie aus der Gesäßtasche. »Morgen ist der letzte Schnee geschmolzen.« Er warf einen Blick auf ihre Stiefel, als er das Geld auf die Theke legte. »Wenn Sie keine festeren Schuhe dabeihaben, sollten Sie sich besser welche kaufen. Damit halten Sie keinen Kilometer durch.«

»Sie wären überrascht, wenn Sie wüssten, wie lange ich durchhalte.«

»Mag sein. Bis morgen dann.«

Quinn blickte ihm stirnrunzelnd nach, als er hinausging. Dann wandte sie sich an Meg, die gerade die Theke abwischte. »Mit den stillen Wassern haben Sie recht.«

»Schließlich kenne ich den Jungen auch schon sein Leben lang.«

Amüsiert stützte Quinn einen Ellbogen auf die Theke und stocherte in ihrem Müsli. Anscheinend waren ein ordentlicher Schreck in der Nacht und milde Irritation wegen eines Mannes am Morgen eine effektivere Diäthilfe als jede Waage. Sie wandte sich an Meg, die mit ihren breiten Hüften und den braunen Locken um das runde Gesicht gemütlich und zugänglich aussah. Das Funkeln in ihren braunen Augen verriet Quinn, dass sie geneigt war, sich mit ihr zu unterhalten.

»Meg, was können Sie mir denn sonst noch so erzählen? Über den Heidenstein zum Beispiel.«

»Das ist kompletter Blödsinn, wenn Sie mich fragen.«

»Wirklich?«

»Die Leute drehen nur ab und zu ein bisschen durch.« Sie tippte sich vielsagend mit dem Finger an die Stirn. »Schauen zu tief ins Glas, und dann führt eins zum anderen. Aber all die Spekulationen sind gut fürs Geschäft. Das bringt jede Menge Touristen, die hier herumlaufen, Fotos machen und Souvenirs kaufen.«

»Sie haben nie irgendwelche schlechten Erfahrungen gemacht?«

»Ich habe gesehen, wie sich vernünftige Leute aufgeführt haben wie die Narren, und einige, die sowieso schon eine gemeine Ader hatten, haben sich eine Zeit lang noch gemeiner aufgeführt.« Sie zuckte mit den Schultern. »Aber so sind die Leute eben, so etwas kommt manchmal vor.«

»Ja, da haben Sie wohl recht.«

»Wenn Sie mehr darüber wissen wollen, sollten Sie in die Bibliothek gehen. Es gibt ein paar Bücher über die Stadt, über die Geschichte und so. Und Sally Keefafer …«

»Die Bowling-Sally?«

Meg lachte. »Ja, sie bowlt gerne. Sie ist Bibliotheksdirektorin. Sie wird sich sicher gerne mit Ihnen unterhalten. Sie redet gerne, und sie wird es ausnutzen, wenn sie jemanden findet, der ihr nicht gleich den Mund zuklebt.«

»Soll ich besser Klebeband mitnehmen?«

Meg lachte wieder und schüttelte den Kopf. »Wenn Sie wirklich mit jemandem reden wollen, müssen Sie zu Mrs Abbott gehen. Sie hat die Bibliothek früher geleitet, und sie ist auch jetzt noch fast jeden Tag für ein paar Stunden dort.«

Sie nahm die Geldscheine, die Cal auf den Tresen gelegt hatte, und wandte sich anderen Gästen zu.

Cal ging sofort in sein Büro, wo er den üblichen morgendlichen Papierkram erledigte. Anschließend hatte er ein Treffen mit seinem Vater und dem Videoverleiher, bevor das Center gegen Mittag aufmachte.

Er dachte an die Feuerwand auf der Hauptstraße am Abend zuvor. Das und Quinns Erlebnisse deuteten wirklich darauf hin, dass der Dämon dieses Mal früh anfing.

Ihr Traum bereitete ihm Sorgen. Er hatte an den Details genau erkannt, wo sie war und was sie gesehen hatte. Dass sie so lebhaft vom Teich und von der Lichtung geträumt hatte, dass sie sogar blaue Flecken davongetragen hatte, konnte nur bedeuten, dass sie etwas mit dem Ganzen zu tun hatte.

Natürlich konnte sie entfernt mit ihm verwandt sein, aber bis jetzt hatte eigentlich nur seine engste Familie jemals irgendetwas gespürt, und das auch nur während der sieben Tage.

Als er durch das Bowlingcenter ging, winkte er Bill Turner zu, der die Bahnen bohnerte. Die große, schwere Maschine brummte laut in dem leeren Gebäude.

In seinem Büro überprüfte er zuerst seine E-Mails. Erleichtert stieß er die Luft aus, als er eine von Gage entdeckte.

Prag. Muss noch etwas erledigen, bin aber in zwei Wo-

chen bestimmt zurück in den USA. Unternehmt nichts ohne mich, was ihr mit mir nicht auch tun würdet.

Kein Gruß, keine Unterschrift. Das sah Gage ähnlich, dachte Cal. Aber fürs Erste musste es reichen.

Meld dich sofort, wenn du im Land bist, schrieb Cal zurück. *Es grummelt bereits. Ich warte auf dich, bevor ich etwas Unüberlegtes tue, weil du besser darin bist.*

Nachdem er die Mail abgeschickt hatte, schrieb er noch eine andere an Fox.

Wir müssen reden. Bei mir, heute Abend um sechs. Bier habe ich. Bring etwas zu essen mit, aber keine Pizza.

Mehr konnte er im Moment nicht tun, dachte Cal.

Quinn ging ins Hotel zurück, um ihren Laptop zu holen. Wenn sie schon in die Bibliothek musste, dann konnte sie wenigstens ein paar Stunden arbeiten. Vielleicht erwies sich diese Mrs Abbott ja als wertvolle Quelle.

Caleb Hawkins würde sicher vor morgen nicht den Mund aufmachen.

Als sie die Hotellobby betrat, sah sie die kecke blonde Angestellte am Empfang – Mandy, dachte Quinn nach kurzer Überlegung –, die gerade eine Brünette eincheckte.

Quinn registrierte sofort, dass die Brünette Mitte bis Ende zwanzig war. Sie wirkte mürrisch und unlustig, was jedoch ihrer Schönheit nichts anhaben konnte. Jeans und ein schwarzer Pullover schmiegten sich um ihre sportliche Figur. Neben ihr standen ein Koffer, ein Laptopkoffer, ein Kosmetikköfferchen und eine tolle geräumige Hobo aus glattem rotem Leder.

Kurz überfiel Quinn Handtaschenneid.

»Willkommen, Miss Black. Ich bin sofort für Sie da, wenn Sie etwas brauchen«, sagte die Empfangsdame und lächelte sie an.

»Nein, ich brauche nichts. Danke.«

Quinn wandte sich zur Treppe. Als sie hinaufging, hörte sie, wie Mandy fröhlich sagte: »Ich sage Harry Bescheid, Miss Darnell, damit er Ihnen mit dem Gepäck hilft.«

Was mochte die attraktive Miss Darnell wohl hier machen, überlegte Quinn, während sie in ihr Zimmer ging. Ob sie auf dem Weg nach New York hier Station machte? Nein, unwahrscheinlich.

Ob sie wohl Verwandte oder Freunde besuchte? Aber dann würde sie doch sicher dort übernachten.

Vielleicht eine Geschäftsreise?

Na ja, wenn sie länger als nur ein paar Stunden blieb, würde Quinn es schon herausfinden. Darin war sie schließlich gut.

Quinn packte ihren Laptop in die Tasche und steckte einen leeren Notizblock und zusätzliche Stifte ein für den Fall, dass sie Glück hatte. Ihr Handy stellte sie auf vibrieren. Es gab kaum etwas Ärgerlicheres als Handyklingeln in Büchereien und Theatern.

Zum Schluss schob sie noch einen Stadtplan in ihre Tasche, falls sie etwas nachsehen musste.

So ausgerüstet, machte sie sich auf den Weg in die Hawkins Hollow Bibliothek, die sich am anderen Ende der Stadt befand.

Von ihren Recherchen wusste Quinn, dass das ursprüngliche Ziegelgebäude auf der Main Street jetzt das Gemeindezentrum und das Sportstudio, das sie besuchen wollte, beherbergte. Um die Jahrtausendwende war die neue Bibliothek auf einem Hügel am südlichen Ende der Stadt erbaut worden, ein zweistöckiges Steingebäude mit einem von Säulen flankierten Eingangsportal. Der Stil war auf attraktive Art altmodisch, worauf die historische Gesellschaft am Ort wahrscheinlich Wert gelegt hatte.

Als sie ihren Wagen auf dem Parkplatz abstellte, bewunderte sie die Bänke und die Bäume, die sicher in der wärmeren Jahreszeit Schatten spenden würden.

Drinnen roch es nach Bibliothek. Nach Büchern und Staub, nach Stille.

Sie ging zum Informationsschalter. Computer, lange Tische, Bücherwagen, ein paar Leute, die zwischen den Regalen entlanggingen, zwei alte Männer, die Zeitung lasen. Sie hörte das Summen eines Kopierers und das leise Klingeln des Telefons an der Information.

Im Flüsterton wandte sie sich an den Mann hinter der Theke. »Guten Morgen. Ich suche Bücher über lokale Geschichte.«

»Das ist im ersten Stock, im Westflügel. Die Treppe ist links, der Aufzug befindet sich dort hinten. Suchen Sie etwas Bestimmtes?«

»Danke, ich möchte nur ein bisschen stöbern. Ist Mrs Abbott heute da?«

»Mrs Abbott ist im Ruhestand, aber sie ist fast jeden Tag ab elf Uhr da.«

»Vielen Dank.«

Quinn nahm die Treppe. Sie war hübsch geschwungen, stellte sie fest. Ein bisschen wie die Freitreppe in *Vom Winde verweht*.

Lokale Themen war eher ein Raum – eine Minibibliothek – als eine Abteilung. Hübsche, gemütliche Stühle, Tische, gedämpftes Licht und Fußbänkchen. Er war größer, als sie erwartet hatte, was natürlich auch an den zahlreichen Titeln über Hollow im Bürgerkrieg lag.

Es gab auch eine Menge Bücher von Autoren aus der Gegend. Sie suchte sich ein paar heraus und stellte fest, dass sie ins Schwarze getroffen hatte. Mehr als ein Dutzend Titel waren ihr bei ihren Recherchen noch nicht begegnet.

Erwartungsvoll stellte sie ihren Laptop auf, holte ihren Notizblock und ihr Aufnahmegerät heraus und nahm sich fünf Bücher vor. Erst da bemerkte sie die diskrete Bronzeplakette.

Die Bibliothek von Hawkins Hollow
bedankt sich für die Großzügigkeit
der Familie von Franklin und Maybelle Hawkins

Franklin und Maybelle. Das waren wahrscheinlich Cals Vorfahren. Es war passend und großzügig zugleich, dass sie diesen Raum finanziert hatten. Gerade diesen Raum.

Sie setzte sich an den Tisch, nahm eins der Bücher und begann zu lesen.

Sie hatte sich schon zahlreiche Notizen gemacht, als sie auf einmal Babypuder und Lavendel roch.

Als sie aufblickte, sah sie eine schlanke alte Frau in einem violetten Kostüm vor sich stehen. Sie trug schwarze, feste Schuhe, und auf ihrer Nase saß eine Brille mit so dicken Gläsern, dass Quinn sich unwillkürlich fragte, wie die kleinen Ohren das Gewicht tragen konnten.

Um den Hals trug sie eine Perlenkette, am Ringfinger einen schmalen goldenen Ehering und am Arm eine Armbanduhr mit einem großen Zifferblatt, das ebenso praktisch aussah wie ihre Schuhe.

»Ich bin Estelle Abbott«, sagte sie mit brüchiger Stimme. »Der junge Dennis hat gesagt, Sie haben nach mir gefragt.«

Da Quinn Dennis an der Information auf Ende sechzig schätzte, musste die Frau, die ihn als jungen Mann bezeichnete, bestimmt zwei Jahrzehnte älter sein.

»Ja.« Quinn stand auf und streckte ihr die Hand entgegen. »Ich bin Quinn Black, Mrs Abbott. Ich bin …«

»Ja, ich weiß. Die Schriftstellerin. Ihre Bücher haben mir gefallen.«

»Vielen Dank.«

»Sie brauchen sich nicht zu bedanken. Wenn sie mir nicht gefallen hätten, hätte ich es Ihnen auch gesagt. Sie arbeiten an einem Buch über Hollow.«

»Ja, Ma'am.«

»Sie werden hier einiges an Informationen finden. Manches davon ist sicher nützlich.« Sie blickte auf die Bücher, die auf dem Tisch lagen. »Manches allerdings auch Unsinn.«

»Vielleicht könnten Sie mir ja helfen, die Spreu vom Weizen zu trennen, indem Sie sich mit mir unterhalten. Ich würde Sie gerne zum Mittagessen oder Abendessen einladen, wenn Sie …«

»Das ist sehr nett von Ihnen, aber unnötig. Sollen wir uns nicht einfach hier hinsetzen?«

»Ja, das wäre wunderbar.«

Estelle setzte sich kerzengerade auf einen Stuhl und faltete die Hände im Schoß. »Ich bin in Hollow geboren«, begann sie, »und lebe seit siebenundneunzig Jahren hier.«

»Siebenundneunzig?« Quinn brauchte ihre Überraschung nicht zu heucheln. »Ich kann normalerweise das Alter anderer Leute gut schätzen, aber bei Ihnen habe ich mindestens zehn Jahre daruntergelegen.«

»Gute Gene«, sagte Estelle lächelnd. »Mein Mann John, der ebenfalls hier geboren und aufgewachsen ist, starb vor acht Jahren. Wir waren einundsiebzig Jahre verheiratet.«

»Was ist Ihr Geheimnis?«

Wieder lächelte die alte Dame. »Man muss miteinander lachen können, sonst erschlägt man sich bei der ersten Gelegenheit.«

»Das muss ich mir aufschreiben.«

»Wir hatten sechs Kinder – vier Jungen, zwei Mädchen –, und alle leben noch. Keiner ist im Gefängnis, Gott sei Dank. Von ihnen haben wir neunzehn Enkel und achtundzwanzig Urenkel – nach der letzten Zählung – und fünf der nächsten Generation, von denen auch schon wieder zwei unterwegs sind.«

Quinn staunte nur. »Weihnachten muss ja bei Ihnen ganz schön aufregend sein.«

»Wir sind überall auf der Welt verstreut, aber ab und zu bekommen wir alle zusammen.«

»Dennis hat gesagt, Sie seien pensioniert. Sie waren Bibliothekarin?«

»Als mein jüngstes Kind in die Schule kam, habe ich

angefangen, in der Bibliothek zu arbeiten. Das war noch im alten Gebäude auf der Main Street. Ich habe mehr als fünfzig Jahre gearbeitet und auch meinen Schulabschluss nachgeholt. Johnnie und ich sind viel gereist und haben einiges von der Welt gesehen. Eine Zeit lang haben wir daran gedacht, nach Florida zu ziehen. Aber dafür waren wir hier zu sehr verwurzelt. Die letzten Jahre arbeitete ich nur noch Teilzeit, und als mein Johnnie krank wurde, ging ich in Pension. Als er gestorben ist, bin ich als Freiwillige – oder auch als Faktotum, je nachdem, wie man es sehen möchte – wiedergekommen. Ich erzähle Ihnen das, damit Sie einen Eindruck von mir bekommen.«

»Sie lieben Ihren Mann und Ihre Kinder und Kindeskinder. Sie lieben Bücher, und Sie sind stolz auf die Arbeit, die Sie geleistet haben. Sie lieben diese Stadt, und Sie leben gern hier.«

Estelle warf ihr einen anerkennenden Blick zu. »Sie haben eine effiziente Art, die Dinge zusammenzufassen. Sie haben nicht gesagt, dass ich meinen Mann liebte, sondern Sie haben stattdessen das Präsens benutzt, was mir zeigt, dass Sie gut beobachten und sensibel sind. Ich habe an Ihren Büchern schon gemerkt, dass Sie wissbegierig sind. Sagen Sie mir, Miss Black, haben Sie auch Mut?«

Quinn dachte an den Dämon vor dem Fenster. Sie hatte Angst gehabt, war aber nicht davongelaufen. »Ich glaube schon. Bitte, nennen Sie mich Quinn.«

»Quinn. Ein Familienname.«

»Ja, der Mädchenname meiner Mutter.«

»Irisch, Gälisch. Ich glaube, es bedeutet ›Berater‹.«

»Ja, das stimmt.«

»Ich habe hier oben eine Fundgrube an trivialer Information«, sagte Estelle und tippte sich an die Schläfe. »Aber es könnte tatsächlich sein, dass Ihr Name eine Rolle spielt. Sie müssen so objektiv und vorsichtig vorgehen wie ein Berater, um das richtige Buch über Hawkins Hollow zu schreiben.«

»Warum haben Sie es nicht geschrieben?«

»Nicht jeder, der Musik liebt, kann auch ein Instrument spielen. Ich erzähle Ihnen lieber, was ich weiß. In den Wäldern im Westen dieser Stadt war heiliger Grund, lange bevor Lazarus Twisse sich dort aufgehalten hat.«

»Lazarus Twisse war der Anführer der puritanischen Sekte – der radikalen Sekte –, die mit den Gottesfürchtigen in Massachusetts gebrochen hat beziehungsweise von ihnen verstoßen wurde.«

»Ja. Die Indianer hielten diesen Ort bereits für heilig. Und noch vor ihnen, so heißt es, kämpften das Gute und das Böse an diesem Ort gegeneinander, einige Samen dieser Macht sind dort geblieben. Sie schliefen jahrhundertelang, und nur der Stein kündet von dem, was dort geschehen ist. Mit der Zeit verblasste die Erinnerung an den Kampf, und man konnte vielleicht nur noch mit dem Gefühl erspüren, dass es kein gewöhnlicher Platz war.«

Estelle schwieg, und Quinn hörte das Summen der Heizung und Schritte im Nebenraum.

»Twisse kam nach Hollow, das bereits nach Richard Hawkins benannt war, der mit seiner Frau und seinen Kindern 1648 hier eine kleine Ansiedlung gegründet hatte. Richards älteste Tochter war Ann. Als Twisse kam, lebten Hawkins, seine Familie und eine Handvoll andere Personen dort. Auch ein Mann namens Giles Dent. Dieser Dent baute eine Hütte im Wald, wo der Stein aus dem Boden ragt.«

»Der Heidenstein.«

»Ja. Er tat niemandem etwas zuleide, und da er einiges an Heilwissen besaß, kamen die Leute zu ihm, um sich behandeln zu lassen. Es gibt Berichte, in denen er als der Heide bezeichnet wird, und es heißt, dass der Stein nach ihm benannt ist.«

»Aber Sie sind nicht davon überzeugt.«

»Es kann sein, dass der Begriff sich damals in den Köpfen festgesetzt hat, aber schon lange vor der Ankunft von Giles Dent oder Lazarus Twisse hieß der Felsblock Heidenstein. Es gibt auch Berichte, in denen behauptet wird, Dent habe über magische Kräfte verfügt und Ann Hawkins verzaubert und geschwängert. In anderen steht, dass sie sich liebten und dass sie aus freiem Willen zu ihm in seine kleine Hütte gekommen ist.«

»Es muss für Ann Hawkins so oder so schwierig gewesen sein, unverheiratet mit einem Mann zusammenzuleben«, spekulierte Quinn. »Und wenn sie es aus freien Stücken getan hat, wenn es Liebe war, muss sie eine sehr starke Frau gewesen sein.«

»Die Hawkins waren immer schon stark. Ann musste stark sein, um mit Dent zu leben, und sie musste so stark sein, ihn zu verlassen.«

»Warum glauben Sie, dass Ann Hawkins Giles Dent verlassen hat?«, fragte Quinn.

»Weil sie das Leben, das in ihr wuchs, schützen wollte.«

»Vor wem?«

»Vor Lazarus Twisse. Twisse und seine Anhänger kamen 1651 nach Hawkins Hollow. Er war mächtig und brachte die Ansiedlung bald unter seine Gewalt. Er verbot Tanzen, Singen, Musik, und außer der Bibel gab es keine Bücher. Keine Kirche außer seiner Kirche, kein Gott außer seinem Gott.«

»So viel zur Religionsfreiheit.«

»Freiheit war niemals Twisses Ziel. Er war machthungrig, und um seine Ansprüche durchsetzen zu können, benutzte er den Zorn seines Gottes. Je größer Twisses Macht wurde, desto härter wurden auch seine Strafen. Stockhiebe, Auspeitschen, einer Frau die Haare scheren oder einen Mann brandmarken war bei ihm an der Tagesordnung. Und er ließ Hexen verbrennen. In der Nacht des siebten Juli 1652 führte Twisse auf die Anschuldigung einer jungen Frau, Hester Deale, hin einen Mob zum Heidenstein und zu Giles Dent. Was dort passierte …«

Gespannt beugte Quinn sich vor. Aber Estelle schüttelte nur seufzend den Kopf. »Nun, es gibt viele Berichte darüber. Und es gab viele Tote. Die Samen, die seit jeher in der Erde ruhten, regten sich. Manche keimten vielleicht nur, um dann in dem Feuersturm, der über die Lichtung fegte, zu verbrennen.

Weniger zahlreich sind die Berichte darüber, was in der Zeit kurz danach folgte. Aber irgendwann kehrte Ann Hawkins mit ihren drei Söhnen in die Ansiedlung zurück. Und Hester Deale gebar eine Tochter, acht Monate nach dem Brand am Heidenstein. Kurz nach der Geburt ihres Kindes, von dem sie behauptete, es sei vom Teufel gezeugt worden, ertränkte Hester sich in einem kleinen Teich in Hawkins Wood.«

Nachdem sie sich vorher die Taschen voller Steine geladen hatte, dachte Quinn und unterdrückte ein Schaudern. »Wissen Sie, was aus ihrem Kind wurde? Oder aus den Kindern von Ann Hawkins?«

»Es gibt ein paar Briefe, ein paar Tagebücher, Familienbibeln. Aber wirklich konkrete Informationen sind verloren gegangen oder nie aufgetaucht. Es wird viel Mühe kosten, die Wahrheit ans Licht zu bringen. Eines kann ich Ihnen sagen, diese Samen haben weitergeschlafen bis zu einer Nacht im Juli vor einundzwanzig Jahren. Dann wurden sie geweckt. Sie blühen für sieben Nächte alle sieben Jahre und ersticken Hawkins Hollow. Es tut mir leid, ich werde in der letzten Zeit so rasch müde. Es ärgert mich.«

»Kann ich Sie irgendwo hinbringen? Sie nach Hause fahren?«

»Sie sind ein liebes Mädchen. Mein Enkel kommt mich abholen. Sie haben wahrscheinlich mit seinem Sohn mittlerweile schon gesprochen. Mit Caleb.«

»Dann ist Caleb Ihr …«

»Mein Urenkel. Ehrenhalber, könnte man sagen. Mein Bruder Franklin und seine Frau, meine liebste Freundin Maybelle, kamen bei einem Unfall ums Leben, bevor Jim – Calebs Vater, geboren wurde. Mein Johnnie und ich haben bei den Enkeln meines Bruders die Rolle der Großeltern übernommen. Ich habe sie und ihren Nachwuchs bei der langen Liste an Nachkommen mitgezählt.«

»Dann sind Sie also eine Hawkins von Geburt?«

»Ja. Unsere Linie geht bis zu Richard Hawkins zurück, dem Gründer, und durch ihn auch zu Ann.« Sie schwieg, damit Quinn diese Informationen erst einmal verdauen konnte. »Mein Caleb ist ein guter Junge, und er trägt ein großes Gewicht auf seinen Schultern.«

»Ich finde, er trägt es gut.«

»Er ist ein guter Junge«, wiederholte Estelle. »Wir sprechen ein anderes Mal weiter.«

»Ich bringe Sie nach unten.«

»Machen Sie sich keine Mühe. Unten im Personalzimmer gibt es Tee und Plätzchen für mich. Ich werde von allen verhätschelt. Sagen Sie Caleb, dass wir uns unterhalten haben und dass ich noch einmal mit Ihnen reden möchte. Und verschwenden Sie nicht den schönen Tag hier drinnen bei den Büchern. Es gibt auch noch ein Leben, das gelebt werden will.«

»Mrs Abbott?«

»Ja?«

»Wer, glauben Sie, hat die Samen am Heidenstein gepflanzt?«

»Götter und Dämonen.« Estelles Augen waren müde, aber klar. »Götter und Dämonen, und dazwischen gibt es nur eine dünne Grenze, nicht wahr?«

Als sie allein war, setzte Quinn sich wieder. Götter und Dämonen. Das passte gut zu den Wörtern, an die sie sich aus ihren Träumen erinnerte.

Sie hatte sie heute Morgen nachgeschlagen.

Bestia, Lateinisch für Bestie.

Beatus, Lateinisch für glückselig.

Devoveo, Lateinisch für Opfer.

Okay, okay, dachte sie, wenn ich diese Spur verfolge, dann sollte ich mir vielleicht Verstärkung holen.

Sie zog ihr Handy heraus. Als sich die Mailbox meldete, hinterließ Quinn eine Nachricht.

»Cyb, ich bin's, Q. Ich bin in Hawkins Hollow, Maryland. Ich habe einen großen Fisch an der Angel. Kannst du herkommen? Sag mir bitte Bescheid, ob du kommen kannst, damit ich mit dir darüber reden kann.«

Sie klappte ihr Handy wieder zu. Dann begann sie sich alles zu notieren, was Estelle Hawkins Abbott ihr erzählt hatte.

7

Cal machte die Übergabe an seinen Vater. Alle Sitzungen und Spiele waren vorüber, und die Bahnen waren leer, abgesehen von zwei älteren Spielern, die auf Bahn eins trainierten.

Die Spielhalle hingegen brummte, wie immer zwischen Schulende und Abendessen. Aber dort führte Cy Hudson die Aufsicht, und Holly Lappins stand an der Empfangstheke. Jake und Sara arbeiteten im Restaurant.

Jeder war an seinem Platz, so dass Cal sich in aller Ruhe mit seinem Vater hinsetzen und einen Kaffee trinken konnte, bevor er nach Hause fuhr und sein Vater den Abenddienst antrat.

Eine Zeit lang saßen sie ruhig da. Sein Vater war zwar

kein Einzelgänger, aber ab und zu war er auch gerne alleine und hatte seine Ruhe.

Seine sandfarbenen Haare waren in den letzten Jahren silbern geworden. Er ließ sie alle zwei Wochen vom Friseur am Ort schneiden. Genauso konservativ war er mit seiner Kleidung: An Werktagen trug er selten etwas anderes als Khakihosen, Rockports und Oxford-Hemden.

Manche mochten Jim Hawkins als langweilig bezeichnen, aber für Cal war er zuverlässig.

»Bis jetzt hatten wir einen guten Monat«, sagte Jim und trank einen Schluck von seinem gesüßten Kaffee, der ab Punkt sechs auf Befehl seiner Frau koffeinfrei sein musste. »Aber bei dem Wetter weiß man nie, ob die Leute sich lieber zu Hause vergraben oder einen Koller kriegen und unter Menschen wollen.«

»Es war auf jeden Fall eine gute Idee, für Februar den Rabatt auf drei Spiele anzubieten.«

»Ab und zu habe ich auch mal eine gute Idee.« Jim lächelte, und die Falten um seine Augen vertieften sich. »Aber du ja auch. Deine Mom fragt, ob du denn mal wieder zum Abendessen vorbeikommen willst.«

»Ja, gerne. Ich rufe sie an.«

»Gestern hat Jen angerufen.«

»Wie geht es ihr?«

»Sie hat uns erzählt, wie warm es in San Diego ist. Rosie lernt gerade lesen und schreiben, und das Baby hat schon wieder einen neuen Zahn. Jen hat gesagt, sie schickt uns Bilder.«

Cal hörte die Sehnsucht in der Stimme seines Vaters. »Ihr solltet mal wieder hinfahren.«

»Vielleicht, vielleicht in ein oder zwei Monaten. Am Sonntag fahren wir erst einmal nach Baltimore zu Marly und ihrer Brut. Ich habe übrigens deine Urgroßmutter getroffen. Sie meinte, sie hätte sich nett mit der Schriftstellerin unterhalten, die in der Stadt ist.«

»Gran hat mit Quinn geredet?«

»In der Bibliothek. Das Mädchen hat ihr wohl gefallen. Und das mit dem Buch findet sie auch gut.«

»Und du?«

Jim schüttelte den Kopf und beobachtete, wie Sara zwei Teenagern ein Coke servierte. »Ich weiß nicht, Cal. Ich frage mich, wozu es gut sein soll, wenn jemand – und dazu noch ein Außenseiter – das aufschreibt, damit andere Leute es lesen können. Ich sage mir ständig, dass die Vorkommnisse nicht noch einmal passieren werden …«

»Dad.«

»Ja, ich weiß ja, dass das unwahrscheinlich ist.«

Einen Moment lang lauschte Jim den Stimmen der Jungen, die sich in der Spielhalle aufhielten. Er kannte diese Jungen, dachte er. Er kannte ihre Eltern. Und wenn das Leben so weiterging wie bisher, würde er eines Tages ihre Frauen und Kinder kennen.

Hatte er nicht genauso mit seinen Freunden in der Arkade herumgealbert? Waren nicht seine Kinder auch hier herumgelaufen? Jetzt waren seine Töchter verheiratet und wohnten woanders mit ihren eigenen Familien. Und sein Junge war ein Mann und machte sich Gedanken über Probleme, die viel zu groß waren, als dass man sie verstehen konnte.

»Du musst dich darauf vorbereiten, dass es wieder passiert«, fuhr Jim fort, »aber für die meisten von uns liegt es wie im Nebel, wir können uns kaum daran erinnern. Du nicht, ich weiß. Für dich ist es klar, und ich wünschte, es wäre nicht so. Wenn du glaubst, dass diese Schriftstellerin die Antworten finden kann, dann unterstütze ich dich natürlich dabei.«

»Ich weiß nicht, was ich glauben soll. Darüber bin ich mir noch nicht im Klaren.«

»Na ja. Ich schaue mal bei Cy nach dem Rechten. So langsam kommen die ersten Abendgäste.«

Er stand auf und blickte sich um. Er hörte die Echos aus seiner Jugend und die Rufe seiner Kinder. Er sah seinen Sohn als Jungen mit den beiden anderen Jungen, die für Cal wie Brüder waren, an der Theke sitzen.

»Es ist schön hier, Cal. Es lohnt sich, dafür zu arbeiten. Es lohnt sich, dafür zu kämpfen.«

Er klopfte seinen Sohn auf die Schulter und ging weg.

Sein Vater hatte die ganze Stadt gemeint, dachte Cal, nicht nur das Center. Doch Cal machte sich große Sorgen, dass der Kampf eine wahre Höllenschlacht würde.

Er fuhr direkt nach Hause. Der meiste Schnee war schon geschmolzen. Am liebsten wäre er zu Quinn gegangen, um zu erfahren, worüber sie und seine Urgroßmutter geredet hatten. Aber es war wohl besser, dachte er dann, wenn er bis morgen wartete. Auf dem Weg zum Heidenstein konnte er es wahrscheinlich besser aus ihr herauskitzeln.

Er blickte zum Wald. Der Weg wäre schlammig, nachdem der Schnee geschmolzen war.

Ob der Dämon sich dort aufhielt? Hatte er einen Weg

gefunden, die Sieben zu umgehen? Vielleicht, aber heute Nacht nicht. Er spürte ihn heute Nacht nicht. Und das tat er immer.

Allerdings musste er zugeben, dass er sich weniger ausgeliefert fühlte, wenn er im Haus war und wenn er das Licht eingeschaltet hatte.

Er ging durch das Haus zur Hintertür, öffnete sie und stieß einen Pfiff aus.

Lump ließ sich Zeit, wie immer. Er schleppte sich aus seiner Hundehütte und ließ sich sogar zu leichtem Schwanzwedeln herab, bevor er die wenigen Stufen zur Veranda hinaufkletterte. Dann lehnte er sich seufzend mit seinem ganzen Gewicht an Cal.

Und das, dachte Cal, war Liebe. Das hieß in Lumps Welt: Willkommen zu Hause, wie geht es dir?

Er streichelte und kraulte das dichte Fell, kratzte ihn hinter den Ohren, während Lump ihn seelenvoll anblickte. »Na, wie geht es dir so? Hast du heute alles erledigt? Was hältst du davon, wenn wir uns ein Bier holen?«

Gemeinsam gingen sie ins Haus. Cal füllte den Hundenapf, während Lump höflich wartend dabeisaß. Allerdings vermutete Cal, dass ein großer Teil seiner guten Manieren auf reiner Faulheit beruhte. Als er die Schüssel vor ihn auf den Boden stellte, fraß Lump langsam und absolut konzentriert.

Cal nahm sich ein Bier aus dem Kühlschrank und öffnete es. Dann lehnte er sich an die Theke und trank den ersten Schluck, der das Ende eines langen Arbeitstages signalisierte.

»Ich habe im Moment eine ganze Menge Scheiße am

Hals, Lump. Hätte ich Quinn vielleicht besser davon abhalten sollen hierherzukommen? Aber ich bin mir nicht sicher, ob das funktioniert hätte, weil sie ihren eigenen Kopf hat. Vielleicht hätte ich besser anders reagieren sollen, es als lächerlich abtun sollen. Ach, ich weiß nicht.«

Er hörte, wie die Haustür aufging, und dann rief Fox: »Hallo!« Er hatte Hühnchen und Pommes mitgebracht. »Ich will ein Bier.«

Er stellte das Essen auf den Tisch und holte sich ein Bier aus dem Kühlschrank. »Das war ja eine ziemlich abrupte Aufforderung, mein Sohn! Ich hätte heute Abend ja auch ein heißes Date haben können.«

»Du hattest seit zwei Monaten kein heißes Date mehr.«

»Ich hebe mir das auf.« Fox trank einen Schluck, zog seine Jacke aus und warf sie über einen Stuhl. »Was ist los?«

»Ich erzähle es dir beim Essen.«

Da seine Mutter es ihm nachdrücklich beigebracht hatte, begnügte sich Cal auch bei seinem besten Freund nicht mit Papptellern, sondern stellte zwei Porzellanteller auf den Tisch. Dann setzten sie sich und aßen Brathühnchen mit Pommes Frites, die sie brüderlich mit Lump teilten.

Er erzählte Fox alles, von der Feuerwand über Quinns Traum bis hin zu dem Gespräch, das sie mit seiner Urgroßmutter geführt hatte.

»Für Februar haben wir den Scheißkerl schon ganz schön oft gesehen«, sinnierte Fox. »Das war noch nie so. Hast du letzte Nacht was geträumt?«

»Ja.«

»Ich auch. Ich habe noch einmal den ersten Sommer geträumt. Nur dass wir nicht rechtzeitig in die Schule gekommen sind, in der sich nicht nur Miss Lister aufhielt, sondern alle.« Er rieb sich mit der Hand übers Gesicht und trank einen Schluck Bier. »Alle aus der Stadt, meine Familie, deine, alle waren drinnen gefangen, schlugen an die Fenster und schrien, während das Gebäude abbrannte.« Er gab Lump noch eine Fritte, und seine Augen waren so dunkel und seelenvoll wie die des Hundes. »Gott sei Dank ist das nicht passiert. Aber es fühlte sich so wirklich an. Du weißt ja, wie das ist.«

»Ja.« Cal stieß die Luft aus. »Ja, ich weiß, wie das ist. Ich habe auch von dem Sommer geträumt, wir fuhren alle mit unseren Fahrrädern durch die Stadt. Die Gebäude waren ausgebrannt, Fenster zerbrochen, Autowracks lagen qualmend auf der Straße. Überall waren Leichen.«

»So war es aber nicht«, wiederholte Fox. »Wir sind nicht mehr zehn, und wir lassen nicht zu, dass so etwas passiert.«

»Ich habe mich gefragt, wie lange wir dazu in der Lage sind, Fox. Wie lange können wir ihn zurückhalten? Dieses Mal, nächstes Mal. Noch drei Mal? Wie oft können wir es noch ertragen, zusehen zu müssen, wie Leute, die wir gut kennen, einander wehtun, gemein werden, sich verletzen?«

»So lange wir müssen.«

Cal schob seinen Teller zurück. »Nein, das reicht nicht.«

»Mehr können wir nicht tun.«

»Es ist wie ein Virus, eine Infektion, die von einer Person auf die nächste übergeht. Wo ist das verdammte Heilmittel dagegen?«

»Es ist nicht jeder infiziert«, erinnerte Fox ihn. »Dafür muss es auch einen Grund geben.«

»Aber wir kennen ihn nicht.«

»Nein, also hast du vielleicht recht. Vielleicht brauchen wir wirklich einen Außenseiter, der das Ganze objektiv betrachtet. Willst du immer noch morgen mit Quinn zum Stein gehen?«

»Wenn ich nicht mit ihr gehe, macht sie sich alleine auf den Weg. Da ist es doch besser, wenn ich dabei bin.«

»Soll ich mitkommen? Ich kann ein paar Termine absagen.«

»Nein, ich schaffe das schon.« Er musste es schaffen.

Quinn studierte die Karte im fast leeren Speisesaal des Hotels. Sie hatte überlegt, ob sie sich etwas holen und dann in ihrem Zimmer am Laptop essen sollte, aber sie wusste genau, dass sie sich viel zu schnell wieder daran gewöhnen würde. Und wenn sie über eine Stadt schreiben wollte, musste sie die Stadt auch kennen lernen, das passierte nicht, wenn sie im Hotelzimmer blieb.

Sie wollte gerne ein Glas Wein. Zwar war der Weinkeller des Hotels größer und besser ausgestattet, als sie erwartet hatte, aber sie wollte keine ganze Flasche. Gerade brütete sie stirnrunzelnd über den Weinen, die offen angeboten wurden, als Miss Fabelhafte Rote Tasche hereinkam.

Sie trug jetzt eine schwarze Hose und einen Kaschmirpullover mit zwei hauchdünnen Lagen, hellblau über dunkelblau. Ihre Frisur war großartig, dachte Quinn, mit messerscharfen Kanten, die genau am Kinnansatz endeten. Was bei ihr einfach nur durcheinander ausgesehen hätte, wirkte bei der Brünetten frisch und elegant.

Quinn überlegte, ob sie ihr winken sollte. Sie konnte sie doch fragen, ob sie sich nicht an ihren Tisch setzen wollte. Sie aß bestimmt auch nicht gerne alleine, und dann konnte sie sie unverfänglich aushorchen. Zum Beispiel konnte sie in Erfahrung bringen, wo sie diese Tasche herhatte.

Gerade als Quinn sie anlächeln wollte, sah sie es.

Es glitt wie eine Schlange über die glänzenden Dielen des Eichenbodens und hinterließ eine schmierige rote Schleimspur. Zuerst dachte Quinn, es sei tatsächlich eine Schlange, bis es an dem Tisch hochglitt, an dem ein junges Paar bei Kerzenschein saß und Cocktails trank.

Der Körper, dick wie ein Autoreifen, mit roten Flecken auf schwarz, hinterließ eine hässliche Schmierspur auf dem schneeweißen Leinen der Tischdecke.

Eine Kellnerin trat an den Tisch, mitten durch die Schmiere, und servierte dem Paar die Vorspeise.

Dabei hätte Quinn schwören können, dass der Tisch unter dem Gewicht des Dämons ächzte.

Als seine Augen ihren begegneten, waren es die Augen des Jungen, rot leuchtend und irgendwie *amüsiert*. Dann begann er, sich vom Tisch hinunterzuschlängeln, direkt auf die Brünette zu.

Die Frau stand wie erstarrt mitten im Saal, kreideweiß

im Gesicht. Quinn sprang auf, ergriff die Brünette am Arm und zog sie aus dem Speisesaal.

»Sie haben es auch gesehen«, flüsterte Quinn. »Sie haben das Ding auch gesehen. Lassen Sie uns hier verschwinden.«

»Was? Was?« Die Brünette warf einen geschockten Blick über ihre Schulter, als sie mit Quinn auf die Tür zutaumelte. »Sie haben es gesehen?«

»Schleimig, rotäugig, sehr eklig. Jesus, Jesus.« Tief atmeten sie die kalte Februarluft ein, als sie auf der Veranda des Hotels standen. »Die anderen haben es nicht gesehen, aber Sie und ich. Was das ist? Wenn ich das wüsste. Da drüben steht mein Auto. Kommen Sie. Wir fahren einfach.«

Die Brünette schwieg, bis sie im Auto saßen und Quinn mit quietschenden Reifen losfuhr. »Wer zum Teufel sind Sie?«

»Quinn. Quinn Black. Ich bin Autorin, hauptsächlich schreibe ich über Spukphänomene. Wovon es hier in der Stadt eindeutig zu viele gibt. Wer sind Sie?«

»Layla Darnell. Was *ist* das hier?«

»Das möchte ich gerne herausfinden. Ich weiß nicht, Layla, ob ich unter den Umständen sagen kann, dass es nett ist, Sie kennen zu lernen.«

»Ja, das weiß ich auch nicht. Wohin fahren wir?«

»Zur Quelle, oder zu einem von ihnen.« Quinn warf Layla einen Blick zu. Die Frau war immer noch blass. Wer konnte es ihr verdenken? »Was machen Sie in Hawkins Hollow?«

»Ich weiß es ehrlich gesagt nicht, aber ich werde wohl nicht lange bleiben.«

»Verständlich. Schöne Tasche übrigens.«

Lalya lächelte schwach. »Danke.«

»Wir sind gleich da. Okay, Sie wissen also nicht, warum Sie hier sind. Woher kommen Sie denn?«

»Aus New York.«

»Das habe ich mir doch gleich gedacht. Das sieht man Ihnen an. Gefällt es Ihnen dort?«

»Äh.« Layla fuhr sich mit den Fingern durch die Haare. »Meistens. Ich leite eine Boutique in SoHo. Leitete. Ach, ich weiß es nicht mehr so genau.«

Fast da, dachte Quinn. *Ruhe bewahren*. »Dann kriegen Sie wahrscheinlich die Sachen günstig.«

»Ja, das gehört dazu. Haben Sie so etwas schon mal gesehen? So etwas wie dieses *Ding?*«

»Ja. Und Sie?«

»Im wachen Zustand nicht. Ich bin doch nicht verrückt«, erklärte Layla. »Oder vielleicht sind wir es beide.«

»Nein, ganz bestimmt nicht.« Quinn bog in Cals Einfahrt ein und fuhr über die kleine Brücke auf das Haus zu, in dem – Gott sei Dank – Licht brannte.

»Wessen Haus ist das?«, fragte Layla misstrauisch. »Wer wohnt hier?«

»Caleb Hawkins. Seine Vorfahren haben die Stadt gegründet. Er ist okay. Er kennt das, was wir gesehen haben.«

»Woher?«

»Das ist eine lange Geschichte. Sie denken jetzt bestimmt, was tue ich hier im Auto mit einer völlig Fremden, die mir erzählt, wir sollen in dieses einsame Haus gehen.«

»Ja, der Gedanke ist mir durch den Kopf gegangen.«

»Ihr Instinkt hat Sie zu mir ins Auto steigen lassen, Layla. Vielleicht reicht das ja fürs Erste. Außerdem haben wir keine Mäntel dabei, und es ist kalt.«

»In Ordnung. Ja, in Ordnung.« Layla holte tief Luft, stieg aus dem Wagen und ging mit Quinn zur Haustür. »Nett hier. Wenn man einsame Häuser am Waldrand mag.«

»Für eine New Yorkerin ist das sicher der reinste Kulturschock.«

»Ich bin in Altoona, Pennsylvania, aufgewachsen.«

»Ach, ich komme aus Philadelphia. Da sind wir ja praktisch Nachbarn.« Quinn klopfte an die Tür, öffnete sie dann jedoch und rief: »Cal!«

Sie waren gerade im Wohnzimmer angelangt, als er angelaufen kam. »Quinn? Was ist los?« Als er Layla erblickte, fügte er hinzu: »Hallo. Was ist?«

»Wer ist denn hier?«, wollte Quinn wissen. »In der Einfahrt steht noch ein Auto.«

»Fox. Was ist passiert?«

»Die Bonusfrage.« Quinn schnüffelte. »Rieche ich da gebratenes Hühnchen? Gibt es etwas zu essen? Cal – das ist Layla Darnell; Layla, Cal Hawkins – Layla und ich haben noch nicht zu Abend gegessen.«

Sie ging an ihm vorbei, schnurstracks in die Küche.

»Es tut mir leid, dass ich Sie so überfalle«, begann Layla. Er sah nicht gerade aus wie ein Serienkiller. Aber man konnte natürlich nie wissen. »Ich weiß nicht, was los ist oder warum ich überhaupt hier bin. Ich habe sehr verwirrende Tage hinter mir.«

»Okay. Kommen Sie mit in die Küche.«

Quinn hatte bereits ein Hühnerbein in der Hand und trank einen Schluck von Cals Bier. »Layla Darnell, Fox O'Dell. Ich bin eigentlich nicht in der Stimmung für Bier«, sagte sie zu Cal. »Ich wollte gerade Wein bestellen, als Layla und ich auf widerwärtige Weise unterbrochen wurden. Haben Sie welchen?«

»Ja. Ja.«

»Ist er auch anständig? Wenn Sie nur welchen mit Drehverschlüssen haben, bleibe ich lieber bei Bier.«

»Ich habe sehr anständigen Wein.« Er stellte einen Teller auf den Tisch. »Nehmen Sie einen Teller.«

»In solchen Dingen ist er das reinste Mädchen«, erklärte Fox ihr. Er war aufgestanden und rückte einen Stuhl zurecht. »Sie sehen ein wenig aufgewühlt aus – Layla, ja? Setzen Sie sich doch.«

Da Layla nicht davon ausging, dass Serienkiller in einer hübschen Küche am Tisch saßen, Brathähnchen aßen und Bier tranken, ließ sie sich gehorsam auf den Stuhl sinken. »Warum nicht?« Sie stützte den Kopf in die Hände. »Ich bin wahrscheinlich gar nicht hier. Vermutlich bin ich in einer Gummizelle und bilde mir das alles ein.«

»Was bilden Sie sich ein?«, erkundigte sich Fox.

»Layla ist heute Morgen erst angekommen«, warf Quinn ein. »Sie ist aus New York. Als ich heute Abend im Speisesaal des Hotels saß und gerade überlegte, ob ich Fisch und grünen Salat essen und ein nettes Glas Wein dazu trinken sollte, kam Layla herein. Wahrscheinlich wollte sie auch zu Abend essen, ich wollte sie schon fragen, ob sie sich zu mir an den Tisch setzt. Aber bevor ich die Einladung aussprechen konnte, kam so eine Art Schlange, dicker als die Oberschenkel meiner Tante Christine und etwa anderthalb Meter lang, durch den Saal gekrochen, über einen Tisch, an dem ein junges Paar saß, und auf Layla zu, wobei sie eine Art widerlichen Schleim hinterließ. Layla hat sie auch gesehen.«

»Ich habe sie angesehen. Sie hat mich direkt angesehen«, flüsterte Layla.

»Geben Sie ihr ein Glas Wein, Cal«, sagte Quinn und legte Layla die Hand auf die Schulter. »Wir waren die beiden Einzigen, die das Wesen gesehen haben, und glauben Sie mir, mir ist die Lust vergangen, im Hotel zu essen.«

»Oh, vielen Dank.« Layla ergriff das Weinglas, das Cal ihr reichte, und trank es auf einen Zug halb leer.

»Also, jetzt sind wir jedenfalls hier«, fuhr Quinn fort, »und ich möchte gerne wissen, ob einer von Ihnen so etwas, wie ich es gerade beschrieben habe, schon einmal gesehen hat.«

Einen Moment lang herrschte Schweigen, dann ergriff Cal seine Bierflasche und trank einen Schluck. »Wir haben schon vieles gesehen. Die wichtigere Frage scheint mir zu sein, warum Sie etwas sehen und warum gerade jetzt?«

»Ich habe da so eine Theorie.«

Cal wandte sich an Fox. »Und die wäre?«

»Verbindungen. Du hast selbst gesagt, dass es irgendeine Verbindung geben muss, die es Quinn möglich macht, den Dämon zu sehen, zu träumen …«

»Träume?« Layla hob den Kopf. »Sie hatten Träume?«

»Ach, Sie auch?«, fuhr Fox fort. »Dann müssen wir auch feststellen, in welcher Weise Layla mit dem Ganzen verbunden ist. Vielleicht können wir für den Anfang einfach von der Hypothese ausgehen, dass es dem Dämon eine Art psychischen Schub gibt, dass Quinn und Layla hier in Hollow sind, vor allem im siebten Jahr.«

»Das klingt nicht schlecht«, meinte Cal.

»Nein, ich finde es sogar sehr gut.« Quinn überlegte. »Energie. Die meisten paranormalen Aktivitäten brauchen Energie, die Energie von Menschen in ihrer Umgebung. Wir können davon ausgehen, dass sich diese psychische Energie mit der Zeit aufgebaut und verstärkt hat, so dass die Dämonen jetzt in Verbindung mit anderen Energien in unsere Realität vordringen können, und zwar in gewissem Maße außerhalb ihres traditionellen Zeitrahmens.«

»Wovon reden Sie?«, fragte Layla verwirrt.

»Das erklären wir Ihnen noch, versprochen.« Quinn lächelte sie an. »Essen Sie doch etwas. Sie brauchen Nervennahrung.«

»Ich glaube, ich brächte jetzt keinen Bissen herunter.«

»Die Schlange ist direkt über den Brotkorb gekrochen«, erklärte Quinn. »Es war richtig eklig. Leider verschlägt es mir allerdings so gut wie nie den Appetit.« Sie nahm sich zwei kalte Pommes. »Wenn wir also der Theorie von Fox folgen, wo ist dann der Kontrapunkt? Das Gute gegen das Böse, Weiß gegen Schwarz. In meinen Recherchen stoße ich immer wieder auf beide Seiten.«

»Vielleicht kann es noch nicht heraus.«

»Oder ihr beide hängt mit dem Bösen zusammen und nicht mit dem Guten«, schlug Cal vor.

Quinn kniff die Augen zusammen. Dann zuckte sie mit den Schultern. »Es ist zwar beleidigend, aber im Moment kann ich dem nicht wirklich etwas entgegensetzen. Außer der Tatsache, warum dann besagter Dämon versucht, uns Angst einzujagen.«

»Das stimmt«, gab Cal zu.

»Ich möchte Antworten«, warf Layla ein. »Ernsthafte, vernünftige Antworten.«

Quinn nickte ihr zu. »Ja, das kann ich verstehen. Also: Es gibt hier eine Stelle im Wald, die als Heidenstein bekannt ist. Dort sind schlimme Dinge passiert. Götter, Dämonen, Blut, Tod, Feuer. Ich gebe Ihnen mal ein paar Bücher zu dem Thema. Jahrhunderte sind vergangen, dann hat jemand die Stelle wieder geöffnet. Seit neunzehnhundertsiebenundachtzig kommt das Böse jedes siebte Jahr für sieben Nächte zum Spielen heraus. Es ist gemein, es ist hässlich, und es ist mächtig. Wir erleben im Moment eine Vorschau.«

Layla ließ sich noch Wein einschenken. Nachdenklich musterte sie Quinn. »Warum habe ich denn noch nie davon gehört? Zumindest von dem Ort?«

»Es hat zwar Bücher und Artikel darüber gegeben, aber die meisten sind irgendwo zwischen Außerirdischen und Bigfoot angesiedelt«, erklärte Quinn. »Es hat noch nie einen ernsthaften, gründlich recherchierten Bericht gegeben. Das ist meine Aufgabe.«

»Gut. Sagen wir mal, ich glaube Ihnen, was haben

Sie beide dann damit zu tun?«, wandte sie sich an Fox und Cal.

»Wir sind diejenigen, die das Böse herausgelassen haben«, erwiderte Fox. »Cal, ich und ein Freund, der im Moment nicht hier ist. Diesen Juli ist es einundzwanzig Jahre her.«

»Da waren Sie doch noch Kinder. Damals waren Sie doch gerade erst …«

»Zehn«, bestätigte Cal. »Wir sind alle am gleichen Tag geboren, und es war an unserem zehnten Geburtstag. Und wie ist das bei Ihnen? Warum sind Sie hergekommen?«

Layla trank noch einen Schluck Wein. Es ging ihr schon wieder besser, in dieser hell erleuchteten Küche mit den Fremden, die ihr ihre Geschichte glaubten, und dem Hund, der unter dem Tisch schnarchte.

»Ich habe in den letzten Nächten Träume gehabt. Alpträume. Manchmal bin ich in meinem Bett aufgewacht, aber manchmal stand ich auch schon vor der Tür von meiner Wohnung und wollte heraus. Ich habe Blut und Feuer gesehen. In meinen Träumen kam beides vor, und auch eine Art Altar auf einer Lichtung im Wald. Ich glaube, es war ein Stein. Da war auch Wasser. Schwarzes Wasser. Ich bin darin ertrunken. Dabei war ich in der Highschool in der Schwimmmannschaft!«

Sie erschauerte und trank noch einen Schluck. »Ich hatte Angst vor dem Einschlafen. Selbst wenn ich nicht schlief, glaubte ich Stimmen zu hören. Ich konnte sie zwar nicht verstehen, aber sie füllten einfach meinen Kopf, ganz egal, was ich gerade tat. Ich dachte schon, ich hätte einen Nervenzusammenbruch. Oder vielleicht einen Gehirntumor. Ich wollte sogar schon zum Neurologen gehen. Dann habe ich in der letzten Nacht eine Schlaftablette genommen, weil ich glaubte, dass ich dann nicht träumen würde. Aber es kam trotzdem, und im Traum war jemand bei mir im Bett.«

Ihre Stimme bebte. »Es war nicht eigentlich mein Bett, sondern irgendwo anders. Ein kleines Zimmer. Ein kleines, heißes Zimmer mit einem winzigen Fenster. Ich war jemand anderer. Ich kann es nicht richtig erklären.«

»Doch, Sie machen das gut«, versicherte Quinn ihr.

»Es passierte mir zwar, aber ich war nicht ich. Ich hatte lange Haare und einen anderen Körper. Ich trug ein langes Nachthemd. Das weiß ich, weil er … es hochschob. Er berührte mich. Er war kalt, so kalt. Ich konnte nicht schreien und mich nicht wehren, auch nicht, als er mich vergewaltigte. Er war in mir, aber ich konnte nichts sehen. Ich konnte mich nicht bewegen. Ich fühlte alles so, als ob es passieren würde, aber ich konnte es nicht aufhalten.«

Sie hatte gar nicht gemerkt, dass ihr Tränen übers Gesicht liefen, bis Fox ihr eine Serviette in die Hand drückte. »Danke. Als es vorbei war, hörte ich eine Stimme in meinem Kopf. Nur eine einzige Stimme dieses Mal, sie nahm mir den Schmerz, und mir wurde wieder warm. Sie sagte: ›Hawkins Hollow‹.«

»Layla, sind Sie vergewaltigt worden?«, sagte Fox leise. »Als Sie aus dem Traum aufwachten, gab es da ein Anzeichen dafür, dass Sie vergewaltigt worden sind?«

»Nein.« Sie blickte ihn an. Seine Augen waren goldbraun und voller Mitgefühl. »Ich bin in meinem eigenen Bett aufgewacht und habe natürlich sofort nachgesehen. Aber da war nichts. Er hat mir wehgetan, also hätte ich eigentlich blaue Flecken und Prellungen haben müssen, aber es war nichts zu sehen. Es war früh am Morgen, noch nicht ganz vier Uhr, und ich dachte ständig, Hawkins Hollow. Also packte ich und fuhr mit dem Taxi zum Flughafen, um mir ein Auto zu mieten. Dann bin ich hierher gefahren. Ich bin noch nie hier gewesen.«

Sie schwieg und blickte Quinn und Cal an. »Ich habe noch nie von Hawkins Hollow gehört, aber ich *wusste*, welche Strecke ich fahren musste. Ich kannte den Weg und wusste auch, wie ich zum Hotel kam. Ich habe heute früh dort eingecheckt, bin in mein Zimmer gegangen und habe bis kurz vor sechs geschlafen wie eine Tote. Als ich den Speisesaal betrat und das Ding sah, habe ich gedacht, ich würde immer noch schlafen und träumen.«

»Es ist ein Wunder, dass Sie nicht weggelaufen sind«, kommentierte Quinn.

Layla warf ihr einen erschöpften Blick zu. »Wohin?«

»Ja, natürlich.« Quinn legte Layla die Hand auf die Schulter. »Ich glaube, wir brauchen so viele Informationen wie möglich, aus jeder nur verfügbaren Quelle. Wir müssen uns zusammentun, einer für alle und alle für einen. Euch wird das zwar nicht gefallen«, sagte sie und nickte Cal zu, »aber ihr müsst euch daran gewöhnen.«

»Sie stecken ja erst seit Tagen in der Geschichte. Fox und ich leben seit Jahren damit. Und darin. Sie brauchen sich also nicht selbst zum Captain zu ernennen, Blondie.«

»Es verschafft Ihnen gewisse Vorteile, dass Sie seit einundzwanzig Jahren damit leben. Aber aufgehalten oder auch nur identifiziert haben Sie es nicht, trotz Ihrer einundzwanzigjährigen Erfahrung. Also, bleiben Sie ganz locker.«

»Sie haben meine siebenundneunzigjährige Urgroßmutter heute ausgehorcht.«

»Oh, Mann. Ihre bemerkenswerte, faszinierende Urgroßmutter ist zu mir gekommen, als ich in der Bibliothek recherchiert habe, hat sich aus freien Stücken mit mir unterhalten. Von aushorchen kann gar keine Rede sein. Und meine gute Beobachtungsgabe sagt mir, dass Sie Ihre Verschlossenheit nicht von ihr geerbt haben.«

»Kinder, Kinder.« Fox hob die Hand. »Wir stehen doch alle auf derselben Seite, also regt euch ab. Cal, Quinn hat recht, und wir sollten darüber nachdenken. Aber, Quinn, Sie sind erst seit zwei Tagen in Hollow und Layla noch kürzer. Sie müssen geduldig sein und die Tatsache akzeptieren, dass manche Informationen vorsichtiger gehandhabt werden müssen und mehr Zeit erfordern. Selbst wenn wir …«

»Was sind Sie?«, fragte Layla. »Anwalt?«

»Ja.«

»Das merkt man«, murmelte sie.

»Am besten lassen wir das Ganze erst einmal ruhen«, sagte Cal. »Ich habe ja gesagt, dass ich morgen mit Ihnen zum Heidenstein gehe, und das tue ich auch. Danach sehen wir weiter.«

»Einverstanden.«

»Ist es für Sie im Hotel in Ordnung? Wenn Sie Bedenken haben zurückzufahren, können Sie auch hier übernachten.«

Sein Angebot stimmte Quinn milder. »Wir sind keine Feiglinge, Layla, oder?«

»Vor ein paar Tagen hätte ich das noch bedenkenlos unterschrieben, jetzt jedoch bin ich mir nicht mehr so sicher. Aber ich denke, das Hotel ist in Ordnung.« Sie wollte wirklich am liebsten wieder in ihr großes, weiches Bett krabbeln und sich die Decke über den Kopf ziehen. »Ich habe hervorragend dort geschlafen, das ist doch schon etwas.«

Erst wenn sie wieder im Hotel waren, dachte Quinn, würde sie Layla raten, alle Vorhänge zuzuziehen und eine Lampe anzulassen.

8

Am nächsten Morgen drückte Quinn ein Ohr an die Tür zu Laylas Zimmer. Da sie den Fernseher laufen hörte, klopfte sie an. »Ich bin es, Quinn«, fügte sie hinzu, damit Layla sich nicht erschreckte.

Layla öffnete die Tür in einer süßen, dunkelrot und weiß gestreiften Pyjamahose und einem dunkelroten Tank-Oberteil. Sie hatte wieder Farbe auf den Wangen, und ihre grünen Augen waren klar. Anscheinend war sie schon eine ganze Weile wach.

»Ich wollte zu Cal fahren. Kann ich kurz hereinkommen?«

»Ja.« Layla trat einen Schritt zurück. »Ich habe mir gerade überlegt, was ich heute anfangen soll.«

»Du kannst mit mir kommen, wenn du willst.«

»In den Wald? Nein, danke, dazu bin ich noch nicht bereit. Weißt du …« Layla schaltete den Fernseher aus und ließ sich in einen Sessel sinken. »Ich habe darüber nachgedacht, was du gestern Abend gesagt hast. Ich bin nie ein Feigling gewesen, aber als ich dann im Bett lag, die Vorhänge zugezogen und einen Stuhl unter der Türklinke, da habe ich gedacht, dass ich so etwas noch nie erlebt habe. Mein Leben ist bisher ziemlich normal gewesen.«

»Du bist hierhergekommen und bist immer noch hier. Also, ein Feigling kannst du nicht wirklich sein. Wie hast du geschlafen?«

»Gut. Als ich dann endlich eingeschlafen war, war es gut. Keine Träume, keine Heimsuchungen, kein Schreck in der Nacht. Jetzt frage ich mich natürlich, woran das schon wieder liegt.«

»Ich habe auch nichts geträumt.« Quinn blickte sich im Zimmer um. Laylas Bett war in gedämpftem Grün und Cremefarben gehalten. »Theoretisch könnte dein Zimmer hier natürlich eine Sicherheitszone sein, aber das glaube ich nicht, weil das in meinem Zimmer, das nur zwei Türen weiter ist, nicht so ist. Vielleicht hat sich der Dämon nur für die Nacht freigenommen. Er musste wahrscheinlich seine Batterien aufladen.«

»Netter Gedanke.«

»Du hast ja meine Handynummer, die von Cal und Fox auch. Wir haben deine. Wir sind – sozusagen verbunden. Ich wollte dir nur noch schnell sagen, dass es in dem Diner gegenüber ein gutes Frühstück gibt.«

»Ach, ich glaube, ich lasse mir was aufs Zimmer kommen und fange mit den Büchern an, die du mir heute Nacht gegeben hast. Als Bettlektüre wollte ich sie nicht nehmen.«

»Sehr klug. Okay. Wenn du etwas an die Luft gehen willst, es ist eine hübsche Stadt. Ein paar süße kleine Geschäfte, ein kleines Museum. Und dann natürlich das Bowl-a-Rama.«

Layla lächelte. »Ach ja?«

»Das ist Cals Familienunternehmen. Es ist ganz interessant, und man hat das Gefühl, es ist der Dreh- und Angelpunkt hier im Ort. Also, wenn ich zurück bin, komme ich sofort zu dir, ja?«

»Okay. Quinn?«, fügte Layla hinzu, als Quinn sich zum Gehen wandte. »Feigling oder nicht, ich weiß nicht, ob ich noch hier wäre, wenn ich dir nicht begegnet wäre.«

»Ich kenne das Gefühl. Bis später dann.«

Cal wartete bereits auf sie, als sie vorfuhr. Er kam die Treppe herunter, der Hund hinter ihm, als sie ausstieg. Er musterte sie prüfend. Gute, solide Wanderstiefel, ausgewaschene Jeans, dicker roter Anorak und ein gestreifter Schal, der zu der Kappe in Glockenform passte, die sie auf dem Kopf trug. Ein alberner Hut, dachte er, aber er stand ihr hervorragend.

Auf jeden Fall wusste sie, was man auf einer Wanderung durch den Winterwald anziehen musste.

»Und, Musterung bestanden, Sergeant?«

»Ja.« Er kam auf sie zu. »Ich wollte Ihnen gleich zu Anfang sagen, dass ich gestern Abend ein bisschen aus dem Gleichgewicht geraten bin. Ich habe mich noch nicht ganz damit abgefunden, mit Ihnen umgehen zu müssen, und dann ist auf einmal noch eine unbekannte Frau dabei. Ich bin wahrscheinlich ein bisschen gereizt wegen der ganzen Geschichte, vor allem, weil es das siebte Jahr ist. Ich möchte mich gerne entschuldigen, wenn ich mich danebenbenommen habe.«

»Ich nehme Ihre Entschuldigung an. Und um ehrlich zu sein, bevor ich hierherkam, war das Ganze nur eine Idee für ein Buch. Ich wollte lediglich meine Arbeit tun, die ich liebe und sehr spannend finde. Aber mittlerweile ist es persönlicher geworden. Ich verstehe zwar, dass Sie gereizt reagieren, aber ich bringe auch etwas Wichtiges ein, nämlich Erfahrung, Objektivität und Mut. Ich lasse mich nicht so leicht ins Bockshorn jagen.«

»Das habe ich bemerkt.«

»Dann machen wir es also.«

»Ja, wir machen es.«

Sie streichelte den Hund, der mittlerweile auch näher gekommen war. »Begleitet Lump uns auf unserem Abenteuer?«

»Ja, er kommt mit. Er läuft ab und zu ganz gerne durch den Wald. Wenn er genug hat, legt er sich einfach so lange hin, bis er Lust hat, wieder nach Hause zu gehen.«

»Das hört sich sehr vernünftig an.« Sie ergriff einen kleinen Rucksack, packte ihn sich auf den Rücken und zog ihr Aufnahmegerät aus der Tasche, an der es mit einer kleinen Klemme befestigt war. »Ich möchte gerne alles aufnehmen, was Sie mir erzählen. Ist das okay?«

»Ja.« Darüber hatte er heute Nacht auch nachgedacht. »Ja, ich bin damit einverstanden.«

»Dann bin ich bereit.«

»Der Weg wird schlammig und rutschig sein«, sagte er, als sie losgingen. »Wir werden etwa zwei Stunden bis zur Lichtung brauchen.«

»Ich habe keine Eile.«

Cal blickte zum Himmel. »Wenn das Wetter umschlägt oder uns etwas bis nach Sonnenuntergang aufhält, kann sich das ändern.«

Quinn schaltete ihren Recorder an. Hoffentlich hatte sie genügend Bänder und Batterien dabei. »Warum?«

»Vor vielen Jahren war es ganz normal, in diesem Waldstück zu wandern oder zu jagen. Jetzt tut das keiner mehr. Leute haben sich verirrt, sind im Kreis gelaufen, hatten Erscheinungen. Manche haben berichtet, sie hätten Bären oder Wölfe gehört. Hier gibt es keine Wölfe, und Bären kommen selten so weit aus den Bergen herunter. Früher sind Kinder oder Halbwüchsige grundsätzlich heimlich im Sommer in Hester's Pool geschwommen, aber das kommt heute auch nicht mehr vor. Früher hat es immer geheißen, im Teich würde es spuken, es war so eine Art lokale Legende. Aber heutzutage reden die Leute nicht mehr gerne darüber.«

»Glauben Sie, dass es dort spukt?«

»Ich weiß, dass etwas darin ist. Ich habe es selber gesehen. Wenn wir am Teich sind, erzähle ich es Ihnen. Jetzt hat es noch keinen Zweck.«

»In Ordnung. Sind Sie damals auch über diesen Weg zur Lichtung gekommen?«

»Wir sind von Osten gekommen. Das ist der Weg, der am nächsten an der Stadt liegt. Unser Weg ist kürzer, aber eben nur von meinem Haus aus. Bis wir zum Teich kamen, passierte nichts Ungewöhnliches.«

»Waren Sie nach dieser Nacht noch einmal zusammen dort?«

»Ja, mehr als einmal.« Er warf ihr einen Blick zu. »Ich kann Ihnen sagen, dass ich mich schon darauf freue, vor den Sieben noch einmal dorthin zu kommen.«

»Den Sieben?«

»So nennen wir die Woche im Juli.«

»Erzählen Sie mir mehr davon, was in den Sieben passiert.«

Ja, dachte er, das sollte er wohl langsam mal machen. Er sollte es jemandem erzählen, der es wissen wollte, jemandem, der vielleicht Teil der Antwort war.

»Die Leute in Hollow werden gemein, gewalttätig, ja sogar zu Mördern. Sie tun Dinge, die sie sonst nie tun würden. Sie zerstören Häuser, prügeln sich, legen Brände. Und noch Schlimmeres.«

»Morde, Selbstmorde.«

»Ja. Nach der Woche können sie sich an nichts mehr klar erinnern. Es ist, als erwachten sie aus einer Trance oder einer langen Krankheit. Manche sind nicht mehr dieselben. Manche verlassen die Stadt. Und manche reparieren ihr Haus, ihr Geschäft und machen einfach weiter. Es trifft nicht jeden, und es trifft auch nicht jeden gleich schlimm. Es ist so eine Art Massenpsychose, die aber mit jedem Mal schlimmer wird.«

»Was ist mit der Polizei?«

Ganz gegen seine Gewohnheit bückte Cal sich und ergriff einen Stock. Es hatte keinen Zweck, ihn zu werfen, weil Lump sowieso nicht hinterherlaufen würde, also hielt er ihm ihn bloß hin, so dass er ihn ins Maul nehmen konnte.

»Letztes Mal war Chief Larson Polizeichef. Er war ein guter Mann, er ist mit meinem Vater zur Schule gegangen. Sie waren Freunde. In der dritten Nacht schloss er sich in seinem Büro ein. Ich glaube, dass er irgendwie wusste, was mit ihm geschah, und er wollte nicht riskieren, nach Hause zu seiner Frau und zu den Kindern zu gehen. Einer der Sheriffs, ein Junge namens Wayne Hawbaker, der Neffe von Fox' Sekretärin, kam auf die Wache, weil er Hilfe brauchte. Er hörte Larson in seinem Büro weinen, brachte ihn aber nicht dazu herauszukommen. Als Wayne schließlich die Tür eingetreten hatte, hatte Larson sich erschossen. Jetzt ist Wayne Polizeichef. Auch er ist ein guter Mann.«

Wie viele Verluste hatte er wohl schon erlebt?, fragte sich Quinn. Wie viele Verluste seit seinem zehnten Geburtstag? Und doch ging er immer wieder in diesen Wald, wo alles begonnen hatte. Sie fand ihn ungeheuer tapfer.

»Und die Bundespolizei?«

»Es ist so, als wären wir in dieser Woche von der Außenwelt abgeschnitten.« Ein Kardinal flog auf, leuchtend rot, sorglos frei. »Wir sind die meiste Zeit für uns, so als ob ...« Er suchte nach den richtigen Worten. »Es ist, als ob ein Schleier über dem Ort läge und niemand klar sehen könnte. Niemand kommt uns zu Hilfe, und auch hinterher stellt niemand Fragen. Letztendlich ist es wie eine Legende. Mit den Jahren verblasst die Erinnerung, bis es dann wieder passiert.«

»Aber Sie bleiben, und Sie sehen genau hin.«

»Es ist meine Stadt«, erwiderte er.

Ja, er war wirklich tapfer.

»Wie haben Sie letzte Nacht geschlafen?«, fragte er sie.

»Traumlos. Layla auch. Und Sie?«

»Ebenso. Sonst hat es eigentlich nie mehr aufgehört, wenn es einmal angefangen hat. Aber dieses Mal ist sowieso alles anders.«

»Weil ich und auch Layla etwas gesehen haben.«

»Ja, das ist der große Unterschied. Es hat auch noch nie so früh und so heftig angefangen.« Er warf ihr einen Blick zu. »Haben Sie jemals Ahnenforschung betrieben?«

»Nein. Glauben Sie, wir sind irgendwie miteinander verwandt?«

»Wir haben immer alle angenommen, dass es irgendetwas mit Blut zu tun haben muss.« Geistesabwesend betrachtete er die Narbe an seinem Handgelenk. »Aber bis jetzt sind wir noch zu keinem Ergebnis gekommen. Wo kommen Ihre Vorfahren her?«

»Hauptsächlich aus England und ein paar aus Irland.«

»Meine auch. Aber viele Amerikaner haben englische Vorfahren.«

»Vielleicht sollte ich einmal recherchieren, ob es Dents oder Twisses unter meinen Vorfahren gibt?« Sie zuckte mit den Schultern, als er die Stirn runzelte. »Ihre

Urgroßmutter hat mich darauf gebracht. Haben Sie schon einmal versucht, Giles Dent oder Lazarus Twisse aufzuspüren?«

»Ja. Dent ist einer meiner Vorfahren, wenn er tatsächlich der Vater der drei Söhne von Ann Hawkins ist. Es gibt keine Spur mehr von ihm, weder eine Geburts- noch eine Sterbeurkunde. Für Twisse gilt das Gleiche. Sie hätten genauso gut vom Pluto gefallen sein können.«

»Ich habe eine Freundin, die ein Ass im Recherchieren ist. Ich habe sie angemailt. Schauen Sie mich nicht so an. Ich kenne sie schon seit Jahren, und wir haben auch schon bei anderen Projekten zusammengearbeitet. Ich weiß noch nicht, ob sie sich hier beteiligen will, aber Sie können mir glauben, Sie werden mir dankbar sein, wenn sie es tut. Sie ist brillant.«

Cal schwieg. Hatte sein Widerstand etwas damit zu tun, dass er fürchtete, die Kontrolle zu verlieren? Je mehr Leute in die Angelegenheit verwickelt waren, desto stärker empfand er seine Verantwortung. Schadete es nicht der Stadt, wenn alles immer öffentlicher wurde?

»Hollow hat immer mal wieder im Mittelpunkt des Medieninteresses gestanden, deshalb sind Sie ja überhaupt darauf aufmerksam geworden. Aber das Interesse war nicht wirklich groß, und es sind höchstens ein paar Touristen mehr hierhergekommen. Ich mache mir Sorgen, dass Hollow durch Sie und jetzt auch noch zwei weitere Personen letztendlich in jedem Reiseführer erwähnt wird.«

»Sie wussten von Anfang an, dass dieses Risiko bestand.«

Sie hielt trotz des schlammigen Bodens mit ihm Schritt. Und sie ging mit ins Unbekannte, ohne zu zittern oder zu zögern. »Sie wären doch auch gekommen, wenn ich nicht einverstanden wäre.«

»Also betreiben Sie mit Ihrer Kooperation zum Teil Schadensbegrenzung.« Sie nickte. »Das kann ich Ihnen nicht übel nehmen. Aber vielleicht sollten Sie versuchen, einmal das größere Bild zu sehen, Cal. Je mehr Leute daran beteiligt sind, desto größer ist die Chance herauszubekommen, was passiert ist. Möchten Sie denn nicht, dass es aufhört?«

»Mehr, als ich Ihnen sagen kann.«

»Ich will eine Geschichte, da brauche ich Ihnen gar nichts vorzumachen. Aber ich möchte auch, dass es aufhört. Denn ich bin zwar mutig, aber die Sache macht mir Angst. Und wir haben eine bessere Chance, den Dämon zu besiegen, wenn wir zusammenarbeiten und alle Ressourcen nutzen. Cybil gehört zu meinen Ressourcen, und sie ist echt gut.«

»Ich denke darüber nach.« Für den Moment musste das reichen, dachte er. »Erzählen Sie mir doch lieber, wie Sie darauf gekommen sind, über unheimliche Phänomene zu schreiben.«

»Das ist leicht. Ich habe Spukgeschichten schon immer gemocht. Wenn ich als Kind zwischen, sagen wir mal, *Sweet Valley High* oder Stephen King wählen konnte, nahm ich immer King. Ich habe früher selbst Horrorgeschichten geschrieben, von denen meine Freundinnen Alpträume bekommen haben. Das waren noch schöne Zeiten«, sagte sie, und Cal lachte. »Dann kam der Wendepunkt. Mit zwölf ging ich mit ein paar Freunden in ein Haus, in dem es spuken sollte. Große Mutprobe. Das Haus sollte abgerissen werden, und wir hatten vermutlich Glück, dass keiner von uns durch den Fußboden gekracht ist. Wir stocherten ein bisschen herum, jagten uns gegenseitig Angst ein und lachten uns kaputt. Dann sah ich sie.«

»Wen?«

»Das Gespenst natürlich.« Sie stupste Cal freundlich an. »Von den anderen sah sie niemand. Aber ich sah sie, wie sie die Treppe herunterkam. Dann war sie auf einmal voller Blut. Sie sah mich an«, fuhr Quinn fort. »Es kam mir so vor, als blickte sie mich direkt an. Und ich spürte die Kälte, die von ihr ausging.«

»Was haben Sie gemacht? Oder darf ich raten? Sie sind ihr gefolgt.«

»Natürlich bin ich ihr gefolgt. Meine Freunde rannten herum, machten Spukgeräusche, aber ich folgte ihr durch die verfallene Küche in den Keller, und alles im Schein meiner Prinzessin-Leia-Taschenlampe. Lachen Sie jetzt bloß nicht!«

»Warum sollte ich lachen? Ich hatte eine Luke-Skywalker-Taschenlampe.«

»Gut. Also, ich fand jede Menge Spinnweben, Mäusedreck, tote Käfer und einen schmutzigen Betonboden vor. Auf einmal war der Beton weg, und da war nur noch Erde mit einem Loch – einem Grab – darin. Eine Schaufel mit schwarzem Griff lag daneben. Sie ging dorthin, blickte mich wieder an und glitt hinein, so wie eine Frau in ein Schaumbad gleitet. Dann stand ich wieder auf dem Betonboden.«

»Was haben Sie gemacht?«

»Raten Sie mal.«

»Vermutlich haben Sie sich aus dem Staub gemacht.«

»Richtig. Wie eine Rakete bin ich aus dem Keller geschossen. Ich habe es meinen Freunden erzählt, aber die haben mir nicht geglaubt. Sonst habe ich niemandem etwas gesagt, weil unsere Eltern ja dann erfahren hätten, dass wir in dem verbotenen Haus waren. Als das Haus dann abgerissen wurde, hat man sie gefunden. Sie hatte da seit den dreißiger Jahren gelegen. Die Frau des Mannes, dem das Haus gehörte, hatte behauptet, sie sei weggelaufen. Er war damals schon tot, deshalb konnte ihn niemand fragen, warum oder wie er sie umgebracht hatte. Aber ich wusste es. Von dem Moment an, in dem ich sie gesehen hatte, bis zu dem Zeitpunkt, wo man sie fand, träumte ich von ihrer Ermordung. Ich sah, wie es passierte.

Natürlich erzählte ich das niemandem, dazu hatte ich zu viel Angst. Aber seitdem habe ich nichts mehr verschwiegen. Zum Teil wegen Mary Bines – so hieß sie –, aber zum Teil sicher auch, weil ich nicht mehr zwölf bin und niemand mich bestrafen kann.«

Cal schwieg lange Zeit. »Sehen Sie immer, was passiert ist?«

»Ich weiß nicht, ob ich es tatsächlich sehe oder mehr erspüre. Vielleicht habe ich auch einfach nur zu viel Fantasie, aber ich habe gelernt, meinen Gefühlen zu trauen.«

Er blieb stehen, weil sie an einer Wegkreuzung angekommen waren. »Wir sind damals aus dieser Richtung gekommen und hier weitergegangen. Wir waren schwer bepackt, weil meine Mutter uns einen Picknickkorb mitgegeben hatte. Sie glaubte, wir wollten auf der Farm von Fox' Familie zelten. Außerdem hatten wir noch seinen Ghettoblaster dabei, seine Einkaufstüten vom Supermarkt und unsere Rucksäcke, die voll von dem Zeug waren, ohne das Neunjährige nicht überleben können. Wir hatten so gut wie keine Angst. Das änderte sich schnell.«

Als er weitergehen wollte, hielt sie ihn am Arm fest. »Blutet dieser Baum tatsächlich, oder haben Sie hier nur besonders merkwürdiges Harz?«

Er drehte sich um. Aus der Rinde einer alten Eiche sickerte Blut.

»Das kommt ab und zu vor. Es stößt die Wanderer ab.«

»Das kann ich mir denken.« Sie bemerkte, dass Lump nur beiläufig an den Baum schnüffelte und gleichmütig weiterging. »Warum interessiert ihn das nicht?«

»Für ihn ist das ein alter Hut.«

Sie wollte an der Eiche vorbeigehen, blieb aber wieder stehen. »Halt, warten Sie. Das ist die Stelle, wo das Reh auf dem Weg gelegen hat. Ich bin mir ganz sicher.«

»Er hat es mit Magie gerufen. Das Unschuldige und Reine.«

Quinn wollte etwas erwidern, schwieg aber, als sie Cals Gesicht sah. Er war blass geworden, und seine Augen hatten sich verdunkelt.

»Es ist Blut, das bindet. Sein Blut, das Blut des Bösen. Er trauerte, als er dem Tier mit dem Messer den Hals durchschnitt und das Leben sich über seine Hände und in die Schale ergoss.«

Cal wurde es schwindelig, er beugte sich vor. Hoffentlich wurde ihm jetzt nicht schlecht. »Einen Moment. Ich muss erst wieder zu Atem kommen.«

»Lassen Sie sich Zeit.« Rasch nahm Quinn ihren Rucksack ab und holte eine Wasserflasche heraus. »Hier, trinken Sie einen Schluck.«

Als sie ihm die Flasche in die Hand drückte, hatte sich das Schwindelgefühl schon ein wenig gelegt. »Ich konnte es sehen, es *fühlen*. Ich bin schon häufiger an diesem Baum vorbeigegangen, auch wenn er geblutet hat, aber ich habe es noch nie gesehen.«

»Dieses Mal sind wir zu zweit. Vielleicht wurde es dadurch geöffnet.«

Er trank langsam. Nicht nur einfach zu zweit, dachte er, weil er ja schließlich auch schon mit Fox und Gage hier entlanggegangen war. Wir zwei, dachte er. Es hatte etwas mit ihr in Verbindung zu ihm zu tun. »Das Reh war ein Opfer.«

»Ja, das habe ich mir gedacht. *Devoveo*. Er hat es auf Latein gesagt. Blutopfer. Die weiße Magie macht so etwas nicht, deshalb musste er auf schwarze zurückgreifen. Ob es Dent war? Oder jemand, der lange vor ihm hierhergekommen ist?«

»Ich weiß nicht.«

Quinn beruhigte sich, als sie sah, dass in seine Wangen langsam wieder Farbe kam. »Können Sie sehen, was vorher war?«

»Nur in Teilen, so ähnlich wie Gedankenblitze. Im Allgemeinen ist mir danach ein bisschen schlecht. Wenn ich es mit aller Macht sehen will, dann ist es noch viel schlimmer.«

»Dann lassen wir es jetzt lieber. Glauben Sie, Sie können weitergehen?«

»Ja. Ja.« Sein Magen hob sich ein wenig, aber das Schwindelgefühl war vergangen. »Wir sind gleich an Hester's Pool.«

»Ich weiß. Ich kann Ihnen auch sagen, wie es dort aussieht. In der Realität war ich zwar noch nie da, aber ich habe den Teich im Traum gesehen, und vorgestern Nacht war ich dort. Es gibt Rohrkolben und wildes Gras. Er liegt abseits vom Weg, und man muss durch Gebüsch und Dornenranken, wenn man dorthin will. Es war Nacht, deshalb hat das Wasser schwarz ausgesehen. Undurchsichtig. Er ist nicht ganz rund, aber auch nicht wirklich oval, mehr so wie eine dicke Mondsichel. Es gab viele Steine, manche richtige Felsblöcke, andere eher Kieselsteine. Sie hat sich die Taschen damit vollgeladen, bis sie schwer genug war, um von ihrem Gewicht heruntergezogen zu werden. Ihre Haare waren kurz geschnitten, wie abgehackt, und sie hatte einen irren Blick.«

»Den Berichten zufolge ist ihr Körper aber nicht unten geblieben.«

»Ja, das habe ich auch gelesen«, bestätigte Quinn. »Man hat sie im Teich treibend gefunden, und weil es Selbstmord war, wurde sie in ungeweihtem Boden begraben. Was aus ihrem kleinen Mädchen geworden ist, weiß ich nicht. Darüber habe ich nichts gefunden.«

Bevor sie ihren Rucksack wieder aufnahm, holte sie eine Tüte Studentenfutter heraus. Cal schüttelte den Kopf, als sie ihm davon anbot. »Wenn ich so schrecklichen Hunger hätte, könnte ich auch gleich Rinde und kleine Zweige essen.«

»Aber es schmeckt nicht schlecht. Was hat denn Ihre Mutter für Sie damals alles eingepackt?«

»Sandwiches mit Schinken und Käse, hartgekochte Eier, Apfelstücke, Sellerie- und Karottenstäbchen. Hafermehlplätzchen, Limonade.« Er lächelte, als er daran dachte. »Pop-Tarts und Müsli zum Frühstück.«

»Sie haben aber eine tolle Mutter!«

»Ja, das war sie immer schon.«

»Wie lange müssen wir miteinander gehen, bis ich Ihre Eltern kennen lerne?«

Er überlegte. »Sie möchten, dass ich bald mal wieder zum Abendessen komme. Möchten Sie mitgehen?«

»Ein selbst gekochtes Essen von Mom? Da bin ich dabei. Wie geht es ihr denn bei all dem?«

»Es ist alles schlimm für sie. Aber sie haben mich noch nie in meinem Leben im Stich gelassen.«

»Sie sind ein glücklicher Mann, Cal.«

Er bog auf einen schmalen, mit Brombeerranken überwucherten Pfad ein. Lump lief voraus, als ob er wüsste, wo sie hinwollten. Beim Anblick des Teiches lief es ihm kalt über den Rücken. Aber das war immer so.

Die Vögel sangen, und Lump scheuchte – allerdings mehr aus Zufall – ein Kaninchen auf. Das Sonnenlicht schien durch die kahlen Bäume auf den mit Blättern bedeckten Boden und glitzerte leicht auf dem braunen Wasser von Hester's Pool.

»Tagsüber sieht es anders aus«, stellte Quinn fest. »Aber ich müsste schon sehr jung sein, um bei heißem

Wetter den Wunsch zu verspüren, hier hineinzuspringen.«

»Bei uns war das damals so. Fox ist als Erster reingegangen. Wir waren schon früher heimlich hier, um zu schwimmen, aber ich konnte dem nie wirklich etwas abgewinnen. Wer wusste schon, was da unten herumschwamm? Ich dachte immer, Hesters knochige Hand würde mich am Knöchel packen und nach unten ziehen. Dann passierte es.«

Quinn zog die Augenbrauen hoch, und als er nicht weiterredete, setzte sie sich auf einen Felsblock. »Ich höre zu.«

»Fox machte sich einen Spaß daraus. Ich war der bessere Schwimmer, aber er schlich sich immer heran. Gage konnte nicht besonders gut schwimmen, aber er machte alles mit. Ich dachte, es sei schon wieder Fox, der mich untertauchte, aber sie war es. Ich sah sie, als ich unterging. Ihre Haare waren nicht so kurz, wie Sie sie gesehen haben, sie flossen um sie herum. Sie sah nicht aus wie ein Geist, sondern wie eine Frau. Ein Mädchen«, korrigierte er sich. »Als ich älter wurde, wurde mir klar, dass sie nur ein Mädchen war. Ich konnte nicht schnell genug aus dem Wasser kommen, dann holte ich auch Fox und Gage heraus. Sie hatten nichts gesehen.«

»Aber sie glaubten Ihnen?«

»Ja.«

»Sind Sie noch einmal hier ins Wasser gegangen?«

»Noch zweimal. Aber ich habe sie nicht mehr gesehen.«

Quinn gab Lump, der nicht so wählerisch war wie

sein Herrchen, eine Handvoll Studentenfutter. »Im Moment ist es viel zu kalt, aber im Juni würde ich gerne einmal ausprobieren, was passiert, wenn ich hier ins Wasser gehe.« Kauend blickte sie sich um. »Es ist ein hübsches Fleckchen. Primitiv, aber trotzdem pittoresk. Für drei Jungen ist es hier bestimmt aufregend.«

Sie legte den Kopf schräg. »Nehmen Sie Ihre Dates immer hierhin mit?«

»Sie sind die Erste.«

»Wirklich? Haben sich die anderen nicht dafür interessiert oder haben Sie ihnen einfach nur nicht geantwortet?«

»Beides.«

»Dann schlage ich hier ja sämtliche Rekorde.« Quinn blickte nachdenklich auf das Wasser. »Sie muss so traurig gewesen sein, so schrecklich traurig, dass sie geglaubt hat, es gäbe keinen anderen Weg mehr für sie. Natürlich war sie sicher auch nicht ganz bei Verstand, aber es waren vor allem die Traurigkeit und die Verzweiflung, die sie zu diesem Schritt getrieben haben. Das habe ich im Traum so empfunden, und ich spüre es auch jetzt hier. Ihre schreckliche, schwere Traurigkeit. Sie ist noch größer als die Angst vor dem Dämon, der sie vergewaltigt hat.«

Sie erschauerte und erhob sich. »Können wir weitergehen? Es ist zu viel. Es ist zu viel.«

Es würde noch schlimmer, dachte er. Wenn sie es jetzt schon so empfand, dann würde es noch schlimmer. Er ergriff ihre Hand, um sie wieder auf den Weg zurückzuführen. Da er zumindest im Moment so breit war, dass man nebeneinander gehen konnte, hielt er ihre Hand.

Beinahe sah es so aus, als machten sie nur einen Winterspaziergang.

»Erzählen Sie mir etwas Überraschendes von sich. Etwas, das ich nie erraten würde.«

Er blickte sie fragend an. »Warum sollte ich das tun?«

»Es muss ja kein dunkles Geheimnis sein.« Sie stieß ihn mit der Hüfte an. »Nur etwas Unerwartetes.«

»Ich war gut in Leichtathletik.«

Quinn schüttelte den Kopf. »Beeindruckend, aber nicht überraschend. Das hätte ich mir denken können. Sie haben unheimlich lange Beine.«

»Hmm.« Er überlegte. »Ich habe einen Kürbis gezüchtet, der den Bezirksrekord an Gewicht gebrochen hat.«

»Der dickste Kürbis in der Geschichte des gesamten Bezirks?«

»Ich habe den Landesrekord nur um wenige Gramm verfehlt. Ich stand sogar in der Zeitung.«

»Na, das ist wirklich eine Überraschung. Ich hatte zwar auf etwas Pikanteres gehofft, aber ich muss zugeben, darauf wäre ich nie gekommen.«

»Was ist mit Ihnen?«

»Leider habe ich nie einen Kürbis gezüchtet.«

»Erzählen Sie etwas Überraschendes von sich.«

»Ich kann auf den Händen laufen. Ich würde es Ihnen ja demonstrieren, aber der Boden hier ist zu matschig. Das hätten Sie bestimmt auch nicht vermutet, oder?«

»Nein, aber ich bestehe trotzdem darauf, dass Sie es mir später noch vorführen. Das mit dem Kürbis kann ich schließlich dokumentieren.«

»Ja, in Ordnung.«

Quinn sorgte dafür, dass sie sich unbeschwert unterhielten. Sie brachte ihn sogar zum Lachen. Er hatte auf diesem Weg seit dem verhängnisvollen Ausflug mit seinen Freunden nicht mehr gelacht. Aber jetzt kam es ihm ganz normal vor.

Plötzlich jedoch hörte er ein Grollen.

Sie hatte es auch gehört. Sie brach abrupt ab und umklammerte seinen Arm. »Cal …«

»Ja, ich höre es. Wir sind fast da. Manchmal macht der Dämon Geräusche, manchmal erscheint er auch.« Aber um diese Jahreszeit eigentlich nie, dachte er. »Bleiben Sie dicht bei mir.«

»Glauben Sie mir, ich …« Sie brach ab, als er sein großes Jagdmesser zog. »Okay. Okay. Das finde ich zum Beispiel auch unerwartet. Sie sind ja bewaffnet wie Crocodile Dundee.«

»Ich gehe nicht unbewaffnet hier in den Wald.«

Sie befeuchtete ihre Lippen. »Sie können wahrscheinlich auch damit umgehen, wenn es sein muss?«

Er warf ihr einen Blick zu. »Wahrscheinlich. Möchten Sie weitergehen, oder sollen wir umkehren?«

»Ich kneife doch nicht den Schwanz ein.«

Er hörte es im Gebüsch rascheln und hörte leise Schritte. Er verfolgte sie, dachte er. Das Messer war wahrscheinlich ebenso nutzlos wie böse Worte, wenn es hart auf hart kam, aber er fühlte sich einfach besser damit.

»Lump hört ihn nicht«, murmelte Quinn. »Wenn er ihn hören oder riechen würde, dann würde er doch irgendeine Regung zeigen. So träge kann ja nicht einmal er sein.« Sie holte tief Luft. »Es ist alles nur Show.«

»Auf jeden Fall ist es für ihn nicht real.«

Als der Dämon heulte, ergriff Cal Quinn fest am Arm und zog sie auf die Lichtung, auf der der Heidenstein aus dem schlammigen Boden ragte.

»Ich glaube, ich habe so etwas Ähnliches erwartet wie Stonehenge.« Quinn ging um den Stein herum. »Obwohl auch das hier erstaunlich ist, wenn man genauer hinsieht. Wie glatt und flach die Oberfläche ist.« Sie fuhr mit der Hand über den Stein. »Er ist warm«, fügte sie hinzu. »Wärmer, als man im Februar annehmen sollte.«

Er legte seine Hand neben ihre. »Manchmal ist er kalt.« Er schob das Messer wieder in die Scheide. »Wenn er warm ist, brauchen wir uns keine Sorgen zu machen. So weit.« Er schob den Ärmel seiner Jacke zurück und betrachtete die Narbe am Handgelenk. »So weit«, wiederholte er.

Ohne nachzudenken legte er seine Hand über ihre. »So lange, bis ...«

»Er heizt sich auf. Spürst du das? Spürst du das?«

Sie legte auch ihre andere Hand auf den Stein, und auf einmal hatte er das Gefühl, von Feuer eingeschlossen zu sein.

Er packte sie bei den Schultern und drückte sie mit dem Rücken an den Stein. Dann küsste er sie.

Einen Moment lang war er jemand anderer, genau wie sie, der Augenblick war erfüllt von trauernder Verzweiflung. Ihr Geschmack, ihre Haut, der Schlag ihres Herzens.

Dann war er wieder er selbst und spürte, wie Quinns Lippen heißer wurden. Ihr Körper bebte, und ihre Finger drückten sich in seine Hüften.

Er hätte sie am liebsten ganz auf den Steintisch geschoben und sich auf sie gelegt.

Nein, nicht er, dachte er, jedenfalls nicht nur er. Deshalb zwang er sich, sich zurückzuziehen.

Einen Moment lang bebte die Luft. »Es tut mir leid«, stieß er hervor. »Also, nicht alles, aber es kam so …«

»Überraschend.« Ihre Stimme war rau. »Für mich auch. Das war definitiv unerwartet. Mir ist ganz schwindlig«, flüsterte sie. »Aber ich beklage mich nicht. Wir waren es nicht, aber dann waren wir es doch.« Sie holte tief Luft. »Du kannst mich gerne als Schlampe bezeichnen, aber mir gefiel beides.« Sie blickte ihn an und legte ihre Hand auf den Stein. »Willst du es noch einmal versuchen?«

»Ich denke, ich bin immer noch ein Mann, also würde ich es gerne tun. Aber ich halte es weder für klug noch für besonders sicher. Außerdem habe ich nicht so viel dafür übrig, wenn jemand anderer sich meiner Hormone bedient. Wenn ich dich das nächste Mal küsse, dann gibt es nur dich und mich.«

»In Ordnung. Verbindungen.« Sie nickte. »Ich neige mehr denn je zu dieser Verbindungstheorie. Könnte etwas mit dem Blut zu tun haben, könnte jedoch auch so eine Reinkarnationsgeschichte sein. Es lohnt sich auf jeden Fall, es zu untersuchen.«

Sie trat einen Schritt vom Stein und von Cal zurück. »Also, kümmern wir uns lieber um die Dinge, die anstehen.«

»Bist du okay?«

»Ich muss zugeben, es hat mich aufgewühlt. Aber nicht auf schlimme Art und Weise.« Sie nahm ihre Wasserflasche und trank durstig.

»Ich wollte dich. In jeder Hinsicht.«

Quinn ließ die Flasche sinken und blickte in seine ruhigen grauen Augen. Ihre Kehle wurde schon wieder trocken. »Ich weiß. Aber ich weiß nicht, ob das ein Problem werden könnte.«

»Es wird ein Problem, aber das ist mir egal.«

Ihr Herz machte einen Satz. »Äh … Das ist wahrscheinlich nicht der richtige Ort, um …«

»Nein.« Er trat einen Schritt vor, berührte sie jedoch nicht. Trotzdem wurde ihre Haut ganz heiß. »Es wird einen anderen Ort geben.«

»Okay.« Sie räusperte sich. »In Ordnung. An die Arbeit.«

Noch einmal ging sie um den Stein herum. Cal beobachtete sie, was sie ein bisschen nervös machte. Ihn störte das nicht, im Gegenteil, er fand, es war ein Punkt für ihn. Natürlich hatte ihn etwas getrieben, sie zu küssen, aber er hatte auch gespürt, was er empfand, als sich dieses *Etwas* zurückgezogen hatte. Eigentlich hatte er schon vom ersten Moment an, als er sie sah, gewusst, was er fühlte.

Einfach nur Lust.

»Ihr drei habt in jener Nacht hier gezeltet.« Quinn glaubte Cal anscheinend, dass es auf der Lichtung sicher war, denn sie bewegte sich unbeschwert. »Ihr habt Junk Food gegessen, euch gekabbelt und euch Gespenstergeschichten erzählt.«

»Ja, ein paar. Und wir haben das Bier getrunken, das Gage seinem Vater gestohlen hatte, und uns die Zeitschriften mit den nackten Mädchen angeschaut, die er mitgebracht hatte.«

»Das sind aber eher Aktivitäten für Zwölfjährige.«

»Wir waren frühreif.« Er befahl sich, nicht mehr an sie zu denken und sich zu konzentrieren. »Wir machten ein Lagerfeuer. Der Ghettoblaster lief. Es war eine schöne Nacht, warm, aber nicht drückend. Und es war unsere Nacht. Wir dachten auch, es sei unser Ort. Heiliger Grund.«

»Das hat deine Urgroßmutter gesagt.«

»Alles rief nach einem Ritual. Wir schrieben Wörter auf, formulierten einen Eid, und um Mitternacht ritzten wir uns mit meinem Pfadfindermesser die Handgelenke auf. Wir sagten die Worte, die wir aufgeschrieben hatten, und drückten unsere Handgelenke aneinander, damit wir Blutsbrüder wurden. Dann brach die Hölle los.«

»Was passierte?«

»Ich weiß es nicht mehr genau. Die anderen beiden auch nicht. Es gab eine Art Explosion, mit blendend hellem Licht, und ich wurde nach hinten geschleudert. Schreie, aber ich habe nie herausbekommen, ob es meine, die von Fox oder Gage oder von jemand anderem waren. Die Flammen schossen empor, und überall brannte es, aber wir wurden nicht verbrannt. Etwas drängte heraus, drängte sich in mich. Es tat unheimlich weh, das weiß ich noch. Dann sah ich eine schwarze Masse aufsteigen und spürte die Kälte, die sie mitgebracht hatte. Und auf einmal war es vorbei, wir waren wieder alleine, die Erde war schwarz verkohlt, und wir hatten schreckliche Angst.«

Zehn Jahre alt, dachte sie. Noch ein kleiner Junge. »Wie seid ihr herausgekommen?«

»Am nächsten Morgen haben wir die Lichtung beinahe so verlassen, wie wir hingekommen sind. Es gab nur ein paar Veränderungen. Ich war neun, als ich hierherkam. Ich trug eine Brille, weil ich kurzsichtig war.«

Quinn zog die Augenbrauen hoch. »War?«

»2,1 Dioptrien auf meinem linken Auge, 2,9 auf dem rechten. Und als ich herauskam, war es weg. Keiner von uns hatte auch nur einen einzigen blauen Fleck, vor allem Gage nicht, der mit einigen Verletzungen hierhergekommen war. Seit jener Nacht war keiner von uns auch nur noch einen Tag krank. Wenn wir uns verletzen, heilen die Wunden von selber.«

Interessiert und fasziniert blickte sie ihn an. Sie schien seine Worte nicht zu bezweifeln. Außer seiner Familie war sie die Einzige, der er die Geschichte jemals erzählt hatte. Und sie glaubte ihm.

»Ihr habt so eine Art Immunität verliehen bekommen.«

»So könnte man es nennen.«

»Fühlst du Schmerzen?«

»Ja, vor allem, wenn Verletzungen heilen, dann können sie wahnsinnig wehtun, aber es dauert nicht lange. Und ich kann in die Vergangenheit schauen. Nicht immer, aber manchmal kann ich vergangene Ereignisse sehen.«

»Also ein rückwärtsgewandter Seher.«

»Hmm. Ich habe zum Beispiel gesehen, was hier am siebten Juli sechzehnhundertzweiundfünfzig passiert ist.«

»Und was ist hier passiert, Cal?«

»Der Dämon war unter dem Stein gefesselt. Fox, Gage und ich haben den Bastard befreit.«

Sie trat zu ihm. Sie hätte ihn gerne berührt, um diese Sorge aus seinem Gesicht zu nehmen. »Und wenn es so war, euch trifft keine Schuld.«

»Schuld und Verantwortung unterscheiden sich nicht so grundlegend.«

Ach, zum Teufel damit. Sie legte ihm die Hände auf die Wangen und küsste ihn sanft auf den Mund. »Du bist verantwortlich, weil du die Verantwortung übernehmen willst. Du bist geblieben, wo viele andere Männer gegangen, ja weggelaufen wären. Also muss es auch einen Weg geben, den Dämon wieder dahin zu schicken, wo er hingehört. Und ich werde alles tun, um dir dabei zu helfen.«

Sie öffnete ihren Rucksack. »Ich mache jetzt Fotos und ein paar Notizen und werde dir eine ganze Menge lästige Fragen stellen.«

Sie hatte ihn erschüttert. Die Berührung, die Worte, das Vertrauen. Am liebsten hätte er sie in die Arme gezogen und sie einfach nur festgehalten. Er trug keine Schuld, hatte sie gesagt, und als er sie jetzt anblickte, sehnte er sich so sehr nach Unschuld.

Aber es war nicht der richtige Ort. »Du hast eine Stunde Zeit. In einer Stunde müssen wir wieder zurück. Ich möchte vor der Dämmerung aus dem Wald heraus sein.«

»Ich widerspreche dir nicht.« Dieses Mal, dachte sie und machte sich an die Arbeit.

9

Nach Cals Meinung dauerte es ziemlich lange, bis sie mit ihrer winzigen Digitalkamera ihre Aufnahmen gemacht, sich alles aufgeschrieben und ausführlich mit sich selber geredet hatte.

Er konnte sich zwar nicht vorstellen, wozu das alles gut sein sollte, aber da sie so konzentriert am Werk war, setzte er sich neben den schnarchenden Lump unter einen Baum und ließ sie arbeiten.

Es gab keine Geräusche mehr, und er hatte auch nicht das Gefühl, dass noch jemand um die Lichtung schlich. Vielleicht hatte der Dämon ja etwas anderes zu tun, dachte Cal. Oder vielleicht hielt er sich nur zurück und beobachtete sie.

Es war interessant, ihr zuzuschauen, zu sehen, wie sie sich bewegte. Schnell und direkt in der einen Minute, langsam und nachdenklich in der nächsten. Als ob sie sich nie entscheiden könnte, wie sie an etwas herangehen sollte.

»Hast du den Stein jemals analysieren lassen?«, rief sie. »Wissenschaftlich analysieren lassen?«

»Ja. Als Teenager haben wir unserem Geologielehrer auf der Highschool Proben mitgebracht. Es ist Kalkstein. Und«, fuhr er fort, »ein paar Jahre später hat Gage weitere Proben in einem Labor in New York untersuchen lassen. Mit dem gleichen Ergebnis.«

»Okay. Hast du was dagegen, wenn ich noch einmal Proben nehme und sie untersuchen lasse?«

»Nein, bitte.« Er wollte ihr sein Messer geben, damit sie etwas abschaben konnte, aber sie hatte schon ein Schweizer Messer aus der Tasche gezogen. Das hätte er sich ja denken können. Unwillkürlich lächelte er.

Die meisten Frauen, die er kannte, hatten Lippenstift in der Tasche, kämen allerdings wohl kaum auf die Idee, auch ein Messer mitzunehmen. Quinn hatte bestimmt beides dabei.

Er betrachtete ihre Hände, während sie Steinstaub in einen Beutel schabte. Sie trug drei Ringe an der rechten Hand, die in den Sonnenstrahlen aufblitzten.

Das Licht veränderte sich, wurde weich wie an einem Sommermorgen, die Luft wurde warm und feucht. Blätter entfalteten sich, und auf einmal waren die Bäume dicht belaubt, und die Sonnenstrahlen malten ein Muster aus Licht und Schatten auf den Boden und auf den Stein.

Auf die Frau.

Sie trug die honigblonden Haare lang und offen. Sie hatte ein scharf geschnittenes Gesicht mit leicht schräggestellten, großen Augen. Sie trug ein langes, mattblaues Kleid mit weißer Schürze und bewegte sich voller Anmut, obwohl sie hochschwanger war. Sie trug zwei Eimer über die Lichtung zu der kleinen Hütte hinter dem Stein.

Dabei sang sie mit einer Stimme so klar und hell wie der Sommermorgen.

In einem grünen Garten, da legte ich mich nieder. Da sah ich einen Landmann stehen …

Während er sie hörte und anschaute, empfand Cal eine so tiefe Liebe, dass er glaubte, das Herz müsste ihm zerspringen.

Der Mann trat aus der Hütte, und die Liebe stand ihm im Gesicht geschrieben. Die Frau legte den Kopf schräg und sang weiter, während sie auf ihn zuging.

… und eine Maid im roten Mieder. Er küsste sie nach Herzenslust, und sie sank hin an seine Brust. Küsse so süß wie die Liebe.

Sie hob ihm ihr Gesicht entgegen, und der Mann küsste sie. Sie lachte fröhlich, aber er nahm ihr die Eimer aus der Hand und zog sie in die Arme.

Habe ich dir nicht gesagt, du sollst kein Wasser und kein Holz mehr tragen? Du trägst zu schwer.

Seine Hand glitt liebkosend über ihren Bauch. Sie legte ihre Hand darüber. *Unseren Söhnen geht es gut. Ich werde dir starke Söhne schenken, Liebster, so klug und tapfer wie ihr Vater. Mein Liebster, mein Herz.* Cal sah Tränen in ihren Augen schimmern. *Muss ich dich verlassen?*

Du wirst mich nie wirklich verlassen und ich dich auch nicht. Keine Tränen. Er küsste sie ihr weg, Cal spürte den Schmerz in seinem Herzen. *Keine Tränen.*

Nein, das habe ich ja geschworen. Sie lächelte. *Aber noch ist Zeit. Die Tage sind lang und warm. Noch kommt der Tod nicht. Schwörst du es mir?*

Noch kommt der Tod nicht. Komm jetzt. Ich trage das Wasser.

Als sie verblassten, sah er, dass Quinn vor ihm hockte und in scharfem Tonfall seinen Namen wiederholte.

»Jetzt bist du wieder da. Du warst irgendwo anders. Deine Augen … deine Augen waren auf einmal ganz schwarz und … *tief*, ich kann es nicht anders nennen. Wo warst du, Cal?«

»Sie ist nicht du.«

»Okay.« Sie legte ihm die Hand aufs Knie. »Wer bin ich nicht?«

»Die, die ich geküsst habe. Am Anfang warst du es, aber vorher, zuerst … Himmel.« Er drückte sich die Hände an die Schläfen. »Kopfschmerzen. Ich habe schreckliche Kopfschmerzen.«

»Schließ die Augen. Ich …«

»Es ist gleich vorbei. Das ist immer so. Wir sind nicht sie. Mit Reinkarnation hat es nichts zu tun. Wir sind höchstens sporadisch von ihnen besessen, was schlimm genug ist.«

»Wer ist es denn?«

»Woher zum Teufel soll ich das wissen?« Er musste den Kopf zwischen die Knie senken, um gegen die plötzliche Übelkeit anzukämpfen. »Ich würde dir ein Bild malen, wenn ich malen könnte. Lass mich einen Moment in Ruhe.«

Quinn trat hinter ihn und begann, seinen Hals und seine Schultern zu massieren.

»Okay. Es tut mir leid. Himmel, es ist, als hätte ich eine Bohrmaschine im Kopf. Aber es wird langsam besser. Ich weiß nicht, wer sie waren. Sie haben sich nicht mit Namen angeredet, aber ich nehme an, es waren Giles Dent und Ann Hawkins. Anscheinend lebten sie hier, und sie war hochschwanger. Sie hat gesungen«, fügte er hinzu und erzählte ihr, was er gesehen hatte.

Quinn massierte weiter seine Schultern, während sie ihm zuhörte. »Sie wussten also, was auf sie zukam, und er wollte sie rechtzeitig wegschicken. ›Nicht der Tod.‹ Das ist interessant. Aber ich glaube, wir sollten jetzt langsam aufbrechen. Wir waren lange genug hier.«

Sie setzte sich auf den Boden. »Als du weggetreten warst, ist es wiedergekommen.«

»Ach, du lieber Himmel.« Er wollte aufspringen, aber sie hielt ihn fest.

»Es ist schon wieder weg. Lass uns noch einen Moment sitzen bleiben. Ich hörte es knurren und drehte mich um. Mein erster Impuls war, dich aus der Trance zu schütteln.«

»Wir hätten uns beide nicht wehren können«, sagte Cal.

»Du brauchst dich nicht aufzuregen, weil du es nicht vorausgesehen hast. Es hat bloß ein bisschen geknurrt und geraschelt, war aber nicht zu sehen. Dann hörte es auf, und du warst wieder da.«

»Wie lange?«

»Ich weiß nicht. Ich glaube, höchstens zwei Minuten, obwohl es mir länger vorkam. Aber ich will jetzt wirklich nicht mehr hierbleiben. Hoffentlich kannst du gehen, Cal, denn ich bin zwar stark und widerstandsfähig, aber ich glaube nicht, dass ich dich huckepack tragen kann.«

»Natürlich kann ich gehen.«

»Gut, dann lass uns aufbrechen. Und wenn wir wieder in der Zivilisation sind, dann spendierst du mir was Ordentliches zu trinken, Hawkins.«

Sie schulterten ihre Rucksäcke und machten sich,

gefolgt von Lump, auf den Weg. Insgeheim wunderte sich Cal, dass er ihr nichts vom Blutstein erzählt hatte – den drei Teilen, die Fox, Gage und er besaßen. Den drei Teilen, von denen er jetzt wusste, dass sie das Amulett bildeten, das Giles Dent damals, als er am Heidenstein lebte, getragen hatte.

Während Cal und Quinn sich auf den Heimweg machten, wanderte Layla ziellos durch die Stadt. Es war seltsam, sich einfach treiben zu lassen. In den Jahren in New York hatte sie immer ein spezifisches Ziel gehabt oder bestimmte Dinge in einem gewissen Zeitrahmen erledigen müssen.

Jetzt vertrödelte sie den Morgen und las in den seltsamen Büchern, die Quinn ihr dagelassen hatte. Eigentlich wäre sie am liebsten in ihrem Zimmer geblieben, in der Sicherheitszone, wie Quinn es genannt hatte.

Aber sie musste von den Büchern weg. Außerdem konnte das Zimmermädchen dann aufräumen, und sie konnte sich in der Zwischenzeit die Stadt anschauen.

Sie hatte nicht das Bedürfnis, sich die Geschäfte anzusehen, aber Quinn hatte sicher recht: Es gab hier interessante Läden.

Allerdings bekam sie schon bei ihrem Schaufensterbummel Gewissensbisse, weil sie ihren Arbeitsplatz einfach so verlassen hatte. Sie hatte die Eigentümerin der Boutique, die sie leitete, nur hastig von unterwegs darüber informiert, dass sie wegen eines privaten Notfalls in den nächsten Tagen nicht zur Arbeit kommen könnte.

Privater Notfall traf es doch, dachte Layla.

Vielleicht wurde sie auch gefeuert. Aber trotzdem blieb ihr keine andere Wahl.

Wenn es sein musste, würde sie auch einen anderen Job finden. Sie hatte ein paar Ersparnisse, ein finanzielles Polster. Wenn ihre Chefin ihr einen Strick aus der Situation drehte, wollte sie den Job sowieso nicht.

Aber darüber sollte sie jetzt wirklich nicht nachdenken. Entschlossen spazierte sie weiter durch den Ort, bis sie auf einmal vor einem großen Gebäude stand. BIBLIOTHEK stand auf dem steinernen Sturz über der Tür, aber ein glänzendes Schild verkündete, dass sich hier das Hawkins Hollow Gemeindezentrum befand.

Das klang harmlos, aber ihr lief es trotzdem kalt über den Rücken.

Sie überlegte, ob sie ins Museum gehen sollte, hatte aber eigentlich kein Interesse. Kurz dachte sie daran, sich eine Maniküre zu gönnen, aber es war ihr eigentlich egal, wie ihre Nägel aussahen.

Müde und verärgert drehte sie um und wollte gerade wieder ins Hotel zurückgehen, als ihr Blick auf ein Schild fiel.

FOX O'DELL, RECHTSANWALT.

Wenigstens einer, den Layla kannte – mehr oder weniger. Der heiße Anwalt mit den mitfühlenden Augen. Wahrscheinlich hatte er gerade einen Mandanten da oder war unterwegs, aber das war ihr egal. Sie wollte nur etwas anderes machen, als ziellos herumzulaufen.

Die Frau, die am Empfang hinter einem prachtvollen alten Schreibtisch saß, lächelte sie freundlich an.

»Guten Morgen – nein, eher guten Tag. Was kann ich für Sie tun?«

»Ich …« Layla stockte. Wie sollte sie es formulieren? »Ich hatte gehofft, mit Mr O'Dell sprechen zu können, wenn er frei ist.«

»Er ist bei einem Termin, aber er müsste eigentlich gleich fertig sein, wenn Sie also …«

Eine Frau in engen Jeans, einem knappen rosa Pullover und einer unwahrscheinlich roten Mähne kam auf hochhackigen Stiefeln herausmarschiert. »Du sollst ihm die Haut bei lebendigem Leib abziehen, Fox, hörst du? Ich habe diesem Hurensohn meine besten zweieinhalb Jahre geschenkt, und ich will, dass er wie ein Kaninchen gehäutet wird.«

»Habe ich mir notiert, Shelley.«

»Wie konnte er mir das nur antun?« Heulend sank sie in Fox' Arme.

Er trug Jeans und ein Nadelstreifenhemd, das am Hals offen stand. Resigniert warf er Layla einen Blick zu. »Ist ja gut«, sagte er und tätschelte der schluchzenden Shelley den Rücken. »Ist ja schon gut.«

»Ich habe ihm gerade erst neue Reifen für seinen Truck gekauft! Ich werde sie alle aufschlitzen!«

»Das wirst du nicht tun.« Fox blickte sie ernst an. »Das darfst du nicht. Du hältst dich schön fern von seinem Truck, und für den Moment, Schätzchen, hältst du dich auch von ihm fern. Und von Sami.«

»Diese blöde Schlampe!«

»Genau. Überlass alles mir, okay? Du gehst jetzt wieder arbeiten, ich kümmere mich um alles. Deshalb hast du mich schließlich engagiert, oder?«

»Ja, klar. Aber du lässt ihn bluten, Fox, oder? Du ziehst ihn aus bis aufs Hemd!«

»Ich mache das schon«, versicherte er ihr und brachte sie zur Tür. »Und du hältst dich schön aus allem raus. Ich melde mich.«

Als er die Tür hinter ihr geschlossen hatte, lehnte er sich dagegen und stieß die Luft aus. »Heilige Mutter Gottes!«

»Sie hätten sie besser abgewiesen«, erklärte Alice.

»Man kann das erste Mädchen, mit dem man gegangen ist, nicht abweisen, wenn sie sich scheiden lassen will. Hallo, Layla, brauchen Sie einen Anwalt?«

»Ich hoffe nicht.« Er sah noch besser aus als in ihrer Erinnerung. Und er wirkte auch gar nicht wie ein Anwalt. »Das ist nicht böse gemeint.«

»Das habe ich auch nicht so verstanden. Layla … Darnell, nicht wahr?«

»Ja.«

»Layla Darnell, Alice Hawbaker. Mrs H, stellen Sie bitte eine Weile keine Gespräche zu mir durch, ja?«

»In Ordnung.«

»Kommen Sie mit, Layla.« Er zeigte ihr den Weg. »Normalerweise geht es bei uns um diese Tageszeit ruhiger zu, aber meine alte Freundin Shelley war drüben in den Diner gegangen, um ihre Zwillingsschwester Sami zu besuchen, und hat ihren Mann Block dabei erwischt, wie er gerade Samis Trinkgeld in der Hand hielt.«

»Das verstehe ich nicht. Sie will sich scheiden lassen, weil ihr Mann das Trinkgeld ihrer Schwester anfasst?«

»Es hat in Samis Büstenhalter gesteckt.«

»Oh. Ach so.«

»Ich erzähle Ihnen da keine Geheimnisse, weil Shelley sie beide mit dem Wischmopp auf die Straße gejagt hat – so dass alle Samis tollen BH sehen konnten. Wollen Sie eine Coke?«

»Nein, danke. Ich kann jetzt nichts Aufputschendes gebrauchen.«

Da sie nicht den Eindruck machte, als wolle sie sich setzen, bot er ihr auch keinen Stuhl an. Stattdessen lehnte er sich an die Kante seines Schreibtischs. »Harte Nacht?«

»Nein, im Gegenteil. Ich weiß nur immer noch nicht, was ich eigentlich hier mache. Welche Rolle spiele ich hier? Vor zwei Stunden habe ich mir noch gesagt, ich müsste eigentlich meine Sachen packen und nach New York zurückfahren. Aber ich tue es nicht.« Sie wandte sich zu ihm. »Ich konnte einfach nicht. Und das verstehe ich auch nicht.«

»Sie sind da, wo Sie hingehören. Das ist die einfachste Antwort.«

»Haben Sie Angst?«

»Häufig.«

»Ich glaube nicht, dass ich jemals wirklich Angst hatte. Vielleicht wäre ich ja auch nicht so nervös, wenn ich etwas zu tun hätte. Eine Aufgabe oder so.«

»Hören Sie, ich muss zu einer Mandantin außerhalb der Stadt fahren und ihr ein paar Papiere bringen.«

»Oh, Entschuldigung. Ich halte Sie auf.«

»Nein, keineswegs. Wollen Sie nicht mitkommen? Dann hätten Sie etwas zu tun. Und bei Mrs Oldinger bekommen Sie auch Kamillentee. Sie hat gerne Gesellschaft, deshalb hat sie mich auch gebeten, den fünfzehnten Nachtrag zu ihrem Testament zu verfassen.«

Er redete einfach weiter, weil er wusste, dass man nur

so jemanden beruhigen konnte, der so aussah, als ob er gleich einen Nervenzusammenbruch bekäme. »Wenn wir das erledigt haben, kann ich noch bei einem anderen Mandanten vorbeifahren, damit er nicht extra in die Stadt kommen muss. Und wenn wir damit fertig sind, müssten Cal und Quinn eigentlich auch wieder zurück sein, und wir können da vorbeifahren.«

»Können Sie denn so lange aus dem Büro bleiben?«

»Wenn ich wirklich gebraucht werde, würde Mrs H mich schon zurückpfeifen«, versicherte er ihr und ergriff seinen Mantel und seine Aktentasche.

Es war besser, als zu grübeln, dachte Layla und stieg bereitwillig in Fox' alten Dodge Pick-up – ein seltsames Gefährt für einen Rechtsanwalt.

»Was tun Sie für den zweiten Mandanten?«

»Das ist Charlie Deen. Charlie ist von einem Betrunkenen angefahren worden, als er von der Arbeit nach Hause fuhr. Die Versicherung versucht sich um die Arztrechnungen zu drücken, aber das lasse ich nicht zu.«

»Scheidung, Testament, Körperverletzung – Sie sind anscheinend auf nichts spezialisiert?«

»Nein, ich mache alles, was mit Recht und Gesetz zu tun hat«, sagte er und lächelte sie an. »Na ja, abgesehen von Steuerrecht, wenn ich es vermeiden kann. Das überlasse ich lieber meiner Schwester. Sie macht Steuer- und Arbeitsrecht.«

»Aber Sie haben keine gemeinsame Kanzlei.«

»Nein, das wäre mir zu anstrengend. Sage ist nach Seattle gezogen, um dort als Lesbe zu leben.«

»Wie bitte?«

»Entschuldigung.« Er fuhr schneller, weil sie die

Stadtgrenze hinter sich gelassen hatten. »Ich wollte nur sagen, dass Sage homosexuell ist und in Seattle lebt. Sie ist eine Aktivistin, und die Kanzlei, die sie mit ihrer Partnerin zusammen führt, heißt ›Von Frau zu Frau‹. Im Ernst«, fügte er hinzu, als Layla schwieg. »Sie haben sich auf Steuer- und Arbeitsrecht für Homosexuelle spezialisiert.«

»Sind Ihre Eltern dagegen?«

»Machen Sie Witze? Meine Eltern sind hellauf begeistert. Als Sage und Paula – so heißt ihre Partnerin – geheiratet haben, oder wie man das nennt, waren wir alle dabei und haben wie die Irren gefeiert. Sie ist glücklich, das alleine zählt. Dass sie sich dabei noch für einen alternativen Lebensstil entscheidet, ist für meine Eltern so eine Art Bonus. Da wir gerade von meiner Familie sprechen, hier wohnt übrigens mein kleiner Bruder.«

Layla sah ein Blockhaus, das hinter den Bäumen beinahe verschwand. Auf einem Schild am Straßenrand stand HAWKINS CREEK TÖPFEREI.

»Ihr Bruder ist Töpfer?«

»Ja, und ein ziemlich guter. Meine Mutter übrigens auch, wenn sie in der richtigen Stimmung ist. Sollen wir mal anhalten?«

»Oh, ich …«

»Nein, besser nicht«, entschied er. »Ridge hat bestimmt zu tun, und Mrs H hat mittlerweile auch Mrs Oldinger angerufen, sie wartet bestimmt auf uns. Ein anderes Mal.«

»Okay.« Konversation, dachte sie. Small Talk. Relative Normalität. »Sie haben also einen Bruder und eine Schwester.«

»Zwei Schwestern. Meiner kleinen Schwester gehört das vegetarische Restaurant in der Stadt. Es ist eigentlich ziemlich gut. Von uns vieren bin ich am weitesten vom blumenbestreuten Weg abgewichen, den meine Hippie-Eltern uns vorgegeben haben. Aber sie lieben mich trotzdem. Wie ist es bei Ihnen?«

»Nun … meine Verwandten sind nicht annähernd so interessant wie Ihre, aber ich bin ziemlich sicher, dass meine Mutter ein paar alte Alben von Joan Baez besitzt.«

»Sehen Sie, schon haben wir wieder etwas gemeinsam.«

Sie lachte, dann keuchte sie vor Entzücken auf, als sie Rehe am Waldrand sah. »Oh, sehen Sie nur! Sind sie nicht wunderschön?«

Fox hielt am Straßenrand, damit sie die Tiere besser beobachten konnte. »Sie sind sicher an Rehe gewöhnt«, sagte sie zu ihm.

»Ja, aber das bedeutet nicht, dass ich sie nicht auch gerne sehe. Als ich ein Kind war, mussten wir sie immer von der Farm verjagen.«

»Sie sind auf einer Farm aufgewachsen.«

Ihr Tonfall sagte ihm, dass sie die hübschen Rehe sah, die Kaninchen, die Sonnenblumen, die glücklichen Hühner. Und nicht das Pflügen, das Hacken, das Jäten, das Ernten. »Eine kleine Familienfarm. Wir haben unser eigenes Gemüse gezogen, Hühner und Ziegen gehalten, Bienen. Von dem Ertrag haben wir gelebt, wie auch vom Kunsthandwerk meiner Mutter und den Holzarbeiten meines Vaters.«

»Leben Ihre Eltern immer noch dort?«

»Ja.«

»Meine Eltern hatten ein kleines Bekleidungsgeschäft, als ich ein Kind war. Sie haben es vor etwa fünfzehn Jahren verkauft. Ich hätte gerne – O Gott, oh, mein Gott!«

Sie klammerte sich an seinen Arm.

Der Wolf sprang aus den Bäumen auf den Rücken eines jungen Rehs. Es bäumte sich auf, schrie – sie konnte die schrillen Angst- und Schmerzensschreie hören – und blutete, während die anderen Tiere darum herum ruhig weitergrasten.

»Es ist nicht real.«

Seine Stimme drang blechern und wie von fern an ihr Ohr. Vor ihren entsetzten Augen zerriss der Wolf das Reh.

»Es ist nicht real«, wiederholte er. Er legte ihr die Hände auf die Schultern, und sie spürte, wie etwas klickte. Etwas in ihr drängte zu ihm, weg von dem Entsetzen am Waldrand. »Sehen Sie hin!«, befahl er ihr. »Sehen Sie hin, dann *wissen* Sie, dass es nicht real ist.«

Das Blut war so rot, so nass. Wie ein hässlicher Regen legte es sich auf das Wintergras. »Es ist nicht real.«

»Sagen Sie es nicht nur. Sie müssen es wissen, Layla. Der Dämon lebt in Lügen. Er ist nicht real.«

Sie atmete tief durch. »Er ist nicht real. Er ist eine Lüge. Eine hässliche Lüge. Eine kleine, grausame Lüge. Es ist nicht real.«

Das Feld war leer, und auf dem Gras war keine Spur von dem Blut zu entdecken.

»Wie können Sie damit leben?« Layla starrte Fox an. »Wie halten Sie das aus?«

»Weil ich weiß, dass wir ihn eines Tages endgültig vertreiben.«

Ihr Hals wurde trocken. »Sie haben etwas mit mir gemacht. Als Sie mich an den Schultern gepackt haben, da haben Sie etwas mit mir gemacht.«

»Nein.« Er leugnete es, ohne zu zögern. Er hatte etwas *für* sie gemacht, sagte er sich. »Ich habe Ihnen nur geholfen, sich daran zu erinnern, dass es nicht real war. Wir fahren jetzt zu Mrs Oldinger. Ich wette, Sie könnten jetzt einen Kamillentee gebrauchen.«

»Hat sie auch Whiskey?«

»Das würde mich nicht überraschen.«

Quinn konnte Cals Haus schon durch die Bäume sehen, als ihr Handy eine SMS signalisierte.

»Mist, warum hat sie mich nicht einfach angerufen?«

»Vielleicht hat sie es ja versucht. Im Wald bekommt man oft keine Verbindung.«

Sie holte sich die Nachricht und lächelte ein wenig, als sie Cybils knappen Stil erkannte.

Beschäftigt, aber reizt mich. Kann in 1–2 Wochen da sein. Reden dann. Q? Pass auf! C.

»In Ordnung.« Quinn steckte das Telefon wieder in den Rucksack. »Wenn ich am Kamin sitze und einen großen Drink in Händen halte, rufen wir Fox und Layla an.«

»Ja, okay.«

»Da du hier am Ort der Obermacker bist, kannst du sicher ein nettes, gemütliches und geräumiges Haus zur Miete für die nächsten sechs Monate finden.«

»Und wer würde es mieten?«

»Ich, meine entzückende Freundin Cybil, der ich das noch klarmachen werde, und höchstwahrscheinlich Layla, die wahrscheinlich erst überredet werden muss. Aber ich kann sehr überzeugend sein.«

»Ursprünglich wolltest du doch nur eine Woche lang bleiben und dann im April noch einmal wiederkommen. Was ist aus diesem Plan geworden?«

»Ich habe ihn geändert«, sagte sie unbekümmert und lächelte ihn an. »Findest du das nicht auch großartig?«

»Ich weiß nicht«, erwiderte er. Aber er ließ sie vorgehen und schloss die Tür auf, damit sie sein stilles Haus als Erste betreten konnte.

10

Das Haus, in dem Cal aufgewachsen war, veränderte sich seiner Meinung nach ständig. Alle paar Jahre beschloss seine Mutter, dass die Wände neu gestrichen werden mussten, und bei der Gelegenheit probierte sie sämtliche neuen Moderichtungen aus.

Natürlich führte neue Wandfarbe auch zu neuen Polstern oder Vorhängen und neuer Bettwäsche. Und mit Sicherheit wurden die Möbel umgeräumt.

Er konnte kaum noch zählen, wie oft er schon für sie Möbel geschleppt hatte.

Sein Vater sagte immer, wenn Frannie das Haus hatte, das sie wollte, sei es an der Zeit für sie, alles wieder umzuändern.

Früher einmal hatte Cal geglaubt, sie würde aus Langeweile das Haus umdekorieren, da sie zwar in zahlreichen Komitees war, aber nie außerhalb des Hauses gearbeitet hatte. Mit Anfang zwanzig hatte er sie als unausgefüllte Hausfrau gesehen und bemitleidet.

Irgendwann einmal, in seinem zweiten Semester auf dem College, hatte er ihr, als er mit ihr alleine war, erklärt, wie sehr er verstehe, dass sie sich unterdrückt fühlte. Sie hatte so gelacht, dass ihr die Tränen über die Wangen liefen.

»Liebling«, hatte sie gesagt, »ich fühle mich kein bisschen unterdrückt. Ich liebe einfach Farben, Stoffe, Muster und so etwas. Mein Haus ist mein Atelier, mein Projekt, mein Labor und mein Ausstellungsraum. Ich bin Regisseur, Kulissenbauer und Hauptdarsteller in einer Person. Wir brauchen das Geld nicht. Warum soll ich mir denn einen Job suchen und mir von jemand anderem vorschreiben lassen, was ich zu tun und zu lassen habe?«

Sie legte ihm die Hand auf die Wange. »Du bist so ein süßer Junge, Caleb. Du wirst noch herausfinden, dass nicht jeder das will, was die Gesellschaft – je nach Mode – von ihm erwartet. Es war ein Glück, ja sogar ein Privileg für mich, zu Hause bleiben und meine Kinder großziehen zu können. Ich habe das Glück, mit einem Mann verheiratet zu sein, dem es nichts ausmacht, wenn ich mein Talent hier zu Hause austobe. Ich bin glücklich. Aber es freut mich, dass du dir Sorgen um mich gemacht hast.«

Mit der Zeit war ihm klar geworden, dass sie absolut recht hatte. Sie tat das, was ihr gefiel, und sie war großartig darin. Und letztendlich hatte sie die Macht im Haus. Sein Vater verdiente das Geld, aber seine Mutter verwaltete die Finanzen. Sein Vater leitete sein Unternehmen, seine Mutter leitete ihr Zuhause.

Genauso gefiel es den beiden.

Deshalb brauchte Cal ihr erst gar nicht zu sagen, sie sollte sich nicht so viel Mühe mit dem Essen am Sonntagabend geben – es war ihm ja auch nicht gelungen, ihr auszureden, die Einladung auf Quinn, Layla und Fox auszudehnen. Sie liebte es einfach, raffinierte Mahlzeiten für viele Leute zusammenzustellen, selbst wenn sie sie nicht kannte.

Da Fox sich freiwillig angeboten hatte, die Frauen abzuholen, fuhr Cal früher als die anderen direkt zum Haus seiner Eltern. Es schien ihm klug zu sein, sie ein wenig vorzubereiten – vor allem auf eine Frau, die ein Buch über Hawkins Hollow schreiben wollte, da es sich dabei doch hauptsächlich um seine Familie handeln würde.

Frannie stand am Herd und schaute nach ihrer Schweinelende. Zufrieden trat sie an die Arbeitsplatte, um sich weiter ihren berühmten hausgemachten Ravioli zu widmen.

»Also, Mom«, setzte Cal an und öffnete den Kühlschrank.

»Es gibt Wein zum Abendessen, also mach dir jetzt kein Bier auf.«

Schuldbewusst schloss er die Kühlschranktür wieder. »Okay. Ich wollte dich bloß noch mal daran erinnern, dass Quinn ein Buch schreibt.«

»Habe ich schon einmal etwas vergessen?«

»Nein.« Die Frau vergaß tatsächlich nichts, was einem ein bisschen Angst machen konnte. »Ich meine ja nur, wir sollten uns alle der Tatsache bewusst sein, dass alles, was wir sagen, im Buch erscheinen könnte.«

»Hmm.« Frannie legte Pepperoni über den Provolone. »Erwartest du etwa, dass dein Vater oder ich irgendetwas Peinliches von uns geben? Beim ersten Gang schon? Oder sollten wir lieber bis zum Dessert warten? Da gibt es übrigens Apfelkuchen.«

»Nein, ich – du hast Apfelkuchen gebacken?«

Sie warf ihm einen Blick zu und lächelte wissend. »Den magst du am liebsten, nicht wahr, mein Baby?«

»Ja, aber vielleicht kannst du es nicht mehr so gut. Ich sollte unbedingt ein Stück probieren, bevor die anderen kommen. Dann bleibt dir die Peinlichkeit erspart, falls er nicht so gut gelungen ist.«

»Das hat schon nicht mehr funktioniert, als du zwölf warst, aber versuch es ruhig weiter. Warum machst du dir denn so viele Gedanken um dieses Mädchen, das zum Essen kommt? Ich habe gehört, ihr wart schon ein paar Mal miteinander aus?«

»Nein, deswegen ist es nicht. Es geht nur darum, warum sie überhaupt hier ist. Wir können es nicht vergessen, das wollte ich nur sagen.«

»Ich vergesse es auch nicht. Wie könnte ich? Wir müssen unser Leben leben, Kartoffeln schälen, die Post erledigen, niesen, neue Schuhe kaufen, trotz allem, wegen allem.« Ihre Stimme klang ein wenig heftig, und er hörte den Kummer darin. »Zu diesem Leben gehört auch, dass man am Sonntag in netter Gesellschaft isst.«

»Ich wünschte, es wäre anders.«

»Ich weiß, aber das ist es nicht.« Sie blickte ihn an. »Und Cal, mein hübscher Junge, du kannst nicht mehr tun, als du schon tust. Manchmal denke ich, du könntest weniger tun. Aber … Sag mir, magst du diese Quinn Black?«

»Ja.« Er würde Quinn jetzt gerne küssen, dachte er. Aber das stellte er sich jetzt lieber nicht vor, weil seine Mutter die unheimliche Gabe besaß, die Gedanken ihrer Kinder lesen zu können.

»Wir werden bestimmt einen gemütlichen Abend verleben und dazu noch ausgezeichnet essen. Und, Cal, wenn du nicht wolltest, dass sie hierherkommt und mit Dad oder mir spricht, dann würdest du sie gar nicht erst hereinlassen.«

Er blickte sie an. Manchmal überraschte es ihn, dass diese hübsche Frau mit den kurzen, blond gesträhnten Haaren, der schlanken Figur und den kreativen Einfällen ihn geboren und zu einem Mann erzogen hatte. Er sah sie an und dachte, wie zart sie doch war, aber dann fiel ihm ein, wie unglaublich stark sie sein konnte.

»Ich lasse auf jeden Fall nicht zu, dass du verletzt wirst.«

»Das kann ich dir nur doppelt zurückgeben. Und jetzt verschwinde aus meiner Küche. Ich muss die Vorspeise fertig machen.«

Wenn er ihr angeboten hätte, ihr zu helfen, hätte sie ihn sicher nur mitleidig angeschaut. Nicht, dass sie etwas dagegen hatte, wenn man in der Küche half. Sein

Vater durfte nicht nur grillen, er wurde geradezu dazu ermutigt. Und als Küchenhilfe hatten sie sich alle schon einmal betätigt.

Aber wenn es ein großes Essen vorzubereiten galt, dann hatte seine Mutter die Küche lieber für sich allein.

Er ging durch das Esszimmer, wo der Tisch natürlich schon gedeckt war. Sie hatte sich für das Festtagsgeschirr entschieden, mit Leinenservietten, Teelichtern in kobaltblauen Glashaltern und in der Mitte ein Arrangement aus Winterbeeren.

Selbst in der schlimmsten Zeit, sogar während der Sieben, hatten hier immer frische Blumen gestanden, und alles war sauber und aufgeräumt.

Frannie Hawkins ließ sich nicht einmal durch die Hölle beirren.

Vielleicht, dachte Cal, hatte sie ihm ja dadurch ermöglicht, es auch zu überstehen. Denn ganz gleich, was passierte, seine Mutter hatte immer ihre eigene Ordnung.

Bei seinem Vater war es genauso. Das hatte er von ihnen beiden geerbt, dachte Cal. Dieses solide Fundament. Nichts, noch nicht einmal ein Dämon aus der Hölle konnte es erschüttern.

Er wollte gerade die Treppe hinaufgehen, weil sein Vater wahrscheinlich in seinem Arbeitszimmer saß, als er Fox' Auto vorfahren sah.

Quinn sprang als Erste heraus, in der Hand einen Blumenstrauß, der in grünes Floristenpapier eingewickelt war. Dann kam Layla, die eine Geschenktüte dabeihatte, in der sich offensichtlich eine Flasche Wein befand.

Seine Mutter würde sich über die Gastgeschenke sicher freuen, dachte Cal. Sie hatte in ihrer Werkstatt selber eine Sammlung von Gastgeschenken für den Notfall.

Als Cal die Haustür öffnete, trat Quinn als Erste ein. »Hi! Das Haus und der Garten sind wundervoll! Layla, schau dir diese Wände an. Wie eine italienische Villa!«

»So sehen sie erst seit Kurzem aus«, erklärte Cal.

»Es sieht alles sehr gemütlich aus, aber trotzdem elegant. So als ob man auf einem bequemen Sofa liegt, dabei aber *Southern Homes* liest.«

»Danke.« Frannie kam aus der Küche. »Das ist ja ein reizendes Kompliment. Cal, nimmst du den Damen bitte die Mäntel ab? Ich bin Frannie Hawkins.«

»Freut mich, Sie kennen zu lernen. Ich bin Quinn. Es ist so nett von Ihnen, dass Sie uns eingeladen haben. Ich hoffe, Sie mögen bunte Sträuße. Mir fällt es meistens schwer, mich für eine Sorte Blumen zu entscheiden.«

»Sie sind wundervoll, vielen Dank.« Frannie nahm den Strauß entgegen und lächelte Layla erwartungsvoll an.

»Ich bin Layla Darnell. Vielen Dank für die Einladung. Ich hoffe, der Wein ist in Ordnung.«

Frannie spähte in die Geschenktüte. »Aber sicher. Das ist Jims Lieblingscabernet. Als hätten Sie es gewusst! Cal, sag bitte deinem Vater Bescheid. Hallo, Fox.«

»Ich habe dir auch etwas mitgebracht.« Er nahm sie in den Arm und küsste sie auf beide Wangen. »Was gibt es zu essen?«

Frannie wuschelte ihm durch die Haare. »Das wirst du noch früh genug erfahren. Quinn und Layla, fühlen Sie sich wie zu Hause. Fox, du kommst mit mir. Ich möchte erst einmal die Blumen ins Wasser stellen.«

»Können wir Ihnen irgendwie helfen?«

»Nein, danke.«

Als Cal mit seinem Vater herunterkam, servierte Fox gerade die Appetithäppchen, wobei er tat, als sei er ein hochnäsiger französischer Kellner. Die Frauen lachten, Kerzen wurden angezündet, und seine Mutter brachte die beste Kristallvase ihrer Großmutter mit Quinns buntem Strauß herein.

Manchmal, dachte Cal, war die Welt einfach in Ordnung.

Während des Essens, bei dem die Unterhaltung sich auf sicherem Terrain bewegte, legte Quinn die Gabel nieder und schüttelte den Kopf. »Mrs Hawkins, das Essen ist wundervoll, und ich muss Sie einfach fragen: Haben Sie eine Ausbildung als Gourmetköchin, oder haben wir Sie nur an einem guten Tag erwischt?«

»Ich habe ein paar Kurse belegt.«

»Frannie hat häufig ›nur ein paar Kurse‹ belegt. In allen möglichen Fächern. Aber sie ist ein Naturtalent, was Kochen, Gärtnern und Dekorieren angeht. Was Sie hier sehen, ist alles ihr Werk. Sie hat die Wände gestrichen, die Vorhänge genäht – Entschuldigung, die Fensterdekoration«, korrigierte er sich und zwinkerte seiner Frau zu.

»Im Ernst? Das haben Sie alles selbst gemacht?«

»Ja, mir macht es Spaß.«

»Vor drei Jahren hat sie auf irgendeinem Flohmarkt die Anrichte da gefunden. Ich musste sie hierher schleppen.« Jim wies auf die glänzende Mahagonianrichte. »Ein paar Wochen später musste ich sie dann hier hereinwuchten. Ich habe schon gedacht, sie hätte es sich einfach gemacht und wäre in einen Antiquitätenladen gegangen.«

»Martha Stewart ist ein Dreck gegen Sie«, erklärte Quinn. »Und das meine ich als Kompliment.«

»Vielen Dank.«

»Ich bin zu so etwas nicht in der Lage. Ich kann mir ja kaum die Nägel lackieren. Wie ist es mit dir?«, wandte Quinn sich an Layla.

»Ich kann nicht nähen, aber ich male gerne. Also, ich streiche Wände an. Beim letzten Mal habe ich mit Reißtechnik gearbeitet, und das ist eigentlich ganz schön geworden.«

»Mein Exverlobter konnte so etwas ganz gut.«

»Sie waren verlobt?«, fragte Frannie.

»Das dachte ich, aber unsere Ansichten gingen weit auseinander.«

»Es kann schwierig sein, Karriere und Privatleben miteinander zu verbinden.«

»Ach, ich weiß nicht. Das wird doch ständig gemacht – zwar mit unterschiedlichem Erfolg, aber immerhin. Es müssen sich nur die Richtigen finden. Knifflig ist es vor allem, den Richtigen zu erkennen. War es denn bei Ihnen nicht ähnlich?«

»Als ich Frannie zum ersten Mal sah, wusste ich, dass sie die Richtige ist.« Jim strahlte seine Frau an. »Frannie war allerdings ein bisschen kurzsichtiger.«

»Ein bisschen realistischer«, korrigierte Frannie ihn. »Schließlich waren wir damals erst acht und zehn. Außerdem gefiel es mir ganz gut, dass du mir immer nachgelaufen bist. Ja, Sie haben recht.« Frannie wandte sich Quinn zu. »Man muss einander erkennen und im anderen etwas sehen, das den Wunsch erweckt, immer bei ihm zu bleiben.«

»Manchmal glaubt man etwas zu sehen«, ergänzte Quinn, »muss aber dann feststellen, dass es nur eine Sinnestäuschung war.«

Quinn wusste, wie man die Menschen für sich einnahm. Frannie Hawkins war nicht leicht zu knacken, aber Quinn gelang es, sie in die Küche zu begleiten, um Dessert und Kaffee zu holen.

»Ich liebe Küchen. Ich kann zwar nicht besonders gut kochen, aber ich liebe die Geräte und das Zubehör, die glänzenden Flächen.«

»Sie gehen wahrscheinlich viel auswärts essen in Ihrem Beruf.«

»Nein, meistens esse ich zu Hause oder lasse mir etwas kommen. Ich habe – was meine Ernährung angeht – vor zwei Jahren meinen Lebensstil geändert. Ich war fest entschlossen, mich gesünder zu ernähren und weniger Fast Food zu mir zu nehmen. Mittlerweile kann ich ganz ordentlich Salat zubereiten. Für den Anfang ist das doch nicht schlecht. O Gott, o Gott, das ist Apfelkuchen. Selbst gebackener Apfelkuchen. Ich muss vermutlich zur Strafe doppelt so lange trainieren, weil ich Sie um ein riesengroßes Stück bitten werde.«

Mit offensichtlichem Vergnügen warf Frannie ihr einen verschmitzten Blick zu. »À la mode, mit Vanilleeis?«

»Ja, aber nur, um meine tadellosen Manieren zu zeigen.« Quinn zögerte einen Moment lang und fuhr dann fort: »Ich möchte Sie etwas fragen, wenn Sie das Thema allerdings heute Abend als Tabu betrachten, dann sagen Sie mir das. Fällt es Ihnen schwer, dieses normale Leben aufrechtzuerhalten, obwohl Sie wissen, dass Sie alle bedroht sind?«

»Es ist sehr schwer.« Frannie wandte sich ihrem Kuchen zu, während der Kaffee durchlief. »Aber es ist notwendig. Ich wollte, dass Cal weggeht, und wenn er gegangen wäre, hätte ich auch Jim überredet, mit mir den Ort zu verlassen. Ich könnte das, ich könnte all das zurücklassen. Aber Cal konnte es nicht. Ich bin inzwischen sehr stolz auf ihn, weil er hierbleibt und nicht aufgibt.«

»Erzählen Sie mir, was damals passiert ist, als er an dem Morgen seines zehnten Geburtstags nach Hause gekommen ist?«

»Ich war im Garten.« Frannie trat ans Fenster und blickte hinaus. Sie sah alles deutlich vor sich, jedes Detail. Wie grün das Gras war, wie blau der Himmel. Ihre Hortensien standen kurz davor aufzublühen, die leuchtend blauen Speere des Rittersporns beherrschten ihren Garten.

Sie schnitt die verblühten Rosenblüten heraus, konnte das geschäftige Klappern ihrer Gartenschere hören und das Summen des Rasenmähers ihrer Nachbarn – damals hatten Jack und Lois Peterson nebenan gewohnt. Sie konnte sich auch noch daran erinnern, dass sie über

Cals Geburtstagsparty nachgedacht hatte. Sie hatte gerade seinen Kuchen im Ofen.

Ein Schokoladenkuchen, den sie mit weißem Zuckerguss überziehen wollte, um den Eisplaneten aus einem *Star Wars* Film nachzumachen. Cal liebte *Star Wars* schon seit Jahren. Sie hatte die kleinen Filmfiguren besorgt, die sie darauf verteilen wollte, und in der Küche lagen zehn Kerzen bereit.

Ob sie ihn nun gehört oder gespürt hatte – wahrscheinlich beides –, auf jeden Fall blickte sie sich um, als er angeradelt kam, blass, schmutzig, verschwitzt. Ihr erster Gedanke war: Er hat einen Unfall gehabt. Sie stürzte zu ihm, dann fiel ihr auf, dass er keine Brille trug.

»Einerseits wollte ich ihm eine Strafpredigt halten, aber er sprang vom Fahrrad und stürzte auf mich zu, um sich in meine Arme zu werfen. Er zitterte am ganzen Leib – mein kleiner Junge zitterte wie Espenlaub. Ich kniete mich hin, damit ich sehen konnte, ob er blutete oder etwas gebrochen hatte.«

Was ist los, was ist passiert, bist du verletzt?, hatte sie gefragt. *Im Wald*, hatte er gesagt. *Mom. Mom. Im Wald.*

»Ein Teil von mir dachte, was hast du im Wald zu suchen, Caleb Hawkins? Dann sprudelte er alles heraus, dass er, Fox und Gage dieses Abenteuer geplant hatten und wie sie dorthin gefahren waren. Einerseits überlegte ich mir schon, was für eine Bestrafung angemessen sein konnte, andererseits war ich schrecklich erleichtert, dass ich meinen schmutzigen Jungen im Arm hielt. Dann erzählte er mir den Rest.«

»Haben Sie ihm geglaubt?«

»Ich wollte es eigentlich nicht. Ich wollte lieber glauben, dass er einen Alptraum hatte, den er absolut verdient hatte, dass er sich mit Süßigkeiten und Junk Food vollgestopft und einen Alptraum gehabt hatte. Aber ich sah ihm an, dass es nicht um irgendetwas ging, das zu reparieren war. Dann waren da natürlich noch seine Augen. Er konnte auf einmal quer durch den Garten eine Biene über dem Rittersporn erkennen. Und er hatte keine einzige Schramme am Körper. Der Neunjährige, der am Tag zuvor aufgebrochen war, hatte aufgeschürfte Knie und zerkratzte Schienbeine. Und der Junge, der wieder zu mir zurückkam, hatte nicht einen blauen Fleck, nur eine dünne weiße Narbe über dem Handgelenk, die vorher nicht da war.«

»Trotzdem hätten die meisten Erwachsenen, auch die Mütter, einem Kind nicht geglaubt, wenn es mit einer solchen Geschichte nach Hause gekommen wäre.«

»Ich will nicht behaupten, dass Cal mich nie angelogen hat, weil er das ja offensichtlich getan hat. Aber ich wusste in dem Moment, dass er nicht log. Ich wusste, er sagt mir die Wahrheit, die ganze Wahrheit, die er kannte.«

»Was haben Sie gemacht?«

»Ich ging mit ihm nach drinnen, sagte ihm, er solle sich waschen und sich umziehen. Dann holte ich seinen Vater und seine Schwestern nach Hause. Seinen Geburtstagskuchen vergaß ich dabei komplett, er verbrannte. Fast hätte ich das gesamte Haus in Brand gesetzt, wenn Cal es nicht gerochen hätte. Also bekam er niemals seinen Eisplaneten und seine zehn Kerzen. Ich erinnere mich nicht gerne daran, dass er zu seinem zehnten Geburtstag keine Kerzen auf seinem Kuchen ausblasen konnte. Ist das nicht albern?«

»Nein, Ma'am. Nein«, erwiderte Quinn nachdrücklich. »Keineswegs.«

»Danach war er nie wieder wirklich ein kleiner Junge.« Frannie seufzte. »Wir fuhren direkt zu den O'Dells, wo Fox und Gage bereits waren. Das war unser erstes Gipfeltreffen, könnte man sagen.«

»Was hat …«

»Wir müssen Dessert und Kaffee hineinbringen. Können Sie das Tablett tragen?«

Offensichtlich war das Thema fürs Erste beendet. Quinn ergriff das Tablett. »Ja, natürlich. Es sieht großartig aus, Mrs Hawkins.«

Während alle sich über den Kuchen hermachten, richtete Quinn ihren Charme auf Jim Hawkins. Cal mied sie seit ihrem Ausflug zum Heidenstein.

»Mr Hawkins, Sie haben doch schon immer in Hollow gewohnt, oder?«

»Ich bin hier geboren und aufgewachsen. Hier hat es schon Hawkins gegeben, als die Stadt nur aus zwei Steinhütten bestand.«

»Ich habe Ihre Großmutter kennen gelernt, sie schien sich in der Stadtgeschichte gut auszukennen.«

»Niemand weiß besser darüber Bescheid als sie.«

»Es heißt, Sie sind derjenige, der viel über Grundstücke, Immobilien und Lokalpolitik sagen kann.«

»Ja, das stimmt.«

»Dann können Sie mir vielleicht einen Tipp geben.« Sie warf Cal einen Blick zu und strahlte dann seinen Vater wieder an. »Ich möchte gern ein Haus mieten, in der Stadt oder nicht weit außerhalb. Es muss nicht besonders schick sein, aber relativ geräumig. Eine Freundin von mir kommt bald, und ich habe auch Layla fast schon überredet, länger zu bleiben. Ich glaube, wir würden uns wohler fühlen, wenn wir uns ein Haus teilen könnten, statt im Hotel zu wohnen.«

»Für wie lange möchten Sie mieten?«

»Für sechs Monate.« Sie sah, wie Cal die Stirn runzelte. »Ich werde bis Ende Juli bleiben, Mr Hawkins, und ich hoffe, Sie können uns ein Haus anbieten, in dem drei Frauen – potentiell drei«, fügte sie mit einem Seitenblick auf Layla hinzu, »wohnen können.«

»Ich nehme an, Sie haben sich das gut überlegt.«

»Ja. Ich will dieses Buch schreiben, und dazu ist es wichtig, dass ich mich hier in das Leben integriere und vor, während und nach den Ereignissen dabei bin. Deshalb möchte ich gerne ein Haus mieten.«

Jim aß ein Stück Kuchen und spülte es mit Kaffee herunter. »Ich weiß zufällig, dass an der High Street, nur einen Block von der Main Street entfernt, ein Haus frei ist. Es ist alt, der Hauptteil ist vor dem Bürgerkrieg erbaut worden. Es hat vier Schlafzimmer, drei Bäder. Hübsche Veranden, vorne und hinten. Vor zwei Jahren habe ich das Dach neu decken lassen. Die Bäder sind nicht so schick, aber sie sind erst vor fünf Jahren renoviert worden. Es ist gerade gestrichen worden, und die Mieter sind vor einem Monat ausgezogen.«

»Das klingt perfekt. Sie scheinen es sehr gut zu kennen.«

»Das sollte ich auch. Es gehört uns. Cal, du kannst

mal mit Quinn vorbeifahren. Vielleicht gleich, wenn du sie und Layla ins Hotel zurückbringst. Du weißt ja, wo die Schlüssel sind.«

»Ja«, sagte er. Quinn lächelte ihn fröhlich an. »Ich weiß, wo die Schlüssel sind.«

Da es am sinnvollsten war, fuhr Cal mit Quinn voraus und ließ Fox mit Layla nachkommen. Seufzend streckte Quinn die Beine aus.

»Also wirklich, deine Eltern sind großartig, du hast Glück, dass du so ein warmes, einladendes Elternhaus hast.«

»Da stimme ich dir zu.«

»Du wusstest von dem Haus in der High Street.«

»Ja.«

»Du wusstest davon und hast es mir nicht erzählt.«

»Das ist richtig. Aber du hast dich ja, clever wie du bist, sowieso an meinen Vater gehalten.«

»Korrekt.« Sie tippte ihm mit dem Finger auf die Schulter. »Ich habe mir gedacht, dass er mich unterstützen würde. Er mag mich. Hast du es mir nicht erzählt, weil dir der Gedanke nicht recht ist, was ich über Hawkins Hollow schreiben könnte?«

»Zum Teil. Aber ich habe auch gehofft, du würdest deine Meinung ändern und fahren, weil ich dich mag.«

»Weil du mich magst, soll ich abreisen?«

»Ich mag dich, Quinn, und ich möchte dich in Sicherheit wissen. Aber was du heute beim Apfelkuchen über Hollow gesagt hast, hat mir ins Gedächtnis gerufen, was meine Mutter heute zu mir gesagt hat. Ich empfinde mittlerweile kein Unbehagen mehr über das, was du schreiben könntest. Das Problem liegt darin, dass ich dich immer lieber mag.«

»Du hättest wissen müssen, dass ich nicht mehr gehe, nach dem, was mit uns im Wald passiert ist.«

»Ja, vermutlich.« Er bog in eine kurze, steile Einfahrt.

»Ist das das Haus? Das ist ja perfekt! Sieh dir nur die Mauern an und die große Veranda. Die Fenster haben Klappläden!«

Die Fensterläden waren in einem tiefen Dunkelblau gestrichen, das sich schön vom grauen Stein abhob. Auf der linken Seite des Vorgartens stand ein sorgfältig gestutzter Baum, wahrscheinlich ein Hartriegel.

Als Fox' Truck vorfuhr, kam Quinn schon aus dem Haus, die Hände in die Hüften gestemmt. »Das ist hinreißend. Findest du nicht auch, Layla?«

»Ja, aber ...«

»Kein Aber, jedenfalls jetzt noch nicht. Komm, wir schauen uns mal drinnen um.« Sie legte den Kopf schief und blickte Cal an. »Okay, Vermieter.«

Die Tatsache, dass sich die Tür öffnete, ohne ein einziges Mal zu quietschen, zeigte Quinn, dass die Eigentümer ihr Haus sorgfältig pflegten.

Die Tür öffnete sich zum Wohnbereich, der doppelt so lang wie breit war. Hinten links befand sich die Treppe in den ersten Stock. Der Holzboden wirkte abgenutzt, war aber makellos sauber. Die Luft war kühl, und es roch leicht nach frischer Farbe.

Der kleine Steinkamin entzückte sie.

»Was die Farbe angeht, so könnten die Räume den

fachmännischen Rat deiner Mutter vertragen«, kommentierte Quinn.

»Mietwohnungen werden grundsätzlich eierschalenfarben gestrichen. Das ist so bei den Hawkins. Wenn die Mieter es anders wollen, ist das ihre Sache.«

»Das ist eine vernünftige Einstellung. Ich möchte gerne oben anfangen. Layla, kommst du mit nach oben und streitest dich mit mir, wer welches Schlafzimmer bekommt?«

»Nein«, erwiderte sie trotzig. »Ich *habe* bereits ein Schlafzimmer. In New York.«

»Du bist aber nicht in New York«, sagte Quinn und lief die Treppe hinauf.

»Sie hört mir einfach nicht zu«, murrte Layla. »Aber ich scheine mir auch nicht zuzuhören.«

»Wo wir schon mal hier sind«, meinte Fox schulterzuckend, »können wir uns auch umschauen. Ich habe was für leere Häuser übrig.«

»Ich gehe hoch.« Cal ging die Treppe hinauf.

Sie stand in einem der Schlafzimmer, das auf den winzigen Garten hinausging. Sie stand an dem hohen, schmalen Fenster, die Hand gegen die Scheibe gepresst. »Ich dachte, ich würde mich für eines der Zimmer, die zur Straße liegen, entscheiden, damit ich jederzeit sehen kann, wer kommt und geht. Normalerweise mache ich das so, aber dieses Mal ist das hier mein Zimmer. Bei Tag kann man von hier aus bestimmt die anderen Gärten, die Häuser und, wow, die Berge sehen.«

»Entscheidest du dich immer so schnell?«

»Ja, für gewöhnlich schon. Selbst wenn ich mich damit selbst überrasche, wie jetzt. Auch das Badezimmer ist hübsch.« Sie wies auf eine Tür an der Seite des Zimmers. »Da hier nur Mädchen wohnen, ist es auch kein Problem, die Tür zum Zimmer auf der anderen Seite zu öffnen.«

»Du bist immer sicher, dass sich alles regelt.«

Sie drehte sich zu ihm um. »Selbstvertrauen ist der erste Schritt, um das zu bekommen, was man will oder braucht. Aber sagen wir mal, ich hoffe einfach, dass Layla und Cyb mir zustimmen, dass es viel praktischer ist, sich ein paar Monate lang ein Haus zu teilen, als in einem Hotel zu wohnen. Abgesehen von der Tatsache, dass sowohl Layla als auch ich vom Speisesaal ziemlich angeekelt sind, nachdem Schleimi sich da breitgemacht hat.«

»Ihr habt aber keine Möbel.«

»Wir gehen auf den Flohmarkt und kaufen uns das Wichtigste. Cal, ich habe schon in weniger komfortablen Unterkünften gewohnt, und nur aus dem einen Grund, um eine Geschichte zu bekommen. Das hier ist sogar noch mehr. Irgendwie bin ich mit dieser Geschichte und diesem Ort verbunden. Das kann ich nicht einfach so ausblenden.«

Er wünschte, sie könnte es. An seinen Gefühlen für sie würde es sowieso nichts ändern. »Okay, aber lass uns ein für alle Mal festlegen: Wenn du aus irgendeinem Grund doch gehen möchtest, brauchst du nichts zu erklären.«

»Abgemacht. Und jetzt lass uns von der Miete reden. Wie viel kostet uns dieses Haus?«

»Ihr bezahlt die Nebenkosten – Strom, Heizung, Telefon, Kabel.«

»Natürlich. Und?«

»Mehr nicht.«

»Was soll das heißen?«

»Ich werde euch keine Miete berechnen, weil ihr, wenigstens zum Teil, meinetwegen hierbleibt. Wegen meiner Familie, meiner Freunde, meiner Stadt. Daraus will ich keinen Profit schlagen.«

»Immer geradeheraus, was, Caleb?«

»Meistens.«

»Aber ich schlage Profit«, sagte sie optimistisch, »aus dem Buch, das ich schreiben will.«

»Wenn wir den Juli überstehen, und du schreibst ein Buch darüber, dann hast du dir den Profit auch verdient.«

»Gut. Dann sind wir uns also einig.« Sie trat auf ihn zu und reichte ihm die Hand.

Er ergriff sie und umfasste mit seiner anderen Hand ihren Nacken. Überrascht blickte sie ihn an, aber sie wehrte sich nicht, als er sie an sich zog.

Langsam bewegten sich ihre Körper aufeinander zu, pressten sich seine Lippen auf ihren Mund, glitten ihre Zungen ineinander. Es war keine so heftige Explosion wie der Moment auf der Lichtung, kein plötzliches, fast schmerzhaftes Verlangen, sondern ein langsames Gleiten in die Lust. Alles um Quinn herum wurde still, so dass sie ganz deutlich das leise Summen in ihrer Kehle hörte.

Er spürte, wie sie sich ihm hingab, und die Anspannung, die ihn den ganzen Tag beherrscht hatte, löste sich auf. Es gab nur noch diesen Moment und sie beide.

Auch als er sich von ihr zurückzog, hielt die innere Stille an. Sie öffnete die Augen und schaute ihn an.

»Das waren jetzt nur wir beide.«

»Ja.« Er streichelte mit den Fingern über ihren Nacken. »Nur du und ich.«

»Ich wollte nur sagen, dass ich mich eigentlich romantisch, intim oder sexuell nie mit jemandem einlasse, der in direkter Verbindung zu einer Geschichte steht, an der ich arbeite.«

»Das ist wahrscheinlich klug.«

»Ja, ich bin klug. Ich möchte auch sagen, dass ich in diesem speziellen Fall von dieser Regel abweiche.«

Er lächelte. »Da hast du auch verdammt recht.«

»Du bist ein Angeber. Aber da du auch so geradeheraus bist, gefällt es mir sogar. Leider muss ich jetzt ins Hotel zurück. Ich habe mich um viele … äh, Dinge zu kümmern. Einzelheiten, die ich noch erledigen muss, bevor ich hier einziehen kann.«

»Ja, klar, ich kann warten.«

Er hielt ihre Hand fest und schaltete das Licht aus, als er sie hinausbegleitete.

11

Cal schickte seiner Mutter ein Dutzend rosafarbener Rosen. Sie mochte es, wenn sie Blumen zum Valentinstag bekam, und er wusste, dass sie von seinem Vater immer rote Rosen bekam. Selbst wenn er es nicht gewusst hätte, so hätte Amy Yost im Blumenladen es ihm mitgeteilt, wie sie es jedes Jahr tat.

»Dein Dad hat letzte Woche ein Dutzend rote Rosen bestellt, die ich heute ausliefern muss, Geranien im Topf für seine Grandma, *und* dann hat er noch das Valentine's Day Sweetheart Special an deine Schwestern geschickt.«

»Der Schleimer«, sagte Cal, weil er wusste, dass Amy keuchen und kichern würde. »Dann bestelle ich auch ein Dutzend gelbe Rosen für meine Gran. Aber in einer Vase, Amy, damit sie sich damit nicht herumschlagen muss.«

»Oh, das ist süß von dir. Ich habe Essies Adresse in der Kartei, du brauchst nur die Karte auszufüllen.«

Er nahm sich eine Karte und überlegte einen Moment, bevor er schrieb: *Herzen sind nicht rot und diese Rosen nicht gelb. Alles Liebe zum Valentinstag von deinem Lieblingsenkel.*

Das würde Gran sicher gefallen.

Er griff nach seiner Brieftasche, um zu bezahlen, als ihm rotweiß gestreifte Tulpen hinter der Glasscheibe des Kühlschranks auffielen. »Ah, diese Tulpen da sind … interessant.«

»Sind sie nicht hübsch? Sie vermitteln ein Gefühl wie im Frühjahr. Soll ich sie gegen die Rosen austauschen? Ich kann einfach …«

»Nein, nein, vielleicht … Ich nehme auch davon ein Dutzend. Zustellung auch in der Vase, bitte, Amy.«

»Ja, gern.« Sie warf ihm einen neugierigen Blick zu. »Wen bedenkst du denn zum Valentinstag, Cal?«

»Es geht mehr um eine Hauseinweihung.« Warum

sollte er Quinn keine Blumen schicken, dachte er, während er die Karte ausfüllte. Frauen liebten Blumen. Es war Valentinstag, und sie zog in das Haus an der High Street. Schließlich kaufte er ihr ja keinen Verlobungsring!

Es war einfach nur eine nette Geste.

»Quinn Black.« Amy zog vielsagend die Augenbrauen hoch, als sie den Namen las. »Meg Stanley ist ihr gestern auf dem Flohmarkt begegnet. Sie hatte so eine Freundin aus New York dabei, und Meg hat gemeint, sie hätten eine ganze Menge Zeug gekauft. Ich habe gehört, du bist viel mit ihr zusammen.«

»Wir sind nicht …« Oder doch? Ach was, er vertiefte das Thema jetzt besser nicht. Er zückte seine Kreditkarte. »So, Amy, was macht das?«

Als er nach draußen kam, zog er fröstelnd die Schultern hoch. Es mochte zwar schon gestreifte Tulpen geben, aber er hatte nicht das Gefühl, als ob Mutter Natur auch nur im Entferntesten an den Frühling dachte. Der Himmel war grau, und Straßen und Bürgersteige waren von Graupel bedeckt.

Er war extra so früh wie möglich vom Bowlingcenter zur Floristin gegangen, um den panischen Ansturm derjenigen zu vermeiden, die ihre Valentinsblumen auf den letzten Drücker bestellten.

Aber er hätte sich gar nicht so beeilen müssen. Es waren kaum Fußgänger unterwegs, und auch Autos sah er keine.

»Seltsam.« Seine Stimme klang hohl. Normalerweise liefen immer Leute durch die Stadt, auch wenn das Wetter so schlecht war wie heute. Er schob die Hände in die Taschen und fluchte, weil er nicht mit dem Auto gefahren war.

»Gewohnheitstiere müssen sich eben den Arsch abfrieren«, murmelte er. Er wünschte, er säße schon wieder gemütlich in seinem Büro und würde eine Tasse Kaffee trinken.

Als er aufblickte, sah er, dass die Ampel am Stadtplatz nicht funktionierte.

Kein Strom, dachte Cal. Das war ein Problem. Er beschleunigte seine Schritte. Bill Turner würde zwar bestimmt darauf achten, dass der Generator für den Notstrom auch ansprang, aber er musste da sein. Die Schule war aus, und das bedeutete, dass Kinder sich im Center aufhielten.

Der Schneeregen wurde immer stärker, und Cal begann unwillkürlich zu laufen.

Warum sah er eigentlich überhaupt keine Autos? Wo waren sie alle? Er blieb stehen, und im gleichen Moment ließ auch der Graupel nach. In der Stille, die darauf folgte, hörte er sein eigenes Herz schlagen.

Sie stand dicht vor ihm, aber er wusste, wenn er die Hand ausstrecken und sie berühren würde, dann würde seine Hand durch sie hindurchgleiten wie durch Wasser.

Ihre Haare waren blond, und sie trug sie offen, wie an dem Tag, als sie an der Hütte im Wald die Eimer getragen hatte. Aber jetzt war ihr Körper schlank und fest in einem langen grauen Kleid.

Ihm schoss der alberne Gedanke durch den Kopf, dass der Geist, den er heute sah, wenigstens nicht schwanger war.

Als ob sie seine Gedanken lesen könnte, lächelte sie. »Ich bin nicht deine Angst, aber du bist meine Hoffnung. Du und die anderen beiden, die aus euch ein Ganzes machen. Was dich ausmacht, Caleb Hawkins, ist aus der Vergangenheit, dem Jetzt und dem, was noch kommt.«

»Wer bist du? Bist du Ann?«

»Ich bin, was vor dir kam, und du bist aus Liebe entstanden. Wisse das, wisse, dass du schon geliebt wurdest, lange bevor du in diese Welt kamst.«

»Liebe ist nicht genug.«

»Nein, aber sie ist der Fels, auf dem alles steht. Schau dich um und erkenne, Caleb: Dies ist die Zeit. Dies war schon immer die Zeit.«

»Die Zeit für was?«

»Für das Ende. Sieben mal drei. Tod oder Leben. Er hält es auf, verhindert es. Ohne seinen endlosen Kampf, sein Opfer, seinen Mut, wäre all das …« Sie breitete die Arme aus. »… all das hier wäre zerstört. Jetzt ist es an dir.«

»Sag mir doch, was ich tun soll, verdammt noch mal.«

»Wenn ich es könnte. Wenn ich es dir nur ersparen könnte.« Sie hob eine Hand und ließ sie wieder sinken. »Es muss Kampf, Opfer und großen Mut geben. Es muss Vertrauen geben. Es muss Liebe geben. Mut, Vertrauen und Liebe haben das Böse all die Zeit daran gehindert, hier zu leben und zu atmen. Und jetzt ist es an euch.«

»Wir wissen aber nicht, *wie*. Wir haben es doch versucht.«

»Dies ist die Zeit«, wiederholte sie. »Das Böse ist jetzt stärker, aber auch ihr und wir auch. Gebrauche, was dir gegeben wurde, nimm, was es gesät, aber nie besitzen konnte. Du kannst nicht scheitern.«

»Du hast gut reden. Du bist tot.«

»Aber du nicht. Sie nicht. Denk daran.«

Als sie zu verblassen begann, streckte er die Hand aus. »Warte, verdammt noch mal. Warte. Wer bist du?«

»Dein«, sagte sie. »Dein ebenso wie auf ewig sein.«

Dann war sie verschwunden, und erneut zischte der Schneeregen auf dem Pflaster. Autos fuhren vorbei, und die Ampel am Platz wurde grün.

»Das ist aber eine schlechte Stelle zum Träumen.« Meg Stanley zwinkerte ihm zu und zog die Tür zu Ma's Pantry auf.

»Ja, stimmt«, murmelte Cal.

Er ging auf das Center zu, bog aber kurz vorher ab, um einen Umweg über die High Street zu machen.

Quinns Auto stand in der Einfahrt, und durch die Fenster sah er Licht schimmern. Er klopfte, und von drinnen wurde er aufgefordert hereinzukommen.

Als er eintrat, sah er, wie Quinn und Layla etwas, das aussah wie ein Schreibtisch, die Treppe hinaufwuchteten.

»Was macht ihr da? Du lieber Himmel!« Er trat neben Quinn und packte ebenfalls mit an. »Am Ende verletzt ihr euch noch.«

Verärgert warf sie den Kopf zurück. »Wir schaffen das schon.«

»Ihr werdet es in die Notaufnahme schaffen. Los, geh nach vorne zu Layla.«

»Dann müssen wir ja beide rückwärtsgehen. Warum nimmst du nicht das Ende?«

»Weil ich so den Großteil des Gewichts zu tragen habe.«

»Oh.« Sie ließ los und quetschte sich zwischen Wand und Möbelstück zu Layla.

Cal verschwendete seinen Atem nicht damit zu fragen, warum der Schreibtisch nach oben musste. Er hatte lange genug mit seiner Mutter zusammengelebt. Stattdessen grunzte er Anweisungen, damit sie weder vor die Wand liefen noch den Schreibtisch durch das Treppengeländer beförderten. Im ersten Stock dirigierte Quinn das Ungetüm ans Fenster im kleinsten Schlafzimmer.

»Siehst du, wir hatten recht«, keuchte sie und zog ihr Sweatshirt herunter. »Das ist genau die richtige Stelle dafür.«

Im Zimmer standen bereits ein Sessel aus den siebziger Jahren, der schon bessere Tage gesehen hatte, eine Stehlampe mit einem rosafarbenen Glasschirm, von dem lange Perlenschnüre herunterhingen, und ein Bücherregal, das schon wackelte, wenn er mit der Hand nur in die Nähe kam.

»Ich weiß, ich weiß.« Quinn wedelte abwehrend mit der Hand. »Man muss nur ein paar Nägel reinschlagen, dann kann man schon etwas hineinstellen. Wir haben uns überlegt, ob wir hier nicht ein kleines Wohnzimmer einrichten sollten, aber dann haben wir uns gedacht, dass wir eher ein Büro brauchen. Daher kommt der Tisch, den wir ursprünglich für hier vorgesehen hatten, ins Esszimmer.«

»Okay.«

»Die Lampe sieht aus wie ein Requisit aus *The Best Little Whorehouse in Texas.*« Layla schnipste mit den Fingerspitzen gegen die Perlenschnüre. »Aber genau das gefällt uns ja daran. Der Sessel ist grässlich.«

»Aber bequem«, warf Quinn ein.

»Ja, aber bequem, und wozu gibt es schließlich Überwürfe?«

Cal schwieg, bis beide ihn erwartungsvoll ansahen. »Okay«, wiederholte er. Seine Mutter gab sich damit immer zufrieden.

»Wir waren fleißig. Wir haben Laylas Mietwagen zurückgegeben und waren auf dem Flohmarkt. Und wir waren uns einig, dass wir keine gebrauchten Matratzen wollen. Die, die wir bestellt haben, werden heute Nachmittag geliefert. Komm, schau dir an, was wir bisher schon alles haben.«

Quinn ergriff seine Hand und zog ihn über den Flur in das Zimmer, das sie sich ausgesucht hatte. Dort stand eine lange Kommode, die dringend gestrichen werden musste, und darüber hing ein fleckiger Spiegel. Hinten im Zimmer stand eine bauchige Truhe, die jemand in einem mörderisch glänzenden Rot gestrichen hatte. Darauf stand eine Wonder Woman Lampe.

»Heimelig.«

»Wenn wir erst mal fertig sind, wird es richtig gemütlich sein.«

»Ja. Weißt du, ich glaube, die Lampe hat vor etwa fünfundzwanzig Jahren meiner Schwester Jen gehört.«

»Es ist ein Klassiker«, erklärte Quinn. »Und schön kitschig.«

»Okay.«

»Ich glaube, ich bin in dänischer Moderne eingerichtet«, kommentierte Layla, die in der Tür stand. »Oder vielleicht auch flämisch. Es ist absolut grauenhaft. Ich habe keine Ahnung, warum ich das Zeug überhaupt gekauft habe.«

»Habt ihr zwei das alles alleine hier hinaufgeschleppt?«

»Aber bitte.« Quinn warf den Kopf zurück. »Wir haben mehr Verstand als Muckis. Du weißt ja gar nicht, was kräftige Teenager alles zu schleppen bereit sind, wenn man jedem von ihnen zwanzig Dollar in die Hand drückt und ihnen dazu noch Gelegenheit gibt, so heiße Bräute wie uns anzuglotzen.« Quinn nahm eine verführerische Pose ein.

»Ich hätte es für zehn gemacht. Du hättest ja anrufen können.«

»Das hatten wir ursprünglich auch vor. Aber die Jungs waren gerade zur Hand. Sollen wir uns nicht ein wenig auf unser brandneues gebrauchtes Sofa setzen?«

»Wir haben auch eine fast neue Kaffeemaschine und eine äußerst ausgefallene Kaffeetassensammlung erstanden«, fügte Layla hinzu.

»Kaffee wäre nicht schlecht.«

»Ich setze ihn auf.«

Cal blickte Layla nach. »Sie scheint sich ja richtig wohlzufühlen.«

»Ich bin sehr überzeugend, und du bist großzügig. Ich glaube, dafür hast du einen Kuss verdient.«

»Nur zu. Ich kann ihn brauchen.«

Lachend legte sie ihm die Hände auf die Schultern und gab ihm einen festen Schmatz auf den Mund.

»Bedeutet das jetzt, ich kriege keine zehn Dollar?«

Sie lächelte ihn strahlend an. »Du musst dich mit dem Kuss zufriedengeben. Auf jeden Fall war das Geld für Layla ein wichtiger Grund. Die Vorstellung hierzubleiben, fällt ihr immer noch schwer, aber am unvorstellbarsten war es für sie, langen, unbezahlten Urlaub zu nehmen, hier ein Zimmer zu mieten und gleichzeitig ihre Wohnung in New York bezahlen zu müssen.«

Sie trat an die hellrote Truhe und schaltete die Wonder Woman Lampe an und aus. Cal sah ihr am Gesicht an, welche Freude es ihr machte.

»Durch die Mietfreiheit ist allerdings lediglich ein Problem für sie vom Tisch«, fuhr Quinn fort. »So ganz einverstanden ist sie immer noch nicht. Wir werden sie jeden Tag neu überzeugen müssen.«

»Ich muss euch, euch beiden, etwas sagen. Danach wird sie vielleicht abreisen.«

»Was ist passiert?« Sie drehte sich zu ihm um.

»Ich sage es euch beiden. Ich wollte nur noch rasch Fox anrufen, um zu hören, ob er auch vorbeikommen kann. Dann brauche ich es nur einmal zu erzählen.«

Fox konnte jedoch nicht. Mrs Hawbaker teilte ihm mit, dass er gerade als Anwalt seine Pflicht vor Gericht tat. Also setzte er sich im merkwürdig eingerichteten Wohnzimmer auf eine durchgesessene, viel zu weiche Couch und erzählte den beiden Frauen von der Erscheinung auf der Main Street.

»Eine außerkörperliche Erfahrung. Möglicherweise haben sich die Dimensionen leicht verschoben, und du warst in einem anderen Hawkins Hollow.«

Er hatte noch nie eine Frau so reden hören wie Quinn Black. Leicht gereizt erwiderte er: »Ich war nicht in einem anderen Hawkins Hollow, außerdem war ich sehr wohl in meinem Körper.«

»Ich studiere, recherchiere und schreibe jetzt schon eine ganze Weile über das Paranormale.« Quinn trank einen Schluck Kaffee.

»Es könnte doch sein, dass er mit einem Geist geredet hat, der die Illusion erweckte, sie seien ganz allein auf der Welt, weil für einen Augenblick lang alles andere ausgeschaltet war.« Layla zuckte mit den Schultern, als Quinn die Augen zusammenkniff. »Ich bin neu in dem Ganzen und muss mich noch sehr zusammenreißen, um mich nicht einfach unter der Decke zu verstecken, bis mich jemand aufweckt und mir erklärt, es sei alles nur ein Traum gewesen.«

»Für das neue Kind in der Klasse ist deine Theorie ziemlich gut«, erklärte Quinn.

»Und was ist mit meiner? Was sie zu mir gesagt hat, ist doch viel wichtiger als euer ganzes Gequatsche!«

»Da hast du recht.« Quinn nickte Cal zu. »Sie hat gesagt, dies ist die Zeit. Drei mal sieben.«

Cal stand auf und ging im Zimmer hin und her. »Einundzwanzig Jahre. Diesen Juli werden es einundzwanzig Jahre.«

»Die Drei gilt genau wie die Sieben als magische Zahl. Es klingt so, als wollte sie dir sagen, dass es dieses Mal stärker wird. Aber alle sind stärker, du auch.« Quinn schloss die Augen.

»Deshalb konnten sich sowohl der Dämon als auch die Frau …«

»Manifestieren«, ergänzte Cal Laylas Satz. »Das ist logisch.«

»Nichts an dem Ganzen ist logisch.«

»Doch, eigentlich schon.« Quinn öffnete die Augen wieder und warf Layla einen mitfühlenden Blick zu. »Innerhalb dieser Sphäre ist Logik zwar nicht die, mit der wir jeden Tag zu tun haben, aber die Vergangenheit, das Jetzt und die Zukunft gehören alle zur Lösung und ergeben den Weg, um den Fluch zu beenden.«

»Es gehört noch mehr dazu.« Cal, der ans Fenster getreten war, drehte sich um. »Nach dieser Nacht auf der Lichtung waren wir drei anders.«

»Ihr werdet nicht mehr krank, und Verletzungen heilen sofort wieder. Quinn hat es mir erzählt.«

»Ja. Und ich konnte sehen.«

»Ohne Brille.«

»Ich konnte auch in die Zukunft sehen und bekam Eindrücke aus der Vergangenheit.«

»So wie in der Situation, als wir beide am Heidenstein waren und ihn berührt haben«, erinnerte sich Quinn. »Und später, als wir …«

»Ja, so ähnlich, aber es war nicht immer so klar und intensiv. Manchmal passierte es im wachen Zustand, manchmal war es wie ein Traum, und manchmal völlig irrelevant. Und Fox … es dauerte eine Weile, bis er es verstand. Himmel, wir waren ja erst zehn. Er kann jetzt sehen.« Cal schüttelte den Kopf. »Er kann sehen oder spüren, was man denkt oder fühlt.«

»Fox ist spirituell?«, fragte Layla.

»Ein spiritueller Anwalt. Die Leute rennen ihm die Bude ein.«

Cals Mundwinkel zuckten. »Na ja, ganz so ist es nicht. Wir können es nicht völlig kontrollieren. Fox zum Beispiel muss sich dazu zwingen, und auch dann funktioniert es nicht immer. Allerdings hat er einen guten Instinkt. Und Gage …«

»Er sieht, was passieren könnte«, ergänzte Quinn. »Er ist der Wahrsager.«

»Für ihn ist es am schwersten. Deshalb verbringt er auch nicht allzu viel Zeit hier. Er hatte schon ein paar ziemlich heftige Träume, Visionen und Alpträume, oder wie man es sonst nennen soll.«

Und wenn ihm etwas wehtut, hast du auch Schmerzen, dachte Quinn. »Aber er hat noch nicht gesehen, was ihr tun müsst, oder?«

»Nein. Aber das wäre auch zu einfach, oder?«, sagte Cal bitter. »Es macht bestimmt mehr Spaß, erst mal unschuldige Menschen ums Leben zu bringen, bevor es dann heißt: Okay, Jungs, jetzt ist es Zeit!«

»Vielleicht gab es ja keine andere Wahl.« Quinn hob die Hand. »Ich will ja gar nicht behaupten, dass es fair ist. Nein, eigentlich ist es ziemlich schrecklich. Aber ich meine, dass es gar nicht anders sein könnte. Ganz gleich, ob es von Giles Dent ausgegangen ist oder ob es schon Jahrhunderte vorher in Bewegung gesetzt wurde, es gab vielleicht gar keine andere Wahl. Sie sagte, er würde es aufhalten, um zu verhindern, dass es Hawkins Hollow zerstörte. Wenn es Ann war und wenn sie Giles Dent meinte, bedeutet es dann, dass er diese *bestia* irgendwie gefangen hält und seit Jahrhunderten mit ihr kämpft? Das wäre ungeheuerlich.«

Layla sprang auf, als es an der Tür klopfte. »Ich mache auf. Vielleicht sind es die Matratzen.«

»Du hast bestimmt recht«, sagte Cal zu Quinn. »Aber das macht es nicht einfacher. Es ist schon ein komisches Gefühl zu wissen, dass man sich seiner letzten Chance nähert.«

Quinn stand auf. »Ich wünschte …«

»Es sind Blumen!«, rief Layla freudig aus. Sie kam mit einer Vase voller Tulpen herein. »Für dich, Quinn.«

»Ach, du lieber Himmel, das ist ja genau der richtige Zeitpunkt«, murmelte Cal.

»Für mich? O Gott, sie sehen ja aus wie Zuckerstangen. Die sind ja schön!« Quinn stellte die Vase auf den altertümlichen Sofatisch. »Wahrscheinlich ein Bestechungsgeschenk von meinem Verleger, damit ich diesen Artikel …« Sie riss die Karte auf. Ungläubig blickte sie Cal an. »Du hast mir Blumen schicken lassen?«

»Ich war eben im Blumenladen …«

»Du hast mir Blumen zum Valentinstag geschickt.«

»Ich muss mal schnell weg«, verkündete Layla und verdrückte sich.

»Du hast mir Tulpen zum Valentinstag geschickt, die aussehen wie blühende Zuckerstangen.«

»Sie sahen so witzig aus.«

»Ja, das steht auf der Karte. ›Die sehen doch witzig aus.‹ Wow.« Sie fuhr sich mit der Hand durch die Haare. »Ich muss sagen, ich bin eine vernünftige Frau, die sehr wohl weiß, dass der Valentinstag nur aus kommerziellen Gründen erfunden worden ist.«

»Ich habe sie gesehen und fand sie witzig. Punkt. Mehr nicht. Ich muss jetzt zur Arbeit.«

»Aber«, fuhr sie fort und trat auf ihn zu, »in diesem Fall stört mich das überhaupt nicht. Sie sehen wirklich witzig aus.« Sie stellte sich auf die Zehenspitzen und küsste ihn auf die Wange. »Sie sind wunderschön.« Dann auf die andere Wange. »Du hast dir wirklich etwas dabei gedacht.« Jetzt auf seinen Mund. »Danke.«

»Bitte.«

»Ich möchte noch hinzufügen …« Sie ließ die Fingerspitzen über sein Hemd gleiten. »Wenn du mir sagst, um wie viel Uhr du heute Abend fertig bist, dann warte ich mit einer Flasche Wein oben in meinem Schlafzimmer auf dich. Und ich verspreche dir, du wirst sehr, sehr glücklich werden.«

»Um elf«, sagte er sofort. »Ich kann um fünf nach elf hier sein. Ich – oh, Scheiße, heute um Mitternacht ist Sweetheart Dance. Ein besonderes Ereignis hier. Aber das ist kein Problem. Du kommst einfach zu mir.«

»Ein Sweetheart Dance im Bowl-a-Rama. Gott, das ist ja *wundervoll*. Aber ich kann Layla hier nicht allein lassen. Nicht mitten in der Nacht.«

»Sie kann ja auch kommen – zum Tanzen jedenfalls.«

Quinn verdrehte die Augen. »Keine Frau, die etwas auf sich hält, zieht am Valentinstag alleine mit einem Paar zu einer Tanzveranstaltung los. Das wäre ja, als stünde einem ein großes *L* für Loser mitten auf der Stirn geschrieben.«

»Fox kann sie übernehmen. Wahrscheinlich jedenfalls. Ich checke das.«

»Ja, das wäre eine Möglichkeit. Aber danach …« Sie packte sein T-Shirt und zog ihn zu sich heran. »Mein Schlafzimmer. Um fünf nach zwölf.«

Layla saß auf ihrer brandneuen Matratze, während Quinn prüfend die Kleider musterte, die sie in den Schrank gehängt hatte.

»Quinn, es ist nett von dir, wirklich, aber versetz dich doch einmal in meine Lage. Ich wäre doch nur fünftes Rad am Wagen.«

»Nein, Fox kommt doch auch mit.«

»Weil Cal ihn gebeten hat, sich eines armen, alleinstehenden Mädchens zu erbarmen. Wahrscheinlich musste er ihn bestechen oder …«

»Ja, du hast recht. Cal musste ihm vermutlich den Arm umdrehen, damit er mit so einer hässlichen Hexe ausgeht. Ich muss zugeben, immer wenn ich dich anschaue, würgt es mich förmlich. Außerdem … oh, das ist ja ein schönes Jackett. Du hast wirklich die besten Klamotten. Und dieses Jackett ist wundervoll. Mmm.« Quinn strich darüber. »Kaschmir.«

»Ich weiß gar nicht, warum ich es überhaupt eingepackt habe. Ich habe das meiste wahllos gegriffen. Und du willst mich ja nur ablenken.«

»Nein, eigentlich nicht. Was wollte ich gerade sagen? Ach, ja. Es ist ja auch kein Date. Wir gehen einfach zu viert in ein Bowlingcenter, um ein bisschen zu tanzen. Mehr nicht.«

»Ja, klar. Und anschließend hängst du einen Schal vor dein Schlüsselloch. Ich war auf dem College, Quinn, und ich hatte eine Zimmergenossin.«

»Ist das ein Problem für dich?« Quinn drehte sich zu ihr um. »Wenn Cal und ich hier …«

»Nein. Nein.« Layla kam sich ein wenig albern vor. »Nein, ich freue mich ja für euch. Man merkt doch, dass ihr füreinander wie geschaffen seid. Ich fühle mich nur, na ja, etwas im Weg.« Layla zuckte mit den Schultern.

»Aber das bist du nicht. Ohne dich könnte ich hier doch gar nicht wohnen. Ich bin zwar ziemlich mutig, aber alleine möchte ich hier nicht sein. Die Tanzveranstaltung ist keine große Sache. Wir brauchen auch gar nicht dorthin zu gehen, aber ich glaube, es wird ganz lustig. Vor allem ist es eine Gelegenheit, einmal wieder etwas ganz Normales zu machen, das uns auf andere Gedanken bringt.«

»Ja, das ist ein Argument.«

»Dann zieh dich um. Wirf dich in Schale, und ab geht's ins Bowl-a-Rama.«

Die Band, eine Gruppe aus dem Ort namens Hollowed out, hatte gerade angefangen zu spielen. Sie wurden gerne für Hochzeiten und Firmenfeiern gebucht und spielten so ziemlich alles, von Standard bis hin zu Hip-Hop. Entsprechend viel war auf der Tanzfläche los, aber auch die kleinen Tische darum herum waren gut besetzt.

Es war aus gutem Grund eine der beliebtesten jährlichen Veranstaltungen im Center, dachte Cal. Seine Mutter leitete das Dekorationsteam, und alles war voller Blumen und Kerzen, Fahnenbändern und glitzernden roten Herzen. Es machte den trüben Februar ein wenig heller, wenn man sich unter die Leute mischte und tanzte.

Auf jeden Fall hatten sie immer ein volles Haus.

Cal tanzte mit Essie zu den Klängen von »Fly me to the Moon«.

»Deine Mutter hat recht daran getan, dich in die Tanzschule zu schicken.«

»Damals war ich total gedemütigt«, erwiderte Cal. »Aber jetzt bin ich natürlich geschickt auf den Füßen.«

»Frauen lieben gute Tänzer.«

»Eine Tatsache, die ich immer wieder gerne ausnutze.« Er lächelte auf sie herunter. »Du siehst so hübsch aus, Gran.«

»Ich sehe würdevoll aus. Aber zu meiner Zeit habe ich einigen Männern die Köpfe verdreht.«

»Mir verdrehst du ihn immer noch.«

»Du bist ja auch der Süßeste von allen. Wann kommst du mich denn mit der hübschen Schriftstellerin besuchen?«

»Bald, wenn du das möchtest.«

»Ich glaube, es ist an der Zeit, auch wenn ich nicht genau weiß, warum. Und da wir gerade davon sprechen ...« Sie wies mit dem Kopf zur offenen Flügeltür. »Diese beiden verdrehen auch Köpfe.«

Cal folgte ihrem Blick. Layla registrierte er kaum. Er konzentrierte sich ganz auf Quinn. Sie hatte ihre blonden Haare hochgesteckt, was sehr elegant wirkte, und trug ein offenes schwarzes Jackett über einer Art Spitzentop – ein Camisole, fiel ihm ein. Das nannte man Camisole, und Gott segne den Menschen, der es erfunden hatte.

An ihren Ohrläppchen und ihrem Handgelenk glitzerte es, aber er konnte nur denken, wie sexy ihr Schlüsselbein war, und dass er es nicht erwarten konnte, seine Lippen darauf zu drücken.

»Du sabberst gleich, Caleb.«

»Was?« Blinzelnd wandte er sich wieder Essie zu. »Oh. Entschuldigung.«

»Sie sieht aber auch hübsch aus. Bring mich jetzt bitte an meinen Tisch zurück, und schick sie mir mal vorbei. Ich möchte ihr und ihrer Freundin noch hallo sagen, bevor ich gehe.«

Bevor Cal sich zu ihnen durchdrängen konnte, hatte Fox sie an einer der Bars bereits mit Champagner versorgt. Quinn wandte sich zu Cal und rief über den Lärm der Musik: »Es ist toll hier! Die Band ist Wahnsinn, der Champagner ist kalt, und der Raum sieht aus wie eine Liebesaffäre.«

»Ach, du hast wohl zwei alte, zahnlose Knaben mit einem Waschbrett und einer Trommel erwartet, Bier vom Fass und ein paar Plastikherzen.«

»Nein.« Sie lachte. »Aber irgendwas dazwischen. Es ist meine erste Tanzveranstaltung auf der Bowlingbahn, und ich bin beeindruckt. Sieh mal, ist das nicht der Bürgermeister, der sich da gerade hinsetzt?«

»Mit der Kusine seiner Frau, die Chorleiterin der Methodistenkirche ist.«

»Ist das nicht deine Assistentin, Fox?« Layla wies an einen Tisch.

»Ja. Zum Glück ist der Typ, den sie küsst, ihr Mann.«

»Sie wirken sehr verliebt.«

»Ich glaube, das sind sie auch. Ich weiß gar nicht,

was ich ohne sie tun soll. In ein paar Monaten ziehen sie nach Minneapolis. Ich wünschte, sie würde sich im Juli einfach nur ein paar Wochen freinehmen, statt …« Er brach ab. »Heute Abend wird nicht vom Geschäft geredet. Sollen wir uns einen Tisch suchen?«

»Ja, dann können wir die Leute besser beobachten«, stimmte Quinn zu. Dann wirbelte sie herum. »Oh, ›In the Mood‹!«

»Das ist eins ihrer Standardstücke. Kannst du Swing tanzen?«, fragte Cal.

»Das kannst du annehmen.« Sie blickte ihn herausfordernd an. »Und du?«

»Dann lass mich mal sehen, was du so draufhast, Blondie.« Er packte sie an der Hand und zog sie auf die Tanzfläche.

Fox schaute ihnen zu. »Das kann ich absolut nicht.«

»Ich auch nicht. Wow!« Layla riss die Augen auf. »Sie sind echt gut.«

Auf der Tanzfläche wirbelte Cal Quinn herum. »Hast du Unterricht gehabt?«

»Vier Jahre lang. Und du?«

»Drei.« Als der Song vorbei war und in eine langsamere Nummer überging, drückte er Quinn fest an sich und bedankte sich im Stillen bei seiner Mutter. »Ich bin froh, dass du hier bist.«

»Ich auch.« Sie rieb ihre Wange an seiner. »Heute Abend fühlt sich alles wunderbar an. Süß und strahlend. Und, mmm«, murmelte sie, als er sie in eine elegante Drehung führte. »Sexy.« Sie legte den Kopf zurück und lächelte ihn an. »Ich habe meine zynische

Meinung über den Valentinstag völlig geändert. Mittlerweile halte ich ihn für den perfekten Feiertag!«

Er gab ihr einen Kuss. »Sollen wir uns nach diesem Tanz nach oben ins Lager schleichen?«

»Ja, warum sollen wir warten?«

Lachend zog er sie wieder an sich. Und erstarrte.

Die Herzen bluteten. Die Glitzergirlanden sanken zu Boden, legten sich blutrot über die Köpfe der Gäste, die sich tanzend und lachend im Raum aufhielten.

»Quinn.«

»Ich sehe es. Oh, Gott.«

Der Sänger sang weiter von Liebe und Sehnsucht, während die roten und silbernen Ballons an der Decke knallend zerplatzten. Und es regnete Spinnen daraus.

12

Quinn konnte kaum einen Schrei unterdrücken und wäre zurückgewichen, als die Spinnen über den Boden krabbelten, wenn Cal sie nicht festgehalten hätte.

»Sie sind nicht real«, sagte er mit eisiger Ruhe. »Es ist nicht real.«

Jemand lachte, und die Musik hämmerte. Zustimmende Rufe ertönten, als die Band zu einem wilden Rock wechselte.

»Tolle Party, Cal!« Amy aus dem Blumenladen tanzte vorbei, das lächelnde Gesicht blutbespritzt.

Cal hielt Quinn fest im Arm und zog sich mit ihr von

der Tanzfläche zurück. Er musste nach seiner Familie sehen, musste … Da war auch schon Fox, der Layla fest an der Hand hielt, während sie sich durch die fröhlich lärmende Menge drängten.

»Wir müssen gehen«, schrie Fox.

»Meine Eltern …«

Fox schüttelte den Kopf. »Es passiert nur, weil wir hier sind. Komm, wir müssen raus. Los.«

Die winzigen Teelichter in den Tischdekorationen flammten wie Fackeln auf, und der Rauch stach Cal in der Kehle. Er trat auf eine faustgroße Spinne. Auf der kleinen Bühne trommelte der Schlagzeuger ein wildes Solo mit blutigen Stöcken. Als sie die Tür erreichten, blickte Cal sich noch einmal um.

Der Junge schwebte über den Tanzenden. Er lachte.

»Raus.« Cal zog Quinn mit sich. »Raus aus dem Gebäude. Dann sehen wir weiter.«

Außer Atem stolperte Layla hinter ihnen her. »Die anderen Leute haben nichts gesehen oder gespürt. Für sie passierte das Ganze nicht.«

»Er hat das nur für uns arrangiert.« Fox zog sein Jackett aus und legte es Layla um die Schultern. »Sozusagen als Vorschau für die kommenden Ereignisse. Arroganter Bastard!«

»Ja.« Quinn nickte. Ihr drehte sich der Magen um. »Ich glaube, du hast recht. So eine Vorführung kostet jedes Mal Energie. Das verschafft uns Ruhepausen zwischen den einzelnen Auftritten.«

»Ich muss zurück.« Er hatte seine Familie im Stich gelassen. Auch wenn er sich nur zur Verteidigung zurückgezogen hatte, konnte Cal doch nicht hier draußen stehen und nichts tun, während seine Familie sich drinnen aufhielt. »Ich muss zu ihnen, außerdem muss ich nach dem Tanz ja abschließen.«

»Wir gehen alle wieder hinein.« Quinn verschränkte ihre Finger mit Cals. »Diese Vorführungen sind doch immer nur von kurzer Dauer. Er hat sein Publikum verloren; wenn er nicht noch einen zweiten Akt geplant hat, dann ist er für heute fertig. Lasst uns zurückgehen. Es ist eiskalt hier draußen.«

Drinnen schimmerten die Teelichter, und die Herzen glitzerten. Cal sah seine Eltern tanzen, seine Mutter dicht an seinen Vater geschmiegt. Als sie ihn bemerkte und ihn anlächelte, ließ der Druck in seinem Magen langsam nach.

»Ich weiß ja nicht, wie es euch geht, aber ich hätte gerne noch ein Glas Champagner.« Quinn stieß die Luft aus und kniff die Augen zusammen. »Und wisst ihr was? Danach wird getanzt.«

Fox lag auf der Couch und schaute einen Schwarz-Weiß-Film im Fernsehen, als Cal und Quinn nach Mitternacht in das gemietete Haus kamen. »Layla ist nach oben gegangen«, erklärte er, nachdem er sich in eine sitzende Position gehievt hatte. »Sie war völlig erledigt.«

Dahinter stand natürlich vor allem Laylas Wunsch, schon im Bett zu sein, wenn Cal und Quinn nach Hause kamen.

»Ist alles in Ordnung?«, fragte Quinn.

»Ja, ja. Sie macht das schon. Ist noch etwas passiert, nachdem wir gegangen sind?«

Cal schüttelte den Kopf, und sein Blick glitt unwillkürlich zum dunklen Fenster. »Nur eine große, fröhliche Party, die für einige von uns kurz von Blut und Spinnen unterbrochen wurde. Ist hier alles okay?«

»Ja, wenn man mal davon absieht, dass diese Frauen Diet Pepsi kaufen. Wir trinken nur Classic Coke«, sagte er zu Quinn. »Ein Mann hat seine Standards.«

»Wir kümmern uns darum. Danke, Fox.« Sie küsste ihn auf die Wange. »Dafür, dass du hiergeblieben bist.«

»Kein Problem. So brauchte ich wenigstens nicht beim Aufräumen zu helfen und konnte fernsehen.« Er warf einen Blick auf den kleinen Fernseher. »Ihr solltet vielleicht einmal über einen Kabelanschluss nachdenken.«

»Ich weiß gar nicht, wie ich die letzten Tag ohne ausgekommen bin.«

Grinsend schlüpfte Fox in seinen Mantel. »Ruft an, wenn ihr etwas braucht«, meinte er und wandte sich zum Gehen.

»Fox.« Cal eilte hinter ihm her. An der Tür blieben sie stehen und führten ein leises Gespräch, dann winkte Fox Quinn zu und ging.

»Was war das?«

»Ich habe ihn gefragt, ob er heute Nacht bei mir schlafen und sich um Lump kümmern kann. Ich habe Coke und Kabel.«

»Du steckst voller Sorgen, Cal.«

»Ich kann im Moment nichts dagegen tun.«

»Er kann uns nicht verletzen, noch nicht. Es sind alles nur Spielchen. Gemein und widerwärtig, aber nicht real.«

»Es hat aber etwas zu bedeuten, Quinn.« Er rieb ihr kurz über die Arme und schaute dann wieder in die Dunkelheit hinaus. »Die Tatsache, dass er das jetzt mit uns machen kann, dass ich diese Episode mit Ann hatte, bedeutet etwas.«

»Und du musst darüber nachdenken. Du denkst viel zu viel nach, aber ich finde es tröstlich und seltsam anziehend. Weißt du was? Nach diesem langen, merkwürdigen Tag wird es uns guttun, einmal gar nicht nachzudenken.«

»Das ist eine gute Idee.« Ja, komm mal runter, sagte er sich selbst. Mach mal eine Pause. Er trat wieder zu ihr, strich ihr mit den Fingern über die Wange und ließ sie dann über ihren Arm heruntergleiten, bis sich ihre Finger verschränkten. »Sollen wir es einmal hiermit versuchen?«

Er zog sie zur Treppe. Die Stufen knarrten leise, als sie hinaufgingen.

»Willst du …«

Er unterbrach sie, indem er ihr die Hand auf die Wange legte und sie küsste. »Keine Fragen. Dann brauchen wir uns auch keine Antworten auszudenken.«

»Gute Idee.«

Nur das Zimmer, die Dunkelheit, die Frau. Mehr brauchte er nicht für diese Nacht. Ihren Duft, ihre Haut, ihre Haare, die Laute, die zwei Menschen von sich geben, wenn sie einander entdecken.

Es war genug. Es war mehr als genug.

Er schloss die Tür hinter sich.

»Ich mag Kerzen.«

Sie wandte sich ab und ergriff einen schlanken, langen Anzünder, um die Kerzen, die sie überall im Zimmer aufgestellt hatte, anzuzünden.

In ihrem Schein wirkte sie zart, zarter, als sie eigentlich war. Ihm gefiel der Kontrast zwischen Realität und Illusion. Die Matratze und der Sprungrahmen lagen auf dem Boden, und die Bettwäsche wirkte frisch und cremeweiß gegen eine dunkelviolette Überdecke. Die Tulpen standen wie ein fröhlicher Farbfleck auf der zerkratzten Kommode vom Flohmarkt.

Vor die Fenster hatte sie einen bunten Stoff gehängt, um die Dunkelheit auszusperren. Sie wandte sich zu ihm und lächelte.

Er fand alles perfekt.

»Vielleicht sollte ich dir sagen …«

Er schüttelte den Kopf und trat auf sie zu.

»Später.« Aus einem Impuls heraus zog er die Haarnadeln aus ihren Haaren, und als sie ihr über die Schultern fielen, vergrub er die Hände darin, beugte sich über sie und küsste sie.

Ihre Lippen waren vollkommen. Weich und voll, warm und großzügig. Er spürte, wie sie erschauerte, als sie ihre Arme um ihn schlang und sich an ihn schmiegte. Er schob ihr das Jackett von den Schultern, damit seine Finger bloße, seidige Haut erforschen konnten.

Sie drängte sich an ihn und schnurrte, als seine Lippen zu ihrer Kehle glitten. Ganz langsam glitten seine Finger hinunter über ihr verführerisches Schlüsselbein zur Rundung ihrer Brüste. Er beobachtete sie, als er mit dem Daumen leicht über ihren Nippel rieb, der von der Spitze des Büstenhalters bedeckt war.

Sie zog scharf die Luft ein und begann, mit bebenden

Händen sein Hemd aufzuknöpfen. Ihre Hände glitten über seinen Oberkörper, als seine Finger schon auf dem Weg zum Bund ihrer Hose waren. Mit einer raschen Bewegung zog er sie herunter.

Es kam so plötzlich und unerwartet, dass sie nicht darauf vorbereitet war, einen Moment lang wurde ihr schwindlig. Als er sich von ihr löste, um sie zu betrachten, wurden ihr die Knie weich.

Sein Blick glitt über sie. »Hübsch.«

Mehr sagte er nicht, und ihr Mund wurde trocken. Es war lächerlich. Es hatte schon andere Männer gegeben, die sie begehrt und berührt hatten, und jetzt sagte er nur ein einziges Wort zu ihr, und ihr verschlug es die Sprache.

Er hakte seine Finger in den Bund ihres Höschens und zog leicht daran. Sie trat gehorsam näher, als stünde sie unter seinem Bann.

»Dann wollen wir doch mal sehen, was hier drunter ist«, murmelte er und zog ihr das Hemdchen über den Kopf. »Sehr hübsch«, kommentierte er und ließ seine Fingerspitze über den Spitzenrand an ihrem Büstenhalter gleiten.

Nervös begann sie, am Verschluss seines Gürtels zu fummeln.

»Du zitterst ja.«

»Ach, sei still. Ich komme mir so dumm vor.«

Er zog ihre Hände an die Lippen und küsste sie. »Sexy«, korrigierte er sie. »Du bist ungeheuer sexy.«

»Cal.« Sie musste sich konzentrieren, um die Worte zu formulieren. »Ich muss mich jetzt wirklich hinlegen.«

Dann lagen sie auf dem Bett, erregte Körper auf kühlen, frischen Laken, und die Kerzen flackerten in der Dunkelheit wie Magie, als er sich mit Händen und Mund über sie hermachte.

Er leitet ein Bowlingcenter, dachte sie, während die Lust in ihr aufstieg. Wo hat er solche Hände her? Wo hat er gelernt … Oh, mein Gott.

Sie kam in einer endlosen Welle, die von ihren Zehenspitzen aufzusteigen schien und sie überwältigte. Keuchend klammerte sie sich an ihn, bis sie schließlich atemlos erschlaffte.

Ihr ganzer Körper bebte. Cal konnte sich an ihren Formen, an ihren Rundungen nicht sattsehen. Es gab so viel zu berühren, so viel zu schmecken, und sie konnten einander die ganze endlose Nacht erforschen.

Sie bog sich ihm entgegen, umschlang ihn, schmiegte sich an ihn. Er fühlte, wie ihr Herz klopfte, hörte sie stöhnen, als er sie mit seiner Zunge süß quälte.

Ihre Fingernägel gruben sich in die Haut seiner Schultern, und ihre Küsse wurden drängender. Die kühle Luft im Raum wurde heiß, schließlich drang er in sie ein.

Er ergriff ihre Hände, während er gleichmäßig und langsam in sie hineinstieß. Mit jedem langen Stoß glühte ihr Gesicht vor Lust. Ja, bleib bei mir, dachte er. Sie warf den Kopf auf dem Kissen hin und her und gab hilflose kleine Laute von sich. Als ihr Körper unter ihm zerfloss, drückte er sein Gesicht in ihre Nackenbeuge und ließ sich ebenfalls gehen.

Danach lag er ganz still, weil er glaubte, sie sei vielleicht eingeschlafen. Ihr Kopf lag auf seiner Schulter, ihr Arm quer über seiner Brust, und ein Bein hatte sie um ihn geschlungen. Es gefiel ihm sehr.

»Ich wollte etwas sagen.«

Sie schläft nicht, stellte er fest.

»Was?«

»Mmm. Ich wollte etwas sagen, als wir ins Zimmer kamen.« Sie schmiegte sich dichter an ihn, und er merkte, dass sie ganz kalt war.

»Warte mal.« Er musste sich von ihr lösen, was sie nur unwillig zuließ, aber als er dann die Decke über sie zog, kuschelte sie sich hinein. »Besser?«

»Ja. Ich wollte sagen, dass ich dich vom ersten Moment an begehrt habe.«

»Das ist ja komisch. Ich dich auch. Du hast einen wunderschönen Körper, Quinn.«

»Ja, das kommt von meiner Ernährungsumstellung, kann ich nur immer wieder sagen.« Sie stützte sich auf einen Ellbogen, so dass sie ihm ins Gesicht sehen konnte. »Hätte ich von vornherein gewusst, wie es wäre, hätte ich dich innerhalb von fünf Minuten ins Bett gezerrt.«

Er grinste. »Wie sich unsere Gedanken doch gleichen! Leg dich wieder so hin wie eben«, befahl er, drückte ihren Kopf auf seine Schulter und legte ihren Arm über seine Brust. »Und das Bein«, fügte er hinzu. »Ja, so ist es perfekt.«

Quinn wurde es warm ums Herz. Sie schloss die Augen und schlief selig ein.

Es war stockdunkel, als sie aufwachte, weil etwas auf sie fiel. Hastig richtete sie sich auf und ballte die Fäuste.

»Entschuldigung, Entschuldigung.«

Sie erkannte Cals Stimme, aber es war zu spät, den Schlag aufzuhalten. Ihre Knöchel trafen auf etwas Hartes. »Au! Aua! Scheiße!«

»Das sollte ich sagen«, murrte Cal.

»Was zum Teufel machst du da?«

»Ich bin gestolpert, hingefallen und habe einen Schlag an den Kopf bekommen.«

»Warum?«

»Weil es stockdunkel ist.« Er rieb sich die Schläfe. »Dabei wollte ich dich bloß nicht aufwecken, und dafür schlägst du mich!«

»Es tut mir leid«, zischte sie. »Du hättest ja auch ein wahnsinniger Vergewaltiger sein können oder, was noch wahrscheinlicher ist, ein Dämon aus der Hölle. Warum stolperst du hier im Dunkeln herum?«

»Ich habe versucht, meine Schuhe zu finden, über die ich wahrscheinlich gestolpert bin.«

»Willst du gehen?«

»Es ist Morgen, und ich habe in zwei Stunden ein Frühstück.«

»Es ist dunkel.«

»Wir haben Februar, und außerdem hast du diese dicken Vorhänge vor den Fenstern. Es ist sechs Uhr dreißig.«

»O Gott!« Sie sank wieder in die Kissen. »Sechs Uhr dreißig ist in keiner Jahreszeit Morgen.«

»Deshalb habe ich ja auch versucht, dich nicht zu wecken.«

Sie stützte sich auf. Ihre Augen hatten sich mittlerweile an die Dunkelheit gewöhnt, und sie konnte die

Umrisse seiner Gestalt erkennen. »Na ja, jetzt bin ich auf jeden Fall wach. Warum flüsterst du also noch?«

»Ich weiß nicht. Wahrscheinlich habe ich von dem Schlag an den Kopf einen Schaden zurückbehalten.«

»Warum kommst du nicht einfach wieder zu mir ins Bett, wo es schön warm und gemütlich ist? Ich küsse dich, und gleich geht es dir wieder besser.«

»Es ist grausam, so etwas vorzuschlagen, wo ich doch einen Frühstückstermin mit dem Bürgermeister, dem Stadtdirektor und diversen Stadträten habe.«

»Sex und Politik passen so gut zusammen wie Erdnussbutter und Marmelade.«

»Das mag ja sein, aber ich muss zuerst noch nach Hause, Lump etwas zu fressen geben und Fox aus dem Bett zerren, weil er auch an der Sitzung teilnimmt. Dann muss ich mich duschen, rasieren und umziehen, damit es nicht so aussieht, als ob ich heißen Sex gehabt hätte.«

Er fuhr in seine Schuhe, aber sie umschlang ihn mit den Armen. »Das könntest du alles danach tun.«

Ihre vollen, warmen Brüste drückten sich an seinen Rücken, und sie knabberte an seinem Hals. Dann glitt ihre Hand herunter zu der Stelle, die bereits wieder hart geworden war.

»Du hast eine gemeine Ader, Blondie.«

»Ja, vielleicht solltest du mich ein bisschen erziehen.« Sie lachte leise, als er sich umdrehte und sie packte.

Als er dieses Mal auf sie fiel, geschah es mit Absicht.

Er kam zu spät zur Sitzung, aber er fühlte sich viel zu gut, als dass ihm das etwas ausgemacht hätte. Er bestellte sich ein riesiges Frühstück – Eier, Speck, Pilze, zwei

Brötchen – und arbeitete sich durch, während Fox lediglich Coke trank und die anderen angeregt miteinander plauderten.

Schließlich kamen sie zum geschäftlichen Teil. Es war zwar erst Februar, aber die Pläne für die alljährliche Parade am Memorial Day mussten fertiggestellt werden. Anschließend gab es eine Debatte über neue Bänke im Park. Die meiste Zeit hörte Cal gar nicht richtig zu, sondern dachte an Quinn.

Schließlich versetzte Fox ihm einen Tritt unter dem Tisch, damit er wieder in der Realität ankam.

»Die Bransons wohnen nur einen Katzensprung vom Bowl-a-Rama entfernt«, fuhr Bürgermeister Watson fort. »Misty sagte, es habe so ausgesehen, als ob die Häuser auf einer Seite alle dunkel geworden wären, aber auf der anderen Straßenseite waren die Lichter an. Auch das Telefon hat nicht mehr funktioniert. Es war ganz schön unheimlich, sagte sie, als Wendy und ich sie nach der Tanzveranstaltung abholten. Aber es hat nur ein paar Minuten gedauert.«

»Vielleicht ein Stromausfall«, warf Jim Hawkins ein, blickte dabei jedoch seinen Sohn an.

»Ja, vielleicht, aber Misty meinte, es habe ein paar Sekunden lang geflackert. Überspannung vielleicht. Ich werde auf jeden Fall Mike Branson bitten, seine Leitungen überprüfen zu lassen. Vielleicht schmort ja etwas. Ich möchte keinen Schwelbrand riskieren.«

Warum vergaßen sie es nur immer wieder, fragte sich Cal. War es ein Verteidigungsmechanismus, Amnesie, oder gehörte es einfach nur zu der ganzen hässlichen Situation dazu?

Allerdings ging es nicht allen so. Er sah die Besorgnis in den Augen seines Vaters und bei ein oder zwei anderen Männern. Aber der Bürgermeister und die meisten Stadträte widmeten sich jetzt der Frage, ob sie die Tribünen am Sportplatz streichen sollten, bevor die Baseballsaison begann.

Als die Sitzung vorbei war, ging Fox mit Cal und seinem Vater zum Bowlingcenter. Sie schwiegen, bis sie drinnen waren und die Tür hinter sich geschlossen hatten.

»Es ist viel zu früh für diese Vorfälle«, sagte Jim sofort. »Wahrscheinlich sind es wirklich nur Überspannungsprobleme oder die Leitungen sind nicht in Ordnung.«

»Nein. Es sind schon andere Dinge passiert«, erwiderte Cal. »Dieses Mal haben nicht nur Fox und ich sie gesehen.«

»Nun.« Jim setzte sich schwer auf einen der Tische im Grillbereich. »Was kann ich tun?«

Pass auf dich auf, dachte Cal. Pass auf Mom auf. »Wenn dir etwas Merkwürdiges auffällt, dann sag es mir, Fox oder Gage, wenn er hier ist. Dieses Mal sind wir mehr. Auch Quinn und Layla gehören dazu, wir müssen nur noch herausfinden, warum.«

Seine Urgroßmutter hatte gewusst, dass Quinn dazugehörte, dachte Cal. Sie hatte etwas gespürt. »Ich muss mit Gran sprechen.«

»Cal, sie ist siebenundneunzig. Sie mag ja noch munter sein, aber sie ist schon sehr alt.«

»Ich werde vorsichtig sein.«

»Ich werde noch einmal mit Mrs H reden.« Fox schüttelte den Kopf. »Sie ist fahrig und nervös und redet ständig davon, dass sie schon nächsten Monat weggehen will. Ich dachte, sie wäre nur unruhig, weil sie jetzt entschlossen ist wegzuziehen, aber vielleicht steckt ja mehr dahinter.«

»In Ordnung.« Jim stieß die Luft aus. »Tut, was ihr für richtig haltet. Ich kümmere mich hier um alles.«

»Okay. Dann fahre ich Gran in die Bibliothek, wenn sie heute dorthin möchte«, erwiderte Cal. »Danach komme ich und löse dich ab, damit du sie dann nach Hause fahren kannst.«

Cal ging zu Fuß zu Essies Haus. Sie lebte nur einen Block entfernt in einem hübschen kleinen Haus, das sie zusammen mit seiner Kusine Ginger bewohnte. Essies Konzession an ihr Alter war, dass Ginger den Haushalt führte, die Einkäufe und das Kochen erledigte und Essie zum Arzt fuhr, wenn es nötig war.

Ginger war eine patente, praktische Frau, die seiner Gran nur unter die Arme griff, wenn es wirklich nötig war, und sie ansonsten in Ruhe ließ. Ginger zog Fernsehen dem Lesen vor und sah für ihr Leben gern Soaps am Nachmittag. An Männern war sie seit ihrer katastrophalen Ehe, die kinderlos geblieben war, nicht mehr interessiert.

Soweit Cal es beurteilen konnte, kamen seine Kusine und Gran in dem kleinen Haus mit der fröhlichen, blau gestrichenen Veranda hervorragend miteinander aus.

Gingers Auto stand nicht vor dem Haus, als er ankam, und er fragte sich, ob sie mit Essie wohl beim Arzt war. Aber vielleicht war sie ja auch nur zum Einkaufen gefahren.

Als er klopfte, öffnete ihm zu seinem Erstaunen Quinn die Tür.

»Hi. Komm herein. Essie und ich trinken gerade im Wohnzimmer Tee.«

Er ergriff sie am Arm. »Warum bist du hier?«

Das fröhliche Willkommenslächeln erlosch bei seinem scharfen Tonfall. »Ich habe einen Job. Und Essie hat mich eingeladen.«

»Warum?«

»Wenn du hereinkommen würdest, statt mich so finster anzufunkeln, könnten wir es beide herausfinden.«

Da ihm nichts anderes übrig blieb, ging Cal in das hübsche Wohnzimmer seiner Urgroßmutter, wo blühende Usambaraveilchen auf der Fensterbank standen, Bücherregale die Wände bedeckten und überall Familienbilder und Erinnerungsstücke standen.

Seine geliebte Gran saß wie eine Königin in einem Armlehnsessel. Er beugte sich zu ihr herunter und küsste sie auf die Wange. »Cal. Ich dachte, du müsstest heute Morgen arbeiten.«

»Unsere Sitzung ist vorbei, und Dad ist im Center. Ich habe Gingers Auto gar nicht gesehen.«

»Sie macht ein paar Besorgungen, weil ich ja Gesellschaft habe. Quinn wollte gerade den Tee einschenken. Nimm dir eine Tasse aus dem Schrank.«

»Nein, danke. Ich hatte gerade Frühstück.«

»Wenn ich gewusst hätte, dass du Zeit hast, hätte ich dich auch angerufen.«

»Für dich habe ich doch immer Zeit, Gran.«

»Er ist mein Junge«, sagte Essie zu Quinn und drückte Cal die Hand. »Danke«, fügte sie dann hinzu und nahm die Tasse entgegen, die Quinn ihr reichte. »Setzt euch doch. Ich möchte gleich zur Sache kommen. Ich wollte euch fragen, ob es bei der Tanzveranstaltung gestern Abend einen Zwischenfall gegeben hat. Einen Zwischenfall kurz vor zehn.«

Sie blickte Cal an, und als sie die Antwort in seinen Augen las, schloss sie die Augen. »Ich habe es mir gedacht.« Ihre Stimme bebte. »Ich weiß nicht, ob ich erleichtert sein soll oder nicht. Erleichtert, weil ich schon dachte, ich verliere den Verstand. Zugleich aber macht es mir auch Angst. Also war es real, was ich gesehen habe.«

»Was hast du gesehen?«

»Es war, als stünde ich hinter einem Schleier. Ich glaubte, Blut zu sehen, aber es schien niemandem aufzufallen. Es bemerkte auch niemand die Spinnen, die überall herumliefen und von der Decke fielen.« Sie fuhr sich mit der Hand an den Hals. »Ich konnte es nicht deutlich erkennen, aber ich habe eine schwarze Gestalt gesehen. Sie schien in der Luft zu schweben. Ich habe schon gedacht, es sei der Tod.«

Sie lächelte leise, als sie mit ruhiger Hand die Teetasse zum Mund führte. »In meinem Alter ist man auf den Tod vorbereitet, oder man sollte es zumindest sein. Aber die Gestalt hat mir Angst gemacht. Dann war sie auf einmal verschwunden, der Schleier hob sich wieder, und alles war so wie zuvor.«

»Gran …«

»Warum ich es dir nicht schon gestern Abend gesagt habe?«, unterbrach sie ihn. »Ich kann in deinem Gesicht lesen wie in einem offenen Buch, Caleb. Ich weiß nicht. Ich wollte einfach nur noch nach Hause, dein Vater hat mich gefahren. Ich bin sofort eingeschlafen, aber heute Morgen musste ich wissen, ob es stimmte.«

»Mrs Hawkins …«

»Sie müssen mich Essie nennen«, sagte sie zu Quinn.

»Essie, haben Sie so etwas schon einmal erlebt?«

»Ja. Ich habe es dir nicht erzählt«, fügte sie hinzu, als Cal einen Fluch unterdrückte. »Ich habe es niemandem erzählt. Es war in dem Sommer, als du zehn warst. In diesem ersten Sommer. Ich habe schreckliche Dinge draußen vor dem Haus gesehen, Dinge, die nicht sein konnten. Die schwarze Gestalt war manchmal ein Mann, manchmal aber auch ein Hund oder eine schreckliche Kombination aus beidem. Dein Großvater hat nichts gesehen, vielleicht wollte er aber auch nur nicht. Entsetzliche Dinge passierten in jener Woche.«

Sie schloss einen Moment lang die Augen und trank dann noch einen Schluck Tee. »Nachbarn, Freunde. Was sie sich einander antaten. Nach der zweiten Nacht kamst du zu mir. Weißt du noch, Cal?«

»Ja, Ma'am, ich kann mich erinnern.«

»Zehn Jahre alt.« Sie lächelte Quinn an. »Er war nur ein kleiner Junge, er und seine beiden Freunde. Sie hatten solche Angst, man sah sie ihnen förmlich an. Aber sie besaßen auch Mut. Du sagtest zu mir, wir sollten packen, dein Großvater und ich, und zu euch nach Hause kommen, weil es in der Stadt nicht mehr sicher wäre. Hast du dich eigentlich nicht gewundert, dass ich nicht widersprochen habe?«

»Nein. Ich glaube, es war einfach zu viel los. Ich wollte euch nur in Sicherheit wissen.«

»Alle sieben Jahre habe ich für deinen Großvater und mich gepackt, und als er starb, nur für mich, und dieses Jahr werde ich für Ginger und mich packen. Aber dieses Mal ist es früher und stärker.«

»Ich packe die Sachen für Ginger und dich zusammen, Gran, und zwar jetzt.«

»Oh, im Moment kann uns noch nichts passieren. Wenn es so weit ist, schaffen Ginger und ich das schon. Ich möchte, dass du die Bücher mitnimmst. Ich weiß, dass wir sie beide unzählige Male gelesen haben, aber irgendwie müssen wir etwas übersehen haben.«

Quinn drehte sich zu Cal und kniff die Augen zusammen. »Bücher?«

13

Fox ging zur Bank. Es war völlig unnötig, da er die Unterlagen in seiner Aktentasche jederzeit hätte vorbeibringen können, aber er wollte ein wenig an die frische Luft und sich bewegen, um seine Frustration abzubauen.

Er hatte immer noch die Hoffnung, dass Alice Hawbaker ihre Meinung ändern würde oder er sie überreden konnte. Vielleicht war es ja egoistisch, aber er brauchte sie und war an sie gewöhnt. Er liebte sie.

Das bedeutete, dass er keine andere Wahl hatte, als

sie gehen zu lassen. Und wenn er die letzten zwanzig Minuten zurücknehmen könnte, dann würde er das tun.

Sie war beinahe zusammengebrochen. Das war ihr noch nie passiert, er hatte sie so weit getrieben.

Wenn wir bleiben, sterben wir. Als sie das sagte, standen Tränen in ihren Augen.

Er hatte sie so lange bedrängt, bis sie ihm schließlich erzählte, warum sie gehen wollten, warum sie jeden Tag nervöser wurde.

Immer wenn sie die Augen schloss, sah sie ihren Tod. Sie sah, wie sie das Jagdgewehr ihres Mannes aus dem verschlossenen Schrank im Keller holte. Sie ging nach oben, durch die Küche, wo gerade die Spülmaschine lief, in das Wohnzimmer, wo ihr Mann in seinem Lieblingssessel saß und im Fernsehen eine Sportsendung sah.

Während der Moderator aufgeregt das Spiel kommentierte, schoss sie dem Mann, den sie seit sechsunddreißig Jahren liebte, mit dem sie drei Kinder hatte, eine Kugel in den Kopf. Anschließend hielt sie sich den Gewehrlauf selbst unter das Kinn.

Ja, dachte Fox, er musste sie gehen lassen. Deshalb hatte er jetzt unter einem Vorwand das Büro verlassen, um ihr Gelegenheit zu geben, sich wieder zu fassen.

Er ging beim Blumenladen vorbei, um Blumen für sie zu kaufen. Sie würde sie sicher als Friedensangebot akzeptieren. Sie liebte Blumen im Büro und brachte sie sich oft genug selber mit.

Als er mit einem großen bunten Strauß den Laden verließ, wäre er fast mit Layla zusammengestoßen.

Sie taumelte ein, zwei Schritte zurück, und er sah,

dass sie nervös und unglücklich wirkte. Ob es wohl im Moment sein Schicksal war, Frauen unglücklich zu machen?

»Entschuldigung. Ich habe nicht aufgepasst.«

Ohne zu lächeln, blickte sie ihn an. »Ist schon okay. Ich auch nicht.«

Am besten würde er einfach weitergehen. In seiner Gegenwart wirkte sie immer so angespannt. Vielleicht lag es aber auch gar nicht an ihm, sondern an New York, dachte er. Wenn er dort leben würde, wäre er sicher auch nicht entspannt.

»Hast du ein Problem?«, fragte er.

Auf einmal standen auch in ihren Augen Tränen, am liebsten wäre Fox weggerannt.

»Problem? Wie könnte ich ein Problem haben? Ich lebe in einem fremden Haus in einer fremden Stadt, sehe Dinge, die es nicht gibt – oder, schlimmer noch, die es gibt und die mich umbringen wollen. Mein ganzes Hab und Gut befindet sich in meiner Wohnung in New York, für die ich bezahlen muss, und meine sehr verständnisvolle und geduldige Chefin hat heute Morgen angerufen, um mir bedauernd mitzuteilen, dass sie meine Stelle besetzen muss, wenn ich nächste Woche nicht zurückkomme. Und weißt du, was ich getan habe?«

»Nein.«

»Ich habe begonnen zu packen. Es tut mir leid, es tut mir wirklich leid, aber ich muss mein Leben führen. Ich habe Verpflichtungen, Rechnungen, die ich bezahlen muss, und einen Alltag, den ich bewältigen muss. Ich muss zurück.« Sie umschlang sich selbst mit den Armen, als ob sie sich festhalten müsste. »Aber ich konnte nicht weiterpacken. Ich konnte es einfach nicht. Jetzt werde ich meinen Job verlieren, was bedeutet, dass ich mir meine Wohnung nicht mehr leisten kann. Ich werde von der Fürsorge abhängig, und mein Vermieter wird mich verklagen. Und du fragst, ob ich Probleme habe? Nein, keineswegs.«

Er hatte sie nicht unterbrochen. Jetzt nickte er. »Ja, das war eine blöde Frage. Hier.« Er drückte ihr die Blumen in den Arm.

»Was?«

»Du siehst so aus, als ob du sie brauchen könntest.«

Fassungslos starrte sie ihn an. »Aber … aber …«, stammelte sie. »Du hast sie doch für jemand anderen gekauft.«

»Ich kann ja noch mal welche kaufen.« Er wies mit dem Daumen auf den Blumenladen. »Wenn du mir die nötigen Informationen gibst, kann ich dir mit deinem Vermieter helfen. Und um alles andere kümmern wir uns auch. Vielleicht hat ja irgendetwas dich gedrängt, hierherzukommen und hierzubleiben, aber im Grunde genommen ist es deine Entscheidung, Layla. Wenn du wirklich gehen willst …« Er musste wieder an Alice denken, und langsam ließ seine Frustration nach. »Niemand macht dir einen Vorwurf. Aber wenn du bleibst, dann musst du dich auch einbringen.«

»Ich habe …«

»Nein, das stimmt nicht.« Geistesabwesend schob er den Riemen ihrer Tasche, der heruntergeglitten war, wieder auf ihre Schulter. »Du suchst immer noch nach dem Schlupfloch, das es dir ermöglicht, deine Koffer zu packen und zu verschwinden, ohne dass es Konsequenzen hat. Das kann ich gut verstehen, aber wenn du hier bleibst, dann musst du auch mitmachen. Wir reden später noch mal darüber. Ich muss jetzt weiter.«

Er ging wieder in den Blumenladen und ließ sie sprachlos auf dem Bürgersteig zurück.

»Ich bin wieder da«, rief Layla in den ersten Stock zu Quinn hinauf, als sie das Haus betrat. Mit den Blumen und den Einkäufen, die sie auf dem Heimweg erledigt hatte, ging sie in die Küche.

»Ich brauche dringend einen Kaffee.« Quinn kam in die Küche gestürmt und hielt inne, als sie den Strauß Blumen sah, den Layla auf verschiedene leere Flaschen und Gefäße aufteilte. »Hey, hübsch.«

»Ja, das sind sie. Ich muss mit dir reden, Quinn.«

»Ich auch mit dir. Du zuerst.«

»Ich wollte heute früh abreisen.«

Quinn, die sich gerade Kaffee einschenkte, blickte auf. »Oh.«

»Eigentlich wollte ich weg sein, bevor du nach Hause kommst und es mir ausredest. Es tut mir leid.«

»Okay. Ist schon okay. Ich würde mir auch aus dem Weg gehen, wenn ich etwas vorhätte, das ich nicht will. Und warum bist du nicht gegangen?«

Layla erzählte ihr von dem Telefonat mit ihrer Chefin.

»Oh, das tut mir leid. Es ist so unfair. Nein, natürlich, deine Chefin kann nichts dafür, sie muss ihr Geschäft führen. Aber die ganze Angelegenheit ist so unfair.« Quinn beobachtete, wie Layla die Blumen arrangierte. »Bei mir ist es ja okay, weil das sowieso mein Job ist. Ich kann es mir leisten, hier zu sein. Wenn ich dir helfen kann …«

»Nein, darum geht es nicht. Ich will nicht, dass du mir Geld leihst oder meine Ausgaben mitträgst. Wenn ich bleibe, dann deshalb, weil ich es so will.« Layla betrachtete die Blumen und dachte an Fox' Worte. »Ich glaube, das habe ich bis heute nicht akzeptiert oder wollte es nicht akzeptieren. Für mich war es leichter, mir vorzustellen, dass mich etwas hierher getrieben hat und ich gezwungen würde hierzubleiben. Aber jetzt bleibe ich, weil ich es beschlossen habe. Ich muss mir nur noch überlegen, wie ich alles regele.«

»Ich habe schon ein paar Ideen, aber lass mich noch mal drüber nachdenken. Die Blumen sind echt hübsch. Sie heitern einen an so einem Tag richtig auf, oder?«

»Ja, Fox hat sie mir geschenkt. Ich bin ihm vor dem Blumenladen begegnet und habe ihm alles erzählt.« Layla zuckte mit den Schultern. »Eigentlich hat er nur gefragt, wie es mir geht, und schon ist alles aus mir herausgesprudelt.« Sie lachte leise. »Gott, ich habe ihn richtig angefaucht. Er hat mir die Blumen in den Arm gedrückt, die er gerade gekauft hat, und hat mir eine kurze, prägnante Strafpredigt gehalten. Ich habe es vermutlich verdient.«

»Hmm. Und jetzt geht es dir besser?«

»Besser?« Layla trat in ihr kleines Esszimmer und stellte drei Flaschen mit Blumen auf den Klapptisch, den sie auf dem Flohmarkt gekauft hatten. »Auf jeden Fall entschlossener. Ob es besser ist, weiß ich noch nicht.«

»Ich habe etwas für dich zu tun.«

»Gott sei Dank! Es macht mich schon ganz nervös, dass ich so viel freie Zeit habe.«

»Komm mit. Und stell dir ein paar von den Blumen auch in dein Zimmer.«

»Ich dachte, sie sind für das Haus, schließlich hat er sie ja nicht extra für mich gekauft oder …«

»Aber er hat sie dir geschenkt, also nimm dir auch welche mit nach oben. Die Tulpen musste ich ja auch in mein Zimmer stellen.« Um erst gar keine weitere Diskussion aufkommen zu lassen, ergriff Quinn selbst zwei der Töpfe und eine Flasche mit Blumen. »Ach so, Kaffee.«

»Den nehme ich schon.« Layla schenkte Quinn einen Becher ein und nahm sich eine kleine Flasche Wasser. »Was soll ich tun?«

»Bücher lesen.«

»Wir haben die Bücher aus der Bibliothek doch schon gelesen.«

»Wir haben jetzt welche aus Essie Hawkins' persönlichen Beständen. Ein paar davon sind Tagebücher, ich habe sie mir selbst noch nicht richtig angeschaut«, erklärte Quinn, als sie nach oben gingen. »Ich bin ja auch erst kurz vor dir nach Hause gekommen. Drei Tagebücher stammen von Ann Hawkins, aus der Zeit nach der Geburt ihrer Kinder. Ihrer Kinder mit Giles Dent.«

»Aber Mrs Hawkins hat sie doch bestimmt schon gelesen und sie Cal gezeigt.«

»Ja, das stimmt. Aber wir haben sie noch nicht gelesen, Layla, und wir gehen sozusagen mit frischen Augen daran. Unter einem anderen Blickwinkel.« Sie stellte die Blumen in Laylas Zimmer, dann nahm sie ihren Kaffeebecher und ging mit Layla in ihr Büro. »Die erste Frage habe ich mir schon notiert: Wo sind die anderen?«

»Die anderen Tagebücher?«

»Ja, denn ich könnte wetten, dass Ann noch mehr geschrieben hat. Wo sind zum Beispiel die Tagebücher aus der Zeit, als sie mit Dent zusammengelebt hat und mit Drillingen schwanger war? Wo sind sie, warum sind sie nicht bei den anderen?«

»Vielleicht sind sie verloren gegangen oder wurden vernichtet.«

»Hoffentlich nicht.« Quinn kniff die Augen zusammen und ergriff einen kleinen, in braunes Leder gebundenen Band. »Ich denke nämlich, dass sie uns auf einige Fragen Antwort geben kann.«

Erst nach sieben kam Cal aus dem Center weg, und auch dann hatte er ein schlechtes Gewissen, weil er seinen Vater allein ließ. Er hatte Quinn am späten Nachmittag angerufen, um ihr zu sagen, er käme so bald wie möglich. Sie hatte geistesabwesend geantwortet, er solle etwas zu essen mitbringen.

Sie müsste sich mit Pizza begnügen, dachte er, als er die Treppe zu ihrer Haustür hinaufging. Er hatte weder Zeit noch Lust gehabt, sich mit ihren neuen Essgewohnheiten auseinanderzusetzen.

Während er an der Tür stand, fuhr ihm ein Windstoß über den Rücken, und er blickte sich unbehaglich um. Irgendetwas kommt, dachte er. Irgendetwas ist im Wind.

Fox machte ihm die Tür auf. »Gott sei Dank, Pizza

und ein weiterer Testosteronträger. Ich war in der Minderheit, Kumpel.«

»Wo ist das Östrogen?«

»Oben. In Bücher und Notizen vertieft. Layla macht Schaubilder. Ich habe den Fehler begangen, ihnen zu erzählen, dass ich eine Standtafel im Büro habe, dann musste ich sie hierher schleppen.« Cal legte die Pizzaschachteln auf die Küchentheke, und Fox nahm sich sofort ein Stück heraus. »Sie haben auch irgendwas von Karteikarten gesagt. Farbige Karteikarten. Lass mich hier nicht mehr allein.«

Cal grunzte nur. Er öffnete die Kühlschranktür und stellte fest, dass Fox den Biervorrat aufgefüllt hatte. »Vielleicht waren wir nie organisiert genug und haben deshalb irgendwas übersehen. Vielleicht …«

Er brach ab, als Quinn hereinkam. »Hi! Pizza. Oh, oh. Na ja, ich werde meine Pfunde mit geistiger Arbeit abtrainieren.«

Sie holte Teller und reichte einen davon Fox, der sein erstes Stück schon fast aufgegessen hatte. Dann lächelte sie Cal an. »Hast du mir sonst noch etwas mitgebracht?«

Er beugte sich vor und küsste sie. »Das hier.«

»Zufällig genau das, was ich wollte. Und noch ein bisschen mehr.« Sie packte ihn am Hemd und zog ihn zu sich heran, um ihm einen längeren Kuss zu geben.

»Soll ich gehen? Kann ich die Pizza mitnehmen?«

»Also eigentlich«, begann Cal.

Quinn tätschelte ihm den Arm. »Mommy und Daddy haben sich nur begrüßt«, sagte sie zu Fox. »Sollen wir nicht im Esszimmer essen wie zivilisierte Menschen? Layla kommt sofort.«

»Warum darf ich denn Mommy nicht begrüßen?«, beschwerte sich Fox, als Quinn mit den Tellern nach nebenan ging.

»Weil ich etwas dagegen habe.«

»Ach was.« Amüsiert ergriff Fox die Pizzaschachteln und marschierte hinter Quinn her. »Bring du die Getränke mit, Kumpel.«

Als sie alle um den Tisch saßen, kam Layla mit einer großen Schüssel und einem Stapel kleinerer herein. »Ich habe das eben rasch zusammengeworfen. Ich war mir nicht sicher, was du mitbringen würdest«, sagte sie zu Cal.

»Du hast Salat gemacht?«, fragte Quinn.

»Meine Spezialität. Schneiden, hacken, mischen. Kein Kochen.«

»Na, jetzt bin ich ja wohl gezwungen, brav zu sein.« Quinn nahm sich ein Stück Pizza und eine kleine Schüssel Salat. »Wir haben Fortschritte gemacht«, sagte sie zu den Männern.

»Ja, du kannst von den Damen jetzt erfahren, wie man Talgkerzen macht oder Schwarze Johannisbeeren einkocht«, warf Fox ein. »Das haben sie alles drauf.«

»Einige der Informationen in den Büchern können wir im Moment vielleicht nicht brauchen«, verwies Quinn ihn, »aber eines Tages kann es mir bei einem totalen Stromausfall vielleicht nützen, wenn ich weiß, wie man Talgkerzen herstellt. Ich meinte jedoch mit Fortschritt eher, dass es in Anns Tagebüchern eine Menge an interessanten Informationen gibt.«

»Wir haben sie gelesen«, erwiderte Cal. »Mehrmals.«

»Ihr seid keine Frauen.« Sie hob den Finger. »Ja, natürlich, Essie ist eine Frau, aber Essie ist als Nachfahrin nicht ganz objektiv und hat deshalb vielleicht Nuancen übersehen. Erste Frage: Wo sind die anderen?«

»Es gibt keine anderen.«

»Da bin ich anderer Meinung. Wir haben nur keine anderen gefunden. Essie hat gesagt, ihr Vater hat ihr diese Bücher gegeben, weil sie Bücher liebte. Er hat nie gesagt, ob es noch mehr davon gab.«

»Wenn es so wäre, hätte er sie ihr doch gegeben«, erwiderte Cal.

»Wenn er sie gehabt hätte, sicher. Zwischen dem siebzehnten und dem zwanzigsten Jahrhundert liegt eine lange Zeitspanne«, sagte Quinn. »Dinge werden verlegt oder weggeworfen, gehen verloren. Interessant ist auf jeden Fall, dass Ann Hawkins die meiste Zeit ihres Lebens in dem Gebäude auf der Main Street verbracht hat, in dem sich heute das Gemeindezentrum befindet, die ehemalige Bibliothek.«

»Eine Bibliothek, die Gran in und auswendig kannte«, erwiderte Cal. »Es gab kein einziges Buch dort, das sie nicht kannte.« Er schüttelte den Kopf. »Sie hätte bestimmt gewusst, wenn da noch mehr Bände gewesen wären.«

»Aber vielleicht hat sie sie nie gesehen, weil sie versteckt waren. Möglich ist auch, dass es nicht ihre Bestimmung war, sie zu finden.«

»Das ist eine Überlegung wert«, kommentierte Fox.

»Wir möchten in dieser Richtung auch weiter nachforschen. Übrigens sind die Tagebücher nicht datiert, deshalb datieren Layla und ich sie danach, wie sie über ihre Söhne schreibt. In dem ersten, das uns vorliegt, müssen ihre Söhne etwa zwei oder drei sein. Im nächsten sind sie fünf, weil sie über ihren Geburtstag berichtet, und am Ende dieses Bandes sind sie sieben. Im dritten sind sie dann schon junge Männer, so etwa sechzehn.«

»Es liegen viele Jahre dazwischen«, warf Layla ein.

»Vielleicht gab es über diese Jahre nichts Erwähnenswertes zu berichten.«

»Könnte sein«, sagte Quinn zu Cal, »aber ich wette, sie hat trotzdem alles aufgeschrieben, und wenn es bloß um Johannisbeergelee und die Streiche ihrer drei Söhne ging. Aber viel wichtiger fände ich das Tagebuch, in dem sie über ihre Zeit mit Dent schreibt, vor der Geburt ihrer Söhne und in den ersten zwei Jahren danach. Das war eine wirklich interessante Zeit.«

»Sie schreibt von Giles Dent«, sagte Layla leise. »Immer wieder, in allen Tagebüchern. Sie schreibt über ihre Gefühle, über ihre Träume von ihm.«

»Und immer in der Gegenwart«, ergänzte Quinn.

»Es ist schwer, jemanden zu verlieren, den man liebt.« Fox drehte die Bierflasche in der Hand.

»Das stimmt, aber sie schreibt ständig von ihm, als ob er noch lebte.« Quinn blickte Cal an. »Es geht nicht um den Tod. Wir haben ja darüber gesprochen, dass Dent einen Weg gefunden hat, den Dämon in Schach zu halten. Anscheinend konnte er ihn nicht vernichten, aber umgekehrt konnte auch der Dämon ihn nicht töten. Dent hat einen Weg gefunden, ihn zurückzuhalten und weiterzuexistieren. Vielleicht auch nur zu diesem Zweck. Ann wusste, was er tat, und ich wette, sie wusste auch, wie er es tat.«

»Liebe und Trauer bedenkst du dabei aber nicht«, entgegnete Cal.

»Doch, schon, aber ich merke an ihren Tagebüchern, dass sie eine willensstarke Frau ist, und sie hat diesen ebenso willensstarken Mann sehr geliebt. Für ihn hat sie jegliche Konvention fallen gelassen, sie hat nicht nur sein Bett, sondern auch seine Verpflichtungen geteilt. Was immer er vorhatte, war auch ihre Sache, weil sie eine Einheit waren. Hast du das nicht auch gespürt, als wir auf der Lichtung waren?«

»Ja.« Das konnte er nicht leugnen. »Das habe ich gespürt.«

»Ann hat zwar ihren Söhnen, als sie alt genug waren, bestimmt die Geschichte erzählt, aber sie hatte sicher Angst, dass sie verloren gehen oder verfälscht werden könnte, deshalb glaube ich, hat sie sie aufgeschrieben und an einem sicheren Ort verwahrt, wo man sie finden konnte, wenn sie gebraucht würde.«

»Aber sie wird seit einundzwanzig Jahren gebraucht.«

»Cal, das ist unlogisch. Sie hat dir doch gesagt, dass jetzt der Zeitpunkt ist. Es sollte immer schon jetzt sein. Vor diesem Zeitpunkt hättest du es mit nichts aufhalten können.«

»Wir haben den Dämon doch erst herausgelassen«, sagte Fox. »Wenn wir ihn nicht herausgelassen hätten, dann bräuchten wir auch jetzt nichts zu unternehmen.«

»Nein, das glaube ich nicht.« Layla wandte sich ihm zu. »Vielleicht verstehen wir das erst, wenn wir die anderen Tagebücher finden. Und uns ist noch etwas aufgefallen.«

»Layla hat es auf den ersten Blick gesehen«, warf Quinn ein.

»Weil ich es genau vor der Nase hatte. Es geht auf jeden Fall um die Namen. Anns Söhne hießen Caleb, Fletcher und Gideon.«

»Das waren damals ganz übliche Namen.« Cal zuckte mit den Schultern und schob seinen Teller weg. »Caleb kommt bei den Hawkins häufiger vor als die beiden anderen Namen. Aber ich habe einen Vetter Fletch und einen Onkel Gideon.«

»Nein, es geht um die Anfangsbuchstaben«, sagte Quinn ungeduldig. »Ich habe dir doch gesagt, dass es ihnen bestimmt noch nicht aufgefallen ist«, fügte sie an Layla gewandt hinzu. »C, F, G. Caleb, Fox, Gage.«

»Zufall«, meinte Fox. »Vor allem, wenn du bedenkst, dass ich Fox heiße, weil meine Mutter kurz vor den Wehen ein Rudel rote Füchse sah.«

»Du bist tatsächlich nach einem Fuchs benannt? Einem echten Fuchs?«, wollte Layla wissen.

»Na ja, es war ja kein bestimmter. Es war mehr ein … Ach, du musst meine Mutter mal kennen lernen.«

»Wie auch immer Fox an seinen Namen gekommen ist, ich glaube nicht, dass wir hier über Zufälle reden.« Quinn sah Cal am Gesicht an, dass er darüber nachdachte. »Ich glaube, hier am Tisch sitzt mehr als nur ein Nachkomme von Ann Hawkins.«

»Also, die Familie meines Vaters ist vor vier Generationen aus Irland gekommen«, erklärte Fox. »Zu der Zeit, als Ann Hawkins hier gelebt hat, haben sie in Kerry noch Äcker gepflügt.«

»Was ist mit deiner Mutter?«, fragte Layla.

»Eine wilde Mischung. Englisch, Irisch, und ich glaube, auch ein bisschen Französisch. Niemand hat sich je die Mühe gemacht, einen Stammbaum zu erstellen, aber dass es Hawkins in meiner Familie gegeben hat, glaube ich nicht.«

»Vielleicht überprüfst du das noch mal«, schlug Quinn vor. »Was ist mit Gage?«

»Keine Ahnung, aber ich bezweifle es«, erwiderte Cal. »Ich kann ja mal Bill, Gages Vater fragen. Wenn es tatsächlich stimmen sollte, wenn wir direkte Nachfahren sind, dann könnte es genau das erklären, was wir niemals verstanden haben.«

»Warum gerade ihr es wart«, warf Quinn leise ein. »Warum ihr drei, die Mischung eures Blutes, die Tür geöffnet hat.«

»Ich dachte immer, es läge an mir.«

Im Haus war es still. Cal lag auf Quinns Bett, und sie hatte sich an ihn gekuschelt.

»Na ja, ich habe schon angenommen, dass sie es mit ausgelöst haben. Aber in erster Linie war es mein Blut, mein Erbe, könnte man sagen. Ich war der Hawkins. Sie waren doch gar nicht von hier, nicht so wie ich jedenfalls, seit Generationen schon. Aber wenn das stimmt … ich weiß immer noch nicht, was ich davon halten soll.«

Sie strich ihm mit der Hand über das Herz. »Jetzt entspann dich doch mal.«

»Warum hat Dent es zugelassen? Wenn er wusste, wie er ihn aufhält, warum hat er es dann so weit kommen lassen?«

»Noch eine Frage.« Quinn stützte sich auf den Ellbogen und blickte ihn an. »Wir finden es heraus, Cal. Ich glaube fest daran.«

»Ja, mit dir zusammen glaube ich auch daran.« Er berührte ihre Wange. »Quinn, ich kann heute Nacht nicht hierbleiben. Lump mag ein fauler Hund sein, aber er braucht mich.«

»Noch eine Stunde?«

»Ja.« Er lächelte, als sie sich über ihn beugte. »Ich glaube, eine Stunde lang hält er es noch aus.«

Als er später zu seinem Auto ging, hatte der Wind aufgefrischt, und die kahlen Äste der Bäume ächzten. Cal blickte forschend die Straße entlang, aber er sah nichts.

Etwas ist im Wind, dachte er noch einmal und stieg in seinen Wagen, um nach Hause zu fahren.

Es war schon nach Mitternacht, als Gage der Wunsch nach einer Zigarette überfiel. Seit zwei Jahren, drei Monaten und einer Woche rauchte er nicht mehr, eine Tatsache, die ihn immer noch aufregte.

Er drehte das Radio lauter, um sich abzulenken, aber das steigerte das Verlangen nur noch. Er musste es ignorieren, denn sonst hätte ja das alte Sprichwort gegolten: Wie der Vater, so der Sohn.

Und er war nicht wie sein Vater.

Er trank Alkohol, wenn ihm danach war, aber seit seinem siebzehnten Lebensjahr war er nicht mehr betrunken gewesen, und damals war es mit Absicht geschehen. Bei anderen tolerierte er es, und eigentlich machte er auch seinem alten Herrn keinen Vorwurf. Nach Gages Auffassung lebte eben jeder sein Leben, so gut er konnte.

Mit dieser toleranten Einstellung war er auch auf sein plötzliches und überraschend intensives Verlangen nach einer Zigarette vorbereitet. Als ihm allerdings jetzt einfiel, dass er sich in der Nähe von Hawkins Hollow befand, wo er höchstwahrscheinlich hässlich und schmerzhaft sterben würde, kamen ihm die Warnungen des Gesundheitsministeriums auf den Schachteln auf einmal höchst unnötig vor.

Am nächsten Supermarkt hielt er an, holte sich einen schwarzen Kaffee und ein Päckchen Marlboro.

Er ging zu seinem Wagen, den er in D. C. gleich nach seiner Ankunft gekauft hatte. Der Wind fuhr ihm durch die dunklen Haare, die im Moment ein wenig länger als gewöhnlich waren, da er den Friseuren in Prag nicht getraut hatte.

Er hatte sich auch nicht die Mühe gemacht, sich zu rasieren, seine Bartstoppeln trugen zu dem gefährlichen, düsteren Aussehen bei, das die junge Angestellte an der Kaffeetheke innerlich vor Lust hatte erschauern lassen.

Er war groß, über einsfünfundachtzig, schlank, aber gut trainiert. Zwar war er nicht streitlustig, aber er ging auch keinem Kampf aus dem Weg. Und er wollte gewinnen. Sein Körper, sein Gesicht, sein Verstand waren seine Werkzeuge, ebenso wie seine Augen, seine Stimme und die Beherrschung, die er selten verlor.

Er war ein Spieler, und ein kluger Spieler achtete darauf, dass seine Werkzeuge gepflegt waren.

Wieder auf der Straße, trat Gage das Gaspedal des Ferraris durch. Es war vielleicht albern, so viel von seinem Gewinn in ein Auto zu stecken, aber Himmel, wie es *fuhr!* Und da er vor so vielen Jahren als Anhalter aus Hollow geflüchtet war, war es schon ein gutes Gefühl, jetzt stilvoll zurückzukehren.

Komisch, jetzt, wo er sich die blöden Zigaretten gekauft hatte, war ihm nicht mehr danach. Er wollte noch nicht einmal mehr den Kaffee. Die Geschwindigkeit war Kick genug.

Er flog die letzten Kilometer über die Interstate und nahm die Ausfahrt, die ihn nach Hollow brachte. Die dunkle Landstraße war leer – was ihn um diese nächtliche Stunde nicht überraschte. Ein wenig zog sich ihm der Magen zusammen, weil er nach Hause fuhr, statt dem Impuls zu folgen wegzulaufen, aber er spürte auch, wie es ihn dorthin zog.

Er griff nach dem Kaffee und stand im gleichen Moment auf der Bremse, weil Scheinwerfer direkt auf ihn zukamen. Er hupte und sah, wie das andere Auto ins Schleudern geriet.

Scheiße, Scheiße, Scheiße, dachte er. Ich habe das Schätzchen doch gerade erst gekauft.

Dann stand er mitten auf der Straße und stellte erleichtert fest, dass es nicht zum Zusammenstoß gekommen war. Der andere Wagen musste um Millimeter –

ach was, weniger als Millimeter – an ihm vorbeigeschrammt sein.

Er hatte mal wieder Glück gehabt. Er wendete, hielt am Straßenrand und stieg aus. Der Fahrer des anderen Wagens war wahrscheinlich sturzbetrunken. Aber das stimmte nicht. Eine Furie kam auf ihn losgestürmt.

»Wo zum Teufel sind Sie denn hergekommen?«, wollte sie wissen. In der Dunkelheit konnte er nur dunkle Zigeunerlocken um ein blasses Gesicht erkennen.

Tolles Gesicht, ging es ihm durch den Kopf. Riesige schwarze Augen, eine scharf geschnittene Nase, ein großzügiger, üppiger Mund, der seine Sinnlichkeit möglicherweise Collagen-Injektionen verdankte.

Sie zitterte nicht, und er spürte auch keine Angst, als sie jetzt in der Dunkelheit auf einer einsamen Landstraße einem völlig fremden Mann gegenüberstand.

»Lady«, sagte er mit, wie er fand, bewundernswerter Ruhe, »wo zum Teufel sind *Sie* hergekommen?«

»Von dieser blöden Straße, die aussieht wie all die anderen blöden Straßen hier. Ich habe in beide Richtungen geguckt, habe aber niemanden gesehen. Bis auf einmal ... Wie sind Sie ... Ach, ist ja auch egal. Wir leben ja noch.«

»Ja.«

Sie stemmte die Hände in die Hüften und musterte ihr Auto. »Komme ich aus dem Graben wieder raus?«

»Ja, aber Sie haben einen Platten.«

»Was ... Ach, du liebe Güte! Sie müssen ihn wechseln.« Verärgert trat sie gegen den platten Hinterreifen. »Das ist das Mindeste, was Sie tun können.«

Das fand er eigentlich nicht, schließlich hätte er einfach zu seinem Auto gehen und davonfahren können. Aber ihre Streitlust war erfrischend. »Machen Sie den Kofferraum auf. Ich brauche den Ersatzreifen und den Wagenheber.«

Er hob einen Koffer heraus und stellte ihn auf die Erde, dann warf er einen Blick auf ihren Ersatzreifen. Kopfschüttelnd meinte er: »Das ist wohl nicht Ihr Tag. Ihr Ersatzreifen ist im Eimer.«

»Das kann nicht sein. Wovon reden Sie?« Sie schob ihn beiseite und blickte selbst hinein. »Oh, verdammt! Ich bringe sie um! Meine Schwester.« Erregt lief sie auf und ab. »Ich habe ihr für zwei Wochen meinen Wagen geliehen. Das ist so typisch. Sie ruiniert mir einen Reifen, aber repariert sie ihn? Erwähnt sie es überhaupt? Nein.«

Sie schob sich die Haare aus dem Gesicht. »Ich rufe doch um diese Tageszeit kein Abschleppunternehmen an, dass ich irgendwo im Nichts festsitze. Sie müssen mich mitnehmen.«

»Ach ja?«

»Schließlich ist es ja Ihre Schuld. Wenigstens zum Teil.«

»Was für einen Teil?«

»Ich weiß nicht, und ich bin auch zu müde und zu wütend, um mich dafür zu interessieren. Ich brauche eine Mitfahrgelegenheit.«

»Zu Ihren Diensten. Wohin?«

»Hawkins Hollow.«

Er lächelte. »Wie praktisch. Dort fahre ich auch gerade hin.« Er wies auf sein Auto. »Gage Turner«, fügte er hinzu.

Sie machte eine ziemlich königliche Geste zu ihrem Koffer. »Cybil Kinski.« Als sie sein Auto in Augenschein nahm, zog sie die Augenbrauen hoch. »Sie haben einen sehr schönen Wagen, Mr Turner.«

»Ja, und er läuft.«

14

Es war zwar schon ziemlich spät, aber Cal war nicht besonders überrascht, als er Fox' Wagen in seiner Einfahrt sah. Es überraschte ihn auch nicht, dass Fox schläfrig blinzelnd auf der Couch vor dem Fernseher lag. Neben ihm auf dem Fußboden lag Lump und schnarchte.

Auf dem Couchtisch standen eine Dose Coke, Cals letzter Beutel Barbecue Kartoffelchips und eine Schachtel mit Hundekuchen. Vermutlich Überreste einer fröhlichen Mann-Hund-Party.

»Was machst du denn hier?«, fragte Fox.

»Ich wohne hier.«

»Hat sie dich rausgeworfen?«

»Nein. Ich bin nach Hause gefahren.« Cal griff in die Chipstüte, fand aber nur noch ein paar Krümel. »Wie viel hast du ihm denn davon gegeben?«

Fox warf einen Blick auf die Hundekuchen. »Ein paar. Vielleicht fünf. Warum bist du so gereizt?«

Cal ergriff die Coke-Dose und trank den warmen Rest aus. »Ich habe so ein Gefühl, ein … Hast du heute Abend nichts gespürt?«

»Meine Gefühle haben sich in den letzten zwei Wochen ziemlich in Grenzen gehalten.« Fox rieb sich mit beiden Händen durchs Gesicht. »Aber du hast recht. Kurz bevor du gekommen bist, war da etwas. Ich habe halb geschlafen, und auf einmal war mir, als ob der Wind durch den Kamin rauschen würde.«

»Ja.« Cal trat ans Fenster und blickte hinaus. »Hast du in der letzten Zeit nach deinen Eltern geschaut?«

»Ja, ich habe heute mit meinem Vater geredet. Es geht ihnen gut. Warum?«

»Wenn wir alle drei direkte Nachfahren sind, ist ein Elternteil von uns jeweils in der Schusslinie«, erwiderte Cal.

»Das habe ich mir auch schon überlegt.«

»Keiner aus unserer Familie war während der Sieben jemals betroffen. Davon waren wir immer befreit.« Er wandte sich um. »Vermutlich waren wir so erleichtert, dass wir nie nach dem Grund gefragt haben.«

»Deine und meine Eltern wohnen ja außerhalb der Stadt. Bill Turner ist der Einzige, der in der Stadt wohnt, und wer weiß schon, was mit ihm los ist.«

»Meine und deine Eltern kamen während der Sieben regelmäßig in die Stadt. Und es gab Leute – erinnerst du dich noch, was letztes Mal mit den Poffenbergers passiert ist?«

»Ja. Ja, ich erinnere mich.« Fox rieb sich die Augen. »Poffenberger hat zwar acht Kilometer außerhalb der Stadt gewohnt, hat aber trotzdem seine Frau erwürgt, als sie mit einem Fleischermesser auf ihn losgegangen ist.«

»Wir wissen jetzt auch, dass Gran in jenem ersten

Sommer Dinge gespürt und gesehen hat, jetzt war es wieder so. Warum?«

»Vielleicht sucht sich der Dämon die Personen nach Gutdünken aus, Cal.« Fox stand auf und warf noch einen Holzscheit aufs Kaminfeuer. »Es hat immer Leute gegeben, die gar nicht davon berührt waren, und andere, die infiziert waren.«

»Quinn und Layla sind die ersten Außenseiter. Natürlich gibt es eine Verbindung, aber was ist, wenn wir nun tatsächlich miteinander verwandt sind?«

Fox setzte sich wieder und streichelte Lump, der im Schlaf zuckte, über den Kopf. »Gute Theorie. Du brauchst dir aber keine Vorwürfe zu machen, wenn du es mit deiner Kusine hundertsten Grades treibst.«

Das war ein Gedanke. »Wenn sie ebenfalls Nachfahren sind, sollten wir uns überlegen, ob uns ihre Anwesenheit stärker oder schwächer macht. Denn es scheint auf der Hand zu liegen, dass dieses Mal entscheidend ist. Dieses Mal geht es um alles oder nichts. Deshalb … Da kommt jemand.«

Fox stand auf und stellte sich neben Cal. »Ich glaube nicht, dass der Böse in einem Auto zu dir gefahren kommt und dazu noch …« Er kniff die Augen zusammen, als Cals Bewegungsmelder angingen. »Ach, du lieber Himmel, ist das etwa ein Ferrari?« Er grinste Cal an.

»Gage«, sagten sie wie aus einem Mund.

Sie traten auf die vordere Veranda und ließen die Tür hinter sich offen stehen. Gage stieg aus dem Auto und warf ihnen einen Blick zu, als er nach hinten ging, um seine Tasche aus dem Kofferraum zu holen. Er hängte sie sich über die Schulter und kam die Treppe herauf. »Habt ihr Mädels eine Pyjamaparty?«

»Die Stripperinnen sind gerade gegangen«, sagte Fox. »Du hast sie leider verpasst.« Er umarmte Gage. »Mann, ist das schön, dich zu sehen. Wann darf ich mit deinem Auto fahren?«

»Eigentlich nie. Cal.«

»Du hast dir vielleicht Zeit gelassen.« Die beiden Männer umarmten sich.

»Ich hatte zu tun. Jetzt möchte ich was trinken. Hast du ein Zimmer für mich?«

»Komm rein.«

In der Küche schenkte Cal drei Whiskey ein. »Und?«, sagte er zu Gage. »Anscheinend bist du also flüssig.«

»Oh, ja.«

»Wie viel?«

Gage drehte das Glas zwischen den Fingern. »Wenn man alle Ausgaben und mein neues Spielzeug da draußen abzieht, etwa fünfzig.«

»Gute Arbeit«, warf Fox ein.

»Ja, danke.«

»Du siehst ein bisschen angestrengt aus, Kumpel.«

Gage zuckte mit den Schultern. »Ich habe zwei anstrengende Tage hinter mir. Und eben auf der Siebenundsechzig habe ich fast noch einen Unfall gehabt.«

»Ist dein Spielzeug aus der Spur geraten?«, fragte Fox.

»Ich bitte dich.« Gage verzog das Gesicht. »Kurz vor mir ist auf einmal eine Frau eingebogen, eine ziemlich heiße Frau übrigens. Ich sag's euch – kein Mensch auf der Straße, und sie schießt plötzlich mit diesem kleinen

Karmann Ghia – hübsches kleines Auto – heraus. Und dann springt sie auch noch aus dem Wagen und geht auf mich los, als ob ich an allem schuld wäre.«

»Frauen«, sagte Fox.

»Sie ist also im Graben gelandet«, fuhr Gage fort, »und hatte einen Platten. Eigentlich nicht schlimm, aber ihr Ersatzreifen war im Arsch. Da sie auch nach Hollow wollte, habe ich ihren zwei Tonnen schweren Koffer ins Auto gewuchtet und sie mitgenommen. Sie rasselt eine Adresse runter und fragt mich, als ob ich Map24 persönlich wäre, wie lange es dauert, bis wir da sind.«

Er trank einen Schluck Whiskey. »Zum Glück für sie bin ich hier aufgewachsen und konnte ihr versichern, dass ich sie in fünf Minuten dort absetzen würde. Sie schnappt sich ihr Handy, ruft jemanden an, den sie Q nennt – wie bei James Bond –, und sagt ihr – wie ich sehen konnte, als ich ankam, auch sehr hübsch übrigens –, sie solle aufwachen, sie wäre in fünf Minuten da. Dann …«

Cal unterbrach ihn und nannte eine Adresse. »War es da?«

Gage ließ sein Glas sinken. »Ja, tatsächlich.«

»Es ist etwas im Wind«, murmelte Cal. »Vermutlich wart ihr beide das, du und Quinns Cybil.«

»Cybil Kinski«, bestätigte Gage. »Sieht aus wie eine Zigeunerin aus der Park Avenue. Na ja.« Er leerte sein Glas in einem Zug. »Ist das nicht irre?«

»Er kam aus dem Nichts.« Auf der Kommode stand ein Glas Rotwein, das Quinn nach Cybils Anruf schon einmal bereitgestellt hatte.

Da bei ihrer Ankunft auch Layla geweckt worden war, saß Quinn jetzt neben ihr auf Cybils Bett, während die Freundin im Zimmer herumlief, Kleider aufhängte und ab und zu einen Schluck Wein trank.

»Ich dachte schon, jetzt wäre es mit mir vorbei, auch wenn ich eigentlich meinen Tod nie durch einen Autounfall gesehen habe. Ehrlich gesagt weiß ich nicht, wie wir dem Zusammenstoß entgangen sind. Vermutlich bin ich eine gute Autofahrerin«, sagte Cybil zu Quinn.

»Ja, das bist du.«

»Ich muss sogar besser sein, als ich dachte, und er – glücklicherweise – wohl auch. Aber die verdammte Rissa!«

»Rissa?« Layla blickte sie verständnislos an.

»Cybs Schwester Marissa«, erklärte Quinn. »Du hast ihr schon wieder dein Auto geliehen.«

»Ich weiß, ich weiß«, erwiderte Cybil und blies sich ein paar Locken aus der Stirn. »Irgendwie gelingt es ihr immer wieder. Mein Ersatzreifen war platt, dank Rissa.«

»Was erklärt, warum du in so einem schicken Sportwagen vorgefahren bist.«

»Er konnte mich ja wohl kaum da stehen lassen, obwohl er eigentlich wie jemand wirkte, der das fertigbringen würde. Äußerst attraktiv und ein bisschen gefährlich.«

»Als ich das letzte Mal einen Platten hatte«, sagte Quinn, »hielt ein Typ mit einem Bauch so dick wie ein Sack Zement an.«

»Dieser nicht, ich konnte es zwar nicht genau erkennen, aber ich wette, Gage Turner hat einen tollen Hintern!«

»Gage Turner.« Layla legte Quinn die Hand auf den Oberschenkel. »Quinn!«

»Ja.« Quinn stieß die Luft aus. »Okay. Dann sind wir jetzt wohl komplett.«

Am nächsten Morgen ließ Quinn ihre Hausgenossinnen schlafen und ging zu Fuß zum Gemeindezentrum. Wahrscheinlich würde sie es bedauern, dass sie nicht mit dem Auto gefahren war, weil sie jetzt auch wieder zurücklaufen musste – nach dem Training. Aber es wäre Betrug gewesen, die kurze Strecke zu fahren.

Außerdem brauchte sie Zeit zum Nachdenken.

Es war kein Zufall, dass Cybil und Gage Turner mitten in der Nacht auf einer einsamen Landstraße buchstäblich fast aufeinandergeprallt waren. Cybil, die sonst einen sehr guten Orientierungssinn hatte, war ohne Grund falsch abgebogen, und sie hatte Gage nicht nur nicht gesehen, sondern er war, wie sie gesagt hatte, aus dem Nichts gekommen.

Ein weiterer Punkt auf der Liste der Seltsamkeiten, dachte Quinn.

Warum mochte es wohl wichtig sein, dass sie sich separat, außerhalb der Gruppe, getroffen hatten? War es nicht seltsam genug, dass sie beide in der gleichen Nacht, zur gleichen Zeit angekommen waren?

Cal hatte ihr einen Mitgliederschlüssel für den Fitnessbereich gegeben, damit schloss sie jetzt auf und gab die Nummer auf ihrem Gästeausweis ein.

Das Licht war noch aus, was sie überraschte. Normalerweise war schon alles eingeschaltet, wenn sie ankam, und zumindest einer der Fernseher lief bereits. Häufig trainierten auch schon die Ersten auf den Laufbändern oder an den Gewichten.

Sie schaltete das Licht an und rief. Ihre Stimme klang hohl. Neugierig ging sie nach vorn in das kleine Büro, aber auch dort und in den Umkleidekabinen war alles dunkel.

Vielleicht hatte der Angestellte gestern zu lange gefeiert, dachte sie. Sie nahm sich einen Schlüssel für ein Schließfach, schlüpfte in ihre Trainingskleidung und legte sich ein Handtuch um die Schultern. Da sie heute mit dem Ausdauertraining anfangen wollte, schaltete sie die Morgennachrichten ein, bevor sie auf den Crosstrainer stieg.

Sie programmierte ihn, wobei sie der Versuchung widerstand, ein paar Pfund ihres Gewichts zu unterschlagen. Als ob das eine Rolle spielte. Aber das tat es natürlich doch.

Erfreut über ihre Disziplinn begann sie mit dem Training. Obwohl sie nichts dagegen hatte, allein zu sein, erwartete sie doch, jeden Moment die Tür schlagen zu hören. Tina oder Matt, die abwechselnd hier arbeiteten, mussten bald eintreffen. Nach etwa zehn Minuten gab sie das Warten jedoch auf und konzentrierte sich stattdessen auf den Fernsehbildschirm.

Nach den ersten zwei Kilometern trank Quinn einen Schluck Wasser aus der Flasche, die sie mitgebracht hatte. Dann ließ sie ihre Gedanken schweifen und überlegte, was sie am heutigen Tag alles erledigen wollte. Recherche, die Grundlage eines jeden Projekts. Außerdem wollte sie schon einmal das Anfangskapitel ihres Buches skizzieren. Schließlich wollte sie mit Cybil – und mit Layla, wenn sie Lust dazu hatte – durch die Stadt spazieren und zum Friedhof gehen. Es war an der Zeit, Ann Hawkins einen Besuch abzustatten.

Vielleicht konnte Cal sie ja begleiten. Sie musste sowieso mit ihm sprechen, hauptsächlich wollte sie ihn natürlich Cybil vorführen.

Sieh her! Ist er nicht süß? Ein bisschen kam sie sich vor wie ein Schulmädchen, aber das spielte keine Rolle. Sie wollte ihn endlich wieder berühren, wollte seine Lippen auf ihren spüren. Sie liebte es, wie er zuerst mit den Augen lachte und wie …

Na ja. Sie schwärmte wirklich wie ein Teenager, stellte sie fest. Aber irgendwie süß. Quinn ist verliebt, dachte sie und schaffte den dritten Kilometer mit einem Lächeln auf den Lippen.

Auf einmal ging das Licht aus.

Der Crosstrainer blieb stehen; der Fernseher wurde dunkel und stumm.

»Oh, Scheiße.« Zunächst war sie nicht besonders alarmiert. Aber es war stockdunkel, und sie war sich nicht sicher, in welcher Richtung sich die Außentür befand. Sie müsste sich den Weg ertasten. Und dann, fragte sie sich. Bis zu ihrem Schließfach würde sie sicher nicht kommen, also müsste sie in Sport-BH und Radlerhose nach draußen gehen.

Ein dumpfer Schlag ertönte, und ihre Nackenhaare stellten sich auf. Es gab größere Probleme als unzureichende Kleidung.

Sie war nicht allein. Das Herz schlug ihr bis zum Hals,

sie konnte nur hoffen, dass das, was mit ihr im Raum war, menschlich war. Die Schläge, die die Wände erbeben ließen, klangen jedoch nicht danach. Gänsehaut kroch über ihren Körper, zum Teil aus Angst, zum Teil aber auch, weil es auf einmal eiskalt wurde.

Du musst kühlen Kopf bewahren, sagte sie sich. Sie packte ihre Wasserflasche – eine jämmerliche Waffe, aber etwas anderes hatte sie nicht – und ließ sich von dem Gerät zu Boden gleiten.

Sie fiel ins Schwarze und stieß sich Schulter und Hüfte. Panisch und desorientiert rappelte sie sich auf. Sie hatte keine Ahnung, in welche Richtung sie sich wenden sollte. Hinter ihr, vor ihr oder auch in ihrem Kopf – sie konnte es nicht erkennen – hörte sie eine Stimme, die fröhlich vom Tod redete.

Schreiend tastete sie sich auf schwankendem Boden vorwärts. Ihre Zähne klapperten vor Entsetzen und vor Kälte. Denk nach, befahl sie sich, als sie erneut an ein Trainingsgerät stieß, das sie als Liegeergometer identifizierte. Da sie seine ungefähre Position im Saal kannte, konnte sie sich jetzt in etwa vorstellen, wo sich der Ausgang befand.

Hinter ihr ertönte ein Krachen, und etwas polterte gegen ihren Fuß. Kreischend machte sie einen Satz vorwärts, ohne sich darum zu kümmern, ob sich vor ihr ein Hindernis befand. Fieberhaft tastete sie mit den Händen über die Wand.

»Du musst sie finden, Quinn. Find die gottverdammte Tür!«

Sie schluchzte vor Erleichterung auf, als ihre Hand die Türklinke berührte. Hastig zog sie die Tür auf.

Licht überflutete sie, und sie prallte auf Cal. Ihre Beine gaben nach, als er sie auffing und in die Arme zog. Sofort drehte er sich so, dass sein Körper wie ein Schutzschild zwischen ihr und der Dunkelheit im Trainingssaal stand.

»Halt dich an mir fest. Kannst du dich festhalten?« Seine Stimme war unheimlich ruhig. Er griff hinter sich und zog die Tür zu. »Bist du verletzt? Sag mir, ob du verletzt bist?« Schon glitten seine Hände über ihren Körper und schlossen sich um ihr Gesicht.

Er küsste sie. »Es ist alles in Ordnung«, stieß er hervor. Er setzte sie ab und hüllte sie in seine Jacke. »Du bist okay. Hier, zieh die an. Du frierst ja.«

»Du warst da.« Sie blickte ihn an. »Du warst da.«

»Ich konnte die Tür nicht aufkriegen. Der Schlüssel passte nicht.« Er ergriff ihre Hände und rieb sie zwischen seinen warm. »Mein Auto steht da drüben. Setz dich hinein. Der Schlüssel steckt, du kannst die Heizung anmachen. Setz dich in meinen Wagen und schalt die Heizung ein. Kannst du das?«

Sie hätte gerne ja gesagt. Etwas in ihr wollte zu allem, was er vorschlug, ja und amen sagen. Aber sie sah in seinen Augen, was er vorhatte.

»Du willst da hineingehen.«

»Das muss ich tun. Setz dich für ein paar Minuten in meinen Wagen.«

»Wenn du hineingehst, gehe ich auch.«

»Quinn.«

Wie machte er das nur, ärgerlich und geduldig zugleich zu klingen, fragte sie sich. »Ich würde mich hassen, wenn ich mich in deinem Truck verstecken würde, während du hineingehst. Außerdem sind wir besser zu zweit. Es ist besser.«

»Dann bleib wenigstens hinter mir, und wenn ich sage, raus, dann gehst du auch. Ist das klar?«

»Ja. Glaub mir, ich schäme mich gar nicht, mich hinter dir zu verstecken.«

In seinen Augen leuchtete ein ganz leichtes Lächeln auf, das beruhigte sie mehr als alles andere.

Wieder drehte er seinen Schlüssel im Schloss. Als die Tür aufging, war das Licht an. Al Rokers Stimme verkündete im Fernsehen fröhlich den Wetterbericht. Das einzige Zeichen dafür, dass etwas passiert war, war ihre Wasserflasche, die unter dem Gestell mit den Gewichten lag.

»Cal, ich schwöre, der Strom war weg, und der Raum …«

»Ich habe es gesehen. Es war stockdunkel hier drin, als du herauskamst. Überall lagen die Gewichte herum, und der Boden hob sich. Ich habe es gesehen, Quinn. Ich habe es von draußen auch gehört.«

Er hatte versucht, die Tür mit seinem Gewicht aufzubrechen, weil er sie hatte schreien hören.

»Okay. Meine Sachen sind in der Umkleide. Ich möchte sie gerne aus dem Schließfach holen.«

»Gib mir den Schlüssel, und ich …«

»Zusammen.« Sie ergriff seine Hand. »Riechst du es auch? Hier liegt so ein Geruch in der Luft.«

»Ja, Schwefel. Aber es wird langsam schwächer.« Er lächelte, als sie sich bückte und ein Gewicht ergriff.

Er stieß die Tür zur Frauenumkleide auf. Auch hier war alles normal und ordentlich. Trotzdem beeilten sie sich und holten rasch Quinns Sachen aus dem Schließfach. Schnell schlüpfte sie in ihren Trainingsanzug. »Komm, lass uns hier verschwinden.«

Als sie die Umkleide verließen, kam Matt herein.

Der junge, sportliche Mann arbeitete gelegentlich auch als Personal Trainer. Als er sie beide zusammen herauskommen sah, grinste er. Dann räusperte er sich.

»Hey, tut mir leid, ich bin zu spät. Heute früh war es wie verhext. Zuerst klingelte mein Wecker nicht, und dann sprang meine Karre nicht an. Das war so ein Morgen heute!«

»Ja«, erwiderte Quinn und legte das Gewicht zurück. »Das war so ein Morgen. Ich bin fertig für heute.« Sie gab ihm den Schließfachschlüssel. »Bis dann.«

Sie wartete, bis sie draußen waren. Dann wandte sie sich an Cal. »Er hat gedacht, wir …«

»Ja, ja.«

»Hast du es schon jemals in der Umkleide gemacht?«

»Da ich heute zum ersten Mal in der Frauenumkleide war, muss ich zugeben, nein.«

»Ich auch nicht. Cal, hast du ein bisschen Zeit, einen Kaffee zu trinken – Gott, ich mache dir sogar Frühstück – und über die Vorfälle zu reden?«

»Ich nehme mir die Zeit.«

Sie erzählte ihm, was passiert war, während sie Rührei zubereitete. »Ich war außer mir vor Angst«, sagte sie, als sie in das kleine Esszimmer gingen.

»Nein, du hast kühlen Kopf bewahrt«, erwiderte Cal

und half ihr, den Tisch zu decken. »Du hast trotz der Dunkelheit die Tür gefunden.«

»Danke.« Sie setzte sich. Mittlerweile zitterte sie nicht mehr, aber sie hatte immer noch weiche Knie. »Danke, dass du das sagst.«

»Es ist die Wahrheit.«

»Du warst da, als ich die Tür öffnete, das war einer der besten Momente in meinem Leben. Warum warst du eigentlich da?«

»Ich wollte schnell bei dir vorbeischauen, um zu sehen, wie es dir ging. Und kurz mit dir reden. Gage …«

»Ja, ich weiß. Erzähl mir erst das andere.«

»Okay. Als ich auf das Zentrum zukam, sah ich Ann Hawkins an der Tür stehen. Und ich hörte dich schreien.«

»Was, du hast mich im Auto, durch die Mauern gehört?«

»Ja, ich habe dich gehört. Als ich aus dem Auto sprang und auf die Tür zurannte, hörte ich drinnen Poltern und Krachen, aber ich bekam die verdammte Tür nicht auf.«

Sie hörte ihm an der Stimme an, welche Angst er um sie gehabt hatte, und stand auf, um sich auf seinen Schoß zu setzen.

Dort saß sie immer noch, in seine Arme geschmiegt, als Cybil hereinkam.

»Hi. Du brauchst nicht aufzustehen.« Sie setzte sich auf Quinns Stuhl. »Kann ich das essen?« Cybil bediente sich. »Du musst Cal sein.«

»Cybil Kinski, Caleb Hawkins. Wir haben einen harten Morgen hinter uns.«

Layla trat mit einem Kaffeebecher in der Hand ein. Besorgt runzelte sie die Stirn, als sie Quinn sah. »Was ist passiert?«

»Setz dich, dann erzählen wir es euch.«

»Ich muss mir das anschauen«, sagte Cybil, als sie geendet hatten. »Und auch den Saal im Bowlingcenter, überall, wo etwas passiert ist.«

»Versuch es am besten mit der ganzen Stadt«, erwiderte Cal trocken.

»Und ich muss die Lichtung, diesen Stein, so schnell wie möglich sehen.«

»Sie kann sehr bestimmend sein«, erklärte Quinn.

»Ich dachte, du wärst bestimmend, aber sie schlägt dich um Längen. Du kannst jederzeit ins Bowlingcenter kommen. Quinn kann dich zum Fitnesscenter bringen, wenn ich keine Zeit habe, sorge ich dafür, dass Fox oder Gage euch begleiten. Besser noch beide. Über den Heidenstein habe ich gestern Abend noch mit Fox und Gage gesprochen. Das nächste Mal gehen wir alle gemeinsam dorthin. Wir alle. Ich kann heute nicht und Fox auch nicht. Am besten geht es am Sonntag.«

»Er ist sehr organisiert«, sagte Cybil anerkennend zu Quinn.

»Ja, das ist er.« Quinn küsste Cal auf die Wange. »Jetzt ist dein Rührei kalt geworden«, sagte sie bedauernd zu ihm.

»Das ist nicht schlimm. Ich muss sowieso weg.«

»Wir haben noch so viel zu besprechen. Hör mal, vielleicht solltet ihr drei heute zum Abendessen kommen.«

»Kocht denn jemand?«, fragte Cal.

»Cyb.«

»Hey!«

»Du hast mein Frühstück aufgegessen. Außerdem kannst du doch kochen. Ach, und noch was.« Sie glitt von Cals Schoß, damit er aufstehen konnte. »Meinst du, Fox könnte Layla einstellen?«

»Was? Wer? Warum?«, stammelte Layla.

»Weil du einen Job brauchst«, rief Quinn ihr ins Gedächtnis. »Und er braucht eine Büroleiterin.«

»Ich verstehe doch gar nichts davon. Du kannst doch nicht einfach …«

»Du hast eine Boutique geleitet«, erinnerte Quinn sie. »Außerdem bist du pedantisch und gewissenhaft, wenn ich nur an deine Tabellen und farbigen Karteikarten denke. Alles andere lernst du schon noch. Cal, du fragst Fox, oder?«

»Klar. Kein Problem.«

»Und mich nennt sie bestimmend«, kommentierte Cybil und trank Quinns Kaffee aus.

»Für mich ist das kreatives Denken. Und jetzt schenk mir noch einmal Kaffee ein, während ich Cal zur Tür bringe und ihn mit einem dicken Du-bist-mein-Held-Kuss verabschiede.«

Cybil lächelte, als Quinn Cal aus dem Zimmer zog. »Sie ist verliebt.«

»Wirklich?«

Cybil lächelte Layla zu. »Ja, absolut. Du musst dir nichts daraus machen, dass sie dir den Job aufdrängt. Q dirigiert gerne Leute«, sagte sie. »Aber sie achtet darauf, dass es in eine Richtung geht, die für die anderen hilfreich oder zumindest interessant ist. Sie hätte die Sache mit der Stelle bei Fox gar nicht erst erwähnt, wenn sie nicht glaubte, dass du das könntest.«

Geräuschvoll stieß sie die Luft aus, als sie sich zur Küche wandte. »Was soll ich heute Abend bloß kochen?«

15

Es fiel Cal schwer, Bill Turner gegenüber nichts davon zu erwähnen, dass Gage in der Stadt war. Aber Cal kannte seinen Freund. Wenn Gage wollte, dass sein Vater es erfuhr, würde er es ihm schon selber sagen. Also ging Cal Bill aus dem Weg, indem er sich in sein Büro zurückzog.

Er erledigte Bestellungen, Rechnungen, Reservierungen und hatte eine kurze Besprechung mit einem Mitarbeiter.

Als er schließlich auf die Uhr sah, beschloss er, Gage zu wecken, falls er noch nicht wach sein sollte.

Er war tatsächlich noch nicht wach und klang so, als könnte er einen Kaffee brauchen. Cal ignorierte das jedoch einfach, berichtete von den Vorfällen am Morgen und sagte ihm, sie seien zum Abendessen eingeladen.

Dann rief er Fox an, um ihm die gleichen Informationen zukommen zu lassen und um Fox zu sagen, dass Layla einen Job brauchte. Ob er sie nicht einfach als Ersatz für Mrs Hawbaker einstellen könne?

»Hä?«, erwiderte Fox.

»Ich muss weitermachen«, sagte Cal nur und legte auf. Zufrieden wandte er sich wieder seinem Schreibtisch zu und widmete sich seinen Renovierungsplänen. Er hatte schon lange vor, das Bowlingcenter moderner zu gestalten, hatte aber noch nicht mit seinem Vater darüber geredet, der sicher Einwände hätte. Er würde bestimmt sagen, dass die alten Kunden etwas dagegen hätten, aber Cal glaubte das nicht. Wenn man ihnen zeigte, wie sie damit umgehen mussten, dann …

Es klopfte an der Tür, und seine Mutter steckte den Kopf herein. »Hast du einen Moment Zeit für mich?«

»Immer. Willst du ein paar Runden bowlen?«

»Ganz bestimmt nicht.« Frannie liebte ihren Mann, aber sie bemerkte gerne, dass Bowling in ihrem Ehegelübde nicht eingeschlossen war.

»Mit wem gehst du denn zum Mittagessen?«

»Woher weißt du, dass ich zum Mittagessen gehe?«

Cal wies auf ihr schickes Jackett, ihre enge Hose und die hochhackigen Stiefel. »Für einen Einkaufsbummel bist du zu elegant.«

»Na, du bist ja ein kluger Junge. Ich muss ein paar Besorgungen machen, treffe mich aber dann mit Joanne Barry zum Mittagessen.«

Cal nickte. Das war Fox' Mutter.

»Wir sehen uns ja ab und zu, aber gestern hat sie mich extra angerufen, um sich mit mir zu verabreden. Sie macht sich Sorgen. Deshalb wollte ich dich fragen, ob es irgendetwas gibt, was ich wissen sollte.«

»Es ist alles so weit unter Kontrolle, Mom. Ich weiß im Moment noch keine Antworten, sondern habe mehr Fragen, aber das ist schon ein Fortschritt. Du könntest

Fox' Mom fragen, ob einer ihrer Vorfahren ein Hawkins war.«

»Meinst du, wir sind irgendwie miteinander verwandt? Würde es dir denn etwas nützen, das zu wissen?«

»Es könnte auf jeden Fall nicht schaden, die Antwort zu kennen.«

»Dann frage ich sie. Wie ist es mit dir? Ist alles in Ordnung?«

»Ja.«

»Okay.« Sie erhob sich. »Ich habe noch eine Menge zu tun, bevor ich mich mit Jo treffe.« Sie wandte sich zur Tür, drehte sich aber noch einmal um. »Ich wollte ja eigentlich nicht fragen, aber dazu fehlt mir die Willenskraft. Ist das mit dir und Quinn Black etwas Ernstes?«

»In welcher Hinsicht?«

»Caleb James Hawkins!«

Er hätte gelacht, aber er reagierte immer noch auf ihren strengen Tonfall. »Ich weiß nicht genau. Ich bin mir auch nicht sicher, ob es unter den gegenwärtigen Umständen klug wäre. Es steht so viel auf dem Spiel.«

»Aber ist nicht immer irgendetwas?«, erwiderte Frannie. Sie legte die Hand auf die Türklinke und lächelte ihn an. »Mein besonnener Junge.«

Als Cal wieder allein war, arbeitete er weiter, aber nach einer Weile erinnerte ihn der Duft vom Grill daran, dass er noch kein Frühstück hatte. Rasch holte er sich eine warme Brezel und ein Coke.

Danach beschloss er, er könne sich eine kleine Pause leisten, um sich noch ein wenig mit Ann Hawkins zu beschäftigen.

Sie war ihm jetzt zweimal in drei Tagen erschienen. Beide Male war es eine Art Warnung gewesen. Früher hatte er sie nur in seinen Träumen gesehen, aber jetzt war es anders, er hatte auch ein anderes Gefühl dabei.

Er wusste, dass Quinn mit den Tagebüchern recht hatte. Es musste mehr davon geben. Vielleicht befanden sie sich ja noch in der alten Bibliothek. Er würde auf jeden Fall gründlich danach suchen. Sollten sie allerdings irgendwie in die neue Bibliothek gelangt sein, dann konnte sich die Suche schnell zu einem Alptraum auswachsen.

Er musste mehr über Ann erfahren, damit sie ihn zu den Antworten führte.

Wo war sie in diesen fast zwei Jahren gewesen? Alles wies darauf hin, dass sie in der Nacht des Feuers auf der Lichtung verschwunden und erst wieder aufgetaucht war, als ihre Söhne zwei Jahre alt waren.

»Wo warst du, Ann?«

Wohin ging eine Frau, die Drillinge erwartete, in den letzten Wochen vor der Geburt? Das Reisen musste äußerst beschwerlich für sie gewesen sein. Es war ja damals schon ohne Schwangerschaft mühevoll genug.

Es hatte natürlich andere Ansiedlungen gegeben, aber soweit er wusste, nichts, wohin eine Frau in ihren Umständen hätte gehen oder auch reiten können. Also musste es ganz in der Nähe gewesen sein. Jemand hatte sie bei sich aufgenommen.

Ob es eine Verwandte gewesen war?

Möglicherweise auch eine Freundin oder eine freundliche alte Witwe, aber Familie war am wahrscheinlichsten.

Es war zwar schwierig, etwas über Ann Hawkins herauszufinden, aber über ihren Vater, den Gründer von Hollow, gab es viel Material.

Er hatte natürlich alles über ihn gelesen, aber nie unter diesem Gesichtspunkt. Jetzt holte er sich alles wieder auf den Bildschirm, was er über James Hawkins gesammelt hatte.

Er war ganz in seine Arbeit vertieft, als die Tür aufging und Quinn, genau wie seine Mutter früher am Morgen, den Kopf hereinsteckte.

»Ach, du arbeitest. Ich störe dich ja ungern, aber …«

»Ist schon okay.« Cal blickte zur Uhr und stellte schuldbewusst fest, dass seine Frühstückspause länger als eine Stunde gedauert hatte. »Ich habe mich sowieso schon länger damit beschäftigt, als ich wollte.«

»Die Konkurrenz im Bowlinggeschäft ist hart«, erwiderte sie lächelnd. »Ich wollte dir nur Bescheid sagen, dass wir hier sind. Wir haben Cyb die Stadt gezeigt. Wusstest du, dass es in Hawkins Hollow kein Schuhgeschäft gibt? Cybil ist ganz traurig darüber. Aber ich glaube, sie wird sich mit Bowling trösten. Sie liebt Wettbewerbe. Ich habe gedacht, du könntest vielleicht rasch einen Bissen mit uns essen, bevor Cyb …«

Sie brach ab, weil Cal sie nur stumm anstarrte. »Was ist?« Sie wischte sich über die Nase, fuhr sich mit der Hand durch die Haare. »Habe ich etwas an mir?«

»Ja, ganz bestimmt.«

Er stand auf und kam um den Schreibtisch herum auf sie zu. Er blickte sie unverwandt an, während er zur Tür ging und sie abschloss.

»Oh. *Oh*. Im Ernst? Hier? Jetzt?«

»Ja, im Ernst. Hier und jetzt.« Sie wirkte verwirrt, und das war selten. Aber es gefiel ihm. Sie war wirklich wundervoll, und er wollte sie berühren, sie an sich ziehen und ihren Duft einatmen.

»Du bist ja nicht annähernd so vorhersagbar, wie ich angenommen habe.« Sie zog ihren Pullover über den Kopf und begann, ihre Bluse aufzuknöpfen.

»Wie kommst du denn darauf?« Er zog sein Hemd aus.

»Ein Junge aus der Kleinstadt aus einer netten, stabilen Familie, der in der dritten Generation das Familienunternehmen leitet. Du solltest eigentlich vorhersagbar sein«, erklärte Quinn und knöpfte ihre Jeans auf. »Aber mir gefällt, dass du es nicht bist, damit meine ich nicht nur den Sex, auch wenn es dafür eine hohe Punktzahl gibt.«

Sie bückte sich, um ihre Stiefel auszuziehen, und blickte ihn von unten her an. »Du solltest eigentlich verheiratet sein«, erklärte sie, »oder zumindest auf dem Weg dorthin.«

»Ich kann aber im Moment nur an dich denken, Quinn.«

Ihr Herz machte einen Satz. Er zog sie in die Arme und küsste sie, dann sanken sie beide zu Boden. Es war anders als im Bett, drängender, mutwilliger. Er zog ihren Büstenhalter herunter und machte sich mit Zähnen und Lippen über ihre Brüste her, bis sie vor Erregung außer sich war. Sie umfasste seinen harten Schaft und brachte ihn zum Stöhnen.

Er konnte nicht warten und nicht genießen, nicht

jetzt. Er musste sie nehmen. Er rollte sich zur Seite und zog sie auf sich. Als sie sich vorbeugte, um ihn gierig zu küssen, fielen ihre Haare wie ein Vorhang über ihre Gesichter.

Er strich über ihren Rücken, ihre Hüften und stieß tief in sie hinein. Dann bog sie sich ihm entgegen, und sein Blick verschleierte sich, als sie beide gleichzeitig kamen.

Sie glitt von ihm herunter, und eng umschlungen lagen sie eine Weile schwer atmend da. Schließlich begann Quinn zu lachen.

»Gott, wir benehmen uns wie die Teenager. Oder wie Kaninchen.«

»Teenagerkaninchen.«

Amüsiert stützte sie sich auf einen Ellbogen. »Erledigst du in deinem Büro häufig mehrere Aufgaben gleichzeitig?«

»Äh …«

Sie stupste ihn leicht, während sie ihren BH wieder zurechtrückte. »Siehst du, unberechenbar.«

Er hob ihre Bluse auf. »Das habe ich heute zum ersten Mal gemacht.«

Sie verzog lächelnd die Lippen. »Das ist nett.«

»Und ich habe mich zuletzt tatsächlich als Teenager so gefühlt.«

Sie gab ihm rasch einen Kuss. »Das ist sogar noch netter.« Sie schlüpfte in ihre Hose. »Ich sollte dir etwas sagen.« Sie griff nach ihren Stiefeln. »Ich glaube … nein, das ist feige.«

Sie holte tief Luft und schaute ihn an. »Ich liebe dich.«

Fassungslos erwiderte er ihren Blick. Dann stieg Angst in ihm auf. »Quinn …«

»Du brauchst gar nicht deinen Atem mit Sätzen wie ›Wir kennen uns doch erst seit ein paar Wochen‹ zu verschwenden. Ich will auch nicht hören ›Ich fühle mich geschmeichelt‹. Ich habe es dir nicht gesagt, damit du darauf reagierst, sondern damit du es weißt. Es spielt keine Rolle, wie lange wir uns kennen. Ich kenne mich schon sehr lange, und ich weiß, was ich fühle. Und dass du geschmeichelt bist, steht außer Frage. Aber Angst brauchst du keine zu haben, es wird nichts von dir erwartet.«

»Quinn, wir alle stehen unter großem Druck. Wir wissen ja noch nicht einmal, ob wir im August noch leben. Wir können nicht …«

»Genau. Das kann niemand sagen, aber wir haben allen Grund zur Sorge. Deshalb zählt alleine der Augenblick.« Sie umfasste sein Gesicht mit den Händen. »Nur deshalb habe ich es dir überhaupt gesagt. Unter anderen Umständen hätte ich sicher noch damit gewartet.«

»Du musst wissen, dass ich …«

»Sei still, sag mir jetzt bloß nicht, dass ich dir viel bedeute.« Eine Spur von Ärger klang in ihrer Stimme mit. »Du neigst instinktiv zu all den Klischees, die Leute in solchen Fällen so von sich geben. Aber mich machen sie nur wütend.«

»Okay, dann lass mich dir nur eine Frage stellen, ohne dass du gleich wütend wirst. Hast du schon einmal überlegt, dass deine Gefühle vielleicht aus den Ereignissen auf der Lichtung resultieren? Dass sie, sagen wir mal, eine Reflektion dessen sind, was Ann für Dent empfand?«

»Ja, das habe ich mir überlegt, aber das ist es nicht.« Sie stand auf und zog ihren Pullover an. »Bei ihr war es auch schmerzlich und herzzerreißend, unter der Freude lag Trauer. Aber das ist bei uns nicht so, Cal. Es tut nicht weh, ich fühle mich nicht traurig. Also … hast du jetzt Zeit, mit uns etwas zu essen, bevor ich mit Cyb und Layla wieder gehe?«

»Äh … klar.«

»Gut. Dann treffen wir uns unten. Ich gehe nur noch schnell in den Waschraum, um mich ein bisschen frisch zu machen.«

»Quinn.« Sie blieb an der Tür stehen und drehte sich um. »So wie für dich habe ich noch für niemanden empfunden.«

Sie lächelte ihn an. Er meinte es genauso, wie er es sagte. So war er eben. Der arme Junge, dachte sie, als sie ging. Er weiß noch nicht einmal, dass er am Haken hängt.

An der Nordseite war der Friedhof von dicken Bäumen umgeben. Der Boden dort war aufgeworfen und wellig, und der Weg zwischen den Grabsteinen war kaum breit genug für zwei Autos. Auf einer verblichenen Hinweistafel stand, dass auf diesem Grund einst die erste Kirche der Puritaner gestanden hatte, sie sei aber am 7. Juli 1652 vom Blitz getroffen worden und verbrannt.

Quinn hatte davon gelesen, aber es war etwas anderes, hier im Wind und in der Kälte zu stehen und es sich vorzustellen. Sie hatte auch gelesen, dass an dieser Stelle eine kleine Kapelle gebaut worden war, die dann im Bürgerkrieg beschädigt worden und verfallen war.

Jetzt gab es hier nur noch die Hinweistafeln, die Grabsteine und winterhartes Unkraut. Hinter einer niedrigen Steinmauer lagen die Gräber der kürzlich Verstorbenen. Hier und dort sah sie frische Blumen, die das Grau und Braun mit ihren Farben durchbrachen.

»Wir hätten auch Blumen mitbringen sollen«, sagte Layla leise und blickte auf den einfachen kleinen Stein, auf dem lediglich stand:

ANN HAWKINS

»Sie braucht sie nicht«, erwiderte Cybil. »Grabsteine und Blumen sind für die Lebenden. Die Toten haben anderes zu tun.«

»Was für ein heiterer Gedanke.«

Cybil zuckte mit den Schultern und sagte zu Quinn: »Ich bin davon überzeugt. Es ist auf keinen Fall langweilig, wenn man tot ist. Findest du es nicht auch interessant, dass weder Geburts- noch Sterbedatum auf dem Stein steht? Sie hatte drei Söhne, aber sie haben nur ihren Namen eingravieren lassen. Sie und ihre Frauen und wenigstens einige ihrer Kinder werden wohl auch hier beerdigt sein. Wohin auch immer das Leben sie verschlagen hat, sie kamen zurück, um bei Ann beerdigt zu werden.«

»Vielleicht wussten sie ja, dass sie zurückkommen würde. Vielleicht hat sie ihnen gesagt, dass der Tod nicht das Ende ist.« Quinn betrachtete stirnrunzelnd den Stein. »Vielleicht wollten sie es ja ganz einfach halten, aber jetzt, wo du es erwähnst, frage ich mich auch, ob es wohl Absicht war. Kein Anfang, kein Ende. Zumindest nicht, bis ...«

»Bis zu diesem Juli«, ergänzte Layla. »Noch so ein heiterer Gedanke.«

»Na, dann mache ich mal ein paar Bilder.« Quinn holte ihre Kamera hervor. »Vielleicht könntet ihr ein paar Namen hier aufschreiben. Wir sollten sie überprüfen, um zu sehen, ob sie ...«

Sie stolperte, als sie rückwärts ging, um eine Aufnahme zu machen, und fiel hart auf ihr Hinterteil. »Au! Verdammt noch mal! Genau auf den blauen Fleck von heute früh. Na, perfekt!«

Layla beeilte sich, ihr aufzuhelfen, und auch Cybil reichte ihr lachend die Hand.

»Ach, lach nicht!«, grummelte Quinn. »Der Boden ist hier so uneben, und manche von den Grabsteinen kannst du ja kaum sehen.« Sie rieb sich die Hüfte und blickte finster auf den Stein, über den sie gestolpert war. »Ha! Das ist ja komisch. Joseph Black, achtzehnhundertdreiundvierzig gestorben.« Nachdenklich musterte sie die Inschrift. »Er heißt genauso wie ich. Aber Black ist ja auch ein häufiger Nachname. Andererseits bin ich schließlich gerade hier über sein Grab gestolpert.«

»Kann schon sein, dass er mit dir verwandt ist«, stimmte Cybil ihr zu.

»Vielleicht auch mit Ann?«

Quinn schüttelte den Kopf. »Nein, ich weiß nicht. Cal hat sich den Stammbaum der Hawkins angeschaut, und ich habe auch mal einen Blick darauf geworfen.

Wenn mein Name vorgekommen wäre, wäre uns das bestimmt aufgefallen. Lasst uns doch lieber mal versuchen, etwas über Joe herauszufinden.«

Ihr Vater war ihr keine große Hilfe, und der Anruf zu Hause hielt sie geschlagene vierzig Minuten am Telefon, weil sie sich den neuesten Familienklatsch anhören musste. Danach rief sie ihre Großmutter an, die sich vage erinnerte, dass ihre Schwiegermutter einen Onkel, vielleicht auch einen Großonkel oder Vetter erwähnt hatte, der in den Hügeln von Maryland geboren worden war. Es konnte aber auch Virginia sein. Sein Ruhm beruhte darauf, dass er mit einer Saloon-Sängerin durchgebrannt war und seine Frau und vier Kinder ohne einen Cent zurückgelassen hatte.

»Nett, Joe«, sagte Quinn, »falls du tatsächlich mein Joe bist.«

Da sie nichts zum Abendessen vorzubereiten brauchte, beschloss sie, im Rathaus vorbeizufahren, um etwas mehr über Joseph Black zu erfahren. Wenn er hier gestorben war, war er vielleicht auch hier geboren.

Es duftete nach Essen, und das Haus war voller Menschen, als Quinn nach Hause kam. Cybil hatte Musik an, Kerzen angezündet und Wein eingeschenkt. Alle standen in der Küche und holten sich bei marinierten Oliven Appetit auf das Abendessen. Quinn steckte sich auch eine in den Mund und spülte sie mit Cals Wein herunter.

»Bluten meine Augen?«, erkundigte sie sich.

»Bis jetzt nicht.«

»Ich habe jetzt fast drei Stunden lang nach Unterlagen gesucht. Ich glaube, mein Gehirn erholt sich nicht mehr.«

»Joseph Black.« Fox reichte ihr ein Glas. »Wir sind informiert.«

»Gut, dann brauche ich es euch ja nicht mehr zu erzählen. Ich konnte ihn lediglich bis zu seinem Großvater zurückverfolgen, Quinton Black, geboren sechzehnhundertsechsundsiebzig. Davor gibt es keinen Eintrag, jedenfalls hier nicht. Und auch nach Joe nichts. Ich habe nach Geschwistern oder anderen Verwandten gesucht. Er hatte drei Schwestern, aber auch von ihnen gibt es nur Geburtsurkunden. Er hatte auch Tanten und Onkel und so weiter, auch da war nichts. Die Blacks waren anscheinend in Hawkins Hollow nicht sehr präsent.«

»Sonst hätte mir der Name auch etwas gesagt«, warf Cal ein.

»Ja. Aber immerhin habe ich die Neugier meiner Großmutter geweckt, sie sucht jetzt die Familienbibel. Sie meint, ihr Schwager hätte sie an sich genommen, als seine Eltern starben. Auf jeden Fall könnte es eine Spur sein.«

Sie blickte den Mann an, der an der Küchentheke lehnte und das Glas Wein zwischen den Fingern drehte. »Entschuldigung. Du bist Gage, oder?«

»Das ist richtig. Meine Spezialität ist Pannenhilfe.«

Quinn grinste, aber Cybil verdrehte nur die Augen. Sie nahm ein Knoblauchbrot aus dem Backofen.

»Das habe ich schon gehört. Es sieht so aus, als ob das Essen fertig ist. Ich bin schon halb verhungert. Nichts macht so hungrig, wie sich durch die Geburts- und Sterbeurkunden von lauter Blacks, Robbits und Clarks zu wühlen.«

»Clark.« Layla ließ den Teller sinken, den sie Cybil für das Brot hingehalten hatte. »Du hast auch Clarks gefunden?«

»Ja. Eine Alma und einen Richard Clark, soweit ich mich erinnere. Ich muss mal in meinen Notizen nachschauen. Warum?«

»Der Mädchenname meiner Großmutter war Clark.« Layla lächelte. »Das ist ja wahrscheinlich auch kein Zufall.«

»Lebt sie noch?«, fragte Quinn. »Können wir sie anrufen und …«

»Das Essen wird kalt«, unterbrach Cybil sie. »Den Familienstammbaum können wir später noch schütteln. Aber wenn ich gekocht habe …« Sie drückte Gage den Teller mit dem warmen Knoblauchbrot in die Hand. »… wird gegessen.«

16

Es musste wichtig sein. Es hatte bestimmt etwas zu bedeuten. Cal nahm sich die Zeit, die Hawkins-Black-Verbindung selbst zu recherchieren. Es war etwas Neues, dachte er, eine Tür, von deren Existenz sie bisher nichts gewusst hatten.

Und weil es so wichtig war und viel Zeit in Anspruch nahm, war er in den letzten beiden Tagen nicht wirklich mit Quinn zusammen gewesen. Er war beschäftigt; sie war beschäftigt. Das war eben nicht zu ändern.

Außerdem war es wahrscheinlich gut, dass sie mal eine Pause einlegten. Wie er seiner Mutter gesagt hatte, war dies nicht die richtige Zeit, um sich zu verlieben. Wenn sich Leute ernsthaft verliebten, geschahen meistens große, lebensverändernde Dinge, und in dieser Hinsicht hatte er schon genügend andere Sorgen.

Er füllte Lumps Fressschüssel, während der Hund mit seiner unerschütterlichen Geduld neben ihm stand und wartete. Weil es Donnerstag war, hatte er die Waschmaschine beladen und angestellt, während Lump draußen im Garten sein Morgengeschäft verrichtete. Danach schenkte er sich seine erste Tasse Kaffee ein.

Aber als er die Milch aus dem Kühlschrank nahm, fiel ihm auf einmal Quinn ein. Zweiprozentige Milch, dachte er kopfschüttelnd. Vielleicht rührte sie sich auch jetzt gerade eine Schale Müsli an. Vielleicht stand sie ebenfalls in ihrer Küche und dachte an ihn.

Spontan griff er zum Telefon und wollte gerade ihre Nummer wählen, als er ein Geräusch hinter sich hörte. Er drehte sich um.

Gage nahm sich eine Kaffeetasse aus dem Schrank. »Du bist so schreckhaft.«

»Nein, ich habe dich nur nicht hereinkommen hören.«

»Du hast doch von einer Frau geträumt.«

»Ich träume von vielen Dingen.«

»Vor allem von der Frau. Ich sehe es dir doch an, Hawkins. Du guckst wie ein Cockerspaniel.«

»Pass bloß auf!«

Gage grinste nur und schenkte sich Kaffee ein. »Und dann ist da dieser Angelhaken in deinem Mundwinkel.« Er hakte einen Finger in seinen Mundwinkel und zog leicht daran. »Nicht zu übersehen.«

»Du bist ja bloß eifersüchtig, weil du nicht regelmäßig Sex hast.«

»Zweifellos.« Gage trank einen Schluck schwarzen Kaffee. »Sie ist nicht dein üblicher Typ.«

»Ach?« Gereizt blickte Cal ihn an. »Was ist denn mein üblicher Typ?«

»So ähnlich wie meiner. Nichts Ernstes, keine Ansprüche, keine Sorgen. Wer könnte es uns verdenken?« Er ergriff die Müslischachtel. »Aber sie durchbricht dieses Muster. Sie ist klug, beständig, und sie hat schon angefangen, dich einzuwickeln.«

»Wird dir dein Zynismus nicht manchmal zu viel?«

»Realismus«, korrigierte Gage und begann, sein Müsli zu kauen. »Ich mag sie.«

»Ich auch.« Cal vergaß, Milch auf sein Müsli zu schütten. »Sie … sie hat mir gesagt, dass sie mich liebt.«

»Ganz schön schnell. Und jetzt hat sie auf einmal schrecklich viel zu tun, und du schläfst alleine, Kumpel. Ich habe doch gesagt, dass sie clever ist.«

»Himmel, Gage«, erwiderte Cal beleidigt. »Sie ist nicht so. Sie benutzt niemanden.«

»Und du weißt das, weil du sie so gut kennst.«

»Ja.« Sein Ärger war auf einmal wie weggeblasen. »Ja, genau. Ich kenne sie. Ich mag vieles nicht wissen, aber ich weiß ganz genau, wie sie ist. Vielleicht hat es etwas damit zu tun, dass wir alle irgendwie miteinander verbunden sind, auf jeden Fall weiß ich, dass es stimmt.

Alles hat sich verändert, als ich ihr zum ersten Mal begegnet bin. Ich weiß nicht. Für mich ist alles anders geworden. Du kannst dich gern darüber lustig machen, aber so ist es eben.«

»Ich wollte gerade sagen, dass du ein glücklicher Mann bist«, erwiderte Gage. »Und ich hoffe, es wird alles so, wie du es dir vorstellst.« Er zuckte mit den Schultern. »Außerdem siehst du niedlich aus mit diesem Angelhaken in der Lippe.«

Statt einer Antwort reckte Cal ihm den Mittelfinger entgegen.

»Ebenso«, sagte Fox, der gerade hereinkam. Er trat an den Kühlschrank und nahm sich ein Coke heraus. »Was gibt's?«

»Du trinkst schon wieder meine ganze Cola und kaufst nie Nachschub.«

»Ich habe letzte Woche Bier mitgebracht. Außerdem hat Gage mich gebeten, heute früh vorbeizukommen, und wenn ich schon morgens vorbeikomme, dann kann ich doch wenigstens ein verdammtes Coke erwarten.«

»Du hast ihm gesagt, er soll herkommen?«

»Ja. O'Dell, Cal hat sich in die Blonde verliebt.«

»Ich habe nicht gesagt, dass ich ...«

»Erzähl mir lieber etwas, was ich noch nicht weiß.« Fox trank einen Schluck Coke aus der Flasche.

»Ich habe nie gesagt, dass ich mich in jemanden verliebt habe.«

Fox warf Cal einen Blick zu. »Ich kenne dich schon mein ganzes Leben lang. Ich weiß, was diese glänzenden kleinen Herzchen in deinen Augen bedeuten. Cool. Sie ist wie geschaffen für dich.«

»Gage behauptet, sie sei nicht mein üblicher Typ, und du erklärst mir, sie sei wie geschaffen für mich.«

»Wir haben beide recht. Sie ist nicht der Typ, für den du dich sonst interessierst.« Fox trank noch einen Schluck. »Dass sie so gut zu dir passt, hat dich eher überraschend getroffen. Praktisch aus dem Hinterhalt. Bin ich eigentlich extra eine Stunde früher aufgestanden und hierhergekommen, damit wir über Cals Liebesleben diskutieren können?«

»Nein, das ist nur ein interessanter Nebeneffekt. Ich habe in Tschechien einige Informationen erhalten. Gerüchte und Legenden hauptsächlich, die ich verfolgt habe, wenn ich Zeit hatte. Gestern Abend habe ich einen Anruf von einem Experten bekommen, es könnte sein, dass ich unseren großen, bösen Dämon identifiziert habe.«

Sie setzten sich an den Küchentisch – Fox im Anzug, Gage in schwarzem T-Shirt und weiter Hose, Cal in Jeans und Flanellhemd.

Und sie redeten von Dämonen.

»Ich war in den kleineren, einsameren Dörfern«, begann Gage, »weil ich es sinnvoll finde, mir auch Land und Leute anzuschauen, wenn ich irgendwo Poker spiele.«

Das machte er schon seit Jahren so. Er folgte den winzigsten Spuren über Teufel, Dämonen und unerklärte Phänomene. Immer wieder brachte er Geschichten von seinen Reisen mit, aber bis jetzt hatte noch nichts zu ihrem ganz speziellen Problem gepasst.

»Sie redeten von einem alten Dämon, der jede beliebige Gestalt annehmen kann. Es gibt viele Werwolf-

Geschichten da drüben, zuerst dachte ich, es ginge wieder einmal darum. Aber dieses Mal ging es um einen Dämon, der Menschen versklavt und sich von ihrer … die Übersetzung war nicht besonders präzise, ich habe nur verstanden, dass er sich von ihrer Essenz oder ihrer Menschlichkeit nährt.«

»Wie nährt?«

»Auch das war vage, aber auf jeden Fall nicht mit Zähnen und Klauen. Der Legende nach kann dieser Dämon den Menschen sowohl ihre Gedanken als auch ihre Seelen nehmen, und er kann sie dazu bewegen zu töten.«

»Das könnte etwas mit unserem zu tun haben«, sagte Fox.

»Ich bin jedenfalls der Geschichte nachgegangen. Es gab einen Ort in den Hügeln, mit einem dichten Wald, der mich an Zuhause erinnerte. Er heißt *Tmavy*. Übersetzt heißt das Dunkle. Das Dunkle.«

Die Geschichte war so ähnlich wie die von ihnen. »Der Dämon ist ein Mann, der kein Mann ist. Er jagt wie ein Wolf, ist aber keiner. Manchmal ist er auch ein Junge, der Frauen und vor allem Kinder in den Wald lockt. Die meisten kommen nie mehr wieder, und die, die zurückkommen, sind wahnsinnig. Und auch ihre Familien werden wahnsinnig, bringen sich gegenseitig um oder ermorden die Nachbarn.«

Gage schwieg und trank einen Schluck Kaffee. »Als ich dort war, lernte ich einen Pfarrer kennen, der mir den Namen eines Professors sagte, der Bücher über osteuropäische Dämonologie veröffentlicht hat. Er hat mich gestern Abend angerufen, und er behauptet, dass dieser spezielle Dämon – genau dieses Wort hat er verwendet – jahrhundertelang durch Europa gezogen ist. Er wurde von einem Mann gejagt – manche behaupten, auch ein Dämon, andere, ein Zauberer. Der Legende nach haben sie im Wald gekämpft. Der Zauberer wurde tödlich verwundet und blieb anscheinend tot liegen. Das ist, laut Professor Linz, ein Irrtum. Jemand kam vorbei, ein kleiner Junge, und der Zauberer übergab ihm seine Macht, bevor er starb.«

»Was ist dann passiert?«, wollte Fox wissen.

»Das weiß niemand so genau, auch Linz nicht. Es wird erzählt, dass der Dämon verschwand oder weiterzog oder starb, irgendwann Anfang bis Mitte des siebzehnten Jahrhunderts.«

»Da muss er wohl auf ein Schiff in die Neue Welt gehüpft sein«, sagte Cal grimmig.

»Vielleicht. Das kann sein.«

»Und der Junge auch«, fuhr Cal fort, »beziehungsweise der Mann, der er mittlerweile war, oder vielleicht auch schon sein Nachkomme. Aber dort drüben hat er ihn fast gehabt – das habe ich, glaube ich, gesehen. Er und die Frau, eine Hütte. Er hielt ein blutiges Schwert in der Hand und wusste, dass sie fast alle tot waren. Den Dämon konnte er aber nicht aufhalten, deshalb hat er alles an Dent weitergegeben, und Dent hat es hier weiterversucht.«

»Was hat er denn an uns weitergegeben?«, fragte Fox. »Was für eine Macht? Dass wir keine Kopfschmerzen mehr kriegen oder dass ein gebrochener Arm in Windeseile heilt? Wozu soll das denn gut sein?«

»Es hält uns auf jeden Fall gesund und munter, bis wir

dem Dämon gegenüberstehen. Dann sind da noch die Bruchstücke, die wir alle in unterschiedlicher Weise sehen.« Cal fuhr sich durch die Haare. »Ich weiß ja nicht. Aber es muss etwas von Bedeutung sein. Die drei Teile des Steins. Sie müssen von Bedeutung sein. Wir haben es nur noch nicht herausgefunden.«

»Die Zeit ist fast abgelaufen.«

Cal nickte Gage zu. »Wir müssen den anderen die Steine zeigen. Wir haben einen Eid abgelegt, deshalb müssen wir alle damit einverstanden sein. Wenn es nicht so wäre, hätte ich ...«

»Dann hättest du Quinn deinen schon gezeigt«, beendete Fox den Satz. »Vielleicht hast du ja recht. Einen Versuch ist es auf jeden Fall wert. Es könnte durchaus sein, dass wir zu sechst sein müssen, um ihn wieder zusammenzusetzen.«

»Es könnte natürlich auch sein, dass der Blutstein genau wie der Heidenstein deshalb auseinandergebrochen ist, weil seine Macht beschädigt oder zerstört wurde.«

»Dein Glas ist immer halb leer, Turner«, sagte Fox. »So oder so, einen Versuch ist es wert. Einverstanden?«

»Einverstanden.« Cal blickte zu Gage, der nur mit den Schultern zuckte.

»Was soll's.«

Cal rang mit sich, als er in die Stadt fuhr. Er brauchte keinen Vorwand, um bei Quinn vorbeizufahren. Er brauchte auch keinen Termin und keine Verabredung, um an ihre Tür zu klopfen und zu fragen, wie es ihr ging. Und was zum Teufel los war.

Wenn es ihm gelungen war, sie in den letzten Tagen telefonisch zu erreichen, war sie immer beschäftigt. Und im Center war sie seit dem Tag, an dem sie sich in seinem Büro vergnügt hatten, auch nicht mehr vorbeigekommen.

Dabei hatte sie ihm doch gesagt, dass sie ihn liebte.

Das war das Problem. Sie hatte ihm gesagt, dass sie ihn liebte, aber er hatte darauf nicht »Ich auch« erwidert. Aber sie hatte ja auch behauptet, dass sie das gar nicht erwartete. Allerdings hatte er die Erfahrung gemacht, dass man das nicht so wörtlich nehmen durfte.

Jetzt ging sie ihm aus dem Weg.

Sie hatten keine Zeit für Spielchen, immerhin standen wichtigere Dinge auf dem Spiel. Allerdings hätte er sie dann besser von vornherein in Ruhe gelassen. Der Sex hatte es nur noch komplizierter gemacht, schließlich mussten sie objektiv und kaltblütig bleiben und klaren Verstand bewahren.

Und das war man eben nicht, wenn man Sex miteinander hatte. Guten Sex.

Unschlüssig stand er vor der Tür, bis er sich schließlich überwand und klopfte.

Ihre Haare waren feucht. Sie hatte sie zu einem Pferdeschwanz zusammengebunden, der Duft des Shampoos stieg ihm in die Nase. Sie trug lila Socken, eine schwarze Trainingshose und ein pinkfarbenes Sweatshirt.

»Hi!« Sie strahlte ihn so sonnig und energiegeladen an, dass er sich kaum vorstellen konnte, dass sie schmollte.

»Ich habe gerade an dich gedacht. Komm herein. Himmel, ist das kalt. Ich bin den Winter so leid. Ich wollte mir gerade eine heiße Schokolade machen. Möchtest du auch eine?«

»Nein. Nein, danke.«

»Aber komm mit in die Küche, damit ich mir eine machen kann.« Sie stellte sich auf die Zehenspitzen, gab ihm einen Kuss und ergriff dann seine Hand, um ihn mit sich zu ziehen. »Cyb und Layla waren heute früh mit mir im Studio. Es hat eine Weile gedauert, bis ich Cyb überredet hatte, aber je mehr wir sind, desto sicherer ist es. Es ist auch nichts Seltsames passiert, wenn man mal davon absieht, dass Cyb komplizierte Yoga-Positionen geübt hat. In den letzten Tagen war es in der Welt des Übersinnlichen ruhig.«

Sie nahm ein Tütchen mit Kakaopulver, schlug es kurz gegen ihre Handfläche und riss es dann auf, um den Inhalt in eine Tasse zu geben. »Bist du sicher, dass du nichts willst?«

»Ja, mach dir nur einen.«

»Wir waren hier ziemlich beschäftigt«, fuhr sie fort und füllte die Tasse halb mit Wasser, halb mit fettarmer Milch. »Ich warte auf Nachrichten von meiner Großmutter über die Familienbibel. In der Zwischenzeit haben wir schon einmal Stammbäume gezeichnet, soweit wir sie kennen, und Layla versucht ebenfalls, von ihren Verwandten etwas über ihre Vorfahren herauszubekommen.«

Sie rührte um und stellte die Tasse in die Mikrowelle. »Ich musste die meiste Recherche den anderen beiden überlassen, weil ich einen Artikel fertig schreiben musste. Von irgendwas muss der Mensch schließlich leben. Und? Wie ist es dir ergangen?«

»Du hast mir gefehlt.« Das wollte er eigentlich nicht sagen, und dass es ihm gleich zu Anfang herausgerutscht war, erstaunte ihn. Aber anscheinend war das sein erster Gedanke gewesen.

Ihre Augen wurden weich, und sie lächelte. »Das freut mich. Du hast mir auch gefehlt, vor allem gestern Nacht, als ich so gegen ein Uhr ins Bett gekrochen bin. In mein kaltes, einsames Bett.«

»Ich meinte nicht nur den Sex, Quinn.« Diese Äußerung überraschte ihn fast noch mehr.

»Ich auch nicht.« Sie blickte ihn an und ignorierte das Pling der Mikrowelle. »Du hast mir gefehlt, als ich schließlich mit meinem Artikel fertig war, als ich mich entspannen und aufhören wollte, darüber nachzudenken, was ich alles tun muss und was passiert. Du bist wegen irgendetwas gereizt. Warum erzählst du es mir nicht einfach?«

Sie nahm ihre Tasse aus der Mikrowelle. In diesem Moment betrat Cybil die Küche, aber Quinn schüttelte nur unmerklich den Kopf, und die Freundin zog sich wieder zurück.

»Ich weiß nicht genau.« Er zog seine Jacke aus und warf sie über einen der Stühle, die um einen kleinen Kaffeehaustisch standen, der bei seinem letzten Besuch noch nicht da gewesen war. »Vermutlich dachte ich … vor ein paar Tagen, als du … als du das gesagt hast …«

»Ich habe gesagt, dass ich dich liebe. Und das bringt dich innerlich zum Beben«, stellte sie fest. »Männer.«

»Ich bin dir nicht aus dem Weg gegangen.«

»Du glaubst …« Sie holte tief Luft und stieß sie wieder aus. »Na, du hast ja eine hohe Meinung von dir und eine ziemlich geringe von mir.«

»Nein, es ist nur …«

»Ich hatte zu tun. Ich musste arbeiten. Ich stehe dir nicht mehr zur Verfügung als du mir.«

»Das habe ich doch nicht gemeint.«

»Du glaubst also, ich spiele Spielchen, was? In dieser Situation?«

»Das ist genau das richtige Stichwort. In dieser Situation ist keine Zeit für große persönliche Themen.«

»Wenn nicht jetzt, wann dann?«, wollte sie wissen. »Glaubst du wirklich, wir können unsere persönlichen Dinge in einer Schublade verstauen, bis die richtige Zeit gekommen ist? Ich habe es auch gerne ordentlich und aufgeräumt, aber Gefühle sind etwas anderes als Autoschlüssel, Cal.«

»Ich widerspreche dir ja gar nicht, aber …«

»Und meine Gefühle und Gedanken sind so unordentlich und durcheinander wie der Speicher meiner Großmutter«, fuhr sie fort. »So ist es eben. Wenn alles ganz normal wäre, hätte ich es dir wahrscheinlich gar nicht gesagt. Glaubst du, das ist mein erster Ausflug in die Welt der Beziehungen? Ich war verlobt, du liebe Güte! Ich habe es dir gesagt, weil ich – weil ich *gerade* jetzt glaube, dass Gefühle das Wichtigste sind. Wenn dich das abschreckt, dann tut es mir leid.«

»Ich wünschte, du würdest endlich den Mund halten.«

Sie kniff die Augen zusammen. »Ach ja?«

»Ja. Tatsache ist, ich weiß nicht, wie ich reagieren soll, weil ich mir selbst nie zugestanden habe, in dieser

Lage zu sein. Wie sollte ich auch, wo dieses Damoklesschwert über meinem Kopf hängt? Ich kann es doch gar nicht riskieren, mich in jemanden zu verlieben. Wir – Fox, Gage und ich – sind daran gewöhnt, uns zurückzuhalten und große Teile der Situation einfach zu verschweigen.«

»Geheimnisse zu haben.«

»Ja, das stimmt«, erwiderte er gleichmütig. »Das ist richtig. Weil es so sicherer ist. Ich konnte doch gar nicht daran denken, mich zu verlieben, zu heiraten und Kinder zu haben. Es kann doch nicht sein, dass ich ein Kind diesem Alptraum aussetze.«

Ihre blauen Augen wurden kalt wie Eis. »Ich kann mich nicht erinnern, dir vorgeschlagen zu haben, Kinder von dir zu bekommen.«

»Vergiss nicht, mit wem du redest«, sagte er ruhig. »Wenn ich mich in eine Frau verliebe, will ich natürlich heiraten, eine Familie gründen und ein Haus kaufen. Aber es ist unverantwortlich, das auch nur zu denken.«

»Da bin ich anderer Meinung. Das ist doch alles zum jetzigen Zeitpunkt sehr hypothetisch. Dass ich dir gesagt habe, ich liebe dich, bedeutet unter gar keinen Umständen, dass ich jetzt erwarte, einen Ring von dir an den Finger gesteckt zu bekommen.«

»Weil du das schon erlebt hast.«

Sie nickte. »Genau. Und jetzt fragst du dich, was da los war.«

»Es geht mich nichts an. Ja«, fügte er widerwillig hinzu.

»Okay, es ist ganz einfach. Ich war mit Dirk …«

»Dirk …«

»Halt den Mund.« Ihre Mundwinkel zuckten. »Ich war mit ihm etwa sechs Monate zusammen. Wir kamen gut miteinander aus. Ich dachte, ich sei bereit für die nächste Phase in meinem Leben, und deshalb sagte ich ja, als er mir einen Heiratsantrag machte. Wir waren zwei Monate verlobt, dann wurde mir klar, dass ich einen Fehler gemacht hatte. Ich liebte ihn nicht, sondern mochte ihn nur. Auch er liebte mich nicht. Er verstand mich nicht – und er glaubte, weil ich seinen Ring am Finger trug, könnte er mir Vorschriften machen, über meine Arbeit, meine Garderobe, meine Angewohnheiten und meine Karriere. Es waren viele Kleinigkeiten, sie sind nicht wirklich relevant. Tatsache ist, dass es nicht funktionierte, und deshalb trennte ich mich von ihm.«

Sie stieß die Luft aus. Es war nicht angenehm, sich daran zu erinnern, dass sie einen großen Fehler gemacht hatte. »Als ich es ihm sagte, war er eher verärgert als traurig, das machte mir klar, dass ich das Richtige getan hatte. Aber das bedeutete natürlich auch, dass ich vorher das Falsche getan hatte, und das schmerzte. Als ich ihm dann vorschlug, er solle seinen Freunden sagen, er hätte die Sache beendet, nahm er es ein bisschen leichter. Ich gab ihm den Ring zurück, und unsere Wege trennten sich.«

»Er hat dir nicht wehgetan.«

»Oh, Cal.« Sie streichelte ihm über die Wange. »Nein. Die Situation schmerzte, aber er hat mich nicht verletzt. Auch einer der Gründe, warum ich wusste, dass er nicht der Richtige war. Bei dir ist das anders. Bei dir weiß ich, dass du mir wehtun könntest, deshalb weiß ich auch, dass du der Richtige bist.« Sie schlang die Arme um ihn und küsste ihn. »Das jagt dir wahrscheinlich ziemliche Angst ein.«

»Ja, entsetzlich.« Er zog sie an sich. »Es hat noch nie eine Frau in meinem Leben gegeben, die mir so viele schlimme Momente wie du beschert hat.«

»Es freut mich, das zu hören.«

»Das habe ich mir gedacht.« Er drückte seine Wange an ihren Scheitel. »Ich möchte jetzt gerne ein oder zwei Stunden lang so stehen bleiben. Aber ich muss arbeiten und du auch.« Er umfasste ihr Gesicht mit beiden Händen und küsste sie zärtlich. »Deine Schokolade wird kalt.«

»Schokolade hat immer die richtige Temperatur.«

»Was habe ich eben noch mal gesagt? Du hast mir gefehlt. Das ist die absolute Wahrheit.«

»Ich glaube, ich kann ein bisschen Luft in meinem vollen Terminkalender schaffen.«

»Heute Abend muss ich arbeiten. Aber vielleicht kannst du ja vorbeikommen. Dann gebe ich dir noch mal Bowlingunterricht.«

»In Ordnung.«

»Quinn, wir – wir alle – müssen reden. Und zwar so bald wie möglich.«

»Ja. Ach, eins noch, bevor du gehst. Wird Fox Layla den Job anbieten?«

»Ich habe es ihm gesagt. Aber ich spreche ihn noch einmal darauf an.«

»Danke.«

Als sie alleine war, nippte Quinn nachdenklich an

ihrer lauwarmen Schokolade. Männer, dachte sie, waren interessante Geschöpfe.

Cybil kam herein. »Alles klar?«

»Ja, danke.«

»Kein Problem.« Sie öffnete einen Schrank und nahm eine Dose mit ihrem Jasmintee heraus. »Willst du darüber sprechen?«

»Ja. Er war aufgewühlt, weil ich ihm gesagt hatte, dass ich ihn liebe.«

»Wütend oder panisch?«

»Irgendwie beides. Oder vielleicht eher besorgt, weil wir doch diese angsterregende Situation bewältigen müssen.«

»Na ja, aber deine Liebeserklärung ist sicher das, was ihm am meisten Angst macht.« Cybil goss Wasser in die Teekanne. »Wie geht es dir dabei?«

»Es ist … toll«, erwiderte Quinn. »Es erfüllt mich mit Energie und Freude. Weißt du, mit Dirk war alles so …« Sie streckte die Hand aus und machte eine abwägende Geste. »Das hier ist viel aufregender. Er hat gesagt, er habe es sich noch nie erlaubt, über Liebe, Heirat und Familie nachzudenken.«

»Wow, alles auf einmal.«

»Ja, genau. Er hat nicht gemerkt, dass ich vor Schreck fast zusammengezuckt bin, als er Heirat gesagt hat.«

»Na ja, so ganz aus der Fassung gebracht hat es dich aber nicht.« Cybil maß Tee ab.

»Nein, du kennst mich ja. Letztlich gefällt mir die Vorstellung, das alles mit Cal zu erleben. Der Mann hat jetzt ein Problem«, murmelte sie und trank noch einen Schluck Schokolade.

»Du auch, Q. Andererseits haben dir Probleme immer gut gestanden.«

In diesem Moment läutete das Telefon in der Küche. Quinn nahm sofort ab. »Hallo. Hallo, Essie. Oh. Wirklich? Nein, wunderbar. Das ist perfekt. Vielen Dank. Ja, das tue ich. Danke. Tschüs.« Grinsend legte sie auf. »Essie Hawkins hat uns ins Gemeindezentrum eingeschleust. Dort wird heute nicht gearbeitet, wir können nach Herzenslust herumstöbern.«

»Na, was für ein toller Spaß«, sagte Cybil trocken.

Quinn schloss die Tür zur alten Bibliothek auf. »Oberflächlich betrachtet sind wir hier, um in einem der ältesten Gebäude der Stadt, dem Heim der Familie Hawkins, zu recherchieren. Aber …« Sie schaltete das Licht ein. »Hauptsächlich suchen wir nach Schlupflöchern. Einem Versteck, das übersehen wurde.«

»Dreieinhalb Jahrhunderte lang«, kommentierte Cybil.

»Wenn man etwas in fünf Minuten übersieht, kann es für immer übersehen werden.« Quinn schürzte die Lippen. »Das Gebäude wurde modernisiert, als es in eine Bibliothek verwandelt wurde, aber als dann die neue Bibliothek gebaut wurde, haben sie es wieder in den ursprünglichen Zustand zurückversetzt. Jedenfalls im Großen und Ganzen.«

Es standen ein paar Tische und Stühle im Raum, und jemand hatte versucht, mit antiken Lampen, Tonkrügen und Schnitzereien eine gemütlich altmodische Atmosphäre zu erzeugen. Quinn hatte gehört, dass die Historische Gesellschaft oder der Gartenbauverein hier ihre Treffen abhielten. Bei Wahlen gaben die Bürger hier ihre Stimme ab.

»Ein steinerner Kamin«, sagte sie. »Das ist zum Beispiel ein hervorragender Platz, um etwas zu verstecken.« Sie klopfte gegen einzelne Steine. »Außerdem gibt es hier einen Speicher. Essie sagte, er wird als Lagerraum benutzt. Speicher sind wahre Fundgruben.«

»Warum sind solche Gebäude eigentlich immer so kalt und unheimlich, wenn keiner drin ist?«, fragte Layla.

»Wir sind doch drin. Kommt, wir fangen oben an«, schlug Quinn vor. »Und dann arbeiten wir uns langsam nach unten.«

»Speicher sind wahre Fundgruben«, sagte Cybil zwanzig Minuten später, »für Staub und Spinnen.«

»So schlimm ist es doch gar nicht.« Quinn kroch über den Fußboden, weil sie hoffte, auf ein loses Dielenbrett zu stoßen.

»Aber auch nicht besonders schön.« Layla stand mutig auf einem Stuhl und überprüfte die Balken. »Ich verstehe nicht, warum die Leute ihre Lagerräume nicht genauso regelmäßig säubern wie alles andere.«

»Früher war es sauber. Sie hielt es sauber.«

»Wer …«, begann Layla, aber Cybil brachte sie mit einer Handbewegung zum Schweigen. Stirnrunzelnd blickte sie Quinn an.

»Ann Hawkins?«

»Ann und ihre Söhne. Sie hat sie nach Hause gebracht und hier auf dem Speicher mit ihnen gelebt, bis sie alt genug waren, unten ein Zimmer zu bewohnen. Aber sie blieb hier. Sie wollte hoch oben sein, um einen Ausblick zu haben. Sie wusste zwar, dass er nicht kommen würde, aber sie wollte trotzdem nach ihm Ausschau halten. Sie war glücklich hier, einigermaßen glücklich. Und als sie hier starb, war sie bereit zu gehen.«

Abrupt hockte Quinn sich hin. »Ach, du lieber Himmel, war ich das?«

Cybil musterte Quinns Gesicht. »Das weißt nur du.«

»Ja, ich glaube schon.« Sie presste die Fingerspitzen an die Schläfen. »Verdammt, ich habe schreckliche Kopfschmerzen. Ich habe alles in meinem Kopf gesehen, so klar wie in einem Film. Jahre schrumpften zu Sekunden. Ich habe es gefühlt. Das ist doch bei dir auch so, oder?«

»Oft«, erwiderte Cybil.

»Ich habe gesehen, wie sie in ihr Tagebuch geschrieben und ihren Söhnen die Gesichter gewaschen hat. Ich habe sie lachen und weinen sehen. Ich habe sie am Fenster stehen und in die Dunkelheit blicken sehen. Ich habe …« Quinn legte eine Hand aufs Herz. »Ich habe ihre Sehnsucht gespürt. Es war … brutal.«

»Du siehst nicht gut aus.« Layla berührte sie an der Schulter. »Wir sollten nach unten gehen, damit du etwas trinken kannst.«

»Ja. Ja, wahrscheinlich.« Sie ergriff Laylas Hand und stand auf. »Vielleicht sollte ich es noch einmal versuchen, damit wir mehr erfahren.«

»Du bist schrecklich blass«, sagte Layla. »Und, Liebes, deine Hand ist eiskalt.«

»Das ist genug für heute«, stimmte Cybil zu. »Zwing dich nicht.«

»Ich habe nicht gesehen, wo sie die Tagebücher versteckt hat. Ich habe es nicht gesehen.«

17

Es war nicht der richtige Zeitpunkt, über einen zerbrochenen Stein zu sprechen, dachte Cal, als Quinn ihm aufgeregt von ihrer Reise in die Vergangenheit berichtete.

Er überlegte, ob er das Thema anschneiden sollte, als sie ihn in ihr Arbeitszimmer zerrte, um ihm die neuen Tabellen zu zeigen, die Layla angelegt hatte.

Er vergaß es, als er mit ihr im Bett lag und sich alles so richtig anfühlte, als sie sich mit ihm bewegte.

Danach war es zu spät, darüber zu sprechen, weil sie sich an ihn schmiegte, um mit ihm einzuschlafen.

Vielleicht vermied er das Thema ja, aber vermutlich lag es nur daran, dass er die Dinge gerne zur richtigen Zeit und am richtigen Ort tat. Er hatte sich am Sonntag extra freigenommen, um mit der ganzen Gruppe zum Heidenstein zu wandern. Das, so dachte er, war die richtige Zeit und der richtige Ort.

Aber dann vereitelte die Natur seinen schönen Plan.

Misstrauisch schaute er sich die Wetterberichte an, die für das Wochenende schwere Schneestürme voraussagten. Seiner Erfahrung nach konnten sich auch Meteorologen irren, er war selbst dann noch nicht überzeugt, als es am Vormittag zu schneien begann. Das war schon die dritte Blizzard-Warnung dieses Jahr, und die beiden anderen hatten lediglich ein paar Zentimeter Schnee gebracht.

Als die Nachmittagsgruppen absagten, zuckte er mit den Schultern. Das hatte nicht viel zu sagen.

Aber als sein Vater gegen zwei Uhr hereinkam und aussah wie ein Yeti, wurde Cal doch aufmerksam.

»Ich glaube, wir sollten zumachen«, sagte Jim.

»Ach, so schlimm ist es doch nicht. In der Spielhalle halten sich die üblichen Verdächtigen auf, und im Grill herrscht Hochbetrieb. Es sind lediglich ein paar Bahnen abgesagt worden, aber gegen Spätnachmittag kommen die Leute bestimmt, weil sie sich langweilen.«

»Nein, es ist jetzt schon schlimm, und es wird noch schlimmer.« Jim schob seine Handschuhe in die Taschen seines Parkas. »Wenn es so weiterschneit, sind es bis Sonnenuntergang anderthalb Meter. Wir müssen die Kinder nach Hause schicken, und wenn sie nicht mehr zu Fuß hinkommen, müssen wir sie hinbringen. Wir machen zu, und du fährst auch nach Hause. Oder du holst deinen Hund und Gage und ihr kommt zu uns. Deine Mutter kommt um vor Sorgen, wenn sie weiß, dass du heute Abend noch da draußen rumfährst.«

Cal hätte seinem Vater erwidern können, dass er dreißig war, einen Wagen mit Vierradantrieb fuhr und wusste, was er tat, aber da es zwecklos war, nickte er nur. »Nein, es geht schon. Wir haben jede Menge Vorräte.

Ich schicke die Kunden nach Hause und schließe ab, Dad. Fahr du nach Hause. Deinetwegen macht sie sich bestimmt auch Sorgen.«

»Es ist noch Zeit genug.« Jim blickte zu den Bahnen, an denen sechs Teenager herumalberten. »Als ich noch ein Kind war, gab es auch mal so einen Sturm. Dein Großvater hat nicht zugemacht, am Ende mussten wir drei Tage hier campieren. Das war toll!«

»Das kann ich mir vorstellen.« Cal grinste. »Soll ich Mom anrufen und sagen, wir kämen nicht mehr weg? Dann können wir hier einen Bowling-Marathon abhalten.«

»Nur zu gerne.« Die Fältchen um Jims Augen wurden tiefer, als er lächelte. »Aber danach würde sie mich nie wieder hier hinlassen.«

»Dann machen wir besser zu.«

Es gab zwar Proteste und Stöhnen, aber schließlich waren alle draußen. In der Stille schloss Cal den Grill ab. Sein Vater war nach hinten zu Bill Turner gegangen, um nachzuschauen, ob er alles Nötige hatte, und um ihm ein wenig Extrageld zuzustecken.

Cal zog sein Handy heraus und rief Fox in der Kanzlei an. »Hey. Ich hatte schon befürchtet, ich erwische dich nicht mehr.«

»Ich mache gerade alles dicht. Mrs H habe ich schon nach Hause geschickt. Der Sturm wird immer schlimmer.«

»Fahr zu mir nach Hause. Wenn es tatsächlich so wird, wie sie angekündigt haben, dann könnte es ein paar Tage dauern, ehe die Straßen wieder frei sind. Wir brauchen ja keine Zeit zu verschwenden. Vielleicht könntest du unterwegs noch anhalten und Klopapier, Brot und so mitbringen.«

»Klo … Bringst du die Frauen mit?«

»Ja.« Das hatte er eben spontan beschlossen, als er nach draußen geschaut hatte. »Hol einfach ein paar Vorträte. Überleg dir was. Ich komme so schnell wie möglich nach.«

Er beendete das Gespräch und schaltete gerade das Licht im Gang aus, als sein Vater herauskam.

»Alles klar?«, fragte Cal.

»Ja.«

An der Art, wie sein Vater sich im dunklen Gang umsah, merkte Cal, dass das Center wahrscheinlich das ganze Wochenende geschlossen bleiben würde.

»Wir holen es schon wieder rein, Dad.«

»Ja, sicher. Das tun wir doch immer.« Er schlug Cal auf die Schulter. »Lass uns nach Hause gehen.«

Quinn lachte, als sie die Tür öffnete. »Ist das nicht toll! Sie haben gesagt, wir bekämen wahrscheinlich einen Meter Schnee, vielleicht sogar mehr! Cyb macht gerade Gulasch, und Layla hat Batterien und Kerzen gekauft, falls der Strom ausfällt.«

»Gut. Hervorragend.« Cal stampfte den Schnee von seinen Stiefeln. »Pack die Sachen ein und was ihr sonst noch so braucht. Wir fahren zu mir.«

»Sei nicht albern. Uns geht es gut. Du kannst ja hierbleiben, und wir …«

Mit so wenig Schnee wie möglich trat er ein und schloss die Tür hinter sich. »Ich habe einen kleinen Gasgenerator, mit dem ich unter anderem auch den

Brunnen betreibe. Das bedeutet, wir haben immer Wasser für die Toilettenspülung.«

»Oh. An Toiletten hatte ich gar nicht gedacht. Aber wie passen wir denn alle in deinen Truck?«

»Das klappt schon. Packt eure Sachen.«

Es dauerte eine halbe Stunde, aber damit hatte er gerechnet. Schließlich war die Ladefläche seines Pickups so voll, als wollten sie für eine Woche in die Wildnis fahren, und bei ihm in der Fahrerkabine saßen drei Frauen.

Er war froh, dass er Fox Bescheid gesagt und ihn gebeten hatte, ebenfalls vorbeizukommen.

»Es ist wundervoll.« Layla setzte sich auf Quinns Schoß und hielt sich am Armaturenbrett fest. Die Scheibenwischer des Chevy konnten die Schneemassen kaum bewältigen. »Klar ist es eine Menge Schnee, aber es ist so schön, ganz anders als in der Stadt.«

»Denk daran, wenn wir uns mit drei Männern um das Badezimmer streiten«, warnte Cybil sie. »Und ich möchte gleich sagen, dass ich mich weigere, für alle Mahlzeiten verantwortlich zu sein, nur weil ich weiß, wie man den Herd einschaltet.«

»Schon vernommen«, murmelte Cal.

»Es ist wirklich wundervoll«, sagte Quinn und blickte an Layla vorbei durch die Windschutzscheibe. »Oh, ich habe ja ganz vergessen zu erzählen, dass meine Großmutter sich gemeldet hat. Sie hat die Bibel gefunden. Die Enkelin ihrer Schwägerin kopiert und scannt die entsprechenden Seiten und mailt sie mir.« Quinn rutschte ein bisschen hin und her, um mehr Platz zu haben. »Hoffentlich klappt das alles, und ich habe die Informationen bis morgen. Ist das nicht toll?«

Eingeklemmt zwischen Quinns Hinterteil und der Tür versuchte Cybil sich zu behaupten. »Ich fände es toller, wenn du deinen Arsch zur Seite nehmen würdest.«

»Layla sitzt auf mir drauf, deshalb brauche ich mehr Platz«, erwiderte Quinn. »Kriegt ihr nicht auch Lust auf Popcorn, wenn ihr den ganzen Schnee seht? Haben wir welches eingepackt? Oder hast du welches?«, wandte sie sich an Cal. »Vielleicht können wir noch kurz anhalten und Mais kaufen.«

Cal schwieg und konzentrierte sich aufs Fahren. Die Strecke war ihm noch nie so lang vorgekommen.

Langsam fuhr er über die Nebenstraßen, und obwohl er seinem Truck wie auch seinen Fahrkünsten traute, war er doch froh, als er endlich in seinen Weg einbog. Im Auto war es so heiß wie in einer Sauna.

Selbst unter diesen widrigen Umständen musste Cal zugeben, dass sein Haus und sein Wald aussahen wie auf einem Gemälde. Schneehauben auf Bäumen und Sträuchern, der Rauch, der aus dem Kamin aufstieg, und das Licht, das in den Fenstern schimmerte.

Er fuhr in Fox' Spur über die kleine Brücke auf seine Seite des eisverkrusteten Baches. Aus dem winterlichen Postkartenwald kam Lump aufs Haus zugetrottet. Als er sie sah, wedelte er mit dem Schwanz und bellte einmal tief.

»Hey, sieh dir Lump an.« Quinn stieß Cal den Ellbogen in die Seite. »Er ist ja richtig lebhaft.«

»Bei Schnee wird er immer lebendig.« Cal hielt hinter Fox' Wagen und warf dem Ferrari, der schon beinahe unter einer dichten Schneedecke verschwunden war, einen spöttischen Blick zu. Dann drückte er auf die Hupe. Er hatte nicht vor, den Haufen Gepäck, den die Frauen mitgebracht hatten, allein ins Haus zu tragen.

Er zerrte Taschen von der Ladefläche.

»Oh, sieht das schön aus, Cal.« Layla nahm ihm die erste Tasche ab. »Darf ich hineingehen?«

»Ja, sicher.«

»Bildhübsch.« Cybil suchte sich eine Tasche aus, die sie tragen konnte. »Vor allem, wenn einem die Einsamkeit nichts ausmacht.«

»Ich bin gern allein.«

Sie warf Gage und Fox, die aus dem Haus kamen, einen Blick zu. »Hoffentlich hast du auch gerne Gesellschaft.«

Sie schleppten alles nach drinnen und hinterließen eine Schneespur. Zum Glück erwiesen sich die Frauen als äußerst hilfreich. Layla fragte nach Putzlumpen und begann, die nassen Fußspuren aufzuwischen. Cybil verzog sich mit ihrem Gulaschtopf und einer Tüte voller Küchenutensilien in die Küche. Und Quinn holte Bettwäsche aus seinem Wäscheschrank und begann, Betten und Gepäck zu verteilen.

Für ihn blieb nichts weiter zu tun, als sich ein Bier zu nehmen.

Gage kam herein, als Cal im Feuer stocherte. »In beiden Badezimmern oben stehen Flaschen und Dosen mit Mädchenkram.« Anklagend wies Gage mit dem Daumen zur Decke. »Was hast du getan?«

»Was ich tun musste. Ich konnte sie schließlich nicht

allein lassen. Am Ende wären sie für ein paar Tage von der Außenwelt abgeschnitten gewesen.«

»Und was soll das werden? Deine Freundin lässt Fox gerade mein Bett beziehen, auf der Ausziehcouch in deinem Büro. Anscheinend soll ich da mit ihm zusammen schlafen. Du weißt genau, dass der Kerl schnarcht.«

»Ich kann nichts daran ändern.«

»Du hast gut reden, du teilst dein Bett ja mit der Blonden.«

Cal grinste. »Auch daran kann ich nichts ändern.«

»Und Esmeralda braut in der Küche irgendwas zusammen.«

»Gulasch – und sie heißt Cybil.«

»Egal, es riecht auf jeden Fall gut, das muss ich ihr lassen. Das Problem ist nur, dass sie mich rausgeschmissen hat, als ich nach einer Tüte Chips zum Bier gefragt habe.«

»Willst du lieber für sechs Personen kochen?«

Gage grunzte nur und legte die Füße auf den Couchtisch. »Wie viel Schnee ist angesagt?«

»Etwa ein Meter.« Cal ließ sich neben ihn sinken und legte ebenfalls die Füße auf den Tisch. »Früher fanden wir das toll. Keine Schule, Schlittenfahren, Schneeballschlachten.«

»Die gute alte Zeit, mein Freund.«

»Und jetzt schmeißen wir den Generator an, decken uns mit Brennholz ein, kaufen zusätzliche Batterien und Klopapier.«

»Erwachsen zu sein ist ganz schön nervig.«

Aber es war warm, und während draußen unablässig der Schnee fiel, saßen sie um den Tisch und aßen.

Es fiel schwer, sich zu beklagen, dachte Cal, wenn man einen scharfen Eintopf auf dem Teller hatte, den man noch nicht einmal selbst gekocht hatte. Außerdem gab es Klöße, und bei Klößen wurde er schwach.

»Ich war vor Kurzem in Budapest.« Gage nahm sich noch einmal Gulasch und blickte Cybil an. »Das hier ist genauso gut wie alles, was ich dort gegessen habe.«

»Das ist eigentlich kein ungarisches Gulasch. Es hat serbokroatischen Ursprung.«

»Auf jeden Fall ist es verdammt lecker«, warf Fox ein, »egal, wo es herkommt.«

»Sybil ist selber ein osteuropäischer Eintopf.« Quinn genoss den halben Kloß, den sie sich gestattet hatte. »Kroatisch, ukrainisch, polnisch – mit einem Schuss französisch für Modebewusstsein und Arroganz.«

»Wann ist deine Familie hierhergekommen?«, fragte Cal.

»Je nach Linie im siebzehnten Jahrhundert oder erst vor dem Zweiten Weltkrieg.« Sie verstand, warum er ihr die Frage gestellt hatte. »Ich weiß nicht, ob es eine Verbindung zu Quinn oder Layla gibt. Ich kümmere mich darum.«

»Auf jeden Fall hatten wir sofort einen Draht zueinander«, sagte Quinn.

»Ja, das stimmt.«

Cal verstand diese Art von Freundschaft, die wenig mit dem Blut und viel mit dem Herzen zu tun hatte.

»Vom ersten Tag an im College haben wir aneinandergeklebt.« Quinn schob sich ein weiteres winziges Stück Kloß in den Mund. »Wir haben uns im Schlafsaal kennen gelernt. Unsere Zimmer lagen gegenüber, und innerhalb von zwei Tagen hatten wir getauscht. Unseren jeweiligen Zimmergenossinnen war es egal, und wir haben die ganze Zeit auf dem College zusammengehangen.«

»Was wir irgendwie immer noch tun!«, warf Cybil ein.

»Weißt du noch, wie du mir am ersten Abend aus der Hand gelesen hast?«

»Du liest aus der Hand?«, fragte Fox.

»Wenn ich Lust habe. Das ist mein Zigeunererbe«, fügte Cybil mit einer weit ausholenden Geste hinzu.

»Hier in Hollow hat es auch Zigeuner gegeben«, sagte Cal.

»Wirklich?« Cybil hob ihr Weinglas und trank einen Schluck. »Wann?«

»Das muss ich nachprüfen, um es dir genau sagen zu können. Ich weiß es aus Geschichten, die meine Gran von ihrer Großmutter erzählt bekommen hat. Dass eines Tages im Sommer die Zigeuner kamen und ihr Lager hier aufschlugen.«

»Interessant«, warf Quinn ein. »Möglicherweise hat sich ja ein Einheimischer in eine der glutäugigen Schönheiten verliebt oder umgekehrt, und neun Monate später hat es ein Missgeschick gegeben. Das könnte direkt zu dir führen, Cyb.«

»Wir sind alle eine große, glückliche Familie«, murmelte Cybil.

Nach dem Essen wurden die Aufgaben wieder neu verteilt. Holz musste hereingeholt werden, der Hund musste vor die Tür, der Tisch musste abgeräumt und der Abwasch gemacht werden.

»Wer kocht sonst noch?«, fragte Cybil.

»Gage«, sagten Cal und Fox wie aus einem Mund.

»Hey.«

»Gut.« Cybil musterte ihn. »Wenn du morgen ein Frühstück für alle zusammenbringst, bist du eingestellt. Und jetzt …«

»Bevor wir loslegen«, unterbrach Cal sie, »müssen wir noch etwas besprechen. Wir müssen etwas holen.« Er schaute Fox und Gage an. »Vielleicht solltet ihr in der Zwischenzeit noch eine Flasche Wein aufmachen.«

»Was soll das?« Quinn blickte den Männern stirnrunzelnd nach. »Was haben sie vor?«

»Es geht mehr um etwas, was sie uns noch nicht erzählt haben«, sagte Layla. »Ich habe Schuldbewusstsein und Zögern wahrgenommen, auch wenn ich sie eigentlich alle drei nicht kenne.«

»Das hast du schon richtig empfunden«, erwiderte Cybil. »Hol noch eine Flasche Wein, Q.« Sie erschauerte. »Vielleicht sollten wir auch noch ein paar Kerzen anmachen, nur für alle Fälle. Es kommt mir schon so … dunkel vor.«

Vermutlich überließen sie ihm das Wort, weil es sein Haus war, dachte Cal. Als schließlich alle wieder um den Tisch saßen, suchte er nach den richtigen Worten.

»Wir haben schon besprochen, was damals in der Nacht auf der Lichtung passierte, als wir Kinder waren. Quinn, du hast ja einen Teil davon selbst mitbekommen, als wir da waren.«

»Ja. Allerdings sollten Cyb und Layla es auch sehen, sobald das Wetter zulässt, dass wir dorthin gehen.«

Er zögerte nur einen winzigen Augenblick lang. »Ja, einverstanden.«

»Es ist aber kein Spaziergang über die Champs-Élysées«, kommentierte Gage. Cybil zog eine Augenbraue hoch.

»Wir schaffen das schon.«

»Es gab noch einen anderen Aspekt in jener Nacht, über den wir bisher noch nicht gesprochen haben.«

»Mit niemandem«, warf Fox ein.

»Es ist schwer zu erklären, warum. Wir waren erst zehn, die Hölle brach los, und … Na ja.« Cal legte seinen Teil des Steins auf den Tisch.

»Ein Stück Stein?«, sagte Layla.

»Blutjaspis.« Cybil schürzte die Lippen und wollte schon danach greifen, hielt aber inne. »Darf ich?«

Gage und Fox legten ihre Teile daneben. »Nur zu«, ermunterte Gage sie.

»Drei Teile von einem.« Quinn ergriff den Stein, der ihr am nächsten lag. »Das stimmt doch, oder? Es sind drei Teile eines Steins.«

»Eines Steins, der abgerundet, geschliffen und poliert wurde«, fuhr Cybil fort. »Wo habt ihr die Teile her?«

»Wir hielten sie auf einmal in der Hand«, erwiderte Cal. »Als der Boden nicht mehr bebte, hielt jeder von uns seinen Teil in der Hand.« Er blickte auf seine Hand und dachte daran, wie er den Stein umklammert hatte, als ob sein Leben davon abhinge.

»Wir wussten nicht, was es war. Fox hat nachgeschaut. Seine Mutter hatte Bücher über Steine und Kristalle. Blutjaspis, das stimmt«, sagte Cal.

»Er muss wieder zusammengefügt werden, oder?«, meinte Layla. »Er muss wieder ganz sein.«

»Das haben wir schon versucht. Die Bruchkanten sind glatt«, erklärte Fox. »Sie passen zusammen wie Puzzleteile.« Cal ergriff die drei Teile und drückte sie zusammen.

»Aber es bewirkt nichts.«

»Vielleicht weil du sie zusammenhältst.« Quinn streckte neugierig ihre Hand aus, und Cal legte ihr die Teile auf die Handfläche. »Sie sind nicht ... verschmolzen ist wohl das richtige Wort.«

»Das haben wir auch probiert. Cal hat es mit Superkleber versucht.«

»Normalerweise hätte das die einzelnen Teile zusammenhalten müssen«, verteidigte sich Cal. »Aber ich hätte genauso gut Wasser nehmen können. Es hielt einfach nicht. Wir haben alles Mögliche versucht, aber nichts hat genützt. Sie verändern noch nicht einmal die Temperatur.«

»Nur während der Sieben, da werden sie heiß«, fuhr Fox fort. »Nicht zu heiß, aber doch ziemlich warm.«

»Habt ihr in dieser Zeit versucht, sie zu verbinden?«, fragte Quinn.

»Ja, aber auch da hatten wir kein Glück. Wir wissen nur, dass Giles Dent diesen Stein als Amulett um den Hals trug, als Lazarus Twisse in jener Nacht den Mob auf die Lichtung führte. Ich habe es gesehen. Und jetzt besitzen wir den Stein.«

»Habt ihr es schon einmal mit Magie versucht?«, fragte Cybil.

Cal zuckte zusammen und räusperte sich.

»Ach, Cal, bleib locker«, ermahnte Fox ihn. Er schüttelte den Kopf. »Ja, klar. Damit haben wir es auch versucht. Ich habe mir Formeln aus Büchern zusammengesucht, und Gage hat auf seinen Reisen mit ein paar praktizierenden Hexen gesprochen, die uns Rituale genannt haben.«

»Aber ihr habt sie nie jemandem gezeigt.« Quinn legte die Steine vorsichtig auf den Tisch, dann ergriff sie ihr Weinglas. »Niemandem, der vielleicht etwas über die Geschichte gewusst hätte.«

»Nein, das sollten wir nicht.« Fox zuckte mit den Schultern. »Ich weiß, es klingt blöd, aber wir durften damit nicht zu einem Geologen oder einem Zauberer oder so gehen. Ich …«

»Fox war sich sicher, dass das tabu war, und daran hielten wir uns.« Cal blickte seine Freunde an. »So haben wir es bis heute gehalten. Wenn Fox der Meinung gewesen wäre, dass wir sie euch nicht zeigen sollen, dann hätten wir es nicht getan.«

»Weil du es am stärksten fühlst?«, fragte Layla Fox.

»Ich weiß nicht. Vielleicht. Ich glaubte, glaube noch, dass wir in jener Nacht überlebt haben, weil jeder von uns ein Stück von dem Stein hatte. Und solange das der Fall ist, haben wir eine Chance. Das sagt mir mein Gefühl. Ich weiß es einfach, so wie Cal den Stein als das Amulett gesehen hat, das Dent um den Hals trug.«

»Und wie ist es mit dir?«, fragte Cybil Gage. »Was weißt du? Was siehst du?«

Er blickte sie an. »Ich sehe ihn ganz. Er liegt auf dem Heidenstein. Die Flammen züngeln hoch und verzehren ihn, hüllen ihn ganz ein. Über die ganze Lichtung zieht ein Höllenfeuer, das nicht einmal der Teufel überleben könnte.«

Er trank einen Schluck Wein. »Das sehe ich, wenn der Stein wieder ganz ist, und deshalb habe ich damit keine Eile.«

»Vielleicht ist der Stein so entstanden«, begann Layla.

»Ich kann nicht in die Vergangenheit sehen. Das ist Cals Sache. Ich sehe nur das, was kommt.«

»Wie praktisch in deinem Beruf.«

Gage blickte Cybil an und grinste träge. »Es kann auf jeden Fall nicht schaden.« Er ergriff seinen Stein und warf ihn leicht hoch. »Hat jemand Interesse an einem kleinen Spielchen?«

Er hatte die Frage noch nicht ganz ausgesprochen, als das Licht ausging.

Die flackernden Kerzen tauchten den Raum in ein unheimliches Licht. »Ich schalte den Generator ein.« Cal stand auf. »Für Wasser, Kühlschrank und Herd.«

»Geh nicht alleine hinaus.« Layla blinzelte. »Ich meine …«

»Ich gehe mit dir.«

Als Fox aufstand, heulte etwas in der Dunkelheit.

»Lump.« Wie der Blitz schoss Cal nach draußen. Im Rennen ergriff er die Taschenlampe, die an der Wand hing.

Er richtete den Lichtstrahl in Richtung des Geräuschs, aber das Schneetreiben war so dicht, dass man nichts sehen konnte.

Aus der Schneedecke war eine Mauer geworden, die bis zu den Knien reichte. Cal rief seinen Hund und versuchte auszumachen, woher das Heulen kam.

»Himmel«, schrie Fox hinter ihm, »das ist ja der Wahnsinn hier draußen.« Er packte Cal am Arm, und Gage trat an seine andere Seite. »Lump! Komm her, Lump! So habe ich ihn noch nie gehört.«

»Woher weißt du, dass es der Hund ist?«, fragte Gage ruhig.

»Geht wieder hinein«, sagte Cal grimmig. »Wir können die Frauen nicht allein lassen. Ich gehe meinen Hund suchen.«

»Ja, klar, wir lassen dich hier alleine durch den Blizzard stolpern.« Gage warf einen Blick zum Haus. »Außerdem kommen sie gerade heraus.«

Sie hatten sich untergehakt und hielten Taschenlampen in den Händen. Sie hatten sich sogar die Zeit genommen, Jacken und Stiefel anzuziehen, was vernünftig war, wie Cal zugeben musste.

»Geht wieder hinein«, schrie er über dem brausenden Wind. »Wir suchen schnell nach Lump und kommen gleich nach.«

»Entweder wir gehen alle oder gar keiner.« Quinn trat zu Cal. »Lasst uns keine Zeit verschwenden«, fuhr sie fort, bevor er widersprechen konnte. »Wir sollten uns verteilen, oder?«

»Aber nur in Paaren. Fox, du gehst mit Layla hier entlang, Quinn und ich versuchen es hier. Gage und Cybil, ihr geht hinter das Haus. Er muss ganz in der Nähe sein. Er entfernt sich nie allzu weit.«

Er klang, als ob er Angst hatte, aber das wollte Cal nicht laut sagen. Sein dummer, fauler Hund klang ängstlich. »Halt dich an meinem Hosenbund fest«, sagte er zu Quinn.

Sie waren kaum zwei Schritte gegangen, als er außer dem Heulen noch ein anderes Geräusch vernahm.

»Hast du das gehört?«

»Ja, da hat jemand gelacht. So wie ein ungezogener kleiner Junge lacht.«

Ein heftiger Windstoß brachte Quinn zum Straucheln, fast wären sie beide zu Boden gestürzt.

Er musste sie ins Haus zurückschicken, dachte Cal, damit ihr nichts passierte. Gerade wollte er sich umdrehen, um sie am Arm zu packen, da sah er sie.

Sein Hund saß halb vergraben im Schnee, reckte den Kopf und heulte.

Der Junge schwebte über dem Schnee und grinste, als ein neuerlicher Windstoß Lump bis zu den Schultern mit Schnee bedeckte.

»Zum Teufel, verschwinde von meinem Hund!«

Cal sprang vorwärts, aber der Wind schleuderte ihn zurück, so dass Quinn und er hinfielen.

»Ruf ihn!«, schrie Quinn. »Ruf ihn, damit er kommt!« Sie zerrte sich die Handschuhe von den Händen, steckte die Finger zwischen die Lippen und stieß einen schrillen Pfiff aus.

Lump zitterte; der Dämon lachte.

Cal rief weiter und kroch fluchend auf Lump zu. Der Schnee flog ihm in die Augen, und seine Hände waren ganz taub von der Kälte. Er hörte Rufe hinter sich, konzentrierte sich aber nur darauf, seinen Hund zu erreichen, bevor der nächste Windstoß ihn völlig unter dem Schnee vergrub.

Er würde im Schnee ersticken, dachte Cal, während er sich vorwärtsschob. Wenn er ihn nicht rechtzeitig erreichte, würde Lump in einem Meer von Schnee ertrinken.

Er spürte eine Hand an seinem Knöchel, schleppte sich aber unbeirrt weiter. Schließlich bekam er das Halsband des Hundes zu fassen. »Du kannst ihn nicht haben!«, sagte er und blickte dem Dämon in die grünen, rot geränderten Augen.

Heftig zog er an dem Halsband, aber Lump jaulte nur. Es war, als ob sein Körper einzementiert wäre.

Aber da war auch schon Quinn neben ihm und schaufelte mit bloßen Händen den Schnee weg.

Fox kam angerannt, und Cal nahm seinen ganzen Mut zusammen, um erneut in diese schauerlichen Augen zu blicken. »Ich habe dir doch gesagt, dass du ihn nicht haben kannst.«

Er zog noch einmal, dann hatte er den zitternden, winselnden Hund im Arm.

»Ist ja gut, ist ja gut.« Er drückte sein Gesicht in das kalte, nasse Fell. »Kommt, weg hier.«

»Bring ihn ins Haus!« Layla half Quinn beim Aufstehen. Auch Gage und Cybil waren mittlerweile eingetroffen und halfen Cal, den Hund ins Haus zu bringen.

Drinnen gab es Handtücher und Decken, trockene Kleidung, heißen Kaffee. Brandy – sogar für Lump – wärmte die eiskalten Gliedmaßen. Im Kamin prasselte ein Feuer.

»Der Dämon hat ihn festgehalten. Er konnte nicht weg.« Cal saß auf dem Boden, den Kopf des Hundes im Schoß. »Er konnte nicht weg. Er wollte ihn im Schnee begraben. Einen dummen, harmlosen Hund.«

»Ist so etwas schon einmal passiert?«, fragte Quinn. »Ist er schon einmal auf Tiere losgegangen?«

»Ein paar Wochen vor den Sieben sind häufiger Tiere ertrunken oder überfahren worden. Ein paar Mal sind Haustiere auch bösartig geworden. Aber so etwas ist noch nicht passiert. Das war …«

»Eine Demonstration.« Cybil steckte die Decke um Quinns Füße fest. »Er wollte uns zeigen, was er alles kann.«

»Vielleicht wollte er auch sehen, was wir können«, warf Gage ein.

»Ich glaube, das trifft es eher. Ein Hund ist leichter zu kontrollieren als ein Mensch. Ich will dich ja nicht beleidigen, Cal, aber dein Hund hat weniger Verstand als ein Kleinkind.«

Zärtlich zupfte Cal Lump am Ohr. »Er ist so dumm wie Brot.«

»Es war also reine Quälerei, was der Dämon mit diesem armen Hund veranstaltet hat.« Layla kniete sich auf den Boden und streichelte Lump. »Das zahlen wir ihm heim.«

Quinn legte den Kopf schief. »Was hast du vor?«

»Ich weiß noch nicht, aber mir fällt bestimmt etwas ein.«

18

Cal wusste nicht, um wie viel Uhr sie ins Bett gefallen waren. Aber als er die Augen aufschlug, drang blasses Winterlicht durch das Fenster. Der Schnee fiel immer noch in dicken weißen Flocken, wie in einem Weihnachtsfilm aus Hollywood.

Um ihn herum war alles still, nur vom Fußende des Bettes kam leises, zufriedenes Schnarchen. Dort lag Lump, wie eine wärmende Felldecke. Normalerweise erlaubte Cal so etwas nicht, aber jetzt waren Wärme und Gewicht des Hundes genau richtig.

Von jetzt an, beschloss er, würde er den Hund überallhin mitnehmen.

Ganz vorsichtig zog Cal seinen Fuß unter Lumps schwerem Körper hervor. Bei der Bewegung rührte sich Quinn, seufzte zufrieden auf und schmiegte sich dichter an ihn, indem sie ihr Bein zwischen seine Beine schob. Sie trug eine Trainingshose, die nicht besonders sexy war, und hatte in der Nacht so schwer auf seinem Arm gelegen, dass er jetzt prickelte, als er wieder zum Leben erwachte. Eigentlich hätte er ein bisschen verärgert sein müssen.

Aber er fand, auch das fühlte sich genau richtig an.

Und da sie nun schon einmal gemeinsam im Bett lagen, während draußen der Hollywoodschnee fiel, konnte er die Gelegenheit doch durchaus nutzen.

Lächelnd ließ er eine Hand unter ihr T-Shirt gleiten. Als er ihre Brust umfasste, spürte er ihr Herz unter seiner Hand gleichmäßig schlagen. Langsam streichelte er darüber, neckte ihren Nippel und erregte sich selbst mit der Vorstellung, dass er ihn in den Mund nehmen und mit der Zunge darübergleiten wollte.

Sie seufzte wieder.

Seine Fingerspitzen glitten über ihren Bauch unter ihre Hose an den Oberschenkeln entlang. Dann wieder hoch. Und immer näher an ihre Mitte heran.

Sie stöhnte leise und hilflos, als er in ihre heiße Nässe eintauchte. Während er sie rieb, senkten sich seine Lippen über ihren Mund.

Sie kam, als sie erwachte, und ihr ganzer Körper bebte vor Lust.

»O Gott!«

»Schscht!« Er lachte. »Du weckst den Hund auf.«

Bevor sie richtig zu sich kam, hatte er ihr schon die Hose heruntergezogen und drang in sie ein.

»Oh. Himmel.« Ihr versagte die Stimme. »Guten Morgen.«

Wieder lachte er und begann, sie in einem gemächlichen Rhythmus zu stoßen. Sie passte sich ihm an, und bald schon überwältigte sie erneut die Erregung.

»Gott. Gott. Gott. Ich glaube nicht, dass ich …«

»Schscht«, wiederholte er. »Lass es einfach geschehen. Ich mache langsam.«

Als sie erneut kam, war sie zu atemlos, um einen Laut von sich geben.

Erschöpft und befriedigt lag Quinn unter Cals Gewicht. Sein Kopf ruhte zwischen ihren Brüsten, und sie spielte mit seinen Haaren.

»Nimmst du irgendwelche besonderen Vitamine?«, erkundigte sie sich.

»Hmm?«

»Ich finde, du hast ein ziemlich großes Durchhaltevermögen.«

Sie spürte, wie er lächelnd den Mund verzog. »Ich lebe eben einfach sauber, Blondie.«

»Vielleicht liegt es ja am Bowling … Wo ist Lump?«

»Er ist irgendwann mittendrin beleidigt vom Bett gesprungen.« Cal drehte den Kopf und machte eine Geste. »Da.«

Quinn lachte. »Das ist mir auch noch nicht passiert. Gott! Ich fühle mich so gut. Wie kann ich mich nach gestern Nacht nur so gut fühlen?« Kopfschüttelnd reckte sie sich, dann legte sie die Arme wieder um Cal. »Das ist so, oder? Und wenn ganze Welt zum Teufel geht, das wird es immer geben.«

»Ja.« Er setzte sich auf. »Quinn.« Er ergriff ihre Hand und spielte mit ihren Fingern.

»Cal«, imitierte sie seinen ernsten Tonfall.

»Du bist mit mir durch einen Schneesturm gekrochen, um meinen Hund zu retten.«

»Er ist ein guter Hund. Das hätte jeder so gemacht.«

»Nein, das stimmt nicht. Fox und Gage ja, für den Hund und für mich. Na ja gut, Layla und Cybil vielleicht.«

Quinn streichelte ihm über die Wange. »Niemand hätte den Hund da draußen gelassen, Cal.«

»Dann muss ich sagen, dass mein Hund Glück hat, Menschen wie dich um sich herum zu haben. Und ich auch. Du bist durch den Schnee auf den Dämon zugekrochen. Du hast mit bloßen Händen den Schnee weggeschaufelt.«

»Wenn du unbedingt einen Helden aus mir machen willst … sprich ruhig weiter.« Sie lachte. »Ich glaube, das gefällt mir.«

»Du hast auf den Fingern gepfiffen.«

Quinn grinste. »Das habe ich irgendwann mal gelernt. Eigentlich kann ich sogar noch lauter pfeifen, wenn ich nicht gerade außer Atem und völlig verfroren bin und vor Entsetzen zittere.«

»Ich liebe dich.«

»Ich demonstriere es dir mal, wenn … Was?«

»Ich habe nie geglaubt, dass ich diese Worte einmal zu einer Frau sagen würde, mit der ich nicht verwandt bin.«

Das Herz schlug ihr bis zum Hals. »Könntest du den Satz noch einmal wiederholen, damit ich ihn genau verstehe?«

»Ich liebe dich.«

»Weil ich auf den Fingern pfeifen kann?«, fragte sie atemlos.

»Das war vielleicht der Auslöser.«

»Gott.« Sie schloss die Augen. »Ich möchte wirklich, dass du mich liebst, aber …« Sie holte tief Luft. »Wenn es wegen gestern Abend ist, weil ich bei Lump geholfen habe, dann …«

»Nein, es ist, weil du glaubst, es zählt nicht, wenn du mein halbes Stück Pizza isst.«

»Nun, das zählt theoretisch auch nicht.«

»Weil du immer weißt, wo deine Schlüssel sind, und weil du an zehn Dinge gleichzeitig denken kannst. Weil du dich nicht unterkriegen lässt und weil deine Haare wie der Sonnenschein sind. Weil du die Wahrheit sagst und weil du ein guter Freund bist. Und aus Dutzenden von Gründen, die ich jetzt noch nicht weiß. Und weitere Dutzende von Gründen, auf die ich vielleicht nie komme. Aber ich weiß, dass ich Dinge zu dir sagen kann, die ich noch nie zu jemandem sagen konnte.«

Sie schlang ihm die Arme um den Hals und legte ihre Stirn an seine. Einen Moment lang musste sie einfach schweigen, weil ihr die Tränen kamen.

»Heute ist ein echt guter Tag.« Sie küsste ihn. »Heute ist ein wundervoller Tag.«

Eine Weile hielten sie sich eng umschlungen, während der Hund in der Ecke schnarchte und vor dem Fenster der Schnee in dicken Flocken fiel.

Als Cal nach unten kam, drang aus der Küche schon Kaffeeduft, und Gage stand stirnrunzelnd vor einer Pfanne, die er auf den Herd gestellt hatte. Sie grunzten sich an, und Cal nahm sich eine saubere Tasse aus der Geschirrspülmaschine.

»Da draußen liegt mindestens schon ein Meter, und es schneit immer weiter.«

»Ich habe ja Augen im Kopf.« Gage riss ein Päckchen Frühstücksspeck auf. »Du klingst aber trotzdem fröhlich.«

»Heute ist ein echt guter Tag.«

»Das würde ich wahrscheinlich auch behaupten, wenn ich den Tag mit Sex begonnen hätte.«

»Gott, Männer sind rohe Geschöpfe.« Cybil kam in die Küche. Sie wirkte unausgeschlafen.

»Dann solltest du dir die Ohren zuhalten, wenn du

in unserer Nähe bist. Der Speck wird gebraten, die Eier werden gerührt«, erklärte Gage. »Wer das nicht mag, sollte in ein anderes Restaurant gehen.«

Cybil schenkte sich eine Tasse Kaffee ein und musterte ihn über den Rand, als sie den ersten Schluck trank. Er hatte sich weder rasiert noch seine dunklen Haare gekämmt. Anscheinend war er ein Morgenmuffel, aber er wirkte dadurch nicht weniger attraktiv.

Schade eigentlich.

»Weißt du, was mir bei dir aufgefallen ist, Gage?«

»Was?«

»Dein Arsch ist toll, aber dein Benehmen blöd. Sag mir Bescheid, wenn das Frühstück fertig ist«, fügte sie hinzu und schlenderte aus der Küche.

»Sie hat recht. Das habe ich dir auch schon oft gesagt.«

»Das Telefon geht nicht«, verkündete Fox. Er öffnete die Kühlschranktür und nahm sich eine Cola. »Ich habe meine Mutter per Handy erreicht. Bei ihnen ist alles okay.«

»Wie ich deine Eltern kenne, hatten sie wahrscheinlich gerade Sex«, meinte Gage.

»Hey! Stimmt«, sagte Fox verblüfft. »Hey.«

»Er denkt im Moment nur an Sex.«

»Ja, klar. Er ist ja weder krank, noch sieht er Sport.«

Gage legte Speck in die heiße Pfanne. »Kann mal jemand Toast machen? Und wir brauchen auch noch Kaffee.«

»Ich muss mit Lump raus. Ich lasse ihn auf keinen Fall alleine.«

»Ich mache das schon.« Fox kraulte Lump den Kopf.

»Ich will sowieso ein bisschen an die frische Luft.« Er drehte sich um und wäre fast mit Layla zusammengeprallt. »Hi, tut mir leid. Äh … ich wollte gerade mit Lump raus. Willst du nicht mitkommen?«

»Oh, ja, gerne. Ich ziehe mir nur schnell meine Jacke an.«

»Gerissen«, sagte Gage, als Layla nach oben lief. »Du bist gerissen, Fox.«

»Wieso?«

»Guten Morgen, echt attraktive Frau. Wie würde es dir gefallen, mit mir durch meterhohen Schnee zu stapfen und einem Hund beim Pinkeln zuzusehen?«

»Es war ja nur ein Vorschlag. Sie hätte ja nein sagen können.«

»Das hätte sie auch bestimmt getan, wenn ihr Gehirn durch Koffein schon in Gang gesetzt worden wäre.«

»Ach, deshalb hast du wohl nur Glück bei Frauen ohne Gehirn, was?«

»Du bist heute früh der reinste Sonnenschein«, kommentierte Cal, als Fox aus der Küche stürmte.

»Jetzt koch schon noch eine Kanne Kaffee.«

»Ich muss Holz für den Generator holen, den Generator anwerfen und die Terrassen frei schaufeln. Sag mir Bescheid, wenn das Frühstück fertig ist.«

Gage blieb knurrend in der Küche zurück. Kurz darauf kam Quinn herein.

»Ich dachte, alle wären hier in der Küche, aber anscheinend haben sie sich überall im Haus verteilt.« Sie nahm sich eine Tasse. »Sieht so aus, als bräuchten wir noch eine Kanne Kaffee. Ich kümmere mich darum. Kann ich sonst noch etwas tun?«

Er wandte den Kopf, um sie anzusehen. »Warum?«

»Weil ich mir denke, wenn ich dir heute beim Frühstück helfe, dann sind wir für die beiden nächsten Mahlzeiten nicht an der Reihe.«

Er nickte anerkennend. »Clever. Mach Toast und setz noch eine Kanne Kaffee auf.«

»Einverstanden.«

Er schlug ein Dutzend Eier, während Quinn sich an die Arbeit machte. Sie arbeitete schnell und effizient, stellte Gage fest. Schnelligkeit bedeutete Cal nicht so viel, aber Effizienz war ein ernsthaftes Plus. Sie hatte eine gute Figur, sie war intelligent, und sie war mutig, wie er selber gestern Abend gesehen hatte.

»Du machst ihn glücklich.«

Quinn hielt inne und blickte ihn an. »Gut. Er macht mich auch glücklich.«

»Nur eins, falls du es noch nicht bemerkt haben solltest. Er ist hier verwurzelt. Hier ist seine Heimat. Was auch immer passiert, Hollow wird immer Cals Zuhause sein.«

»Das ist mir klar.« Sie nahm den Toast heraus, der hochgedrückt wurde, und steckte neue Brotscheiben hinein. »Im Großen und Ganzen ist es eine nette Stadt.«

»Im Großen und Ganzen«, stimmte Gage ihr zu und goss die Eier in die zweite Pfanne.

Wie Gage prophezeit hatte, sah Fox draußen Lump beim Pinkeln zu. Der Hund kämpfte sich mühsam durch den hohen Schnee, der ihm manchmal bis zum Bauch reichte. Layla und Fox waren deshalb auf der Veranda stehen geblieben, und Fox betätigte sich mit der Schaufel, die Cal ihm in die Hand gedrückt hatte.

Aber es war wundervoll, draußen an der frischen Luft zu sein.

»Vielleicht sollte ich mal in den Garten gehen und Cals Sträucher freischütteln.«

Fox warf Layla einen Blick zu. Sie trug eine Wollmütze und hatte sich einen Schal um den Hals gewickelt. Auf beiden war schon eine leichte Schneeschicht. »Du wirst einsinken, aber wir können dir ja einen Rettungsring zuwerfen. Wir schaufeln gleich sowieso einen Weg frei.«

»Er scheint keine Angst mehr zu haben.« Sie behielt Lump scharf im Auge. »Ich hätte gedacht, dass er nach gestern Abend nicht nach draußen will.«

»Hunde haben ein kurzes Gedächtnis, und das ist wahrscheinlich auch gut so.«

»Ich werde es nicht vergessen.«

»Nein.« Er hätte sie nicht bitten sollen, mit herauszukommen, dachte Fox. Ursprünglich wollte er mit ihr über den Job reden, aber jetzt wusste er nicht mehr, wie er das Thema anschneiden sollte.

Normalerweise war er geübter im Umgang mit Menschen, mit Frauen. Entschlossen sprang er ins kalte Wasser.

»Cal hat mir gesagt, du suchst einen Job?«

»Nein, eigentlich nicht. Ich meine, ich muss Arbeit finden, aber ich habe nicht gesucht.«

»Meine Sekretärin – Büroleiterin – Assistentin – über ihren Titel haben wir uns nie geeinigt. Auf jeden Fall zieht sie nach Minneapolis, und ich brauche jemanden, der ihre Arbeit tut.«

Die verdammte Quinn, dachte sie. Laut sagte sie: »Ihre Arbeit.«

Vor Gericht war Fox beredter, stellte er fest. »Ablage, Rechnungen schreiben, Anrufe entgegennehmen, den Terminkalender führen, mit Mandanten umgehen, Urkunden und Korrespondenz. Sie ist Rechtsanwaltsgehilfin, aber das ist nicht unbedingt erforderlich.«

»Was für eine Software benutzt sie?«

»Keine Ahnung. Ich müsste sie fragen.« Benutzte sie überhaupt eine Software? Woher sollte er das wissen?

»Ich verstehe nichts von Sekretariatsarbeiten oder Büromanagement. Und von juristischen Dingen habe ich auch keine Ahnung.«

Sie klang defensiv, dachte Fox. Gleichmütig schaufelte er weiter. »Beherrschst du das Alphabet?«

»Ja, natürlich, aber …«

»Wenn du das Alphabet beherrschst«, unterbrach er sie, »weißt du vermutlich auch, wie man Akten ablegt. Außerdem kannst du sicher ein Telefon bedienen. Das sind die Hauptvoraussetzungen für den Job. Kannst du tippen?«

»Ja, aber es hängt von …«

»Sie kann dir alles zeigen und dich einarbeiten.«

»Das klingt nicht so, als ob du genau wüsstest, was sie tut.«

Die Missbilligung war ihr deutlich anzuhören. »Okay.« Er richtete sich auf, stützte sich auf die Schaufel und blickte ihr direkt in die Augen. »Sie ist bei mir, seit ich die Kanzlei aufgemacht habe. Sie wird mir so fehlen wie mein rechter Arm. Aber Leute gehen weg, und wir müssen ohne sie weitermachen. Ich brauche jemanden, der meine Unterlagen da hinlegt, wo sie hingehören, und sie wiederfindet, wenn ich sie brauche, der Rechnungen verschickt, damit ich meine eigenen Rechnungen bezahlen kann, der mir sagt, wann ich vor Gericht erscheinen muss, der Anrufe entgegennimmt und Ordnung hält, damit ich als Anwalt arbeiten kann. Du brauchst einen Job und ein Gehalt. Ich denke, wir könnten einander helfen.«

»Cal hat dich gebeten, mir den Job anzubieten, weil Quinn ihn darum gebeten hat.«

»Das stimmt, aber das ändert nichts an den Voraussetzungen.«

Er hatte recht. Aber es wurmte sie doch. »Es wäre nicht von Dauer. Ich brauche ja nur etwas, bis …«

»Bis du wieder wegziehst.« Fox nickte. »Das ist schon in Ordnung. Auf diese Weise geht keiner von uns Verpflichtungen ein, sondern wir helfen uns lediglich gegenseitig eine Zeit lang.« Er schaufelte weiter Schnee, hielt aber noch einmal inne, um sie anzusehen.

»Außerdem habe ich dir den Job angeboten, weil du ein Gespür für diese Dinge hast.«

»Ich stand daneben, als Quinn mit Cal darüber geredet hat.«

»Du hast ein Gespür für diese Dinge«, wiederholte er. »Das ist deine Rolle in dieser Angelegenheit. Du hast ein Gespür für Menschen und Situationen.«

»Ich bin kein Medium, wenn du das meinst.« Erneut war ihr Tonfall defensiv.

»Du bist nach Hollow gefahren, obwohl du noch nie hier warst. Du wusstest ganz genau, welche Straßen du nehmen musstest.«

»Ich weiß auch nicht, wo das herkam.« Störrisch verschränkte sie die Arme.

»Natürlich weißt du das, es macht dir nur Angst. Du bist an diesem Abend mit Quinn weggegangen, mit einer Frau, die du nie zuvor gesehen hattest.«

»Sie war die Alternative zu einem großen, bösen Schleimhaufen«, erwiderte Layla.

»Du bist nicht einfach weggelaufen, in dein Zimmer gerannt und hast die Tür abgeschlossen. Du bist zu ihr ins Auto gestiegen und hast dich zu einem Haus mit zwei fremden Männern fahren lassen.«

»Ja, das ist sicher das richtige Stichwort. Ich hatte Angst, war verwirrt und stand unter Strom.« Sie blickte zu Lump, der sich im Schnee wälzte. »Ich habe meinen Instinkten vertraut.«

»Instinkt kann man es auch nennen. Ich wette, dass du in deinem Laden immer ganz genau wusstest, was die Kunden wollten, oder? Ich wette, darin warst du unheimlich gut.«

Er schaufelte weiter Schnee, als sie schwieg. »Du konntest wahrscheinlich immer schon gut mit Menschen umgehen. Quinn sieht, genau wie Cal, Szenen aus der Vergangenheit. Cybil kann anscheinend zukünftige Ereignisse ahnen, ähnlich wie Gage. Ich würde sagen, du bleibst wie ich in der Gegenwart, Layla.«

»Ich kann nicht Gedanken lesen, und ich will auch nicht, dass das jemand bei mir tut.«

»Darum geht es ja auch gar nicht.« Er müsste mit ihr arbeiten, dachte er. Sie musste erfahren, welche Gabe sie besaß und wie sie damit umgehen musste. Er sollte ihr Zeit lassen, sich an den Gedanken zu gewöhnen.

»Wahrscheinlich sind wir ja für das Wochenende hier eingeschneit, aber wenn wir wieder in der Stadt sind, könntest du vorbeikommen und dir von Mrs H alles erklären lassen. Dann sehen wir ja, ob dir der Job gefällt.«

»Hör mal, ich bin dir dankbar für dein Angebot …«

»Nein, das bist du nicht.« Er lächelte sie an. »Nicht sehr jedenfalls. Ich habe auch Instinkte, musst du wissen.«

Er hatte nicht nur Humor, er verstand sie auch, ihre Steifheit löste sich in Wohlgefallen auf. »Doch, ich bin auch dankbar, aber darunter liegt Ärger.«

Er legte den Kopf schief und hob seine Schaufel. »Sollen wir ihn ausgraben?«

Sie lachte. »Wir machen es so: Ich nehme den Job nur, wenn wir uns einig sind, dass wir sofort sagen, wenn es nicht funktioniert.«

»Abgemacht.« Er streckte die Hand aus, und sie schlug ein. Auf einmal standen sie im Schneegestöber, und er hielt ihre Hand länger als nötig fest.

Sie musste es doch auch spüren, dachte er. Da war eine spürbare Verbindung. Ein Wiedererkennen.

Cybil öffnete die Tür einen Spaltbreit. »Frühstück ist fertig.«

Fox ließ Laylas Hand los und drehte sich um. Er atmete tief durch, bevor er nach dem Hund pfiff.

Sie mussten sich um alles Mögliche kümmern, Schnee schaufeln, Brennholz aufstapeln, Geschirr spülen und Essen kochen. Cal hätte durchaus das Gefühl haben können, dass sein geräumiges Haus mit sechs Personen zunehmend enger wurde, aber er wusste, dass sie zusammen sicherer waren.

»Und nicht nur sicherer.« Quinn begann, einen Weg zu Cals Lagerschuppen frei zu schaufeln. »Das soll wahrscheinlich alles so sein. In dieser Notgemeinschaft lernen wir, uns aneinander zu gewöhnen und als Gruppe zu funktionieren.«

»Komm, lass mich weitermachen.« Cal stellte die Gasflasche für den Generator beiseite.

»Nein, das ist keine Teamarbeit. Ihr Jungs müsst lernen, dass auch Frauen ihr Teil dazu beitragen können. Dass Gage heute früh Frühstück gemacht hat, ist ein Beispiel für geschlechtsübergreifendes Teamwork.«

Eine Frau, die solche Ausdrücke benutzte, musste man ja geradezu lieben, dachte er.

»Wir können alle kochen«, fuhr sie fort. »Wir können alle Schnee schaufeln, Brennholz schleppen, Betten machen. Wir können alle alles, aber bis jetzt ist es so ein bisschen wie ein Schulball.«

»Wieso?«

»Jungen auf der einen Seite, Mädchen auf der anderen, und niemand weiß so genau, wie sie zusammenkommen sollen. Jetzt sind wir dazu gezwungen worden und müssen damit klarkommen.« Sie hielt inne und rollte die Schultern. »Auch wir beide, Cal, weil wir uns immer noch kennen lernen und lernen, einander zu vertrauen.«

»Du bist sicher ärgerlich, weil ich dir nicht früher von dem Stein erzählt habe.«

»Nein, das bin ich nicht.« Der Form halber schaufelte sie noch ein bisschen weiter, aber ihre Arme taten auf einmal entsetzlich weh. »Am Anfang schon, aber ich habe es nicht lange durchgehalten. Ihr drei seid euer Leben lang eine Einheit gewesen, und diese schrecklichen Erlebnisse haben euch noch enger zusammengeschweißt. Ihr seid … wie ein Körper mit drei Köpfen.« Sie hielt inne. »Nein, das Bild stimmt nicht. Ihr seid wie eine Faust, aber …« Sie wackelte mit ihren behandschuhten Fingern. »Aber trotzdem individuell. Ihr arbeitet ganz instinktiv zusammen. Und jetzt.« Sie hob die andere Hand. »Jetzt kommen wir daher. Und wir müssen erst herausfinden, wie das zusammenpasst.« Sie verschränkte die Hände ineinander.

»Ja, das klingt gut.« Er schwieg, dann fuhr er fort: »Ich habe übrigens auf eigene Faust ein bisschen nachgeforscht. Ann Hawkins war zwei Jahre lang verschwunden, und wir wissen nicht, wo sie ihre Söhne geboren und wo sie gelebt hat, bevor sie nach Hollow, ins Haus ihrer Eltern, zurückkam. Deshalb habe ich mir die weitere Familie vorgenommen. Vettern und Kusinen, Tanten und Onkel. Damals konnte eine schwangere Frau sicher nicht so weit reisen. Vielleicht hat sie sich ja irgendwo hier in der Gegend aufgehalten. Zehn, zwanzig Kilometer waren im siebzehnten Jahrhundert wesentlich mehr als heute.«

»Guter Gedanke. Das hätte mir auch einfallen können.«

»Ja. Du solltest es vielleicht Cyb sagen, weil sie ja die Königin der Recherche ist. Ich bin zwar gut, aber sie ist besser.«

»Und ich bin ein kleiner Amateur.«

»So klein bist du gar nicht.« Grinsend warf sie sich

ihm in die Arme. Der Aufprall war so heftig, dass er nach hinten taumelte, und Quinn kreischte, als sie in den Schnee fielen.

Lachend wälzten sie sich auf dem Boden.

»Ich bin Meister im Schnee-Wrestling«, warnte er sie. »Gegen mich hast du keine Chance, Blondie. Deshalb …«

Ohne Vorwarnung schob sie ihm eine Hand zwischen die Beine und nutzte das Überraschungsmoment, um ihm mit der anderen einen Schneeball in den Nacken zu drücken.

»Das ist gegen die Regeln!«

Sie versuchte wegzukrabbeln, aber er hielt sie mit dem Gewicht seines Körpers fest. »Immer noch Champion!«, verkündete er und wollte sie gerade küssen, als die Tür aufging.

»Kinder«, sagte Cybil, »oben gibt es ein schönes, warmes Bett, wenn ihr spielen wollt. Und wisst ihr was? Der Strom ist wieder da.« Sie warf einen Blick über die Schulter. »Das Telefon geht anscheinend auch wieder.«

»Telefon, Strom. Computer.« Quinn wand sich unter Cal hervor. »Ich muss meine E-Mails checken.«

Cybil lehnte am Trockner, während Layla Handtücher in die Waschmaschine in Cals Waschküche stopfte. »Sie sahen aus wie lüsterne Schneemenschen.«

»Junge Liebe ist immun gegen klimatische Bedingungen.«

Cybil kicherte. »Das ist wohl wahr. Apropos, du und Fox, ihr könnt heute Abend kochen.«

»Quinn und Cal haben auch noch nicht gekocht.«

»Quinn hat beim Frühstück geholfen, und es ist Cals Haus.«

Layla gab sich geschlagen. »Na gut. Ich übernehme das Abendessen.«

»Du kannst es ja auf Fox abwälzen.«

»Nein, wir wissen ja gar nicht, ob er kochen kann, und ich kann es.«

Cybil kniff die Augen zusammen. »Du kannst kochen? Davon hast du ja noch gar nichts gesagt.«

»Wenn ich es erwähnt hätte, wäre ich gleich dran gewesen.«

Cybil nickte langsam. »Deine Logik hat was.«

»Ich schaue mir mal die Vorräte an und lasse mir was einfallen. Etwas …« Sie brach ab. »Quinn? Was ist los?«

»Wir müssen uns zusammensetzen.« Quinns Augen wirkten riesengroß in ihrem blassen Gesicht.

»Q? Liebes, was ist passiert?« Cybil ergriff sie am Arm. »Ist etwas mit deinen Eltern?«

»Ja. Ja. Ich möchte es nur einmal erzählen, wenn alle dabei sind. Wir müssen den anderen Bescheid sagen.«

Sie setzte sich in einen Sessel im Wohnzimmer, und Cybil hockte sich auf die Armlehne. Am liebsten hätte Quinn sich wieder auf Cals Schoß gekuschelt, aber das kam ihr falsch vor.

Alles schien auf einmal falsch zu sein.

Hätte sie doch nie ihre Großmutter gebeten, in der Familiengeschichte herumzustochern.

Was sie erfahren hatte, wollte sie gar nicht wissen.

Aber jetzt konnte sie nicht mehr zurück. Was sie zu sagen hatte, konnte alles verändern.

Sie warf Cal einen Blick zu. Sie sah ihm an, dass er sich Sorgen machte. Es war nicht fair, es hinauszuzögern. Aber wie mochte er sie anschließend ansehen?

»Meine Großmutter hat die Informationen bekommen, um die ich sie gebeten habe, sie stehen auf den Seiten in der Familienbibel. Es gab sogar ein paar Aufzeichnungen von einem Historiker Ende des neunzehnten Jahrhunderts. Ich habe auch etwas über die Clarks erfahren, Layla. Es geht zwar nicht so weit zurück, aber vielleicht kannst du damit trotzdem etwas anfangen.«

»Okay.«

»Es sieht so aus, als ob meine Familie ihre Geschichte mit, sagen wir mal, religiösem Eifer verfolgte. Mein Großvater nicht so sehr, aber seine Schwester und zwei Vettern haben sich sehr darum bemüht. Ihnen war es wichtig, dass ihre Vorfahren zu den ersten Pilgern gehörten, die in der Neuen Welt siedelten. Die Stammbäume reichen zurück bis ins sechzehnte Jahrhundert nach England oder Irland. Für uns von Bedeutung ist aber die Seite der Familie, die hierherkam. Hierher nach Hawkins Hollow«, fügte sie hinzu.

Sie blickte Cal an und wappnete sich. »Sebastian Deale kam sechzehnhunderteinundfünfzig mit seiner Frau und seinen drei Töchtern in diese Siedlung. Seine älteste Tochter hieß Hester. Hester Deale.«

»Hester's Pool«, murmelte Fox.

»Richtig. Hester Deale, die der Legende nach Giles Dent am Abend des siebzehnten Juli sechzehnhundertzweiundfünfzig als Hexer denunzierte. Die acht Monate später eine Tochter gebar und sich im Waldteich ertränkte, als diese Tochter zwei Wochen alt war. In den Unterlagen ist kein Vater angegeben, aber wir wissen, wer ihr Kind gezeugt hat.«

»Das können wir gar nicht mit Sicherheit behaupten.«

»Wir wissen es, Caleb. Wir beide haben es gesehen. Und Layla. Layla hat es sogar erlebt. Er hat sie vergewaltigt. Sie war noch nicht einmal sechzehn. Er hat sie verführt, sie überwältigt und ihr ein Kind gemacht. Ein Kind, das sein Blut trug.« Quinn faltete die Hände, damit sie nicht zitterten. »Hester konnte damit nicht leben, nicht mit dem, was er ihr angetan hatte, nicht mit dem, was sie zur Welt gebracht hatte. Deshalb füllte sie ihre Taschen mit Steinen und ging ins Wasser.«

»Was passierte mit ihrer Tochter?«, fragte Layla.

»Sie starb mit zwanzig, nachdem sie selbst zwei Töchter geboren hatte. Eine von ihnen starb noch vor ihrem dritten Geburtstag, die andere heiratete einen Mann namens Duncan Clark. Sie hatten drei Söhne und eine Tochter. Sie, ihr Mann und ihr jüngster Sohn kamen um, als ihr Haus niederbrannte. Das andere Kind kam mit dem Leben davon.«

»Duncan Clark scheint einer meiner Vorfahren zu sein«, sagte Layla.

»Irgendwann hat sich einer von ihnen mit einer Zigeunerin aus der Alten Welt eingelassen«, ergänzte Cybil. »Nicht besonders fair. Die drei Jungs stammen von einem heroischen weißen Magier ab, und wir haben den Dämon in uns.«

»Das ist kein Witz«, fuhr Quinn sie an.

»Nein, aber es ist auch keine Tragödie. Es ist einfach so.«

»Verdammt, Cybil, siehst du nicht, was das bedeutet? Der Dämon da draußen ist mein – wahrscheinlich sogar unser – Vorfahr. Es bedeutet, dass wir etwas von ihm in uns haben.«

»Wenn mir in den nächsten Wochen Hörner und Schwanz wachsen, werde ich aber sauer.«

»Ach, Scheiße!« Quinn sprang auf. »Er hat das Mädchen vergewaltigt, und was er gezeugt hat, hat zur heutigen Situation geführt. Wenn wir nun gar nicht hier sind, um ihn aufzuhalten, sondern eine ganz andere Rolle spielen?«

»Die Liebe hat dir anscheinend das Gehirn vernebelt. Das ist doch Blödsinn!« Cybils Stimme war kühl. »Wir stehen nicht unter der Macht eines Dämons. Wir wechseln nicht plötzlich die Seiten und schließen uns einer dunklen Macht an, die versucht, Hunde zu töten, um ihr Mütchen zu kühlen. Wir sind noch genau dieselben wie vor fünf Minuten, also hör auf, dich so albern aufzuführen, und reiß dich zusammen.«

»Sie hat recht«, warf Layla ein. »Wir sind nicht auf einmal anders geworden. Wir müssen nur herausfinden, wie wir es am besten nutzen können.«

»Du würdest dich nicht so aufregen, Quinn, wenn du nicht solche Angst hättest, dass Cal dich fallen lässt, nur weil ein großes *D* auf deiner Stirn steht.«

»Hör auf«, befahl Layla, aber Cybil zuckte nur mit den Schultern. »Wenn er das tut«, fuhr sie gleichmütig fort, »dann hat er dich sowieso nicht verdient.«

In der plötzlichen Stille krachte ein Holzscheit im Kamin funkensprühend zusammen.

»Hast du den Anhang schon ausgedruckt?«, fragte Cal.

»Nein, ich …« Quinn schüttelte den Kopf.

»Dann lass uns nach oben gehen.« Er stand auf, ergriff Quinn am Arm und verließ mit ihr das Zimmer.

»Gut gemacht«, kommentierte Gage mit einem Blick auf Cybil. Bevor sie reagieren konnte, fuhr er fort: »Das war kein Sarkasmus. Du hast ihr buchstäblich eine Ohrfeige verpasst.«

»Ich habe es ernst gemeint.« Cybil sprang auf. »Wenn er sie verletzt, schneide ich ihm den Schwanz ab und füttere seinen Hund damit.« Damit stürmte sie aus dem Zimmer.

»Sie kann einem ein bisschen Angst machen«, sagte Fox.

»Sie ist nicht die Einzige. Ich schneide ihm die Eier ab und brate sie zum Nachtisch.« Layla wandte sich ebenfalls zum Gehen. »Ich muss mir überlegen, was ich heute Abend kochen soll.«

»Komisch, ich habe irgendwie gar keinen Appetit.« Fox warf Gage einen Blick zu. »Du?«

Oben wartete Cal, bis sie im Arbeitszimmer waren, das im Moment als Schlafzimmer für die Männer diente. Er drängte Quinn mit dem Rücken an die Tür. Der erste Kuss war hart und zornig. Der zweite frustriert. Und der letzte weich und sanft.

»Was auch immer im Moment in deinem Kopf vorgeht, vergiss es. Kapiert?«

»Cal …«

»Ich habe ein ganzes Leben dazu gebraucht, um auszusprechen, was ich heute früh zu dir gesagt habe. Ich liebe dich. Daran ändert sich nichts. Also hör auf damit, Quinn, sonst werde ich böse.«

»Es war nicht … es ist nicht …« Sie schloss die Augen, um die Tränen zurückzudrängen. »Als ich heute früh die Mail gelesen habe, hat es …«

»Es hat dich umgehauen, das verstehe ich. Aber weißt du was? Ich bin da! Ich helfe dir.« Er hob die Hand, ballte eine Faust und öffnete sie wieder.

Quinn nickte. Sie drängte die Tränen zurück und legte ihre Handfläche an seine.

»Okay?«

»Nein, nicht nur okay«, erwiderte sie. »Gott sei Dank passt besser.«

»Komm, wir drucken die Seiten aus.«

»Ja.« Sie blickte sich im Zimmer um. Überall lagen Kleiderhaufen. »Deine Freunde sind ganz schön schlampig.«

»Ja. Ja, das sind sie.«

Gemeinsam bahnten sie sich durch das Chaos einen Weg zum Computer.

19

Im Esszimmer verteilte Quinn Kopien der Ausdrucke. Auf dem Tisch standen Schüsseln mit Popcorn, stellte sie fest, eine Flasche Wein, Gläser und Papierservietten, die zu Dreiecken gefaltet waren.

Cybil hatte das alles gemacht, das wusste sie, aber es sollte kein Friedensangebot sein. So etwas hatten sie nicht nötig. Es war nur einfach so.

Sie legte Cybil kurz die Hand auf die Schulter, bevor sie sich setzte.

»Ich möchte mich für das große Drama entschuldigen«, begann Quinn.

»Wenn du das schon für ein Drama hältst, dann musst du unbedingt mal zu einem Familientreffen zu mir nach Hause kommen.« Fox lächelte sie an und nahm sich eine Handvoll Popcorn. »Die Barry-O'Dell brauchen kein Dämonenblut, damit bei ihnen die Hölle los ist.«

»Ja, das mit dem Dämon wird jetzt wohl zum Running Gag werden.« Quinn schenkte sich ein Glas Wein ein. »Ich weiß nicht, wie viel ihr aus den Unterlagen hier erkennen könnt, aber auf jeden Fall zeigt es die direkte Abstammung von der anderen Seite her.«

»Bist du sicher, dass Twisse Hester Deale vergewaltigt hat?«, fragte Gage.

Quinn nickte. »Ja, ganz sicher.«

»Ich habe es erlebt.« Layla zupfte nervös an ihrer Serviette. »Es war nicht so wie diese kurzen Momentaufnahmen, die Cal und Quinn zu sehen bekommen, sondern … Vielleicht liegt es ja an der Blutsverwandtschaft. Auf jeden Fall weiß ich, was er ihr angetan hat. Und ich weiß, dass sie vorher noch Jungfrau war.«

Sanft nahm Fox ihr die Papierfetzen ab und gab ihr seine Serviette.

»Okay«, fuhr Gage fort, »dann ist also Twisse der, den wir in Ermangelung eines besseren Ausdrucks als Dämon bezeichnen.«

»Er mochte das Wort nicht«, warf Cal ein.

»Twisse missbraucht Hester, um ein Kind zu zeugen.«

»Wenn man sich den Stammbaum anschaut, hat es in den ersten hundert, hundertzwanzig Jahren nach Hester viele Selbstmorde und gewaltsame Tode gegeben«, sagte Quinn. »Und wenn wir ein weniger tiefer gehen könnten, würden wir sicher viele Fälle von Mord und Wahnsinn entdecken.«

»Gibt es denn in der jüngeren Vergangenheit irgendwelche Fälle?«, fragte Fox. »Größere Leichen im Keller?«

»Nicht dass ich wüsste. Natürlich gibt es auch in unserer Familie die übliche Zahl an verrückten oder unangenehmen Verwandten, aber niemand sitzt im Gefängnis oder der Nervenheilanstalt.«

»Es löst sich auf.« Fox kniff die Augen zusammen. »Das war nicht sein Plan, nicht seine Strategie. Überlegt doch mal. Twisse weiß nicht, was Dent in jener Nacht vorhat. Er hat zwar Hester unter Kontrolle, hat ihr ein Kind gemacht, aber er weiß nicht, was passieren wird.«

»Dass nämlich Dent auf ihn vorbereitet ist«, ergänzte Layla. »Ich verstehe, worauf du hinauswillst. Er hatte vor, Dent in jener Nacht zu vernichten oder zumindest zu vertreiben.«

»Dann hätte er die Stadt übernommen«, fuhr Fox fort, »sie ausgesaugt und wäre weitergezogen. Und er hätte Nachkommen hinterlassen, damit er sich in Ruhe den nächsten Ort aussuchen konnte.«

»Aber stattdessen hält Dent ihn fest, bis …« Cal betrachtete die dünne Narbe an seinem Handgelenk, »bis Dents Nachkommen ihn herauslassen. Warum hat er das zugelassen?«

»Vielleicht hielt Dent es ja für ausreichend, einen Dämon drei Jahrhunderte lang festzuhalten.« Gage bediente sich am Popocorn. »Oder vielleicht konnte er ihn auch nicht länger halten und hat deshalb Verstärkung gerufen.«

»Zehnjährige Jungen«, sagte Cal abschätzig.

»Kinder sind eher als Erwachsene geneigt, Dinge zu akzeptieren oder zu glauben«, sagte Cybil. »Es hat auch niemand behauptet, dass das Ganze fair wäre. Er gab euch das, was er konnte. Und er gab euch den Stein, in drei Teilen.«

»Und ihr hattet einundzwanzig Jahre lang Zeit, erwachsen zu werden«, fügte Layla hinzu. »Vielleicht hat er ja einen Weg gefunden, uns, also Quinn, Cybil und mich, hierher zu bringen. Allerdings begreife ich die Logik nicht, wenn ich erst hierhergeführt werde und dann so viel Angst bekomme, dass ich am liebsten wieder wegwill.«

»Ja, das ist ein guter Punkt. Verdammt gut. Warum

macht er uns Angst, wenn er uns verführen könnte?«

»Wenn du willst, sehe ich mir den Familienstammbaum genauer an, Q. Ich schaue auch mal, was ich über Laylas und meinen herausfinde. Die Wurzel kennen wir ja auf jeden Fall schon mal.«

Cybil drehte eine der Seiten um und zog horizontale Linien mit ihrem Bleistift. »Giles Dent und Ann Hawkins hier, Lazarus Twisse und die arme Hester hier. Von jeder Wurzel geht ein Stammbaum aus.« Sie zeichnete mit raschen Strichen. »An irgendeinem Punkt überschneiden sich die Äste. Beim Handlesen sind Linien, die sich überschneiden, Kraftpunkte.«

Sie zeichnete drei Äste, die auf drei Äste des anderen Baums trafen. »Wir müssen die Kraft finden und benutzen.«

An jenem Abend bereitete Layla etwas Köstliches aus Hühnerbrüstchen, gedünsteten Tomaten und weißen Bohnen zu. Als hätten sie es abgesprochen, unterhielten sie sich während des Essens über völlig harmlose Themen, von den neuesten Filmen über schlechte Witze bis hin zu Reisen. Sie konnten alle eine gute Dosis Normalität brauchen.

»Gage ist der Unruhige von uns«, erklärte Cal. »Seit er achtzehn ist, reist er durch die Weltgeschichte.«

»Cal hat erzählt, du warst in Prag«, sagte Quinn. »Da möchte ich auch gerne mal hin.«

»Ich dachte, du wärst in Budapest gewesen.«

Gage blickte Cybil an. »Da war ich auch. Prag war die letzte Stadt, bevor ich zurückgekommen bin.«

»Wie ist es da?«, fragte Layla. »Es muss großartig sein mit all der Kunst, der Architektur und dem guten Essen.«

»Ja, es ist toll. Die Burg, der Fluss, die Oper. Ich habe mir ein bisschen was angeschaut, aber die meiste Zeit habe ich gearbeitet. Ich bin mit dem Flugzeug aus Budapest gekommen, um an einem Pokerspiel teilzunehmen.«

»Du warst im Paris des Ostens, nur um Poker zu spielen?«, wunderte sich Quinn.

»Das Spiel ist über dreiundsiebzig Stunden gegangen, da hatte ich noch ein bisschen Zeit übrig.«

»Drei Tage Poker spielen?« Cybil zog die Augenbrauen hoch. »Das grenzt ja an Besessenheit.«

»Kommt drauf an, wie man's sieht.«

»Aber du musst doch schlafen, essen? Aufs Klo gehen?«, warf Layla ein.

»Es gibt natürlich Pausen. Die dreiundsiebzig Stunden sind nur die eigentliche Spielzeit. Es war ein privates Spiel in einem Privathaus. Richtig viel Geld.«

»Hast du gewonnen oder verloren?«, fragte Quinn grinsend.

»Es war in Ordnung.«

»Setzt du deine Hellsicht im Spiel ein?«, fragte Cybil.

»Das wäre Betrug.«

»Ja, das stimmt, aber das beantwortet meine Frage nicht.«

Er ergriff sein Weinglas, blickte sie dabei jedoch unverwandt an. »Wenn ich betrügen müsste, um beim Pokern zu gewinnen, sollte ich besser Versicherungen verkaufen. Ich brauche nicht zu betrügen.«

»Wir haben einen Eid geschworen.« Fox hob die Hände, als Gage ihm einen finsteren Blick zuwarf. »Wir haben ihn abgelegt, als uns klar wurde, dass jeder von uns über eine besondere Fähigkeit verfügt. Wir würden sie nie benutzen, um andere zu verletzen oder eben auch zu betrügen. Und wir halten unser Wort.«

»Dann solltest du vielleicht besser auf Pferde setzen, anstatt Karten zu spielen«, sagte Cybil zu Gage.

Er grinste. »Das habe ich auch schon gemacht, aber ich spiele lieber Karten. Sollen wir ein Spielchen machen?«

»Später vielleicht. Für den Augenblick muss ich leider noch einmal auf unser Thema zurückkommen«, fügte Cybil hinzu. »Ich habe eine Frage.«

»Lasst uns zuerst eine Viertelstunde Pause machen.« Quinn sprang auf. »Dann können wir den Tisch abräumen, mit dem Hund hinausgehen und uns ein bisschen bewegen. Fünfzehn Minuten.«

Cal stand ebenfalls auf. »Ich muss sowieso mal nach dem Feuer sehen und noch etwas Holz hereinholen. Wir können ja ins Wohnzimmer gehen.«

Sie sahen aus wie ganz normale Leute, dachte Cal. Eine Gruppe von Freunden, die an einem Winterabend zusammensaßen. Gage war zu Kaffee übergegangen, Fox zu seinem geliebten Coke, und er hatte sich für Wasser entschieden.

Sie brauchten einen klaren Kopf, wenn sie Fragen beantworten wollten.

Sie hatten sich wieder nach Geschlecht aufgeteilt. War das automatisch passiert, fragte er sich. Die drei

Frauen saßen auf der Couch, Fox mit Lump auf dem Boden. Er hatte sich in einen Sessel gesetzt, und Gage stand am Kamin, als ob er sich jederzeit die Möglichkeit offenlassen wollte zu gehen, falls ihm das Thema nicht zusagte.

»So.« Cybil zog die Beine unter sich und ließ ihren Blick durchs Zimmer schweifen. »Ich möchte gerne wissen, was euch als Erstes nach der Nacht auf der Lichtung klarmachte, dass in der Stadt etwas nicht in Ordnung war.«

»Mr Guthrie und die Gabel.« Fox streckte sich, mit dem Kopf auf Lumps Bauch, aus. »Das war ein wichtiger Hinweis.«

»Klingt wie der Titel eines Kinderbuchs.« Quinn machte sich eine Notiz. »Erzählt mal.«

»Mach du das, Cal«, schlug Fox vor.

»Es muss an unserem Geburtstag gewesen sein – in der Nacht, oder eigentlich am Abend vorher. Ich habe meine Mutter überredet, mich ins Bowlingcenter gehen zu lassen, damit ich etwas zu tun hatte. Gage war ja auch da. Sie hatte keinen Grund, es mir zu verbieten, also ließ sie mich mit meinem Vater gehen. Gage?«

»Ich habe gearbeitet. Mr Hawkins ließ mich im Center etwas Geld verdienen, indem ich Papierkörbe leerte, aufwischte oder im Grill kellnerte. Ich weiß noch, dass es mir schlagartig viel besser ging, als Cal kam. Und schließlich kam auch noch Fox.«

»Ich hatte meine Eltern so lange gequält, bis mein Vater schließlich nachgab und mich hinfuhr.«

»Brian – Mr O'Dell – und mein Dad setzten sich an

die Theke und tranken einen Kaffee. Bill, Gages Vater, bezogen sie nicht ein.«

»Sie wollten mich nicht in Schwierigkeiten bringen«, warf Gage ein, »weil mein Vater gar nicht wusste, dass ich mich dort aufhielt.«

»Wo war dein Vater?«, fragte Cybil.

»Irgendwo im Center. Er war gerade nüchtern, und Mr Hawkins hatte ihm Arbeit gegeben.«

»Ich erinnere mich noch gut«, murmelte Cal. »Alles wirkte wie ein ganz normaler Sommerabend. Teenager, ein paar Studenten an den Pinballs und den Videospielen. Auf Bahn vier bekam ein Kind, zwei oder drei Jahre alt, einen Wutanfall. Die Mutter ging mit ihm raus, kurz bevor es passierte.«

Er trank einen Schluck Wasser. Alles stand ihm glasklar vor Augen. »Mr Guthrie stand an der Theke, trank ein Bier und aß einen Hotdog mit Pommes. Er kam einmal in der Woche. Ein netter Typ. Fliesenleger, hatte zwei Kinder auf der Highschool. Einmal in der Woche ging seine Frau mit ihren Freundinnen ins Kino, dann bestellte Mr Guthrie einen Hotdog mit Pommes und betrank sich. Mein Dad sagte immer, er trank im Center, um sich einreden zu können, es sei ja keine Bar.«

»Machte er Probleme?«, fragte Quinn.

»Nein, überhaupt nicht. Er war eher unauffällig. Jeden Dienstagabend kam er, aß einen Hotdog mit Pommes, trank vier oder fünf Bier und redete mit den anderen Gästen. Gegen elf bezahlte er, gab fünf Dollar Trinkgeld und ging nach Hause. Ansonsten trank er, soweit ich weiß, höchstens mal ein Bud oder so.«

»Bei uns hat er immer Eier gekauft«, erinnerte Fox sich. »Ein Dutzend braune Eier, fast jeden Samstagmorgen. Na ja.«

»Es war so gegen zehn, und Mr Guthrie trank noch ein Bier. Er ging damit an den Tischen entlang«, sagte Cal. »Wahrscheinlich wollte er zu den Bahnen, um den Leuten beim Bowlen zuzuschauen. Ein paar Leute saßen an einem Tisch und aßen Burger. Frank Dibbs war darunter, ein hervorragender Bowlingspieler, der auch die Jugendmannschaft trainierte. Wir saßen am Nebentisch und aßen Pizza. Dibbs sagte: ›Hey, Guth, meine Frau will neues Linoleum in der Küche. Kannst du mir 'nen Kostenvoranschlag machen?‹

Guthrie lächelt nur schmallippig, ohne Zähne zu zeigen. Er nimmt eine der Gabeln, die auf dem Tisch liegen, rammt sie Dibbs in die Wange und geht weiter. Die Leute kreischen und kommen gelaufen, dem armen Mr Dibbs ragt die Gabel aus dem Gesicht, und das Blut läuft ihm über die Wange. Und Mr Guthrie schlendert zu Bahn zwei und trinkt sein Bier.«

Cal trank einen Schluck. »Mein Dad wollte, dass wir verschwinden. Es herrschte Aufruhr, alle drehten durch, nur Guthrie blieb ganz ruhig. Dabei war er doch anscheinend verrückt geworden. Dein Dad kümmerte sich um Dibbs«, sagte Cal zu Fox. »Ich weiß noch, wie er ihm den Kopf hielt. Dibbs hatte sich die Gabel schon selbst herausgezogen, und dein Vater stillte mit einem Stapel Servietten die Blutung. Als er uns nach Hause fuhr, hatte er noch Blut an den Händen.«

Cal schüttelte den Kopf. »Fox' Dad fuhr uns also nach Hause. Gage kam mit mir – dafür hat mein Vater gesorgt. Er kam erst spät nach Hause. Ich hörte, wie er meiner Mutter, die auf ihn gewartet hatte, erzählte, dass Guthrie eingesperrt worden wäre, und er säße lachend in seiner Zelle, als ob das alles ein großer Witz wäre. Später, als alles vorbei war, konnte er sich an nichts mehr erinnern. Niemand wusste mehr genau, was in der Woche passiert war. Guthrie kam nie wieder ins Center, und im Winter darauf zogen sie weg.«

»War das das Einzige, was in dieser Nacht passierte?«, fragte Cybil.

»Ein Mädchen wurde vergewaltigt.« Gage stellte seine leere Tasse auf das Kaminsims. »Sie war mit ihrem Freund auf der Dog Street. Er hörte nicht auf, als sie ihm sagte, er solle aufhören, er machte immer weiter, bis sie anfing zu weinen und zu schreien. Er vergewaltigte sie auf dem Rücksitz seines gebrauchten Buick, dann warf er sie aus dem Wagen und fuhr davon. Ein paar Stunden später raste er mit dem Auto gegen einen Baum und kam ins gleiche Krankenhaus, in das man auch sie gebracht hatte. Nur er überlebte es nicht.«

»Ein Hund hat einen achtjährigen Jungen angegriffen«, fügte Fox hinzu. »Mitten in der Nacht. Das Tier schlief seit drei Jahren nachts im Zimmer des Kindes. Die Eltern wachten auf, weil sie das Kind schreien hörten; als sie in das Zimmer kamen, ging der Hund auch auf sie los. Der Vater musste ihn mit dem Baseballschläger des Jungen abwehren.«

»In den nächsten Nächten wurde es noch schlimmer.« Cal holte tief Luft. »Und dann wartete der Dämon auch nicht immer, bis es Nacht wurde.«

»Dahinter steht ein Muster«, sagte Quinn leise und schaute Cal an.

»Was für ein Muster denn? Dass die Leute gewalttätig und psychotisch werden?«

»Wir haben ja gesehen, was mit Lump passiert ist, und gerade hast du uns von einem anderen Haustier berichtet. Du sagst, der erste Vorfall, den du jemals beobachtet hast, war mit einem Mann, der einige Bier getrunken hatte. Sein Alkohollevel war vermutlich schon ziemlich hoch, er war also auf jeden Fall angeschlagen. Wenn man so viel trinkt, kann man nicht mehr besonders klar denken und ist empfänglicher.«

»Dann war Guthrie also leichter zu beeinflussen, weil er betrunken war?« Fox setzte sich auf. »Das ist gut. Das hört sich logisch an.«

»Aber der Junge, der seine Freundin vergewaltigt hat, hatte nichts getrunken.« Gage schüttelte den Kopf. »Wo ist denn da das Muster?«

»Sexuelle Erregung und Frustration beeinträchtigen das Denkvermögen ebenfalls.« Quinn tippte mit dem Bleistift auf ihren Block. »Wenn es sich dazu noch um einen Teenager handelt, dann ist er auch empfänglich für Beeinflussung.«

»Ja, das ist möglich.« Cal fuhr sich mit beiden Händen durch die Haare. Warum waren sie nicht selber darauf gekommen? »Die toten Krähen. Am Morgen unseres Geburtstags lagen in jenem Jahr mindestens ein Dutzend tote Krähen auf der Main Street. Und ein paar Fenster waren zerbrochen, weil sie ständig gegen die Scheibe geflogen waren. Wir dachten immer, dass es auch etwas damit zu tun hatte. Aber es wurde niemand verletzt.«

»Fängt es immer so an?«, fragte Layla.

»Beim nächsten Mal fanden die Myers den Hund ihres Nachbarn ertrunken im Swimmingpool vor. Und da war eine Frau, die ihr Kind im verschlossenen Auto zurückließ und zur Maniküre in den Schönheitssalon ging. Es war unglaublich heiß an jenem Tag«, fügte Fox hinzu. »Jemand hörte das Kind schreien und verständigte die Polizei. Sie holten das Kind heraus, aber die Frau behauptete, sie habe gar kein Baby. Es stellte sich heraus, dass sie seit zwei Nächten nicht geschlafen hatte, weil das Baby Koliken hatte.«

»Schlafmangel«, schrieb Quinn auf ihren Block.

»Aber wir wussten, dass es wieder passierte«, fuhr Cal fort. »Ganz sicher waren wir uns, als Lisa Hodges sich mitten auf der Main Street nackt auszog und mit der Pistole, die sie in der Handtasche hatte, auf vorbeifahrende Autos schoss.«

»Wir saßen in einem der Autos«, fügte Gage hinzu. »Es war nur gut für alle Beteiligten, dass sie so schlecht zielen konnte.«

»Sie hat dich an der Schulter erwischt«, rief Fox ihm ins Gedächtnis.

»Sie hat auf dich *geschossen?*«

Gage lächelte Cybil an. »Es war nur ein Kratzer, und bei uns heilt alles schnell. Es gelang uns, ihr die Waffe abzunehmen, bevor sie jemand anderen verletzte oder von einem Auto überfahren wurde. Dann bot sie uns einen Blowjob an. Es hieß, dass sie toll darin wäre, aber wir waren nicht in der Stimmung, das auszuprobieren.«

»Gut. Vom Muster zur Theorie.« Quinn stand auf.

»Der Dämon, den wir Twisse nennen, weil es besser ist, einen Namen für ihn zu haben, braucht Energie. Wir bestehen alle aus Energie, und Twisse braucht sie, um sich zu manifestieren. Alle sieben Jahre, wenn Dent ihn nicht mehr festhalten kann, sucht er sich zunächst die leichtesten Energiequellen. Vögel und Tiere, besonders empfängliche Menschen. Je stärker er wird, desto weiter kann er gehen.«

»Ich glaube nicht, dass wir ihn aufhalten können, indem wir alle Haustiere abschaffen«, warf Gage ein, »Alkohol, Drogen und Sex verbieten und dafür sorgen, dass alle genug Schlaf bekommen.«

»Wie schade«, entgegnete Cybil. »Dadurch könnten wir Zeit gewinnen. Mach weiter, Q.«

»Die nächste Frage ist, wie erzeugt er die Energie, die er braucht?«

»Angst, Hass, Gewalt.« Cal nickte. »Das wissen wir schon. Wir können ihn nicht daran hindern, weil wir diese Emotionen nicht ausschalten können. Sie existieren ja.«

»Aber das Gegenteil auch. Gehen wir einmal von der Hypothese aus, dass das die Waffen gegen ihn sind. Ihr seid mit der Zeit immer stärker geworden und er auch. Vielleicht kann er in den Schlafphasen die Energie irgendwie aufbauen.«

»Ja, und deshalb wird er von Mal zu Mal stärker und kann immer früher anfangen«, warf Cal ein. »Okay, das klingt logisch.«

»Im Moment verbraucht er ein bisschen angesammelte Energie«, sagte Layla, »weil er uns vor Juli auseinanderbringen will. Er will nicht gegen uns alle antreten.«

»Da müssen wir ihn aber enttäuschen.« Cybil ergriff ihr Weinglas. »Wissen ist Macht, aber so gut logische Theorien sind, wir brauchen auf jeden Fall eine Strategie. Hast du eine?« Sie schaute Fox an.

Fox grinste. »Ja. Ich würde sagen, sobald der Schnee ein wenig geschmolzen ist, gehen wir zur Lichtung. Wir gehen alle zusammen zum Heidenstein und fordern den Hurensohn heraus.«

In der Theorie klang es gut. Wenn man jedoch den menschlichen Faktor in Betracht zog, war es etwas anderes, fand Cal. Wenn man Quinn in Betracht zog. Er hatte sie schon einmal dorthin mitgenommen, und dann war er auf einmal nicht mehr ansprechbar gewesen und hatte sie allein und verletzlich zurückgelassen.

Und damals hatte er sie noch nicht geliebt.

Er wusste, dass sie keine andere Wahl hatten. Aber die Vorstellung, sie erneut dem Risiko auszusetzen, ließ ihn nicht mehr schlafen.

Er wanderte durch das Haus, überprüfte Schlösser und starrte aus dem Fenster. Der Mond war aufgegangen, und der Schnee schimmerte dunkelblau. Morgen könnten sie sich einen Weg schaufeln, dachte er, und in ein oder zwei Tagen hätte sich wettermäßig alles wieder normalisiert.

Es würde nichts nützen, wenn er sie bäte hierzubleiben. Sie würde ihm antworten, dass sie Layla und Cybil nicht alleine lassen konnte. Er müsste sie wohl oder übel gehen lassen.

Schließlich konnte er sie nicht ununterbrochen beschützen.

Als er durch das Wohnzimmer ging, sah er, dass in der Küche Licht brannte. Gage saß mit einer Tasse Kaffee an der Theke und spielte Solitaire.

»Du kannst die ganze Nacht nicht schlafen, wenn du um ein Uhr in der Nacht noch schwarzen Kaffee trinkst.«

»Bei mir funktioniert das nicht.« Gage drehte eine Karte um. »Wenn ich schlafen will, schlafe ich. Das weißt du doch. Warum bist du noch wach?«

»Ich glaube, es wird ein harter, langer Trip in den Wald, auch wenn wir noch einen Monat warten. Und das sollten wir wahrscheinlich tun.«

»Nein. Du willst nur Quinn nicht mitnehmen. Eigentlich willst du keine von den Frauen mitnehmen, aber vor allem nicht die Blonde.«

»Ich habe dir doch erzählt, was passiert ist, als ich mit ihr am Heidenstein war.«

»Sie ist doch auf ihren sexy Beinen auch wieder herausgekommen. Um sie mache ich mir keine Sorgen. Ich mache mir Sorgen um dich.«

Cal straffte die Schultern. »Habe ich dir jemals Anlass dazu gegeben?«

»Nein, erst jetzt. Es hat dich heftig erwischt, Hawkins. Du hast dich zum ersten Mal richtig verliebt, und deshalb willst du sie unbedingt vor allem bewahren und beschützen.«

»Sollte ich das nicht?« Eigentlich wollte er keinen Kaffee, aber da er sowieso nicht schlafen konnte, schenkte er sich eine Tasse ein.

»Ich wette, die Blonde kann ganz gut auf sich selbst aufpassen. Das heißt noch lange nicht, dass du dich falsch verhältst, Cal. Ich würde es wahrscheinlich nicht anders machen, wenn ich an deiner Stelle wäre.«

»Ich wollte nie so viel für jemanden empfinden«, sagte Cal nach einem Moment. »Aber wir passen so gut zusammen, Gage.«

»Das sehe ich selbst. Ich weiß zwar nicht, was sie an dir findet, aber für sie scheint es richtig zu sein.«

»Es könnte sogar noch besser werden. Wenn wir genügend Zeit hätten, könnte etwas Festes und Solides daraus werden.«

Gage sammelte die Karten ein und mischte sie. »Du glaubst, dass wir dieses Mal draufgehen.«

»Ja.« Cal blickte aus dem Fenster auf das kalte blaue Licht des Mondes. »Ich glaube, dass wir draufgehen. Du nicht?«

»Es könnte sein.« Gage teilte die Karten aus. »Aber, zum Teufel, wer will denn schon ewig leben?«

»Das ist das Problem. Seit ich Quinn kenne, klingt ewig verdammt gut.« Cal blickte auf seine Karten. »Sag was.«

Grinsend legte Gage eine Neun auf. »Blödmann.«

20

Cal hoffte auf eine Woche, vielleicht auch zwei. Er bekam aber nur drei Tage. Die Natur durchkreuzte seine Pläne, und die Temperaturen stiegen auf einmal um die zehn Grad Celsius. In den Hügeln schmolz der Schnee, und Bäche und Flüsse traten über die Ufer. Aber drei Tage, nachdem er seinen Weg freigeschaufelt hatte und die Frauen wieder in ihr Haus an der High Street zurückgekehrt waren, stabilisierte sich das Wetter. Bald schon gab es keinen Grund mehr, nicht zum Heidenstein zu gehen.

Cal saß an seinem Schreibtisch und bereitete sich auf das Gespräch über die notwendigen Modernisierungsmaßnahmen vor, das er dringend mit seinem Vater führen musste. Der Februar war bislang ein guter Monat gewesen, die Einkünfte lagen sogar noch etwas über dem Vorjahr, deshalb wäre es bestimmt nicht so schwer, seinen Vater zu überzeugen.

Plötzlich hörte er das Klicken, das eine neue E-Mail ankündigte. Er öffnete die Post und sah die Adresse von Quinn.

Hi, Liebe meines Lebens,
ich wollte nicht anrufen, um dich nicht bei der Arbeit zu stören. Gib mir ein Zeichen, wenn du einen Moment Zeit für mich hast.
Der Wetterbericht sagt für heute Temperaturen um zehn Grad und teilweise Sonne voraus. Tiefsttemperaturen um sieben Grad, aber es soll stabil bleiben. Die Vorhersage für morgen lautet auf Höchsttemperaturen von elf Grad.
Mit meinen eigenen Augen sehe ich, dass im Garten immer größere Flächen Gras zum Vorschein kommen, und obwohl im Wald sicher noch mehr Schnee liegt, würde ich sagen, dass wir uns langsam auf den Weg machen sollten.

Meine Mannschaft jedenfalls ist morgen früh bereit zum Abmarsch. Wir bringen auch Proviant mit.
Cyb hat übrigens die Verbindung zu den Clarks bestätigt. Sie glaubt, dass sie auch eine mögliche Verbindung zu Ann Hawkins nachweisen kann.
Ich sage dir Bescheid, wenn wir uns sehen.
Sag mir so schnell wie möglich, ob es morgen klappt.
1001 Küsse, Quinn.
(Am liebsten wäre mir, du kämest vorbei und würdest sie dir persönlich abholen.)

Der letzte Satz brachte ihn zum Lächeln, aber generell verursachte der Text ihm Kopfschmerzen.

Ein oder zwei Tage konnte er sie noch mit gutem Gewissen vertrösten, zumal Fox bestimmt nicht so schnell seine Termine absagen konnte. Das würde sie sicher verstehen. Aber wenn er Fox und seine Termine vorschieben wollte, dann musste er sich beeilen.

Also schickte er notgedrungen Fox eine E-Mail, in der er ihn fragte, wann er Zeit hätte, mit ihnen zur Lichtung zu gehen. Sein Ärger wuchs noch, als Fox umgehend antwortete.

Freitag ist gut. Morgens habe ich nichts, und ich kann mir auch den ganzen Tag freihalten.

»Scheiße!« Cal rieb sich den Nacken. Da E-Mails ihm anscheinend kein Glück brachten, würde er bei Quinn persönlich vorbeigehen.

Als Cal aus seinem Büro trat, sprach Bill Turner ihn an.

»Äh, ich habe die Damentoilette unten repariert. Und am Kühlschrank habe ich einen Schlauch ausgetauscht.«

»Danke, Bill.« Cal schlüpfte in seine Jacke. »Ich habe einiges in der Stadt zu erledigen, aber in einer Stunde bin ich wieder da.«

»Okay. Ich wollte …« Bill rieb sich das Kinn. »Glaubst du, Gage kommt in den nächsten Tagen mal vorbei? Oder meinst du, ich könnte mal bei dir vorbeifahren, um mit ihm zu sprechen?«

Umständlich richtete Cal seine Jacke. »Ich weiß nicht, ob er vorhat vorbeizukommen, Bill. Er hat nichts davon gesagt. Ich glaube … Okay, gib ihm noch ein bisschen Zeit, ehe du zu ihm gehst. Ich weiß, dass du …«

»Ist schon okay. Okay. Danke.«

»Scheiße«, fluchte Cal unterdrückt, als Bill ging. »Scheiße, Scheiße, Scheiße.«

Natürlich stand er auf Gages Seite, schließlich hatte er unzählige Male gesehen, was Bill Gage mit seinem Gürtel angetan hatte, als sie Kinder waren. Aber er hatte auch aus nächster Nähe miterlebt, wie aus Bill in den letzten Jahren ein völlig anderer Mann geworden war.

Hatte er nicht eben noch Schmerz, Schuldbewusstsein und Trauer in Bills Gesicht gesehen? Es war wirklich eine Zwickmühle.

Er ging direkt zu Quinn.

Sie öffnete die Tür und zog ihn herein. Noch bevor

er ein Wort sagen konnte, schlang sie ihm die Arme um den Hals und küsste ihn. »Ich hatte gehofft, dass du es bist.«

»Was für ein Glück! Greg, der Typ von UPS auf dieser Route, hätte sich auch sehr gewundert, wenn du ihn so begrüßt hättest.«

»Ich finde ihn süß. Komm in die Küche. Ich wollte gerade Kaffee aufsetzen. Hast du meine E-Mail bekommen?«

»Ja.«

»Dann ist also mit morgen alles klar?« Sie blickte ihn fragend an.

»Nein, morgen ist nicht gut. Fox kann erst am Freitag.«

»Oh.« Schmollend verzog sie den Mund, fing sich aber rasch wieder. »Okay, also Freitag. In der Zwischenzeit lesen und recherchieren wir weiter. Cyb glaubt, einige gute Möglichkeiten für … Was ist?«, fragte sie. »Was ist los?«

Er wich ein paar Schritte zurück. »Okay, ich kann es dir eigentlich auch sagen. Ich will nicht, dass du noch einmal dorthin gehst. Sag jetzt nichts«, bat er sie, als er sah, dass sie etwas entgegnen wollte. »Ich wünschte, ich könnte dich davon abhalten mitzukommen. Natürlich weiß ich, dass wir alle sechs dorthin müssen, dass du ein Teil des Ganzen bist, aber mir wäre es eben am liebsten, du hättest gar nichts damit zu tun, und du könntest an einem sicheren Ort bleiben, bis alles vorbei ist. Natürlich weiß ich, dass ich dich nicht davon abhalten kann mitzukommen, aber ich wünsche es mir eben.«

Sie schwieg einen Moment lang, dann sagte sie: »Hast du schon zu Mittag gegessen?«

»Nein. Was hat das damit zu tun?«

»Ich mache dir ein Sandwich – ein Angebot, das ich nie leichtfertig mache.«

»Und warum gerade jetzt?«

»Weil ich dich liebe. Zieh deine Jacke aus. Ich finde es schön, dass du all das zu mir gesagt hast. Dass du zugibst, wie du dich dabei fühlst.« Sie öffnete die Kühlschranktür. »Wenn du versucht hättest, mir vorzuschreiben, dass ich hierbleiben soll, wenn du mich angelogen hättest, dann wäre es etwas anderes. Dann würde ich dich zwar trotzdem lieben, weil mir ja nichts anderes übrig bleibt, aber ich wäre böse auf dich, und vor allem wäre ich enttäuscht. So jedoch bin ich äußerst zufrieden mit mir, dass Herz und Verstand bei mir so gut zusammengearbeitet haben, dass ich an den perfekten Mann geraten bin. Perfekt für mich.«

Säuberlich zerschnitt sie das Sandwich, das sie zubereitet hatte, in zwei Teile und reichte es ihm. »Möchtest du Kaffee oder Milch?«

»Du hast keine Milch, das ist nur weißes Wasser. Ich nehme einen Kaffee, danke.« Er biss von seinem Vollkornsandwich ab, das sie mit Truthahn und Schweizer Käse belegt hatte. »Lecker!«

»Gewöhn dich bloß nicht an den Service.« Sie schenkte ihm Kaffee ein. »Wir sollten am Freitag ganz früh aufbrechen, am besten im Morgengrauen, meinst du nicht auch?«

»Ja.« Er streichelte ihr über die Wange. »Bei Tagesanbruch gehen wir los.«

Da bei Quinn alles gut gelaufen war und er sogar etwas zu essen bekommen hatte, beschloss Cal, sein Glück auch bei Gage zu versuchen. Als Lump und er das Haus betraten, roch es nach Essen. Gage stand in der Küche und rührte in einem Topf.

»Du hast gekocht!«

»Chili. Ich hatte Hunger. Fox hat angerufen und mir gesagt, dass wir am Freitag mit den Mädels wandern gehen.«

»Ja, bei Tagesanbruch.«

»Das wird bestimmt interessant.«

»Bestimmt.« Cal gab Lump sein Fressen und holte sich selber ein Bier aus dem Kühlschrank. »Ich muss mit dir über deinen Vater reden.«

Gages Gesicht wirkte auf einmal verschlossen, als hätte man einen Schalter umgelegt. »Er arbeitet für dich. Ich habe dazu nichts zu sagen.«

»Du hast alles Recht der Welt, ihn auszugrenzen. Ich wollte dir nur sagen, dass er nach dir gefragt hat. Er möchte dich sehen. Er ist jetzt seit fünf Jahren trocken, das ändert natürlich nichts daran, wie er dich behandelt hat. Aber das ist eine Kleinstadt, Gage, du kannst ihm nicht für immer aus dem Weg gehen. Er möchte mit dir reden, und vielleicht solltest du es einfach hinter dich bringen. Mehr nicht.«

Es hatte seinen Grund, dass Gage sein Geld mit Pokerspielen verdiente. Die Miene, mit der er Cal ansah, war völlig ausdruckslos. »Ich denke, du solltest dich da raushalten. Ich habe dich nicht gebeten, dich einzumischen.«

Cal hob die Hand. »Gut.«

»Er kann es nicht wiedergutmachen, Cal. Ich will seine Entschuldigung nicht hören.«

»Okay. Ich will dich nicht vom Gegenteil überzeugen. Ich wollte es dir nur mitteilen.«

»Ja. Jetzt weiß ich es ja.«

Als Cal am Freitagmorgen am Fenster stand und beobachtete, wie das Auto näher kam, ging ihm durch den Kopf, dass es schon fast einen Monat her war, seit Quinn das erste Mal vor seinem Haus gehalten hatte.

In dieser kurzen Zeit war so viel passiert! So viel hatte sich verändert!

In dieser kurzen Zeit hatte er erfahren, dass nicht nur er und seine beiden Blutsbrüder ihr Schicksal erfüllen mussten, sondern dass auch noch drei Frauen dazugehörten. In eine hatte er sich verliebt.

Er beobachtete, wie Quinn aus Fox' Truck ausstieg. Ihre blonden Haare quollen unter der dunklen Kappe hervor. Sie trug eine leuchtend rote Jacke und zerschrammte Wanderstiefel. Lachend sagte sie etwas zu Cybil, und er sah, wie ihr Atem in weißen Wölkchen in die kalte Morgenluft stieg.

Sie wusste genug, um Angst zu haben, aber sie ließ sich von ihrer Angst nicht beherrschen. Er hoffte inständig, das auch von sich sagen zu können, aber für ihn stand mehr auf dem Spiel. Sie stand auf dem Spiel.

Er blickte aus dem Fenster, bis er hörte, wie Fox die Haustür aufschloss, erst dann ging er hinunter.

Nebelschwaden trieben über den Weg, der in der Kälte der Nacht hart geworden war. Bis Mittag wäre er wieder schlammig und aufgeweicht, aber jetzt kam man leicht und schnell vorwärts.

Zwischendurch lag immer noch vereinzelt Schnee, in dem Layla zu ihrem Entzücken Spuren von Rehen sah. Wenn jemand nervös war, so verbargen es alle gut, zumindest jetzt noch.

Es war ganz anders als die Wanderung damals in seiner Kindheit. Kein Radio mit wummernden Bässen, keine Erregung über den gestohlenen Tag und die Nacht, die sie unter freiem Himmel verbringen wollten.

Damals hatten sie ihre Unschuld verloren.

Er fuhr sich mit der Hand an den Nasenrücken, als ob er die Brille geraderücken müsste.

»Wie geht's dir, Captain?« Quinn kam neben ihn und passte ihre Schritte seinen an.

»Okay. Ich habe gerade an damals gedacht. An dem Tag war es so heiß, alles war grün, und Fox hat diesen blöden Ghettoblaster mitgeschleppt. Meine Mutter hatte uns Limonade und Kuchen mitgegeben.«

»Was haben wir geschwitzt«, sagte Fox von hinten.

»Wir sind gleich an Hester's Pool«, unterbrach Gage die Erinnerungen.

Beim Anblick des Wassers dachte Cal eher an Treibsand als an den kühlen, verbotenen Teich, in den sie damals hineingesprungen waren. Er konnte sich vorstellen, wie er immer tiefer hineingezogen wurde, bis er nie mehr das Tageslicht erblickte.

Auch heute machten sie hier eine Pause, nur dass sie jetzt Kaffee tranken statt Limonade.

»Hier war auch Wild, oder?« Layla wies auf den Boden.

»Ja«, bestätigte Fox. »Waschbären.«

»Waschbären?« Lächelnd bückte sie sich, um die Spuren aus der Nähe zu betrachten. »Was gibt es denn hier sonst noch?«

»Füchse, wilde Truthähne und ab und zu auch schon mal einen Bären.«

Layla richtete sich rasch auf. »Bären?«

»Eigentlich mehr im Norden«, beruhigte er sie, nahm ihre Angst jedoch als Vorwand, ihre Hand zu ergreifen.

Cybil hockte sich ans Ufer des Teiches und starrte ins Wasser.

»Es ist ein bisschen zu kalt, um hineinzuspringen«, erklärte Gage.

»Hester ist hier ertrunken.« Cybil warf Cal einen Blick zu. »Du hast sie gesehen, als du damals hier im Wasser warst.«

»Ja. Ja, ich habe sie gesehen.«

»Und du und Quinn, ihr habt sie beide in eurer Vorstellung gesehen. Layla hat lebhaft von ihr geträumt. Vielleicht … vielleicht bekomme ich ja etwas.«

»Ich dachte, du würdest in die Zukunft sehen, nicht in die Vergangenheit«, erwiderte Cal.

»Ja, das stimmt, aber ich empfange auch Energiewellen von Menschen und Orten, wenn sie stark genug sind. Wie ist es mit dir?« Sie blickte Gage an. »Gemeinsam erreichen wir vielleicht mehr. Machst du mit?«

Schweigend streckte er die Hand aus. Sie ergriff sie und sprang auf. Sie schauten über die stille braune Wasseroberfläche.

Plötzlich begann das Wasser zu brodeln. Kleine weiße Schaumkronen entstanden auf den Wirbeln, und es begann zu brüllen wie das Meer bei Sturm.

Eine Hand schoss heraus und krallte sich in den Boden.

Aus dem wirbelnden Wasser zog sich Hester nach oben – mit wachsweißer Haut, nassen, wirren Haaren, dunklen, glasigen Augen und gefletschten Zähnen.

Cybil hörte sich schreien, als Hester Deale die Arme um sie schloss und sie ins braune Wasser zog.

»Cyb! Cyb! Cybil!«

Strampelnd kam sie wieder zu sich. Nicht Hester hielt sie fest, sondern Gage. »Was zum Teufel war das denn?«

»Du wolltest ins Wasser gehen.«

Cybil klopfte das Herz bis zum Hals. Sie zitterte am ganzen Leib, aber es gelang ihr, mit ruhiger Stimme zu sagen: »Na, das wäre aber nicht so angenehm gewesen.«

»Hast du etwas gesehen?«, fragte sie ihn.

»Das Wasser hat gebrodelt, und sie kam herauf. Du wärst beinahe umgefallen.«

»Sie hat mich gepackt. Sie … sie hat mich umarmt. Jedenfalls denke ich das, aber ich konnte mich nicht genug konzentrieren, um zu spüren, was sie empfunden hat. Vielleicht sollten wir es noch einmal versuchen …«

»Wir müssen weiter«, unterbrach Cal sie.

»Es hat doch nur eine Minute gedauert.«

»Eher fünfzehn«, korrigierte Fox sie.

»Aber …« Cybil löste sich von Gage. »Ist es dir auch so lange vorgekommen?«

»Nein, es ging ganz schnell.«

»Das stimmt nicht«, erklärte Layla. »Wir haben schon überlegt, ob wir euch wieder zurückholen sollten, aber wir wussten nicht genau, wie wir das tun sollten.«

»Also, es kam mir vor wie eine Minute. Und es fühlte sich nicht an wie Vergangenheit.« Cybil blickte Gage an.

»Nein, das stimmt. Wenn ich du wäre, würde ich hier niemals ins Wasser gehen.«

»Ich ziehe sowieso einen schönen Swimmingpool vor.«

»Margaritas im Bikini.« Quinn rieb über Cybils Arm.

»Frühjahrsurlaub 2000.« Cybil legte ihre Hand auf Quinns. »Es ist alles in Ordnung, Q. Mir geht es gut.«

»Ich bezahle die erste Runde Margaritas, wenn das hier vorbei ist. Können wir weitergehen?«, fragte Cal.

Er ergriff seinen Rucksack und drehte sich um. Dann schüttelte er den Kopf. »Das stimmt nicht.«

»Was stimmt nicht?«, fragte Quinn.

»Das ist nicht der richtige Weg.« Er zeigte auf den Pfad. »Die Richtung stimmt nicht.« Blinzelnd blickte er zur Sonne und zog seinen alten Pfadfinderkompass aus der Tasche.

»Hast du schon jemals daran gedacht, ihn gegen ein GPS auszutauschen?«, fragte Gage.

»Der Kompass erfüllt den Zweck genauso gut. Siehst du, wir müssen nach Westen von hier aus, aber der Pfad führt nach Norden. Eigentlich dürfte es ihn gar nicht geben.«

»Er ist auch nicht da.« Fox kniff die Augen zusammen.

»Da ist gar kein Weg, nur Unterholz und wilde Brombeeren. Er ist nicht real.« Er drehte sich und zeigte nach Westen. »Dort ist der Weg. Er ist nur schwer zu erkennen, so als ob man durch Schlamm blickt, aber …«

Layla trat zu ihm und ergriff seine Hand.

»Okay, ja. So ist es besser.«

»Du zeigst genau auf einen dicken Baum«, sagte Cybil.

»Der ist nicht da.« Fox hielt Layla an der Hand und ging mit ihr vorwärts. Das Bild der großen Eiche zerbarst, als sie hindurchgingen.

»Netter Trick.« Quinn stieß die Luft aus. »Twisse will also nicht, dass wir zur Lichtung gehen. Ich übernehme die Spitze.«

»Ich übernehme die Spitze.« Cal schob sie hinter sich. »Ich habe den Kompass.« Er drehte sich zu den anderen um. Fox in der Mitte, Gage am Schluss hinter den beiden Frauen.

Als der Weg breit genug wurde, kam Quinn neben Cal. »So muss es funktionieren.« Sie warf einen Blick zurück und sah, dass auch die beiden anderen Frauen neben ihren jeweiligen Partnern gingen. »Wir sind paarweise angeordnet, Cal, aus welchem Grund auch immer.«

»Wir gehen in irgendetwas hinein. Ich kann nicht sehen, was es ist, aber ich führe dich und die anderen direkt hinein.«

»Wir sind alle für uns selbst verantwortlich, Cal.« Sie reichte ihm ihre Wasserflasche. »Ich weiß nicht, ob ich dich liebe, weil oder obwohl du dich immer für alles verantwortlich fühlst.«

»Es ist egal, solange du es tust. Und da du mich liebst, sollten wir vielleicht mal übers Heiraten nachdenken.«

»Die Idee gefällt mir«, sagte sie nach einem Moment. »Soll ich dir sagen, wie ich darüber denke?«

»Ich bitte darum.« Blöd, dachte er, eine blöde Art, einen Antrag zu machen. Auch der Ort war lächerlich. Aber man wusste ja nie, was einen hinter der nächsten Biegung erwartete, deshalb nahm er besser jede Gelegenheit wahr. »Zufällig stimme ich mit dir überein. Allerdings will meine Mutter sicher eine große, prächtige Hochzeit haben.«

»Damit bin ich einverstanden. Kann man mit ihr telefonieren oder mailen?«

»Ja, klar.«

»Wunderbar. Dann bringe ich sie mit meiner Mutter zusammen, die beiden können sich um alles kümmern. Wie sieht dein Terminkalender im September aus?«

»September?«

Sie betrachtete den winterlichen Wald. »In Hollow ist es im September bestimmt wunderschön. Immer noch grün, aber schon mit einem Hauch von Herbstfärbung.«

»Ich hatte eher an April oder Mai gedacht.« Vorher, dachte Cal. Vor Juli und bevor vielleicht alles zu Ende war, was er kannte und liebte.

»Es braucht ja seine Zeit, so eine große Hochzeit zu arrangieren.« Sie blickte ihn an, er spürte, dass sie wusste, was er dachte. »Danach, Cal. Nach unserem Sieg. Dann haben wir noch etwas zu feiern. Wenn wir …«

Sie brach ab, als er einen Finger auf die Lippen legte.

Ein lautes, kehliges Knurren drang durch die Luft, und allen lief es kalt über den Rücken. Lump ließ sich auf sein Hinterteil plumpsen und winselte.

»Dieses Mal hört er es auch.« Cal machte eine kleine Bewegung, so dass Quinn zwischen ihm und Fox stand.

»Wir haben wahrscheinlich nicht das Glück, dass es nur ein Bär ist.« Layla räusperte sich. »Wir sollten einfach weitergehen. Was auch immer es ist, es will nicht uns, deshalb …«

»Ja, gehen wir weiter«, meinte Fox.

»Komm, Lump, komm mit mir.«

Der Hund presste sich zitternd an Cals Bein, und sie gingen weiter auf den Heidenstein zu.

An der Mündung zur Lichtung stand der Wolf. Er war riesig und schwarz, mit Augen, die beinahe menschlich wirkten. Lump versuchte ein halbherziges Knurren, versteckte sich aber sofort wieder hinter Cals Beinen.

»Können wir durch ihn auch einfach hindurchgehen?«, fragte Gage von hinten.

»Nein, das ist nicht wie der falsche Weg.« Fox schüttelte den Kopf. »Er ist zwar nicht real, aber er ist da.«

»Okay.« Gage nahm seinen Rucksack ab.

Der Wolf sprang.

Er schien zu fliegen, dachte Cal, eine Masse aus Muskeln und Zähnen. Er ballte die Fäuste zur Verteidigung, aber es gab nichts zu bekämpfen.

»Ich spürte …« Langsam ließ Quinn die Arme sinken, die sie gehoben hatte, um ihr Gesicht zu schützen.

»Ja. Dieses Mal war da nicht nur Kälte.« Cal zog sie an sich. »Es war auch Substanz, wenn auch nur für einen kurzen Augenblick.«

»Das hatten wir noch nie, noch nicht einmal während der Sieben.« Fox blickte in den Wald. »Bisher waren alle Formen und Gestalten, die Twisse angenommen hat, Gedankenspiele.«

»Wenn er eine feste Gestalt annehmen kann, kann er uns direkt verletzen«, sagte Layla.

»Und verletzt werden.« Gage zog eine 9mm Glock aus seinem Rucksack.

»Guter Gedanke«, sagte Cybil.

»Ach, du liebe Güte, Gage, wo hast du die denn her?«

Gage zog eine Augenbraue hoch. »Von einem Typen aus D.C. Wollen wir jetzt hier stehen bleiben oder gehen wir weiter?«

»Fuchtel nicht so damit herum«, mahnte Fox ihn.

»Sie ist nicht entsichert.«

»Das sagen sie immer, und dann hat der beste Freund auf einmal ein Loch im Kopf.«

Sie traten auf die Lichtung zum Stein.

»Mein Gott, ist das schön«, hauchte Cybil andächtig. »Es kann eigentlich keine natürliche Formation sein, dafür ist es zu perfekt. Es ist als Altar angelegt. Der Stein ist warm. Fühlt mal! Der Stein ist warm.« Sie ging darum herum. »Hier muss doch jeder spüren, dass dies heiliger Grund ist.«

»Heilig für wen?«, fragte Gage. »Was hier vor einundzwanzig Jahren herauskam, war keineswegs hell und freundlich.«

»Aber es war auch nicht nur dunkel. Wir haben doch beides gespürt.« Cal blickte Fox an. »Wir haben beides gesehen.«

»Ja. Nur hat die große schwarze Masse uns so umgehauen, dass wir auf nichts anderes geachtet haben.«

»Aber das Helle hat uns mehr gegeben. Ich hatte hinterher keinen einzigen Kratzer, brauchte meine Brille nicht mehr und hatte ein wahnsinniges Immunsystem.«

»Auch bei mir waren alle Kratzer und blauen Flecken weg, ich bin seitdem nicht einen Tag krank gewesen.« Fox zuckte mit den Schultern.

»Und wie war es bei dir?«, fragte Cybil Gage. »Was gab es bei dir für wundersame Heilungen?«

»Keiner von uns hatte auch nur eine einzige Schramme ...«, begann Cal.

»Schon in Ordnung, Cal. Im Team darf es keine Geheimnisse geben. Mein alter Herr hat mich in der Nacht, bevor wir uns hierhin aufmachten, mit dem Gürtel verprügelt. Das hat er immer gemacht, wenn er betrunken war. Ich hatte den ganzen Rücken voller Striemen, als ich hierherkam, sie waren hinterher verschwunden.«

»Ich verstehe.« Cybil blickte Gage einen Moment lang an.

»Er ist sauber.« Alle drehten sich nach Layla um, die am Stein stand. »Das kommt mir sofort in den Sinn. Ich glaube nicht, dass er jemals für Opfer benutzt wurde. Nicht Blut und Tod, nicht für das Dunkle. Er fühlt sich sauber an.«

»Ich habe das Blut darauf gesehen«, sagte Gage.

»Ich habe ihn brennen sehen. Ich habe die Schreie gehört.«

»Das ist aber nicht sein Zweck. Höchstens das, was Twisse will.« Quinn legte ihre Handfläche auf den Stein. »Er will seine Macht brechen und ihn benutzen. Cal?«

»Okay.« Er legte seine Hand über ihre. »Bereit?«

Zuerst war nur Quinn da. Nur der Mut in ihren Augen. Dann drehte sich die Welt rückwärts, fünf Jahre, zwanzig, so dass er sich als Jungen mit seinen Freunden sah, wie sie sich ins Handgelenk schnitten und ihr Blut vermischten. Dann ging es Jahrzehnte, Jahrhunderte zurück bis zu der Feuersbrunst und den Schreien. Der Stein stand kühl und weiß inmitten der Hölle.

Zurück zu einem anderen scheidenden Winter, in dem Giles Dent mit Ann Hawkins dort stand, wo er jetzt mit Quinn stand. Dents Worte kamen von seinen Lippen.

»Wir haben nur noch bis zum Sommer Zeit. Daran kann ich nichts ändern, noch nicht einmal für dich. Die Pflicht ist größer als meine Liebe zu dir und den Leben, die du in dir trägst.« Er legte die Hand auf ihren Bauch. »Ich wünschte so sehr, bei dir sein zu können, wenn sie zur Welt kommen.«

»Lass mich bleiben, Geliebter.«

»Ich bin der Hüter. Du bist die Hoffnung. Ich kann die Bestie nicht vernichten, ich kann sie nur eine Zeit lang an die Kette legen. Und ich verlasse dich nicht. Es ist nicht Tod, sondern ein endloser Kampf, ein Krieg, den nur ich führen kann. Bis das, was von uns kommt, ihm ein Ende bereitet. Sie werden alles haben, was ich ihnen geben kann, das schwöre ich dir. Wenn sie in ihrer Zeit siegreich sind, werde ich wieder bei dir sein.«

»Was soll ich ihnen von ihrem Vater erzählen?«

»Dass er ihre Mutter und auch sie von ganzem Herzen liebte.«

»Giles, er hat doch die Gestalt eines Mannes. Ein Mann kann bluten, ein Mann kann sterben.«

»Er ist kein Mann, und es liegt nicht in meiner Macht, ihn zu vernichten. Das wird die Aufgabe derer sein, die nach uns kommen. Auch er wird sich Nachkommen schaffen. Nicht durch Liebe, und sie werden nicht so sein, wie er es sich vorstellt. Er kann sie nicht besitzen. Ich muss es tun. Ich bin nicht der Erste, Ann, sondern der Letzte. Was von uns kommt, ist die Zukunft.«

Sie drückte die Hand in die Seite. »Sie bewegen sich«, flüsterte sie. »Wann, Giles, wann wird es zu Ende sein? All die Leben, die wir gelebt haben, all die Freude und der Schmerz, den wir erfahren haben. Wann wird es Frieden für uns geben?«

»Sei mein Herz.« Er hob ihre Hand an seine Lippen. »Ich will dein Mut sein. Wir werden uns wiederbegegnen.«

Tränen liefen über Quinns Wangen, als die Bilder verblassten. »Sie haben nur uns. Wenn wir den Weg nicht finden, sind sie füreinander verloren. Ich habe in mir gespürt, wie ihr das Herz brach.«

»Er glaubte an das, was er tat, was er tun musste. Er glaubte an uns, obwohl er es nicht klar gesehen hat. Ich glaube nicht, dass er uns alle sehen konnte«, sagte Cal und blickte die anderen an. »Er hat einfach daran geglaubt.«

»Gut für ihn«, sagte Gage. »Aber ich glaube lieber an diese Glock.«

Nicht der Wolf, sondern der Junge stand am Rand der Lichtung. Er grinste. Er hob die Hände und zeigte Fingernägel, scharf wie Klauen.

Obwohl es erst Mittag war, herrschte plötzlich Zwielicht; die Luft wurde eiskalt. Am Winterhimmel rumpelte der Donner.

So blitzartig, dass Cal es nicht verhindern konnte, sprang Lump. Der als Junge maskierte Dämon schrie vor Lachen und kletterte wie ein Affe auf einen Baum.

Aber Cal hatte es trotzdem gesehen. Für den Bruchteil eines Augenblicks hatte er Schreck und vielleicht sogar Furcht auf seinem Gesicht gesehen.

»Erschieß ihn«, schrie er Gage zu, während er zu Lump rannte, um den Hund am Halsband zu packen. »Erschieß den Hurensohn.«

»Ja, glaubst du denn, dass eine Kugel …«

Trotz Fox' Einwand drückte Gage ab. Er zielte genau auf das Herz des Jungen.

Die Kugel traf den Baum, aber dieses Mal sahen alle den erschreckten Gesichtsausdruck des Jungen. Er heulte vor Schmerz und Wut.

Kaltblütig schoss Gage das ganze Magazin leer.

Der Dämon veränderte sich. Er wuchs, wurde zu einer massiven, verdrehten schwarzen Säule, die sich über Cal erhob. Nur mit Mühe konnte er seinen Hund halten, der wie wild am Halsband zerrte und bellte.

De Kälte drang Cal durch Mark und Bein, aber er wich nicht. »Wir sind noch hier«, schrie er. »Das ist unser Platz, du kannst zur Hölle fahren.«

Er taumelte im Heulen des Sturms.

»Du solltest nachladen«, sagte Cybil zu Gage, der ein volles Magazin einschob.

»Das ist nicht dein Platz«, schrie Cal wieder. Der Wind blies ihn fast um, riss mit tausend Messern an seiner Haut. Durch das Heulen hörte er die Kugeln pfeifen. Die Wut des Dämons war körperlich zu spüren.

Dann stand auf einmal Quinn an seiner Seite. Auf der anderen Seite traten Fox, Gage und Layla zu ihm, und alle sechs bildeten eine Linie.

»Dies hier«, rief Cal, »ist unser Ort und unsere Zeit. Du konntest meinen Hund nicht haben, und du kannst auch meine Stadt nicht haben.«

»Also hau ab«, erklärte Fox. Er bückte sich und hob einen Stein auf. Mit geübtem Wurf schleuderte er ihn auf den Dämon.

»Hey, ich habe doch eine Pistole!«

Fox grinste Gage an. »Mit Steinen beworfen zu werden ist eine Beleidigung. Damit unterminiere ich sein Selbstbewusstsein.«

Ihr sterbt hier!

Es war keine Stimme, sondern eine Woge von Geräuschen und Wind, die sie zu Boden warf und wie Kegel durcheinanderwirbelte.

»Das hat wohl nichts gebracht!« Gage rappelte sich auf und begann wieder zu schießen.

»Du wirst hier sterben«, sagte Cal kühl, während die anderen Fox' Vorbild nacheiferten und mit Steinen und Stöcken warfen.

Feuer brach auf der Lichtung aus, mit Flammen wie

Eissplitter. Rauch stieg auf, als der Dämon seine Wut hinausbrüllte.

»Du wirst hier sterben«, wiederholte Cal. Er zog sein Messer aus der Scheide und stieß es in die wogende schwarze Masse.

Der Dämon schrie. Es klang nach Schmerz und Wut. Ein Stromstoß durchfuhr Cals Arm wie ein Messer, glühend heiß und eiskalt zugleich. Er wurde zurückgeschleudert und flog durch den Rauch. Atemlos rappelte er sich wieder auf.

»Du wirst hier sterben!«, schrie er und stürmte erneut auf den Dämon los.

Der Dämon war jetzt ein Wolf, ein Junge, ein Mann, ein Dämon, der ihn mit hasserfüllten Augen ansah.

Und verschwand.

Das Feuer erlosch, der Rauch hob sich. Keuchend rang Cal nach Luft. »Sind alle okay? Keiner verletzt? Quinn. Hey, Lump, hey.« Er fiel fast um, als Lump an ihm hochsprang, ihm die Pfoten auf die Schultern legte und ihm das Gesicht ableckte.

»Deine Nase blutet.« Quinn kam auf ihn zugerannt. Ihre Hände glitten über sein Gesicht, seinen Körper. »O Gott, Cal. So etwas Tapferes und zugleich so Dummes habe ich noch nie gesehen.«

»Ja, nun.« Er wischte sich das Blut ab. »Ich war stinksauer. Wenn er es nicht besser kann, dann bringt das wohl nichts.«

»Er hat uns nichts angetan, was nicht mit einem Drink und einem schönen heißen Bad zu beheben wäre«, sagte Cybil. »Layla? Bist du okay?«

»Okay.« Layla rieb sich die brennenden Wangen.

»Okay.« Sie ergriff Fox' Hand und ließ sich auf die Füße ziehen. »Wir haben ihm Angst eingejagt. Wir haben ihm Angst eingejagt, er ist vor uns weggelaufen.«

»Nein, besser noch, wir haben ihn verletzt.« Quinn holte zitternd Luft und schmiegte sich an Cal. »Uns ist nichts passiert. Wir sind alle okay. Du warst wundervoll. Du warst unglaublich. O Gott, gib mir einen Kuss.«

Lachend und weinend hing sie an seinem Hals. Cal drückte sie an sich und küsste sie.

Dieses Mal würden sie nicht untergehen, dachte er.

»Wir werden siegen.« Er hielt Quinn ein wenig von sich ab, um ihr in die Augen blicken zu können. »Ich habe es vorher nicht geglaubt, aber jetzt weiß ich es. Ich weiß es. Quinn.« Er gab ihr einen Kuss auf die Stirn. »Wir werden siegen, und im September heiraten wir.«

»Ganz genau.«

Als sie ihn erneut umarmte, hatte er für diesen Tag genug gesiegt. Beim nächsten Mal, beschloss er, wären sie besser bewaffnet.

»Lasst uns nach Hause gehen. Es ist ein langer Weg, und wir haben noch viel zu tun.«

Über Quinns Kopf hinweg blickte er seine Brüder an. Gage nickte und steckte die Pistole wieder in seinen Rucksack. Er schulterte ihn und ging quer über die Lichtung auf den Weg zu.

Die Sonne schien, und der Wind hatte nachgelassen. Sie gingen durch den winterlichen Wald nach Hause, drei Männer, drei Frauen und ein Hund.

Der Heidenstein stand stumm und wartete auf ihre Rückkehr.